Staread
星文文化

人类的书籍不足总会描写

他们最浪漫的事

就是看着重要的人类在身侧

从朝气蓬勃的初晨

走到发丝花白的黄昏

一起携手步入死亡的黑夜

Amanati

白桃呜呜呜龙

★ 著

「神」之陨落

2

长江出版社

CHANGJIANG PRESS

CONTENTS

目　录

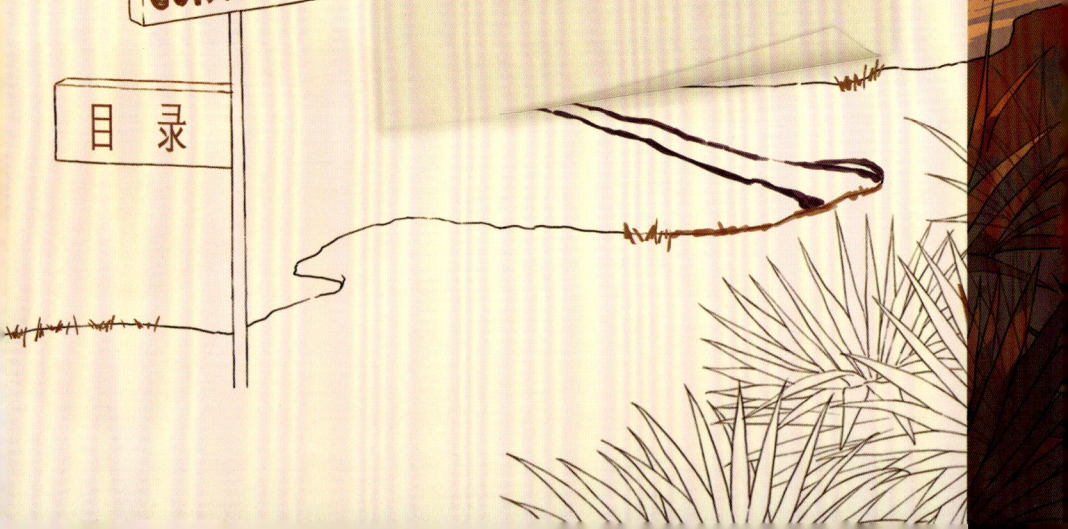

CONTENTS

目录

所有玩家请注意，
您已进入沉浸式全息游戏《规则小镇》。

游戏世界与现实世界无关。

记住，游戏内，规则大于一切。
请遵守游戏规则，完成副本任务，
祝您早日达成通关成就！

游戏策划人 白桃呜呜龙

001.

恭喜玩家进入副本：极乐城。

本次玩家姓名：殷修。

性别：男。

居所：35 位面小镇[1]A 胡同 401。

所持副本资产：331。

副本推进进度：已全部通关。

本次玩家姓名：叶天玄。

性别：男。

居所：35 位面小镇 A 胡同 103。

所持副本资产：1551111。

副本推进进度：百分之九十八。

殷修的信息再度传递到副本内时，副本内一众曾经碾压玩家的凶恶诡怪痛哭流涕。

1　游戏中的玩家聚集点，它们各自拥有独立的自然、社会规则和诡怪刷新机制，以数字序号命名。

"他来了，他来了！他还带着叶天玄一起来了！"

"他觉得自己杀不过瘾，还带着同伙一起来了。"

"死定了，呜呜呜……"

"我现在申请更换副本还来得及吗？"

"不准走！都是一个副本的诡怪，大家要死一起死！"

"话说……禁闭室管理员怎么说？"

"他就四个字：得过且过。"

"那完了，其他副本的诡怪不愿意来，新诡怪被殷修杀怕了，没有哪个副本主宰听到玩家是殷修还敢来的，这次管理员都跑不掉。"

"申请的不伤害诡怪的规则下来了吗？"

"被驳回了。"

"别怕，这次副本很难，为了压制殷修，我们还申请了特殊的玩家限制，我感觉我们还是有一线生机的，加油啊大家！"

"共勉。"

除了正抽泣的众诡怪，副本外的小镇玩家们同样关注着这次副本，他们有的聚集在小镇的广场上，有的则坐在家中的直播屏幕[2]前拭目以待。

只见漆黑的屏幕一闪，逐渐显示出了画面——副本正式开始。

阴冷的禁闭室之中，幽暗的光亮打在殷修白净的脸上，风透过狭窄的铁栏窗口吹进来，撩动着他的发丝。画面里的人正闭眼沉睡，安静恬适，赏心悦目。

下一秒，殷修咻地睁眼，漆黑的双瞳之中满是冷漠，与阴冷的环境相得益彰。

他迅速扫视周围，发现自己靠在一张简陋的单人床上，周围无比安静，一个人也没有，连副本的通报声都没有响起。

"进来了？"殷修嘀咕着起身，刚一动，就猛地发现了不对劲——这间禁闭室，像是一座关押犯人的牢房。

他的双手上正铐着一副漆黑的手铐，手铐很牢固，紧紧地锁着他的双腕，中间的链子长度适中，他可以有一定的行动范围，身上的衣服也已经变成了黑白相间的囚服，其他什么多余的东西都没有，包括他腰上的那把刀。

看来玩家在这个副本里的身份是"犯人"。

2　每个位面小镇的玩家在参与副本时，都会在自己所在的小镇上进行投屏直播，小镇居民可通过直播观看玩家们的副本通关过程，还可以发送弹幕进行讨论。

004 "神" 之陨落 2

殷修拧了眉。他还是第一次遇到会没收武器的副本，限制行动不说，连道具都一并拿走了，是存心不想给他动手的机会。

他迅速起身，在房间里搜索着。

这里所有东西都是单人份的，且没有任何可能造成杀伤的武器——塑料的杯子，木制的牙刷，方方正正的毛巾，连墙角都做得比一般墙角圆滑。

殷修搜寻了一圈，在枕头底下找到了熟悉的规则单，但上面只有两句话。

> 极乐城是自由的，这里没有人限制你，所以没有规则。
>
> 副本通关条件：不受约束且清醒地离开极乐城。

屏幕外发弹幕的玩家们也很蒙："生存规则呢？怎么只有通关条件？"

"上面写着这次副本没有规则？真的吗？我可不信。"

"但规则单上的确没有规则，好特殊。"

"话说这次规则单上写的居然是通关条件，而不是通关规则。"

"心细，上面的确规避掉了'规则'两个字。"

不仅观看的玩家蒙，殷修也陷入了沉思，盯着规则单上的字看了很久，正愣神着，房门外传来了脚步声。

有什么人停在了殷修的禁闭室门口，然后打开了门上往里探视的小窗口，往里看。

门口是一张陌生的脸，对方刚刚不知道做了什么，在小小窗口里出现的一部分脸上沾满了血迹，看着很是惊悚。

他瞅见殷修，立马恶声恶气地道："401 号！立马给我出来，到楼下大堂里集合！"

殷修抬眸望去，冷淡地点了一下头："开门。"

他过于配合的反应倒让门口的人愣了一下。

牢门嘎吱一声开启，露出了站在门外的人，看上去是这里的守卫。他穿着规整又复古的黑色服饰，一部分很现代，一部分又很古典，给人一种时空交融的感觉。

进入这个副本的玩家对诡怪来说几乎都是"大恶人"，看到守卫都不会当回事，要么大声质问，要么直接动手，但殷修很安静，出来之后就站在门口打量他，那种审视的目光让守卫没来由地觉得不安。

他的视线停留在殷修的囚服上,沉思了很久:"红色的犯人……"

殷修挑眉,垂眸看向自己的衣服,这不是黑白的吗?

守卫犹豫了一瞬,决定先掏出自己的记录册,问一下名字再决定自己接下来的态度、语气和表情。

"401号,报上你的名字。"

殷修淡淡地盯着他,很有礼貌地报上了名字:"我叫叶天玄。"

守卫一听,顿时放心了不少,迅速翻看自己手里的记录册,找到了叶天玄的名字。的确有这位玩家进入本次副本的记录,甚至是个通关百分之九十八的高阶玩家。

守卫听说过这个人,虽然名声不是很好,但向来都是规规矩矩过副本,比起杀诡怪,他更热衷于把副本信息线索掏空了再走。只是这样一个很烦诡怪的人,怎么也会进入禁闭室副本呢?

"副本通关量达到百分之九十八的话……真要杀起诡怪来也算得上是高危,红色正常。"守卫自己嘀嘀咕咕了一阵后点点头,收起了手里的记录册,意味深长地拍了拍殷修的肩膀,"偶尔犯错能理解,出去后可要好好做人啊。"

反正不管是谁,只要不是殷修就行。

殷修面无表情地点点头:"知道了。"

对于"叶天玄"的听话,守卫很是欣慰,对他面对自己时安静淡定的反应表示理解——本来就是个不错的玩家,跟刚才他解决掉的那些穷凶极恶的玩家不一样啊。

"好了,跟在我后面吧,只要你别犯错,老实到大堂里集合,就不会有什么事的。"守卫相当体贴地提醒着,带着殷修往下一间禁闭室去了。

殷修安静地跟在他身后,展开从禁闭室里摸到的那张规则单。

规则单上没写任何规则,他就只能自己试试看,既然是禁闭室副本,他作为犯人,说个谎骗骗诡怪也是可以的吧,但守卫意外地没有发现,这正应验了规则单上的那句话。

极乐城是自由的。

但殷修不信。一个规则副本会真的没有规则?信息越少往往就越是危险。

他跟着守卫往前走,走到第二间禁闭室门口,守卫依旧态度很差地透过小窗往里望去,然后大声呵斥道:"103号玩家!给我出来!马上到楼下大堂集合!"

一听到对方的编号，殷修就愣住了。

103！那不就是叶天玄的号码吗？

刚才守卫喊他的时候喊的是 401，是他在小镇上的住宅编号。

他刚刚顶替了别人的身份，这么快正主就来了，这运气可真不好。

殷修悄悄探了一下头，看到门口站着的果然是脸色苍白如纸，看着就像朵脆弱小白花的叶天玄。

他一边用折叠了的规则单捂着嘴咳嗽，一边走了出来，同时余光一瞥，跟守卫身后的殷修对上了视线。

守卫看到叶天玄后神色十分复杂。这个娇弱到好像随时会死的玩家居然会出现在这儿，其他副本的诡怪现在都这么菜了吗？居然让这么一个走两步就咳一声的人成为危险玩家。

守卫嫌弃地摇摇头，轻叹一声，掏出记录册对叶天玄冷声道："说吧，你叫什么名字？"

叶天玄看了一眼在守卫身后努力比画的殷修，困惑了一秒，只见殷修的两只手在他们之间比划了一个圈。

他沉默一瞬，心想：这又是在搞什么，上来就玩这么花？自己可是正经人好吧，从来都是用正经方式过副本的。

叶天玄咳了两声，装模作样地正色道："我叫殷修。"

那两个字从叶天玄嘴里蹦出来的瞬间，守卫没来由地腿软了一下，他瞪大眼睛仔仔细细打量了一遍病弱的叶天玄。

传闻中每通关一个游戏副本都要杀光诡怪的"杀神"怎么是这个样子？一副随时要死的短命相！这就是人不可貌相吗？

"真……真的叫殷修？"他再度确认了一遍，诡怪们早知道殷修会来，他也做好了准备，只是以为没那么快遇上，结果怎么第二个就是啊！这要他怎么保持镇定面对接下来的其他玩家啊！

见对方质疑，叶天玄眼眸一横，冷笑道："对我的名字有意见？"

守卫连忙摇头："没有没有……原来您就是殷修，您请到后面跟着，一会儿要到大堂集合的。"

"集合做什么啊？"叶天玄顺势询问，试图从守卫嘴里套出点信息。

但守卫只是为难地道："这您下去就知道了，我只是来带人而已……"

叶天玄没有回应，若有所思地盯着守卫。

他这一沉默，让守卫又感到一阵惊恐：难道是大佬不满意他的说辞，决定出手了？

两人沉默几秒，叶天玄见诈不出他一句话，就索性装出勉为其难答应的样子："算了，今天心情还行，就跟你下去一趟吧。"

守卫长长地舒了一口气："请请请……"

殷修在后面无声地鼓掌，欣慰地点头，学得真像，他都没见过叶天玄这么横眉冷对的样子。

"不过你最好没有瞒我什么。"叶天玄临走前还嗤笑了一声，确保殷修在诡怪眼里的人设（人物设定）没有变化。

"是是是……"

叶天玄本来还想再说点狠话，但他话说多了，一口气没喘上来，又捂着嘴咳嗽了两声，脸色苍白地匆匆跟到殷修后面去了。

再装怕是要被怀疑了。

守卫知道这位是殷修后，态度一下变得恭敬了，也不敢对这个看上去脆弱的人太凶，就假装后面两个人不存在，继续往前走。

一上来就遇到两个红色危险玩家，着实让他有些没了威势，在下一个玩家面前他必须得展现一下守卫该有的威严！

依旧是敲门、开小窗，然后怒吼玩家的流程，但下一个玩家态度很恶劣，守卫一开门，对方就冲了出来，拿着不知从哪儿卸下来的一条桌子腿，对着守卫的头就是一棍。

那人身形健壮，一看就是武力值很高的人，能轻松卸下桌腿，自然这一棍下去杀伤力也不小。

但守卫站在原地没动，那一棍敲上去他连头都没晃一下，只是双眼冒火地瞪着眼前的玩家。

殷修注意到，这个守卫身上没有带任何防暴工具，在这里的确有些危险。

但很快守卫就用行动告诉了殷修，他本身就是危险。

比起大块头玩家一身彪悍肌肉带来的威慑力，守卫的反应更是恐怖，他接下玩家那一棍后，直接伸手抓住了玩家的头，咬牙切齿地用力一拍，玩家瞬间血条见底。

这场面看得屏幕外的玩家们直哆嗦——

"好恐怖，这次副本诡怪的战斗力这么高吗？"

"对付'危险玩家'，他们也得上最强战力啊。别忘了只有屠杀诡怪的玩家才会进这个副本，正经通关的都不行，你就知道是什么样的玩家才会进这个副本了。"

"看来这个副本的诡怪和玩家不好应付啊，殷修无所谓，主要是担心我们叶老大。"

"唉，正常人谁会主动进这样的副本啊，叶老大也是为了给我们收集这个副本攻略才进去的，第一次遇到这样的副本，他心里还是有些怕的吧。"

"毕竟叶老大身子骨不行嘛，最讨厌直接动武了。"

"希望他没被吓到。"

屏幕外的玩家们刚感叹完，就听到殷修凑在叶天玄旁边低声道："这个副本的诡怪还是差点意思。"

叶天玄赞同地点了点头，继而委婉地道："是差点，不过守卫嘛，这种程度差不多了，只是一击毙命也很厉害了。"

002.

解决掉玩家后，守卫一脸舒爽，想要回头看看后面的人有什么反应。殷修不说，另外一个起码得露出点恐惧的表情吧，结果一转头就看到他们在那儿小声嘀咕，别说恐惧的表情，两人都没正眼看他。

守卫想发火，但看到其中那个"殷修"又不敢发火，只能骂骂咧咧地道："不准交头接耳！"

"啊，是是是……"两人齐声点头，又各自装作无所事事的样子看向别处，依旧没有半点畏惧他的反应，敷衍的样子好冷漠，刺伤了他的心。

诡怪就该有诡怪的样子，如果不能在玩家心里留下恐惧，他们做什么诡怪！

守卫在这个副本这么久了，就没受过这样的委屈！

"算了……"他在心里一阵盘算，还是自己做诡怪的经验太浅，第一次遇到殷修这样的杀神，忍忍也就过去了。

于是他便继续往前，叫每个禁闭室里的玩家出来。

这期间，有不少玩家反抗守卫，对于经常杀诡怪的他们而言，小小一个守卫不足为惧，然而接着他们就被守卫惩戒了，严重的直接当场血条见底，以至于一层走完，守卫已淘汰了不少玩家。

他后面跟着的绝大多数玩家在被惩戒后都老实了，只有几个眼中还含着不服的凶光。

殷修和叶天玄的表情则轻松得像是度假，他们跟在守卫后面观察环境。

极乐城虽然名字好听，但确确实实设计成了一座古代监狱的模样。整体是椭圆形的建筑，一层连接着一层叠高的禁闭室，小房间遍布每一层走廊，密密麻麻，而所谓的大堂就是椭圆形中央的那块地方。

殷修注意到连接禁闭室和大堂的路径是一个楼梯，而大堂周围还有七道不同方向的楼梯，这些楼梯明显不是通往禁闭室，而是极乐城的更深处，也就意味着禁闭室的背后还有更大的区域。

就像是一个大碗盖着一个小碗，想要从这里出去，必须要从大碗中突破出去，甚至还有可能在突破后发现外面还盖着一口锅。

在这里越狱可是件难事。

殷修一边观察着环境一边嘀咕，叶天玄就在旁边听着他念叨着什么碗什么锅，一点都没听懂。

就在殷修打量环境的时候，守卫已经把这一层所有的玩家都叫出来了。极乐城的每一层都有单独负责的守卫，他们陆陆续续解决了自己区域不服从规则的玩家，把剩下的玩家全部带到了大堂。

殷修悄悄注意了一下人数，远比他想象的多，这里起码有两三百人，还得除去被守卫临时解决掉的。

副本里叛逆的玩家并不少，也有杀诡怪上瘾的，但不可能在三天内集结这么多人，因此系统应该是在各个副本内长期搜罗"高危玩家"，然后框定在一定期限内一并打包丢进来。殷修恰巧是在最后期限内被选定的那批人，因此进入新副本的间隔时间就只有三天。

玩家群里有男有女，按长相来看，叶天玄跟殷修算是年纪小的，看上去比较稚嫩。殷修一脸冷漠，气质拔群毋庸置疑，而叶天玄一副贵公子的娇弱气质，在长期杀诡怪的恶人玩家里，也实在难掩存在感。

光是站在那儿，就像被丢进了狼群里的肉。

关键是本人还一副没有意识到的样子，见谁看他都笑眯眯地回应，和善极了。

殷修默默地把视线从一脸纯真的叶天玄身上收回来，在心里为那些盯上他的人画十字。

别惹那个浑蛋，阿门。

等人都到了，空间内就响起了广播的声音，不是一如既往的副本通报，而是以广播的形式播放给在场的所有人——

　　各位久居极乐城的囚犯，你们即将出狱。不管你们曾经犯下怎样的罪孽，出狱之前都必须得到管理员的同意。

　　管理员居住在极乐城的第一层，你们需要找回自己的东西，之后前往。

　　极乐城为了防止囚犯逃跑，城中机关重重，但也有不少好东西埋藏其中，请各位务必活着到达管理员面前，接受他的审判。

　　接下来，我将给大家播报通关规则，请大家牢记于心。

广播交代了此处副本的设定和任务。听完后，众玩家都议论起来："不是说没有规则吗？怎么突然又出现规则了。"

"不管了，总之记下来就对了，要不要遵守到时候再说。"

"我身上什么东西都没有，没有纸笔拿什么记啊？"

"拿脑子啊！"

"我没有脑子！"

"……"

片刻的喧哗后，广播通知再次响起。

　　各位囚犯请听好，以下是极乐城通关规则：

　　1.极乐城是自由的，在这里你们可以杀死任何人，但罪门除外。

　　2.极乐城相当复杂，每层都是代表着不同主题的区域，但每隔半小时所有主题都会打乱，请牢记自己的目的地。

　　3.如果你想要拥有一个罪门，那么杀死拥有罪门的囚犯是最好的选择，管理员不会管你到底拥有几个罪门。

　　4.有价值的人才会被管理员看中，在去到他面前之前，请尽量提高你的价值。

5.欲望会滋生罪孽，人会成为罪孽的载体，请不要沉沦于极乐城。

6.请遵守每层的规则。

在广播通知念完后，不少玩家抓耳挠腮，因为没记住。

殷修在脑子里一遍又一遍叨着每一条规则。

极乐城是自由的，所以玩家可以互相淘汰？

罪门又是什么东西，似乎玩家可以拥有，还可以被别人抢走。另外有价值的人才会被管理员看中，这个价值如何确认？是拥有的罪门多才算是有价值的人？还是……杀的人多？

就像是在一步步回答玩家心里的疑惑，广播的声音继而又响了起来——

极乐城拥有七个大区域，每个区域内都有一个罪门，分别代表着不同的罪孽。罪门拥有强大的力量，能够帮助你们在极乐城活下去，但罪门也有着自己的喜好，不会轻易将自己托付给你们。

如果你喜欢对方的罪门，那个罪门又不喜欢你，除了抢夺以外，别无他法。

本次极乐城将迎来最大限度的解放，极乐城会在此刻将罪门释放出来，由它们亲自挑选自己看中的囚犯，但不要太过期待，它们的眼光真的很高，没有被选中也不用太过失望，因为被选中也未必是好事。

结束之后的自由活动时间里，你仍旧可以前往心仪的罪门所在区域去找到它。

伴随着广播幽凉的声音结束，殷修陷入了沉思。

不愧是特殊副本，玩的就是花，这种模式他还真没经历过。

罪门可以理解为自带属性的诡怪，以道具的形式绑定给玩家，供玩家使用，不过看描述似乎有利有弊，对于这个玩家之间可以互相淘汰的环境来说，利肯定大于弊，谁不想在开局就自带"神装"出门呢。

尤其是在当下，玩家自身的所有道具武器全都被收缴了，谁要是被罪门选中，那么比起其他白板出门的玩家，他们可谓是天选之人。

殷修转头看向了叶天玄。

叶天玄摇摇头，表示不想要罪门。

殷修也摇摇头，觉得麻烦。

还不知道这个弊端是什么呢，什么罪门都不如他的刀好使，拿回刀才是首要任务，罪门这种东西后面再看，反正可以抢，当个土匪也不是不行。

正思索着，外围的玩家群忽然产生了一些骚动。

殷修抬眸看去，什么都没看到，但玩家们似乎受到了惊扰，大家都在纷纷躲避或是上前抓住什么看不见的东西。

片刻后，殷修就明白了，有东西从他身边走过了，那大概就是所谓的罪门出来了。

急切的玩家迷茫地在人群之中追逐着那些看不见的存在，场面一时间有些混乱。

殷修无声无息地被挤到了角落，反正他也不是很想要罪门，就索性挑了个地方坐着看戏，等待它们选完进入自由活动时间。

但看着看着，他就感觉到身边有阵寒意，一转头，三个模糊的影子站在了他旁边。

隐隐可以辨认出，它们在向殷修伸手。

殷修瞥了一眼那三只模糊的手，假装没看见，转头瞟向别处。

过了一会儿，他又偷偷瞥了一眼，那些影子居然还没走。

干吗啊，他又不想要罪门！

殷修硬着头皮继续装作没看见它们，再度把视线投向远处。

为了拥有罪门，玩家们不停地追逐着那看不见的身影，人头攒动，身体随着行动而变得扭曲。

这么半天了，竟然一个绑定了罪门的玩家都没出现，这些罪门的眼光还是挺高啊。

殷修努力地分辨着在人群中游走的看不见的罪门，总共有七个，他身边有三个，至少还有四个在外面晃。

他扫了一圈，注意到了叶天玄那边，叶天玄在角落对着空气嫌弃地挥手，走两步一停，回头骂骂咧咧。

看来他也被盯上了。

正晃着神，他又看了一眼身侧，这么半天一个没走就算了，居然还多出来一个，四个了！

看叶天玄那边的行动，似乎缠着他的只有一个，除此之外肉眼可分辨的罪门还有一个是待在一个女孩子旁边的，这么算下来，目前还有一个罪门没出来，想来这个罪门的眼光是真高，都不屑于掺和这样的场面。

"啊！太好了！"那个被罪门守着的女孩子突然尖叫一声，脸上清晰地浮现出了喜悦。

"我绑定了一个！太好了，太好了！"女孩子大概是很开心，一把抱住旁边的男人，很是亲密地在他肩膀上蹭了蹭，"有了这个罪门，我们就不怕被其他人杀了！能活命了亲爱的！"

她的喜悦让其他人眼中浮现出复杂的目光，如果这个女孩子是一个人闯关，有些玩家兴许还有抢夺罪门的想法，但她旁边站着的男朋友看起来很凶，何况她还有罪门，估计她的罪门是不好抢的，所以只能看看其他人的情况了。

盯着她的玩家们刚刚产生放弃抢夺的想法，下一秒，一阵恐怖的黑烟在那个女孩子抱着的男人头上浮现，只听到砰的一声，那个男人倒地，系统提示该玩家通关失败。

事发突然，女孩子脸色苍白，跌坐在地，惊得说不出话来。

玩家们也被吓傻了，都呆呆地望着那边，一安静下来，大家清晰地听到在女孩子旁边传来了一道咬牙切齿的声音——

"你只属于我，你只属于我，你只属于我……"

大家都被这道凭空出现的碎碎念惊得背后发凉，紧张地四处张望，勉强从慌乱的人群里分辨出，那声音是从女孩子身旁发出的。

"为什么你要杀了他……"女孩子泪眼蒙胧地看向了旁边的空气，基本可以确认是她绑定的罪门杀掉了她的男朋友。

殷修沉思了几秒，从那道声音之中反应过来。

"是嫉妒……七个罪门……她身上的是七宗罪里的嫉妒。"

如果她的罪门是嫉妒，就能理解罪门不允许她还有其他重视的人，所以她的男朋友瞬间被罪门干掉了。

罪门有利也有弊，弊端应该就是指这个了。

殷修看了一眼旁边四个模糊伸手的存在，更不想要罪门了，有些嫌弃。

看到"嫉妒"这么极端，基本可以确认绑定罪门绝对是把双刃剑。

而且他旁边这几个上来就这么巴巴地站在一旁，死皮赖脸的，殷修非要挑也是挑那个没来找玩家的罪门，至少人家是有点傲气在身上的。

"啊……该不会没来的那个是傲慢吧……"殷修感觉自己已经悟出来了，罪门的确根据罪孽拥有不同的个性，算下来的话，可能七宗罪里只有"懒惰"安全点。

女孩子男朋友的淘汰惊醒了玩家，他们知晓了罪门的危险性，但对他们而言，这点危险无所谓，绑定罪门有一定概率害死自己或是周围的人，而不绑定罪门会有更大的概率死在副本里，直接失去游戏资格。

狂热寻找罪门的玩家群体仍旧没有安静下来，在了解弊端后，他们更加热切地想要拥有罪门。

然而……现场仅剩的罪门几乎都在殷修这边了。

殷修看了一眼身侧的四个模糊身影，一脸风轻云淡，装作没看见，以至于谁都没有发现他身边还有这么多个罪门待着。

在绑定罪门的时间持续了半个小时后，广播一声通报，告知所有玩家——

罪门挑选时间已经结束，现在所有罪门即将回到各自所在的区域。

若你还想要绑定罪门，请前往罪门所在区域寻找它们，还有一定的可能性能够绑定成功。但想要征服它们，会有一定的危险性，请谨慎选择。

广播结束后，殷修身边杵着的几道寒意总算离开了，临走之前，它们的视线仿佛还粘在殷修身上，似乎格外幽怨。

这样把它们当空气的玩家，殷修是头一个。

罪门离开，广播并未立即通知玩家开启自由活动时间，而是让每层的守卫给自己所在层数的玩家发放一张纸条。

纸条一一递过来之后到达了殷修的面前，守卫看了看安静的殷修，对他的淡定很是满意，然后在自己的记录册里翻找了一下："叶天玄是吧？这是你的物品存放地点，只有前往这个地方，你才能拿回你的东西，并且得到你手铐的钥匙。"

说着，就递给了殷修一张纸条。

白色的纸张上写着一个层数和一个房间号，但备注是叶天玄。

殷修沉默地盯着纸条，点了点头，没想到手铐钥匙居然跟道具放在一起，那么前期大家都得戴着这副不方便的手铐活动了。

"好好加油啊，争取离开这个副本。"守卫再度拍了拍殷修的肩，比起其他满眼戾气的玩家，他很喜欢面无表情很冷淡的殷修，一看就跟其他玩家不一样。

"嗯。"殷修懒懒地应着，卷起了纸条，打算等一会儿自由活动了再跟叶天玄换换。

等所有守卫给自己所在楼层的玩家都发放完属于他们的纸条后，广播终于再度出声了——

　　一分钟后将会进入自由活动时间，请大家有序地前往极乐城第一层找到管理员，尽快出去。

广播通知完后，看守他们的守卫也逐渐离开，通过楼梯回到各自管理的楼层，只剩下玩家们待在这里，跃跃欲试地凝视着各自选中的通道。

时间一到，七条不同的通道大门唰地打开。

早已在等待的玩家气势汹汹地狂奔出去，拥挤嘈杂地涌向了通道。

大家都还记得罪门们回到了各自的区域，他们必须要赶在其他人之前拿回自己的道具，然后去抢夺罪门。

003.

殷修站在原地没动，望着人群一拥而上，从七条通道分散离开。

现在出去的还有两三百人，一会儿大家陆续拿到道具之后可就难说了，大家争分夺秒，抢的都是自己的命。

把一群不按常理出牌的高级玩家放在一起，设定了一个可以互相淘汰来抢夺东西的游戏规则，那不就是看着"凶恶"的"高危玩家"内战吗？

特殊副本可真是会玩。

正发着呆，远处的叶天玄一边抛着卷起来的小纸条，一边慢悠悠地踱步而来，笑眯眯道："哟，这不是叶天玄嘛，怎么站在这儿发呆啊？"

殷修转头回了他一眼，把手里的纸条递了出去："在找殷修呢。"

叶天玄迅速地接过纸条，顺手把殷修的那张塞到了他的掌心里，然后指了指其中一条人少的通道："我先自己去探索探索，晚点再见？"

"嗯。"殷修点头。

他俩行事风格不同，进了副本也不会待在一起，各自分开探索是最方便的。

"你现在一个人行吗？"在对方临走之前，殷修想起这个副本的机制，于是顺口问了一句。

毕竟叶天玄这样的人，是很容易被其他玩家袭击的，前期没有任何道具，淘汰掉叶天玄在他们看来，跟顺手宰一只小绵羊没有区别。

"放心吧，这不是有你的威名罩着我嘛。"叶天玄笑眯眯地摆手，然后咧开嘴角露出了舌头上的黑色纹章，"而且我还有这个呢。"

殷修若有所思，点了点头，目送着叶天玄优哉游哉地走远。

他也没多担心，以叶天玄的性格，顶着他的名字出去，指不定会让他原本就恶的名声变得更恶。

反倒是他，得想个办法尽快拿回道具，把手铐打开。

殷修抬起手，瞅着手腕上落着的漆黑手铐，非常不爽，这束手束脚的玩意，他多戴一分钟都不舒坦。

等人群散得差不多了，殷修展开纸条看了一眼自己的道具存放位置。

第五层，303号储藏室

不上不下的位置，找起来还得花点时间。

他不清楚哪条通道离第五层更近，就索性挑了个离自己近的通道直接进去了。

大部分玩家此刻都已经早早地进入了下一个区域，幽暗的通道里一个人都没有。

殷修踏入漆黑通道的一瞬间，脚下的地面忽地抖动了起来，整个通道一阵天旋地转，让他差点摔倒。

殷修迅速地贴到了墙边，顺着通道旋转的方向一步步挪动，等待着滚动的通道停下。

"极乐城通关规则二：极乐城相当复杂，每层都是代表着不同主题的区域，但每隔半小时所有主题都会打乱，请牢记自己的目的地。"

他刚才在大堂等人群散去也等了挺久，估摸着一进来就赶上主题区域被打乱，还不知道一会儿会给他随机到第几层去。

一般来说，玩家都会在二到七层之间随机打转，如果没有在半个小时之内赶到第一层的话，运气不好会被立马甩回第七层，反复来回，光是前往管理员所在的第一层就是需要点运气的。

好歹也是副本最终的地点，不会那么轻易被随机到。

轰隆隆的滚动声在几秒后戛然而止，殷修也跟着平稳了下来。

他摸索着墙壁在漆黑的通道里前进，走着走着，就摸到了一扇古典厚重的门。

嘎吱一声，他推开了门，门外走廊上的光亮落到了殷修白净的戴着手铐的双手上。

他透过门缝谨慎地往外看了一眼，一眼就瞥见了门外狭窄的小走廊上还有另外一扇门，门上赫然挂着一个牌子——管理员室。

殷修心想：这副本怎么回事？

两手空空的，突然就叫他打副本主宰？未免太急了点吧？

殷修不确信地探出了脑袋，在小走廊上张望着，这个通道连接到的是一个玄关一般的狭窄小走廊，走廊一侧的墙壁上挂着"1"的楼层标志。

还真让他一上来就随机到了一楼管理员室门口？

殷修站在通道口有点怀疑人生，通关了那么多副本，头一次遇到这么新奇的。

他垂眸看了一眼自己手腕上的手铐，他没有道具也没有刀，双手还被束着，就这个状态被丢到了副本主宰门口，这副本是一点都没想让他活。

等个半小时，晚点再来？

殷修犹豫着，思考着。

游戏直播的屏幕上，滚动的弹幕内容一片惊愕："这副本未免太恐怖了吧？谁家副本主宰会出现在副本前期啊！太卑鄙了吧！"

"主要是我看其他玩家都分别被送到了不同的楼层，怎么只有殷修一个人被丢到了管理员室门口啊！"

"故意的啊！收他道具，除他武器，还谨慎地给他加上限制行动的手铐，然后再把殷修送到主宰门口，这副本主宰贱！"

"不过还好，楼层半个小时一换，殷修只要在通道里等等，换到别的楼层，拿回自己的东西再杀过来就行了。"

"理是这个理，就怕……"

屏幕上的消息都还没飘过去，就见画面里，殷修对面雕刻着古典花纹的管理员房门忽地一下打开了。

屏幕前的观众一愣，殷修也是一愣。

打开的房门口站着一个身穿黑色长袍，手持狱典，腰间挂满了钥匙的男人。

对方看到殷修神情有些复杂，但接着就压了下去，努力露出微笑："殷修，好久不见。"

根据不同玩家的个人游戏经历定制专属剧情和隐藏任务，正是这个副本游戏的一大特色，一直广受玩家的好评。这些专属剧情会在游戏副本的特定环节触发，阶段性地引导副本走向，从而展开新的支线剧情。正是这些支线剧情，吸引着玩家一次次进入副本，对游戏进行探索。

殷修在脑海中回忆了一下属于自己的专属剧情：他从小和妹妹晓晓在孤儿院里相依为命，兄妹俩没有上过学，也没有什么朋友。后来不知遭遇了什么事，妹妹失踪，他一路寻找妹妹，最后来到了小镇。他在小镇上待了很久，连记忆也逐渐模糊……

这人认识他吗？

殷修盯着那人没应，正蹙着眉头努力地思考，认真地回想这个有些眼熟的人。

是他杀过的哪个副本主宰吗？

他仔仔细细地盯着那张脸打量。

两人之间一时陷入了僵局，氛围凝固，在沉默了几秒后，殷修盯着他，忽地眼眸一亮："你不是以前那个我每次出副本都会遇到的诡怪吗？"

管理员神色复杂地睐着殷修，居然让他费劲想了这么久才想起来，一时间也不知道该不该高兴。

"是，我是以前经常撞见你从副本里出来的诡怪，不过那都是六年前的事了，我现在已经是这个副本的管理员了……"

"哦……"殷修意味深长地睐起了眼眸，"原来是熟人。"

面对殷修的淡定，对方有些不开心了，轻哼道："我知道你很不一般，但现在的副本已经不是六年前的副本了，我也不再是从前的我，你既然进了这个副本，我也不会让你顺利地离开的。"

"在这个时间点遇上我，只能算你倒霉。"

副本内的诡怪知道殷修会来后就开始讨论要怎么对付他，计划很简单，限制殷修，疯狂限制，然后在他没有出手能力的时候，提前杀死他！把他赶出这个游戏！

只有这样，副本诡怪才能活下来，这可是他们商量了三天后才得出的最佳结果。

"哦？你现在是想杀我了？"殷修冷冷一勾唇，笑得比诡怪都阴森。

"对。"管理员心底没来由地一凉，但还是硬着头皮点了点头。

殷修眼底的冷意瞬间更深了，他阴恻恻地道："你以前只在我通关副本后遇到过我，但应该没见识过我是如何通关副本的吧？"

想起每次都能看到殷修浑身是血地出来，管理员的一些心理阴影又被勾了起来。

真说起来的话，他好像的确没看过殷修是怎么通关副本的，但听其他诡怪提过，口口相传到他跟前，描述已经变得相当恐怖了，他一时间都不敢确认真假。

但此刻眼前的男人身上所散发出来的寒意，莫名让他觉得自己听到的那些恐怖手段都是真的。

"其实我一直都有个徒手拆诡怪的想法想要实践，奈何没有机会，现在看到你……倒觉得正好。"殷修微笑着，缓缓地上前了一步，低声温和道，"要试试吗？"

兴许是本能作怪，面对双手被锁且没有任何武器的殷修，管理员几乎是瞬间后退了一步，吓得缩回到了自己的房间。

他紧张地盯着殷修，呼吸急促，皱着眉头，磕磕巴巴地说："可能……可能现在还不是你到这儿来的时候，你……你走吧。"

"来都来了，就不让我试试吗？反正我们迟早得动手的是吧？"殷修得寸进尺，想要再往前一步。

"你别过来啊！"

他稍微一动，管理员跟应激了似的，猛地缩了一下，一把从怀里掏出另一副银白的手铐甩了出去。

手铐一飞出来，就自动地落到了殷修的手上，啪嗒一声，漆黑的手铐下面又多了一副白手铐。

"……"殷修沉默地看着自己更加不方便的双手，很不开心。

但一抬头看去，管理员已经匆匆关上了自己的房门。

下一秒，又一阵天旋地转，殷修双手不方便，被晃得东倒西歪，等环境稳定下来后，他呆呆地看了一眼旁边延伸出去的走廊。

他好像被惊慌失措的管理员直接丢到别的楼层了。

殷修从地上爬起来，沉默地盯着手腕上的两副手铐，一黑一白，死死地锁着他的双腕，锁链的长度虽然足够他小范围活动一下，但依旧让他束手束脚。

早知道会吓得管理员给他多加一副手铐，他当时就该直接关上门回到通道里坐着。

现在好了，就算解开了黑的，也不知道这副多加的银白手铐该怎么取。

殷修微微叹了一口气，放下双手开始打量四周。

也不知道管理员急匆匆地把他丢到了哪一层，周围墙壁灰扑扑的，满是老旧破败的气息，走廊上的门板及窗户都是支离破碎的，看上去像是被什么啃了一般，留下弯弯的缺口。

殷修顺着走廊往前走，一边侧目往走廊一侧的窗户外看去。

不知道楼外是什么构造，虚无的黑暗之中能够看到其他层的走廊，每一层的走廊都是一节一节的，飘浮在空中，片段式地连接在一起，由门隔开。

远远地还能看到有玩家在走廊上探索着，只是距离相对远，只能看看。

他现在大概是在走廊中段的位置，旁边只有一个个破败的房间，连自己在哪一层都不知道，就更别提按照纸条上的位置去找回他的刀了，得赶紧走到尽头才能确认层数，然后看看有没有楼梯之类的。

殷修一边注意着其他走廊上的玩家，一边走到头推开了自己走廊尽头的门。

一打开面前的门，下一节走廊的画面出现在眼前，同时走廊中心还站着一个玩家。

那个人也没想到突然会有人到来，看到殷修还蒙了一下，随即立刻对殷修举起了自己的双手，喊道："别紧张！我还戴着手铐！我对你没有威胁！"

殷修淡淡地看着他，转身关上了身后的门，才回头道："你放心，我没紧张。"

对方沉默一瞬，把目光落到了殷修的手腕上。

也还戴着手铐就表示他们都还没有拿回自己的道具跟武器，目前也还没有杀伤力，但……

这人手上怎么有两副手铐？

玩家犹豫了一下，知道不能随便探究别人的隐私，只能别扭地把注意力从殷修的手铐上转移，然后轻声询问道："反正我们都还没拿回道具，不如先和平相处一阵吧，兄弟你叫什么名字啊？"

殷修淡淡回答："我叫叶天玄。"

听到这个名字，对方的神情忽地变得复杂了起来："原来你就是叶天玄，我听说过你……但传闻里你只是经常对诡怪威逼利诱榨取信息，应该不至于进入这个副本吧？"

殷修双手捂脸，努力装出歉意的模样，道："上个副本为了询问信息，我不小心杀死了诡怪。"说着他偷偷地从指缝里往外看了一眼，喃喃道，"唉，我真是罪孽深重啊……"

"哦……原来是失误了。"对方若有所思，看着殷修这副做作的样子，也不知道是信了还是没信。

但他随即表现得很热心，说："既然你是叶天玄的话，我就暂且相信你不会对我动手，那不如我们合作一下吧。"说着抬手，指向了他身侧的一扇房门，"我刚在来的路上打听到罪门的征服办法，刚好这里是个浴室，里面有一个罪门，只是稍微有一点凶残，我还没拿回道具，解决不了，所以我们可以合作试试。"

004.

"罪门？"殷修余光瞥向了玩家身侧的门，上面挂着一个浴室的标志，像是公共淋浴间，这条走廊上只有这个房间的墙壁没有被啃，看上去的确比较特殊。

"罪门的征服办法是什么？"殷修收回目光，看向了对面的人。

玩家犹豫了一瞬，还是决定用这个信息来交换殷修的信任："是挑战，跟罪门碰面后，会自动进入一分钟的'罪门挑战'，只要在罪门的攻击下熬过一分钟，就可以获得罪门，这种方法只有最开始时没有被罪门看中的人才可以使用。"

"你也看到了，大堂里那个女孩子是被罪门看上的，她可以直接绑定，我们这些人就只能通过挑战了。"

殷修点点头，开始思考自己当时算什么状况，被看中了，但他拒绝了，要是二次遇到罪门，是会进入挑战还是可以直接绑定？

还是说罪门们恼羞成怒，看到是他，就会把挑战时间延长一分钟？

"所以你要不要考虑跟我合作一下呢？到时候罪门给你。"玩家积极地怂恿殷修答应。

殷修眉梢轻挑："罪门给我？"

"是的！"对方亲切地点头，"我的道具刚好在这个屋子里，我想要拿回来，但有罪门在，现在的我肯定熬不过一分钟的。所以你进去吸引一下罪门的注意力，等我拿回道具支援你，你拿到罪门，我们再一起去找你的道具。"

殷修微微勾起唇角："你的道具在里面，等你拿到道具之后，恐怕那个罪门就未必给我了吧？"

玩家脸色一僵，继续笑眯眯地道："怎么会呢，你有罪门了，还会怕有道具的我吗？刚才在大堂里你也看到了罪门的力量，对付一个玩家轻轻松松。"

"那如果你有能够应对罪门的强大道具呢？"殷修微扬下颚，眯起了眼，"我进去吸引注意力，如果我没有熬过一分钟，你拿着道具顺理成章挑战罪门，如果我熬过了一分钟，你再拿着道具杀了有罪门的我，抢走罪门，不管怎么样都没损失啊。"

被揭穿了小心思，玩家脸色微沉，冷笑了一声："看来你是不愿意配合了。"

"不过不愿意配合也没关系，你也看到了，这层的罪门喜欢啃东西，把你丢进去，它也会感兴趣的，稍稍吸引一下它的注意力，我照样能拿回我的道具。"玩家不再伪装意图，表情变得阴森，看着殷修的眼神如同看猎物一般。

"我很喜欢你现在的态度。"殷修满意地点点头。能被拉进这个副本的玩家都是些厉害的角色，为了通关副本什么都做得出来。这人之前装出一副天真的样子，反倒让他不习惯。

"不过你有什么自信能制服我？"

他们双方都有手铐，限制行动的情况下，想要制服对方是有点困难的。

对面的玩家嗤笑道："叶天玄，如果是别人我可能不会动这个心思，是你的话，就另当别论了。"

"我不仅知道你对诡怪不太友好，我还知道你的能量值很低。看你这小身板，制服你简直轻而易举。"玩家一边笑着，一边扭动双腕，胳膊上的肌肉清晰可见地隆起，显然对方是力量型玩家。

殷修冷漠地盯着对方，低头看了一眼自己。

在这类力量型玩家眼里，他居然跟叶天玄差不多，他伤心了。

殷修缓缓地叹了一口气，慢悠悠地踱步走到了旁边的破烂窗户边，伸手握住了一块比较尖锐的玻璃碎片，咔嚓一下掰了下来。

对方立即警惕起来，双手握拳，直勾勾地盯着殷修的一举一动。

殷修淡然地握紧玻璃碎片，手掌溢出了血痕，但他面无表情，侧目冷盯着那个人，幽幽地道："我叶天玄这个人，虽然身体差了点，但自尊心还是挺强的，最不喜欢别人说我是病秧子了。"

"你戳伤了我敏感又脆弱的心，我也得让你脆弱一下。"

他阴冷地笑着，举起了手里的玻璃碎片，鲜红的血液滴滴答答流淌而下，双眸萦绕杀意。

对方没来由地打了个冷战，面对阴森森比诡怪都还具有威慑力的殷修，双手攥紧。

他们这种力量型选手本来在这种无道具武器的情况下，有得天独厚的优势，想要在这里压制其他玩家是很轻松的。

但不知为何，面对殷修，他还是感觉到很紧张。

殷修握着玻璃碎片每上前一步，对方心里的慌张就加深一分，架不住这种威压，玩家一咬牙，索性主动冲了上去。

但殷修的表情却比刚才更愉悦了。

他一个侧身躲开了玩家挥来的拳头，再利落地转身绕到了玩家的身后，吓得对方瞬间挥拳向身后，一连对着殷修挥出好几拳，但没一次打中的。

玩家手臂上的青筋暴起，手指咔咔作响，但凡抓住殷修一次，他都有自信瞬间砸得他头晕目眩，但偏偏对方身形很利落，每一次闪躲都恰到好处地从他跟前擦过。

简直是在戏弄他。

玩家怒视着殷修，再次压着怒气冲了上去。

就见两道身影在走廊上缠斗，男人挥出去的每一拳都打到了空气，这让他也越来越焦躁，看殷修是哪哪都不顺眼。

不是说叶天玄是个病秧子吗？怎么好像战斗力还挺强的？

"能感觉得到，你的力量虽然比我在上个副本对付的镇长差一点，但以人的标准来说还不错。"殷修一边打量着他的动作，一边给出评价，"你能杀死大量诡怪被拖入这个副本也能理解了。"

动手之前先了解对方的行动方式及上限是殷修的习惯，跟这种持久力强且力量也强的玩家拖久了的确对他没有好处。

对付玩家和诡怪嘛，能解决就好了，一瞬间的事，观察得差不多了直接动手就行。

但殷修的闪躲及评价在玩家看来却是挑衅。

对方口中什么"镇长"之类的他不是很懂，但对方在和他交手的时候还能说出一些莫名其妙的话，很明显是游刃有余的。

这让他很恼火。

殷修笑盈盈地勾着唇角，已经看穿了他的出招方式，借着他再度挥出的一拳，猛地蹿到背后，用手铐的锁链一把套住了男人的脖子，随即踩着他的背往下压。

玩家脸色骤然变得青白。他试图左右摆动身体甩开殷修的压制，但都没能挣脱，索性整个身体用力向下一翻，摔倒在地上，连带着背后的殷修一起跌倒。

他迅速起身，满眼怒火地上前去压住殷修，可算让他逮到机会了。

他扑上去的瞬间，瞥见了一道寒光猛地向自己刺过来。

过于突然，他没有来得及闪躲开，顺着自己扑上去的速度，硬生生地被殷修用玻璃碎片刺中要害。

他整个人缓缓地倒了下去，血条和能量值都急速下降。

"这才刚进副本呢……"殷修皱眉，爬起来抖了抖衣服，嘀咕着地看着地上的罪魁祸首。

这人其实不难对付，他此举主要是试探一下能进入这个副本的玩家都是什么水平。

现在看来，是有点底子的，但不多，应该是靠着道具消灭诡怪的。

"你还有什么想说吗？"殷修弯腰拉上对方的腿，往浴室门口拖，"没有的话，我就把你丢去喂罪门咯？"

知道自己败局已定的玩家怒视着殷修，说不出一个字。

"没有？那好吧。"殷修淡淡地点了一下头，一把拧开了旁边的浴室门。

门开的瞬间，里面迅速蹿出来一个黑色的影子缠住了地上的玩家，然后迅速拖了进去，然后咚的一声关上了房门。

"都不让我看一眼的吗？"殷修站在门外，有些无语。

多么冷漠的罪门，还好他没有兴趣绑定。

"算了，去别处看看吧。"殷修转身准备离开。

刚走出去两步，身后浴室的门又咔嚓一声打开了，有什么黑色的东西迅速地从里面蹿出来缠住了殷修的脚踝。

殷修低头，看着缠在脚上的东西，愣了一秒，对方猛地拽着他，一把将他拖入了房间。

一阵天旋地转之后，殷修觉得自己像是被什么东西拉扯着，丢进了一个方方正正的池子里。

他恍惚了几秒才摇摇头集中精神，抬头看向四周。

他被丢到了一个单人浴室的浴缸里，周围的墙壁上攀附着大面积的黑色液体，那些液体像是活着的生物一般，在墙壁上滑行着，而敞开的门外有黑色的液体在地板上涌动，拦住了出去的路。

看来这个罪门是不打算放过他了。

殷修叹了一口气，看着手上的双重手铐，怎么麻烦就喜欢在他不方便的时候找上门来呢。

他试探着从浴缸里起身，刚一动，天花板上就掉落了一大摊黑色液体，瞬间将殷修压回到了浴缸里。

狭窄的浴缸里，黑色的液体浸泡住了殷修的半截身体，那些液体带着些许寒意在浴缸里游走扭动着，将他困在其中。

殷修警惕地盯着它们，看着液体缓缓在空中缠绕成一小缕，露出一只眼睛盯着殷修。

它将殷修上上下下地打量了一遍，然后唰地又冒出一小股黑色液体覆盖在殷修的手上。

殷修刚要挣扎，就感受到掌心里一阵冰凉。

从黑色液体上冒出来的不止有眼睛，还有一张小嘴，在小心翼翼地舔舐着殷修掌心握玻璃碎片握出来的血痕，抚平着伤口。

殷修沉默地抬眸看向四周，整个不大的单人浴室里，墙壁上、门上、地上、天花板上无一不是黏腻的黑色液体，它们上面冒出的大大小小的眼睛都在盯着殷修。

连门口都被黑色的液体堵住了，显然根本不想让他出去。

虽然它没有伤害他，还在为他舔伤口，但……把出口堵得严严实实，该不会是不绑定就不让他走吧？

殷修盯着那些眼睛，那些眼睛也在凝视着他。

整个单人浴室里除了寂静还是寂静，小小的空间里弥漫着诡异的气氛。

殷修再度想要起身，游走于浴缸之中的黑色液体猛地扑上来，又将他压了回去，对方还小心地铺了一点绵软的液体垫在浴缸边缘，免得让殷修摔伤。

所以这一起身，除了殷修摔回水里，手腕上锁链响动打破了浴室里的寂静以外，没有任何改变。

黑色液体上浮现出来的眼睛眨巴眨巴着，显得特别无辜。

殷修沉沉地叹了一口气，有些无奈，偏偏在他束手束脚的时候被这么个东西缠上，还是液体状的，不好摆脱。

这要是个摸得着抓得住的罪门，他指定手撕一下看看。

但现在萦绕在他周围的全都是液体，浓稠而紧密地包裹住他泡在浴缸里的身体。连在掌心舔舐着伤口的那一小滩液体他都对付不了，只要他稍稍紧握拳头，它便会从指间流走。他对它无法造成任何攻击。

对他这种"杀神"，最好的压制办法就是限制他的攻击能力了，这个副本的诡怪是个有脑子的。

"你到底想怎么样？"殷修阴沉沉地跟那些眼睛对视着。

又不放他走，又不攻击他，就把他困在这个小小的浴缸里，一边强制压住他不准离开，一边又贴心地为他舔舐伤口，好一个霸道又乖巧的罪门。

伴随着殷修的询问，浴缸里的黑色黏液再度纠缠着浮了上来，在空中扭曲着形成了一个手的模样，向殷修发出了邀请。

旁边的液体里浮出一张嘴，小声地念叨着："休息……休息……绑定……绑定。"

殷修冷盯着那张长满尖锐牙齿的嘴，觉得有些眼熟，但没细究，只是淡淡地吐字拒绝："我对罪门没有兴趣，不绑定。"

手顿了顿，没有收回，反倒是旁边又缓缓升上来一小股黑色黏液，从顶端的一小团里缓缓地挤出一朵艳丽的花，摇摇晃晃地递向了殷修。

黑色扭曲的液体里冒出一朵漂亮的小花倒的确挺致，在这个阴暗又湿漉漉，还遍布黑色黏液的浴室里，这朵小花格外漂亮。

也不知道罪门从哪弄来的花。

殷修看了看花，又看了看旁边的手，沉默了几秒后还是摇头，说："给我花也不绑定，麻烦。"

小花一顿，慢慢地缩回了液体里，旁边的手也失望地落回了浴缸，墙壁上的眼睛眨啊眨，虽然被拒绝了很失望，但还是没有要让殷修离开的意思，门口涌动的黑色黏液是一点都没散去。

殷修长长地叹了一口气，索性在浴缸里躺好，闭目养神，暂且休息一下。

这期间门外时不时响起一些声音，似乎都是察觉到这里有罪门，想要来绑定的玩家发出的。

殷修也在等，等待着有其他玩家前来绑定走这个罪门，然后他就自由了，但也不知道过去了多久，来的人全都被淘汰了，没一个成功绑定上这个罪门的。

殷修闭目养神的时候甚至给前来挑战罪门的玩家数秒，好几个人估摸着都差不多要撑到一分钟的时候，就被黑色液体一拥而上吞噬了。这个罪门真是一点机会都不给其他人。

可见这个罪门的确挑剔，认定了殷修。

中途殷修几次睁眼，都能看到泡在浴缸里的液体在他的身体边缘流动，旁边还会冒出来一小股黏液，上面挤出来一只眼睛在悄悄地盯着他。

这种被监视的感觉有点熟悉，像极了某个人。

005.

殷修垂眸，靠坐在浴缸里把弄着自己手腕上的手铐，尝试着撬开锁，或是砸坏锁，都没有一点用，甚至锁都没有一点变形。这显然是副本道具，没有钥匙是绝对打不开的。

他就只能扒拉着链子，一边在指间缠绕着，一边盯着旁边的眼睛。

液体中的眼睛喜欢盯着他，他反盯回去，眼睛就会很开心地眯起来，一小股黏液晃动着，又把那朵小花伸了出来。

外面不断响起玩家出局的系统提示，殷修在浴缸里也休息够了，躺久了都有些无聊了。

他思索着，开口询问："你应该不止这一个模样吧？有没有什么稍微能看一点的样子？外观还不错的话，我会考虑一下绑定你的。"

他可真的不想出去之后，后面跟着一大坨涌动的黑液。

墙壁上的眼睛眨了眨，浴室里安静几秒后，那些遍布整个室内墙壁的液体开始缓缓地往下流动，一点点地在殷修浴缸旁的位置凝固汇集。

等所有液体汇集在一起后，逐渐形成了一个人形，对方黑色的衣服显露雏形的时候，殷修皱了皱眉头。

对方的身形构造完成的时候，殷修眉头皱得更深了。

等对方完整的模样出来后，殷修沉默了。

跟前这个人，很像黎默，非常之像，看来他是一点都没想过要给自己改一下形象的。

但他又稍微伪装了一下，伪装在哪呢？

他戴了个面具。

殷修冷冷地盯着浴缸旁边这个穿着黑色西装装模作样的人，侧身支着下巴盯着他脸上的白色面具，上面干干净净，唯独左脸的地方有一道蓝色的划痕。

他打量着黎默，建议道："黎默，要不你下次穿个黑袍子，把自己裹严实了再出来怎么样？"

沉闷的面具底下传来了熟悉的声音，他轻声笑道："我会采纳的。"

殷修想了想，黎默戴着面具也挺好，他就不用一直面对那张似笑非笑的脸了。他从浴缸里爬起身，舒展着身姿，扭动着有些僵硬的关节，动作稍微大点，手腕上两层锁链便发出一阵细碎的声响。

旁边的黎默凝视着他，再度缓缓地伸出一只手做出邀请的动作，然后另一只手递出了那朵小花，道："这是我从其他副本里的诡怪身上抢来的，副本里很少看到这个，是个很好看的东西，送给你。"

殷修余光瞥去，这个游戏的副本里的确很少看到花，规则小镇上也没有花，只有草地，自己所经历的副本也极少看到花，黎默能搞来这玩意的确不简单。

对于他口中那个"其他副本的诡怪"这些信息，殷修懒得追究。他在思考，他本来没打算绑定罪门，主要是因为罪门危险性不明，但如果罪门是黎默的话，似乎又可以考虑改变一下这个想法。

黎默是他熟悉且了解的，他就不介意绑定一下。

而且就算他拒绝，黎默也一定会缠上来的。

殷修伸手接过他手里的小花，在指尖揉搓着花枝，低声道："你在这个副本也要遵守罪门的规则，得我回应才能绑定我吗？"

黎默摇摇头："不，我不需要遵守，我只是得先得到你的同意。"

殷修抬眸，眼神幽深："所以我不同意，你就把我困在这是吧？"

黎默微笑："我有其他让你答应的办法，但你肯定不喜欢。"

他是讲道理的，但讲得不多。

"好吧，我就答应你好了。"殷修伸手，握住了黎默伸出来邀请的手，"虽然不知道你怎么混进来当罪门的，但罪门跟室友应该也没差多少。"

黎默微微笑道："喜欢我给你准备的惊喜吗？"

"你是指混在我身边当罪门，还是这朵小花？"

"都有。"

"花还行，罪门就算了。"殷修推开浴室的门往外走，"如果我刚才手里有刀，你把我往屋子里拖的时候，我就砍你了，可惜我没有。"

"但我没有让你受伤。"

殷修轻哼了一声，对黎默的辩解不在意，出了浴室之后，外面就是一间干干净净的更衣室。

殷修明明记得中途这玩意淘汰了不少试图过来绑定他的玩家，结果这里一点打斗痕迹都没有。

爱干净的诡怪是好诡怪。

"对了，这个给你。"黎默忽地从西装里摸出一本薄薄的手册递给了殷修，"好像是绑定时必须要给玩家看的东西。"

殷修伸手接过，展开看了一眼，薄薄的纸张里夹着一枚金色的硬币，跟道具硬币同款，而纸张的内容竟然是《饲养罪门手册》。

罪门规则：

1. 它们都是贪婪的存在，请定期给它们投喂它们需要的东西，否则会被反噬。

2. 罪门绑定了你，便是与你一体同心的存在，可偶尔它们也会变心，请时刻注意它们的状态，确保它们还愿意帮助你。

3. 你可以拥有更多的罪门，但请小心承受绑定它们的代价。

4. 请时常照顾罪门的心情，它们也会互相嫉妒并且互相残杀。

5. 其他人可以抢走你的罪门，你也可以做同样的事。

6. 罪门在离开自己的区域时，需要载体容纳它们，宿主必须将方便它们行动的人体部分作为罪门的载体，才可带着它们在区域以外的地方行动。

　　殷修匆匆浏览了一遍，大概理解了，意思就是罪门有自己的小情绪，你不照顾它们，它们可能会跑路或者互相残杀，也有可能杀你，而饲养罪门的同时，还得准备载体。简直跟养宠物似的，麻烦。

　　"唉……真不想绑定。"殷修看完之后双肩沉重，还是觉得要使用这种力量真的好麻烦，不如他的刀好使。

　　他只养过妹妹，哪养过宠物啊。

　　在殷修冷淡的抱怨声中，黎默微笑着沉默，还好他已经绑定成功了，现在殷修反悔也来不及了。

　　"算了，我已经知道了，绑定就绑定了吧，还好只有你一个。"殷修把饲养手册丢回去，将硬币揣进了口袋，环视四周。

　　这里是浴室，来都来了，索性洗个澡，清理一下再出发。

　　这个副本明显短期内出不去，他真不想浑身脏兮兮地到处走。

　　"你在门口待着，我先进去洗个澡，一会儿就出来。"殷修指了指里侧，丢下叮嘱的话后往里走。

　　黎默点头，站在门口堵住了门。

　　屏幕前的玩家看着那个黑漆漆的人安静又笔直地站在门口，大家看了一会儿，觉得跟静止画面一样无趣，于是把镜头切换到里面去看殷修。

　　安静了一会儿，黎默忽地想起什么，一抬头，游戏的直播画面就黑了。

　　"我还以为能看到我修哥洗澡的画面呢！怎么突然黑屏了？"

　　"大家都是兄弟！有什么不能看的！"

　　"话说，这个罪门是殷修上个副本的室友这点，你们没什么想说的吗？"

　　"我……太多想说的，最后反而不想说了。"

　　"反正从上个副本就能看出他不普通了，出现在这儿我也没多意外了，就当他是个在全副本打零工的诡怪吧。"

　　"是的是的，你想想现实电视剧有多少跑龙套的炮灰角色都是每个片场都去，他也一定是这样啦！"

　　没一会儿，殷修就揪着湿漉漉的领口出来了，没有换洗的衣服，他就只能洗了洗领口。

　　收拾完自己，又绑定了黎默，殷修差不多该离开这个浴室了，出门之前他转头看向黎默。

"按照规则，离开你的区域就得选一个部位作为你的载体是吧？"殷修看了看自己，既方便罪门行动又得方便自己行动，那就只能是不常用的部分。

他伸出了自己的左手："右手我得握刀，左手应该方便你行动吧？"

黎默微笑着点了点头，整个人瞬间化作一摊黑色黏液爬上了殷修的左手，然后慢慢地消失在了他的皮肤表层。

殷修一瞬间感觉左手就像是消失了一样，没有任何知觉，但左手还在动，它自由地在空中挥舞了两下，然后掌心转向了殷修，皮肤表层裂开，冒出了一只眼睛盯着他。

过一会眼睛钻到了手背，掌心里又出现了一张嘴，很是愉悦地道："我感知到了你现在的心情，很差。"

殷修闷闷地盯着他："如果你是人，你看到自己左手不受控制地乱动，你心情也会很差。"

小手一挥，贴上来蹭了蹭殷修的脸："放心，我可以把左手的掌控权还给你。"

殷修歪头，嫌弃地摁住了左手："等到需要的时候再说吧，平时没事别乱动就行。"

"好。"左手一应，就立即垂了下来，被手铐挂着摇摇晃晃。

"搁这荡秋千呢……"殷修嘀咕着，放下被束住的双手，起身往外走去。

一开门，刚刚回到走廊上，整个楼层又猛地抖动翻滚了起来，看来又进入了层数打乱时间。

殷修抓着门把手，一边叹气一边等待着停止。

滚着滚着，他就看到窗外漂浮着的走廊断层里滚出了一个熟悉的人。

隔着虚无的黑暗，对面的走廊上，叶天玄正笑眯眯地一边踩着窗户的边缘，一边摁着一个玩家往窗外扯。

那个玩家被窗外的黑暗吓得大叫，求饶道："我给你！你要的道具我马上给你！殷修大爷，你放过我吧！"

殷修："……"

"放过你可以啊。"叶天玄懒懒地揪着那人的衣服，使劲把他往窗外摁的同时，也不忘避免让对方彻底掉出去，这种悬空着，要死不活的感觉让那个玩家崩溃极了。

"刚才我要的道具，你先给我，然后再去帮我解决一个诡怪，完事了，我就考虑放你一马。"叶天玄慢条斯理地谈条件。

他这会儿是怎么得寸进尺都没人管得了他，就越发地厚脸皮了。

"解决……诡怪？我道具都给你了，我怎么还要给你解决诡怪……"那个玩家欲哭无泪。

"你就说解不解决吧？不解决的话，我现在就把你解决了。"叶天玄声音一狠，做出要松开他衣服的架势。

对方吓得一哆嗦，连忙哇哇大叫："别松手，别松手！我给你道具！我也给你解决诡怪！只要你放过我！你说什么都行！"

叶天玄这才勉为其难地把对方从危险的窗口拉了回去，那玩家被吓得脸上没了血色，颤颤巍巍地从口袋里掏出一枚硬币递给叶天玄，老实极了，半点凶恶的模样都没有。

殷修余光一瞥，注意到叶天玄身侧站着一个朦朦胧胧的身影，像是罪门。

那个影子穿着红色的衣服，跟黎默戴着相似的白面具，唯一不同的是面具上那一抹痕迹是红的。

他站在叶天玄身侧，对着他不断地小声念叨，声音里充斥着张扬的怒意："杀了他，杀了他，杀了他……"

估计那玩家也是听到了这个声音，双眼无神地盯着叶天玄，脸色惨白。

现在他最有用的道具被抢走了，一会儿还得去帮叶天玄解决诡怪，叶天玄若想干掉他，是轻轻松松的事。

这种被别人拿捏的感觉让玩家绝望极了，更何况他旁边的罪门正急不可耐地催促着叶天玄杀了他，在他眼里，他逃脱不了被淘汰的命运了。

那道碎碎念的声音和之前大堂里嫉妒的碎碎念一样，细小低沉地响起在绑定者的身边，不断地暗示着，催促着，影响着绑定者的心态。

叶天玄眉头一皱，显得有些烦躁，玩家脸色也更差了。

接着，叶天玄一回头，一耳光甩在了罪门的面具上，怒斥道："你在教我做事？我杀不杀轮得到你来管？"

"给我安静点！不想绑定就滚。"

那个声音一下就消失了，罪门老老实实地站在叶天玄身边，再没说一个字。

旁边的玩家愣了愣，有些震惊。

罪门不是这个副本里所有玩家都想要拥有的吗？怎么这个人说训斥罪门就训斥罪门，还那么不耐烦的样子！

关键是还真有效啊！

这就是大佬吗？不愧是杀穿副本、令诡怪们闻风丧胆的殷修，太强了！

玩家眼里升起崇拜之意："殷修大佬，你要让我解决哪个诡怪？我这就去。"

叶天玄训完罪门就捂着嘴咳嗽了两声，那苍白脆弱的面颊看着可跟传闻中的"杀神"形象一点都不搭边，但不知为何这玩家一点都不怀疑他的身份。

这凶悍劲儿，谁敢说这不是大佬啊！

身体弱？那不是显得他更牛了嘛，身体弱都能让诡怪们闻风丧胆呢。

"咯咯……"叶天玄皱着眉头咳了两声，然后才郑重其事地拍了拍面前的玩家，"你放心吧，我说放过你就肯定放过你，罪门再怎么催都没用。"

"真的吗？"玩家眼里亮起希望的光。

叶天玄逮住他的时候，他就觉得自己完蛋了。

叶天玄苍白的面颊上勾起一丝淡淡的笑："过副本嘛，谁不是为了通关而拼尽全力，你们能进这个副本，说明你们比别人更顽强，杀大量诡怪也是为了通关，一定也不甘心就这么结束在这儿吧？"他盯着那人，目光坚毅，"只要你相信我，愿意跟我一起合作，我保证你一定能通过这个副本，即便我死了，也不会让你死。"

叶天玄说话声音并不洪亮，甚至有点有气无力，但就是有让人信服的力量。

006.

看着对窗那头玩家对弱不禁风的叶天玄无比仰慕的样子，殷修摇摇头，果然给了他一个"殷修"的身份，他混得更好了，副本外能带领新手玩家，副本内更能压制这群狠人。

"不过他刚才脾气怎么那么暴躁？"殷修思索着，他都没见过叶天玄甩诡怪耳光，平时就算威胁诡怪语气都是和和气气的，哪像刚才回头对着罪门就是一嘴巴的样子，打得罪门都不吭声了。

狂得要命，一点都不像他。

"是罪门的影响。"左手上飘来了声音，"那应该是暴怒。"

殷修若有所思："原来是暴怒……我说呢，那刚才换作其他人的话，是不是就会受罪门影响把那个玩家杀了？"

"是的。"

殷修想起极乐城的规则第五条，"欲望会滋生罪孽，人会成为罪孽的载体"，这个副本里设置了可供玩家主动去追寻的强大罪门，在给玩家递上一把刀的同时也系上了一根绳。

绑定上罪门的人，会是副本内玩家里拥有力量的危险人士，而同时罪门带给他们的影响又将他们推向了混乱。

整个副本最可怕的结果就是，绑定了罪门的玩家遭受到了其他玩家的攻击，罪门不断地流转于不同玩家手中，经历许多轮混战后剩下来的玩家寥寥无几。

这个模式放在普通副本里可能掀不起这么大的风浪，但投放在特殊副本，丢在这群本就力量强大又习惯用武力通关的玩家堆里，就会掀起一场腥风血雨。

谁不想拥有罪门，比别人强大一分？那么只能去抢，一个人抢，数十个人抢，玩家们陷入无休止的内斗，结局将是永远被困于副本之中。

"这副本还挺狡猾的。"殷修嘀咕着，算是明白为什么会存在独立于普通副本之外的特殊副本了。

将"高危玩家"收集到一起，单独设计一个游戏机制让他们内斗，不费吹灰之力就解决掉了这群会影响游戏生态的极端玩家。

殷修斜睨向他的左手："你也是罪门，你给我的影响是什么？"

掌心里冒出来一张嘴，从尖尖的牙缝里吐出长长的舌头，语气很认真地道："肚子饿。"

殷修一沉默，转头看向了走廊上那些被啃得七七八八的房间，连墙皮都没剩几块，能看得出来这层是暴食的区域。

但从黎默嘴里吐出一句"肚子饿"就显得很儿戏了。

"只是肚子饿？不吃点什么特殊的东西？"殷修怎么着都不信暴怒会教唆玩家攻击他人，而暴食就只是单纯让玩家饿饿肚子。

手背上冒出一只眼睛，睨着殷修："你还想吃什么？"

殷修沉思，按照副本的逻辑思考，说："怎么着你这个暴食的副作用，都应该是让我控制不住自己，见什么吃什么吧？"

手背上传来了黎默认认真真的声音："你是人，怎么可能什么都吃，我都没有这样。"

殷修觉得正常副本的设定应该是这样，只不过黎默比较特殊，不受副本约束，对殷修的副作用也几乎没有。

"嗯……好吧。"殷修略微一顿，声音显得有些失望。

黎默瞅着他，没有说话。

接着殷修又道："不是什么都吃，那吃诡怪呢？你觉得怎么样？"

黎默规规矩矩地回应了他："两个会不够吃的。"

他要吃，殷修也要吃，副本诡怪就那么点儿，那他们不得打起来？

"哦。"殷修的声音听上去还是无比失落。

他把目光从窗外收了回来，不再去管叶天玄了，反正他也混得很好。他转身继续走，准备赶紧找回自己的刀。

黎默浮在殷修的手背上盯着他，过一会儿轻飘飘地吐出来了一句："我虽然不是人，但熟知人类该有的行动，不会让你有太多非人行为。"

可能黎默是想告诉他，他不会给殷修添加多余的副作用，但殷修听着怎么都感觉黎默是在暗示他不像个人。

"知道了。"殷修嘟囔着应了一声，没想到自己也有被诡怪教做人的一天。

刚刚层数打乱替换，殷修往前走一段，打开走廊上的下一道房门就会离开暴食的区域，随机进入其他楼层。

这次很幸运，门一打开，后面是一道楼梯，能上下走就会显示楼层，对殷修而言很有利。

他先是试着顺着楼梯往下走，进入了标着 4 的楼层。

在楼梯下来的一小节走廊处，横七竖八地躺着好几个人，全都软绵绵的，好像一点力气都没有了。

其中有玩家，也有诡怪，他们打着哈欠靠坐在墙壁边，面对殷修的出现一点多余的反应都没有，看都懒得看他一眼，反倒是楼梯口的一个摆着小摊的摊主，正笑眯眯地盯着殷修。

"小兄弟，来占卜不？"

殷修冷淡地瞥了他一眼，这副本诡怪还有这业务吗？

浑身上下裹得严严实实的摊主与殷修对视了一眼，立马细声笑道："提前知道未来，就可以避免一些麻烦的事了，知道命苦不如趁早放弃，对你的人生而言也是一种解脱。"

殷修抬脚准备下楼，那头摊主又忽地补了一句："不占卜的话，也可以买信息，你想知道的副本信息，我都可以告诉你。"

殷修脚步一顿，又转了回来，规规矩矩地在摊位前坐下："我想知道去五楼是往上还是往下？"

摊主微笑道："看你长得不错，便宜点，第一条信息，只收你三百。"

殷修沉默，他的副本资产刚好三百三十一，这一答应了，他就只剩下三十一了。

不过当下找回刀是首要目的，再拖，楼层又要打乱了，找回来就难了。

殷修咬牙点头："三百就三百。"

摊主笑眯眯地从自己面前堆叠的卡片里抽出一张，随后淡淡地道："你要找的东西在第五层，贪婪区域，就是你现在的楼层往下走一层就到了。"

"这么近？"殷修转头看向旁边的楼梯口，他刚刚就是准备下去看看来着。

"是哦，就是这么近，有时候缘分也是这么近。"摊主意味深长地笑着，"还要询问什么吗？我可以根据你的问题来定价，偶尔也会便宜得意想不到哦。"

殷修想着自己还有三十一，问问也无妨，便抬起了自己手上的双重手铐："白的这个怎么解开？"

摊主低头往殷修手前凑了凑，目光犀利地往殷修脸上一扫，袍子底下的声音变得意味深长，话语里的笑意也没有了："这个手铐怎么在你手上？"

"别问。"殷修冷冰冰地盯着他，"能不能回答？"

"能，有什么不能呢。"摊主轻哼了一声，向殷修伸出手，"一百万就可以回答。"

一百万一条消息，这副本的诡怪比土匪还霸道。

殷修盯着摊主，摊主也冷眼盯着他，显然这个摊主在看到白手铐之后态度就不是很好了，估摸着这是副本内诡怪都知道的一个东西。

殷修不再多停留，起身礼貌地把椅子推了回去："你等等，我一会儿再来找你。"

摊主冷声道："你的副本资产只有三十一，你确定你一会儿回来就能有一百万吗？"

殷修唇角轻勾，站在楼梯口阴恻恻地盯着摊主："我一会儿可能没有一百万，但我会有别的东西让你开口，不需要一百万。"

摊主没来由地一哆嗦，殷修就转身往第五层去了。

当别人试图当土匪抢他的时候，他就一定得抢回去，告诉对方谁才是土匪，不过现在他得先去拿回自己的武器才能当这个土匪。

"那个……要不你等等……我……我给你算便宜点？"摊主有些心虚地站在楼梯口喊着，试图挽回一下殷修，但那个人下了楼梯就头也不回地走了。

"招惹了白手铐……没事吧我……"摊主哆哆嗦嗦，但戴着白手铐的人一律当"恶劣玩家"处理，不贩卖信息，不贩卖道具，甚至看到就要立即袭击……这都是管理员定下的规矩，不遵守不行啊。

"唉……要不我换个地方摆摊吧，四五层这么近，他一会儿就得回来找我。"摊主嘟囔着匆匆转身，想要回去收拾摊位。

一回头，就见一个穿着黑色西装、浑身散发着诡异气息的男人端端正正地坐在他的椅子上，微笑着凝视他："一百万？"

摊主哽了一下，对眼前的男人没来由地感到畏惧，这种畏惧是来自副本等级压制的恐惧，他支支吾吾地道："你……你俩一起的？"

黎默起身，学着殷修的样子把椅子推了回去，然后端端正正地盯着摊主，微笑道："是的，一起的。"

摊主汗如雨下，他不知道面前的男人是谁，但能感觉到对方不一般，心道还是尽量不要招惹为好，便低声道："您想问什么就问吧，我免费回答。"

"他手上的手铐是谁给他戴上的？"

"白手铐……整个极乐城只有管理员才有，也只有他才能够解开。"

"管理员？"黎默微微眯眼，周身散发出危险气息。

摊主缩了缩身体，尽量降低自己的存在感："是的……管理员，只有被管理员认定为极度危险的玩家才会被戴上白手铐来限制行动，平常这个副本运行五十次都难使用一次这种道具，但一旦有人戴了那副白手铐，就极难走出极乐城。我想，管理员……是不希望他从这个副本通关……"

说着，摊主小心翼翼地抬头看了一眼黎默，观察到他略微不悦的情绪，赶紧低下头降低存在感，祈祷着这位问完赶紧走。

"我知道了。"黎默回应一声，却没有离开的意思，而是死死地盯着摊主，"那么你呢？"

"我……"摊主觉得背脊发凉，瑟瑟发抖地立在那儿，"能有我什么事，我只是一个普通诡怪而已。"

黎默唇角一弯："说谎。"

他往前踏出一步，摊主猛地被吓得转身就跑，然而下一秒，铺天盖地的黑色触手一把将他缠住，碾压揉捏。

诡怪的身影在袍子之下慢慢地缩小，最后变成了一张纸。

黎默上前捡起了地上的纸张。

他来这个副本之前已经做过功课了，这里每层的规则单都以很特殊的方式存在，一般玩家找不到，甚至根本不会往这方面想，就连殷修也是如此。

殷修没注意到这个规则单，但他注意到了。

只是黎默将那张规则单拎在手里看了看，上面是一片空白，他还是看不到规则。

他张开嘴，试图把规则单放入嘴里嚼一嚼，忽地又想起殷修还没看过，就又放下规则单，仔仔细细地叠好，放入西装口袋，转身下楼。

站在五楼楼梯口的殷修沉默地凝视着五楼的风景。

从楼梯口下来的时候，这里还是很正常的走廊，等他打开了走廊尽头的门，所展现的画面却是完全不属于极乐城的场景。

门后是一片巨大的墓园，大大小小歪扭的墓碑排列开来，地面上覆盖着泥土，种着树，一条蜿蜒的小道延伸出去，就算有墙壁为边界看上去也依旧宽阔到丝毫不像是在所谓的城里，这个场景根本不像是走廊的一部分。

打开这个门的瞬间，殷修都怀疑自己去了别的副本，但转头看向窗外虚无的黑暗，以及那些飘浮在空中的走廊，似乎又还在原来的副本里。

他现在很想问问黎默这个副本是不是每层都有这样的区域，但刚刚下楼的时候，黎默说要去吃点东西，一会儿再回来，就从他手背上钻出去了，他现在是一个人。

罪门规则规定玩家必须用肢体作为罪门的载体带罪门离开，玩家必须要遵守，正常罪门也一定是用这种方式才能离开区域。

但黎默不是正常罪门，他借助殷修的肢体作为载体，只是让殷修遵守规则，而他本身不需要载体也可以到处乱走，绑定了玩家，选择了载体，他就能立马溜出去了。

"贪婪……也不知道怎么个贪婪法。"殷修嘀咕着，抬脚踏入了这片墓园。

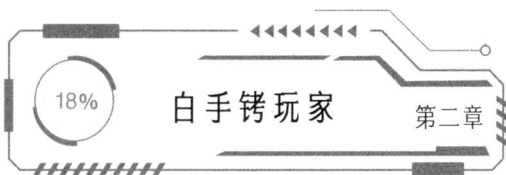

001.

他现在算是正式进入某一层的区域，之前暴食的楼层在他到之前就已经被黎默啃得七七八八了，那一层不仅没有任何诡怪，连房屋都所剩无几，可以说是被扫荡得相当干净，玩家一去就知道罪门在哪儿。

而上一层他只是去了个楼梯口，并未实际进入罪孽区域，现在这个第五层，他才算是真正进入贪婪区域。

七宗罪，说的是七种不同的罪孽：傲慢、嫉妒、暴怒、懒惰、贪婪、暴食、纵欲。从罪门名字就可以看出所处区域的主题是非常极端的，玩家进入其中也会受到影响。

踩在墓园的泥土上，他有种真切地进入了外面世界的墓园的感觉，而非仅仅在极乐城这个地方。

殷修一边穿过两侧歪歪扭扭的破旧墓碑，一边审视着周围的环境，阴冷荒芜是他对这里的第一印象，泥土上没有草，树枝上没有树叶，墓前空荡荡，一眼望去，一片死寂，连墙壁都是发灰的。

贪婪的区域，却意外地贫瘠，并非拥有很多，反倒是显得一无所有。

而且这里格外安静，甚至静得有点瘆人，殷修耳朵里听见的声音全都是自己的，一丁点杂音都没有。

走着走着，路过一个墓碑，地上的土里猛地伸出一只干枯的骷髅手抓住了殷修的脚踝，有声音从地底下传了出来："给我……给我一样东西，我就放你走。"

殷修垂眸凝视着脚踝上的手，抬脚试图扯一扯，但稍微一动，旁边的土地里又猛地伸出一只手抓住了他："给我……给我一样东西，我就放你走。"

殷修沉默地盯着脚踝上的两只手，怀疑自己再多动一下，还会再多出一只手。

"好吧，你要什么？"殷修低声询问着。

周围安静了几秒，从土里缓缓地传出了困惑的声音："……你怎么什么都没有？"

殷修一脸疑惑。

"你……没有家人，你没有钱财，你没有重视的人，你也没有感情，你……哦，你有一个朋友，叫叶天玄。"

抓住他腿的其中一只手晃了晃，向他挥舞着："把你的朋友给我。"

殷修淡淡地道："他不在这儿，如果你非要的话，你就松手，我一会儿就去把他抓来给你。"

土下面的声音很困惑："你难道不会舍不得你的朋友吗？"

"没什么舍不得的，反正他来了，死的也是你。"殷修轻描淡写地应道。

手微微一抖，又缩回去抓住了殷修的腿："你还有一个朋友，那把他给我吧。"

殷修语气淡然："我没有别的朋友了。"

"你有！你有一个新朋友。"抓住脚踝的手朝着殷修的口袋微微一指，"你有他送给你的礼物。"

殷修眉梢一挑，从口袋里摸出了黎默送的那朵小花。

花一拿出来，干枯的手就开始兴奋地狂舞："珍贵的礼物，想要，好想要！把它给我！"

殷修指尖揉搓着花枝，盯着脚踝上开始伸手索求的手："花有什么珍贵的？"

手往上伸得更高了，土下的声音也变得兴奋："你是个贫穷的人，你比我们遇到的很多人都要贫穷，其他的我们都不要，把花给我！花！这朵花就足够了！"

殷修表情淡漠，看了看花，又看了看脚边的手："这么想要？这花对我而言有什么意义？"

"珍贵的……无比珍贵的友谊，你的另一份友谊很快就要消散了，这朵花将会是你仅剩的，最为珍贵的东西，把它给我！"两只手朝上伸着，越来越高，几乎要上来抢了。

殷修唇角微勾，有些不悦地嗤笑道："这个副本还真喜欢占卜啊。"

他将花丢回口袋，抬脚朝着两只手狠狠踩了下去："但我这个人，不信这些。"

一脚下去，两只干枯的骷髅手被踩了个粉碎，但立即有更多的骷髅手蹿上来抱住殷修的脚。

它从土里翻出了一束漂亮的花："我跟你交换，我把这束更好更漂亮的花给你。"

殷修扯了扯腿："不要。"

"这个呢？这个多好看！"又一束花被从土里翻了出来，那花甚至不像是现世里有的花，五彩斑斓带着流光，格外漂亮，格外摄人心魄。

殷修的目光落在花上，微微一滞，就好像整个人被花拉扯住了，挪不开眼。

土下的声音变得迷幻而低沉，缓缓地诱惑道："看，黄色的花是家人，你有了，就会有很幸福的家庭，你不用在孤儿院长大，你会有可爱的妹妹陪伴你，会有对你很好的父母，你的人生会变得富裕，而不是一无所有。

"蓝色的花是朋友，你不会再被所有人避之不及，你不会再失去注视，你会有很多很多人陪伴你，不用付出什么，他们也会留在你身边。

"红色的花是恋人，你未曾涉及的领域对你而言是崭新而美好的，你会被人深爱、重视，长久相伴，一同面临死亡，而不是一个人孤零零的。

"紫色的花是金钱，也许你并不是那么在意它，但你也不能缺少它。

"想要吗？想要吗？拥有这束花，你就拥有了完整的人生，你缺少的情绪，你模糊的记忆，你寒风凛冽的过往，你所有的伤痛都会被这束花抚平。

"只需要你手里那朵，小小的、可怜的花来交换。"

土下的声音一声又一声地喃喃叙述着，那束五彩斑斓的花在的眼中不断地扭曲变化，成了各种模样。

"你看你，多可怜，一无所有，仅剩的朋友也快要死了，比起贫穷，你一定想要更多吧？来交换吧，跟我交换就可以了。"

那只手悄悄地向殷修伸过去，缓缓地碰向了他指间那朵艳丽的小花。

在他干枯的手即将触碰到时，殷修微微一缩手，将花护在了掌心。

他恍惚的目光一瞬间恢复了清醒，但下一秒又朦胧起来，嘴里艰难地往外蹦出了含糊不清几个字："不给你……

"第一次……收到……礼物……

"怪物送的……

"没了也会不开心……"

他牙齿越咬越紧，眉头紧蹙，猛地一偏头，将目光从那束花上挪开了，怒声道："什么破花！颜色那么杂，丑死了！我才不要！"

骷髅手们一颤，还是第一次有人从诱惑之中挣脱了出来。

"不想要吗？为什么不想要？这些都是你没有的东西？你为什么不想要？"

手缓缓地上前，试图再度将五彩斑斓的花送到殷修跟前，被他闭着眼一把扫开："没兴趣，拿开。"

土下的声音尖啸了起来："不可能！不可能有人不想要！人是贪婪的，人只会想要更多，欲望无穷无尽。"

"你为什么不想要？你为什么不想要！

"我知道了，你不是人，你是个怪物，你冷血薄情，所以你才一无所有的！"

殷修皱着眉头一把踩在了声音发出的地方："闭嘴！"

他一动，土里冒出了更多的手抓住了他的脚，声音飘荡着，重叠着响起："给我……给我一样东西，给我……什么都好，给我……我想要……"

殷修沉沉地吐出一口闷气，不想跟这些手做过多纠缠，他抬眸看向墓园的尽头，那里有一扇门，打开那扇门就会去到走廊的下一段，至少也算是摆脱了这些手。

他不再理会土下发出的声音，而是转身朝着门的方向一步步走过去。

他稍微一动，就会从土里蹿出更多的手抓住他，甩掉一些，就会钻出更多。

它们试图抓住殷修的脚踝，随着他的步伐不断涌出大量的手攀住他行走的双腿，抱住他的腰，拉扯他的手臂，一点点地试图用重量将他压垮。

殷修拉扯着那一群攀附着的骷髅手，踏着沉重的脚步，沿着墓地的道路，硬生生走到了尽头。

他长出一口气，搭住门把手，准备离开。

身后却忽然传来了新的声音，听上去稚嫩清脆。

"哥哥……你为什么要走啊？你不留下来陪晓晓吗？你不是在找晓晓吗？"

殷修脚步一顿，瞳孔微震。

他这一瞬间的迟疑，身上的骷髅猛地涌上来，捂住了他的眼睛，沉重的力量压下来，想要将殷修拖回去。

殷修眼前一片漆黑，只能胡乱地摸索着门把手，试图开门或是抓住什么。

漆黑之中，他的手在空中胡乱地挥舞着，没有摸到门，似乎在一瞬之间，门变得遥远无比。

他一只手摸索着门的方向，一只手试图揭开捂在眼睛上的骷髅手，模糊的视线里，似乎有一点点光亮在眼前浮现。

下一秒，有人抓住了他伸出去的那只手，触感冰冷至极，从掌心传递过来的寒意，让殷修一颤。

那人抓着他猛地将他拉了过去，与此同时，殷修头顶响起了一道熟悉的声音，一如既往让人捉摸不透的带着笑意的声音："你哥哥不会留下来陪你的。"

殷修感觉到压在身上的骷髅在一瞬之间悉数崩塌碎裂，伴随着土下一道道尖锐的叫声响起，所有的骷髅手都试图爬回土里，但它们还没钻回去就消散在了空中。

强烈的惨叫声过后，墓园恢复了安静。

没有鲜花，没有骷髅，也没有声音，只剩下一片荒芜。

殷修睁开眼，发现旁边的门板上落着一排小小的字：贪婪者的坟墓。

他还没细究，拉着他的黎默低声道："你没有从它们手里拿到任何东西吧？"

"嗯。"殷修应了一声。

"那就好。"黎默放开他，从口袋里摸出了刚刚拿到的规则单，微笑道，"我吃完回来了，给你带了礼物。"

殷修沉默地盯着黎默手里的规则单："……嗯。"随后又缓缓地闭眸叹气，"我感觉我受伤了。"

黎默一顿："哪里？"

"精神上。"殷修缓缓睁开眼，伸手拿过了黎默送来的规则单，"不过现在又好了。"

黎默微笑着凝视他："因为什么好了？"

殷修淡淡地扬了扬手里的规则单，眉眼清冷："因为这个。"

"规则单？你想要的话，我还可以再去找两张给你。"黎默一瞬之间已经在脑海里想好了怎么偷溜去别的层抓诡怪了，殷修却摆摆手。

"暂时不用急着去找了，我得先去拿回我的刀。"殷修回眸看向了身后的墓园，里面寂静无声，丝毫没有之前那种喧闹，冷清得就像土下那些诡怪不存在一般。

他抿了一下唇，声音沉闷："要是有刀也不会被这种程度的诡怪拦住了。"

黎默察觉到他不悦的情绪，微笑道："好，先去拿刀。"

殷修的不开心是肉眼可见的。

不只是黎默能发现，隔着屏幕正在小镇上观看副本的玩家也能发现。

贪婪诡怪的话字字诛心，每一朵代表欲望的花都像是将殷修的过往剥开了放在他面前。哪怕不是玩家现实中的真实经历，但是作为全息游戏中的剧情设定，玩家的情绪也会被当下的环境所影响。

他一无所有到即便是黎默这样来历不明的诡怪送的东西，他也会珍藏起来。

想到上个副本的小女孩，玩家们唏嘘不已。

突然间就能够明白，明明那个叫雅雅的小女孩是诡怪，殷修却仍旧对她很好的原因了，他眼里所看到的并非身份这么表面的东西，而是藏在皮囊之下更为纯粹的情感。

想到诡怪说"殷修人人唯恐避之不及"这句话中的"人人"也包含了他们，屏幕上光速飞过去一大堆弹幕。

"修哥！等你回来了，我要在你门口种满花！"

"修哥修哥，缺妹妹不？我可以穿女装当你小妹。"

"前面的，你是否清醒？"

"修哥！我宣布你是小镇的第二个神！要是叶老大有一天下线了，我就扶你上位！"

"前面的你小心点……叶老大是会开弹幕过副本的。"

"……没关系吧，他又不知道我是谁。"

"他不知道，我知道！你小子敢对叶老大不敬，回头我就给你举报咯，让叶老大赏你两个大耳刮子清醒清醒。"

"我错了！我选择加入种花行列！"

那些弹幕殷修是一个字都不看的，他怕一会儿拿上刀之后回来找不到这个墓园了，匆匆顺着走廊去寻找第五层的 303 号储藏室了。

殷修出了墓园后的这一截走廊画风稍显正常，至少看上去是走廊该有的样子。

两侧密密麻麻的房间及门牌号排列出去，一眼望到的尽头是隔离走廊的门。

每个门上都有门牌号，像是旅店的房间，但按照纸条上的内容，这些门应该是储藏室的门。

正巧路过一间半开着的房门，殷修停住脚步，伸头往里看了一眼。

里面不像是储藏室，像是普通的房间，一个男人坐在堆满了钱的桌子边陶醉地数钱，嘴里念叨着："等这周公司上市了，就又有好多好多的钱了，我要去投资，我要更多更多的钱。"

旁边一个小小的男孩拉扯着男人的衣角："那爸爸你什么时候赚够了钱陪我去玩啊？"

男人充耳不闻，眼睛直勾勾地盯着手里的钱，龇牙咧嘴："还不够！我还是太穷了！我要更多更多！"

伴随着男人的声音，桌子上的钱越来越多，慢慢地堆积滚落了下来，而男人还在贪婪地念叨索取着。

殷修沉默着转身往另一扇房门走去，悄悄地伸手拧开一点查看。

里面是一个女人被好几个模样精致的年轻男人包围着，她坐在其中，声音痴狂："老娘有的是钱，我要好多帅哥，好多好多的帅哥！"

她的面容憔悴，黑眼圈浓重，却仍旧拉着旁边男人的手："我不要爱情，我只要陪伴，你们都得待在我身边陪着我！"

她旁边的男人温声道："你最近太累了，还是先去休息吧，我会陪在你身边的。"

女人怒斥道："说谎！我一闭眼你们就一定会走的！我要你们全部待在我身边，我还要更多的人注视着我！我不要一个人！"

屋子里的人慢慢变多，变得拥挤，帅哥的身影逐渐淹没了那个女人，也包括最开始坐在她身边的那个男人。

而女人还在说："我还要更多的人在我身边，我还要更多的人注视我，还不够！"

殷修关上房门，慢悠悠地顺着这条走廊往前走，看过几个房间里的光景之后，他逐渐理解，这些房间的确是储藏室，储藏的是不同的贪婪。

002.

等走到 303 号储藏室之后，殷修停了下来，望着眼前的房门。

他小心翼翼地拧开房门，顺着门缝往里看去。

刚一打开房门，就有一道黑色的身影迅速地从里面冲了出来，一把将殷修扑倒。

那是个男人，他浑身上下都是珠宝，不止衣服上，连皮肤上都镶嵌着璀璨的宝石，他欣喜若狂地望着殷修，举起了手里的刀："我已经没有更多的宝石了，你的眼睛真漂亮，像宝石，把它给我吧！"

殷修十分淡然地躺在地上，举着双重手铐朝旁边一指："我觉得他的眼睛也挺好看的，不如你去挖他的？"

男人一顿，抬眸看向了旁边的黎默。

那个浑身漆黑的男人正低头微笑地盯着自己，明明他脸上是笑容，却让男人感受到了畏惧。

黎默笑着，一脚把男人从殷修身上踹开，然后把殷修从地上拎起来，丢进了屋子里，一气呵成完成捞人放进屋子的动作后，他再微笑着转头看向了男人，和和气气地低声道："想要我的眼睛？"

男人苍白着脸，没有说话。

"可以啊，我现在就挖出来给你。"黎默不以为意地点头，一瞬间，整条走廊猛地被寒意笼罩，无数只长着眼睛的触手缓缓地萦绕在那个男人周边。

每一只眼睛都一眨不眨地望着他，散发着阴森的气息。

"你想要我的哪只眼睛呢？"

男人被吓得后退了一步："不……不要了……"

"那怎么行，"黎默一步步地向着男人靠近，那些眼睛也离男人越来越近，"他刚才说我的眼睛也挺好看的，如果你不想要的话，岂不是否定了他的话？"

男人目光一呆，有些没缓过来，但那些密集的眼睛已经凑到了他的旁边，凝视着他。

"你必须得剜一个下来，否则我就要来剜你的眼睛了。"

男人哽住，在无数触手的包围中，根本没有逃跑的余地，但让他去碰这些眼睛，他也没有勇气，现在面对周围不断在流动的触手，他手里连握紧刀的力气都没有了。

男人内心咆哮：说好的我只用蹲在这儿偷袭玩家就可以了呢？面前这是个什么东西啊！

难道有诡怪背叛组织，跑去玩家身边了吗？！

男人一脸绝望，颤颤巍巍地举起了手里的刀，做好了殊死一搏的准备，他真的不觉得自己要是剜下这触手上的眼睛，面前的人就会放过他。

黎默笑眯眯地盯着那人，盯着他的刀。

双方正僵持着，危险的气息一触即发，下一秒，旁边的房门唰地一下打开，殷修从里面探出了头："我找到我的道具包裹了，但是在比较高的地方，进来帮我拿一下。"

"好。"黎默点头，准备速战速决。

但殷修又幽幽地补充了一句："先别杀他。"

已经绝望的男人一怔，看向殷修，面前这白净的面庞在他眼里一瞬间变得神圣！

下一秒，殷修又补充道："留着这个诡怪，一会儿让我试试刀。"

"好。"黎默点头，触手一把卷上男人，将他一并拎进了房间，丢到了角落。

男人满身璀璨夺目的珠宝光辉也照不亮他现在黯然的眼眸，心想这次是遇上比诡怪还诡怪的人了啊。

殷修装着道具的包裹被放置在了房间某一堆宝石的高处。

按照房间里宝石堆放的位置来看，这些原本都是家具，因为男人的贪婪，这些家具不断地换成珠宝，层层叠叠，珠光璀璨，把殷修原本放在柜子上的包裹都叠到了天花板。

殷修手不方便，没法爬上珠宝堆上去拿，就叫黎默试试看。

他站在一旁静静地盯着黎默，想要看看这个人能有什么办法上去把他的小包裹弄下来，但是黎默只是朝着他微笑，一股寒意从殷修面前一扫而过，顶在高处的包裹就忽地滚落了下来，掉进了殷修的怀里。

殷修沉默地抱着包裹，看看刚才包裹所在的位置，看看黎默，这个人什么都没做，甚至都没动一下，东西就被弄下来了。

他漫不经心地打开包裹，把雅雅的硬币放进了口袋，然后将刀系在腰间挂好，接着才抬眸看向黎默。

"把你藏的东西给我看看？"

黎默："你指什么？"

殷修随手朝他周围点了点："就是你周围那些我看不见但你却能用它来接触我的东西。"

黎默笑盈盈地道："我是不建议你看的，这些东西不太符合正常人的审美。"

殷修双手环胸，淡然地盯着他："你都用它跟了我一个副本，现在还想藏着吗？"

"真的要看？"

"嗯。"

"一定要看吗？"

殷修微挑眉："就那么不想给我看？"

他抬手指向墙角瑟缩着的男人："他们都看得到，怎么就我看不到？"

"因为它们不是人。"黎默不为所动地盯着殷修，"但你是人，人很难接受我这一部分形态。"

"很难接受不等于完全不能接受，说不定我就很喜欢呢？"殷修没有半步退让。

都一起过了一个副本了，现在他们要一起挑战第二个副本，黎默还是这副不够坦诚的态度，殷修是有些不乐意的，他不喜欢身边有自己完全不了解的存在，即便对方不会伤害自己也不行。

"如果你坚持的话，那好吧。"黎默脸上的微笑有了一丝松动，他向殷修伸出手，"把手递过来吧，我只给你看一眼。"

殷修把手递了过去，感觉到有什么凉凉的东西落在了自己的掌心，黏腻冰凉且看不见的物体在他掌心里游走，慢慢地缠绕上他的手。

这触感他很熟悉。

接着，那东西的轮廓在殷修的眼里一点点地变得清晰，空气之中逐渐浮现出一条长满眼睛的黑色触手正缠绕在殷修的掌心。

殷修手心里的"这个东西"，触感、体积、重量和颜色都无比的真实，就像是某种生物的一部分。

它是鲜活的，有意识的，上面的每一只眼睛都在盯着殷修，随着他的反应而产生反应。

这就是……黎默的一部分？

殷修感觉自己与那些眼睛对视久了有些眩晕，像是被什么强烈的意识侵入大脑，在感到寒意的同时还产生了一些敬畏之心。

他撇开视线，惊觉自己的呼吸变得紧张而急促，被触手缠绕住的这只手都在不自觉地颤动，明明它没有对自己发起任何攻击。

"无法接受，对吧？"旁边飘来黎默的声音，他微笑着缓缓靠近僵住不动的殷修。

"没关系，面对未知的生物，会产生恐惧是正常的，这是正常人的防御机制。"黎默慢悠悠地道，对殷修的沉默给出了解释。

屋子里一阵寂静，黎默觉得自己差不多该收回自己藏着的一部分时，殷修却忽地动了。

他手心微微握紧，抓住了掌心中黑色黏腻的触须，似乎在短暂的忍耐之下缓缓地呼出一口气："谁说我不能接受的呢？"

"我也是群体中的'怪物'，所以接受另一种类型的怪物，比你想象的要容易。"殷修张口就咬在了触尖上，"这不就是稍微大一点、长了眼睛的章鱼须嘛！"

殷修在触尖上咬了咬，确认这是真实存在的后，便收口了。

他盯着牙印旁边的眼睛，之前还在转悠着盯着他的眼睛，这会儿瞳孔却一直颤动，反馈出来的情绪似乎格外不稳定。

殷修疑惑地后退了一步，撞上了身后的黎默，他刚想要回头去看看，一道黑色的触须就迅速挡上来，遮住了他的眼睛。

"现在还不能看我。"

周围寒意四散，那条触须有意遮挡住他的视线，将他的头扭回了正的方向。

殷修听着身后的动静，忍不住小声问道："怎么了？"

黎默没有回应，反倒寒意在一点点收缩。

殷修站着没动，安安静静地等待着他身边的寒意慢慢地收敛回去，一点点地恢复平静。

殷修感受到环境平稳下来，垂眸看向四周，触手已经被隐藏了，黎默似乎也恢复到了正常的模样，他低声问道："好了？"

"嗯。"黎默应声，一如既往带着阴森的微笑。

"我没伤到你吧？我只是确认一下那是不是真的。"殷修凝视着他，试图从黎默脸上看到点特殊的反应。

黎默平静地微笑着："没有受伤，只是第一次有人咬我，有些突然。"

殷修脸上浮现出困惑，接着就平淡静地点头："你没事就行。"

他掠过这个话题，准备开始忙正事。

殷修转身走到了墙角瑟缩着的那个男人身边。

黎默是情绪稳定了，但这个男人好像变得极为恐慌。

他战战兢兢地缩在那儿，满脸惊恐地盯着黎默，嘴里一个字都没说，但畏惧显而易见。

"临死前有什么想说的吗？"殷修盯着他风轻云淡地询问着，这还没拔出刀呢，那个男人就猛地扑过来，抱住了殷修的腿。

"别杀我！我不想死！我可以把满屋子的宝石都给你！这些宝石能够兑换成副本资产，也可以去别的诡怪那里交换道具或是情报，很有用的！"男人说了一连串求饶的话，连保命的条件都想好了。

殷修沉默地转头凝视着一屋子的珠宝，看上去确实价值不菲，转而他又冷淡地垂着眼眸："我过副本不太需要道具，副本结束后奖励给我的资产也不会少的，不缺你这点儿。"

男人一怔，痛哭流涕道："我……我还可以告诉你一些副本消息！没有谁比我们这些诡怪更了解这个副本了，你想要的话，我还可以提供很多帮助！"

面对男人的求饶，殷修眉梢微挑，不知道是不是他的错觉，总感觉现在这个男人的恐惧值远比平常的诡怪高。

上个副本那些被杀的小镇居民知道自己要被杀了，都没有这么害怕。

明明之前把他丢进屋子里的时候，他也没有这么害怕，难道是受到黎默的影响？

殷修不确定，但对他口中的副本消息还是有兴趣的。

他抬了抬手上的手铐："你知道这个吗？"

男人连忙点头："知道知道！白手铐是管理员的特殊道具，专门给他认定的穷凶极恶的危险玩家戴的，一旦被戴上，怎么样都破坏不了，只有管理员能解开。而且戴上白手铐的人在极乐城行走，污染值要比其他玩家承受得多，每干掉一个人或诡怪，污染值就会迅速增加，要不了多久，这个人就会沦陷于极乐城。"

"污染值？"

"其实极乐城每层都弥漫着罪孽，它会激发扩大人心里的欲望。玩家踏进来就会受到污染，只是这个污染程度很小，待得越久，污染程度会越高，根据罪孽的不同，玩家受到的影响也不同，而白手铐就是加速污染的道具。"

殷修沉默地盯着手上仅剩的白手铐，黑的刚刚拿到包裹里的钥匙取下来了，白手铐的钥匙却只能在管理员那儿拿到。这岂不是意味着，不快速找到管理员的话，他就会在极乐城慢慢堕落？

男人在黎默的目光下，继续说道："你……你来的时候应该遇到过贪婪的区域了吧？比如说你原本的心性坚定程度是一百，手铐会给你减低五十，你在受到诱惑的时候，会再减少十，如果拿来诱惑你的是相当吸引你的东西，你很容易就会失去理性。

"白手铐是极乐城最大的限制，戴上它的玩家是离不开极乐城的，他们会在不同的罪孽里沦陷。

"迄今为止，还没有戴上白手铐的玩家能通关极乐城副本。"

殷修再度沉默着打量着手铐，没想到管理员当时随手往他身上一丢的东西这么恐怖。

男人抬眸看了殷修一眼，余光瞥向他身后微笑的黎默，小心翼翼地继续道："你的手铐现在还是白的，说明你还没有受到什么严重的污染，但当你受到罪孽污染的影响严重时，你的手铐颜色会随着罪孽的不同而变色。"

"我上一次见到戴着这个手铐的人，他的手铐已经变成了黄色……那位玩家心性极傲，却还是被欲望污染，沦陷在纵欲的罪孽里。"

"罪孽的颜色……"殷修转头看向了黎默，他记得黎默刚刚出现在他面前时，戴着一个面具，上面有一抹颜色，是蓝色的。

"不同罪孽有着不同的颜色，在罪门身上体现，不过我没有见过所有罪门，不确定全部罪门的颜色，只知道纵欲是黄色，贪婪是青色，嫉妒是绿色。"男人老老实实地跪好，把该说的都说了。

"另外你一旦杀了玩家或是诡怪，你会更容易受到罪孽的污染，但进入这里的玩家都是狠角色，所以戴上白手铐的人才极难离开。"

殷修缓缓地点头，已经大致明白了。

从他戴上这副手铐开始，他跟其他进入这里的玩家要面对的游戏难度就不是一个级别的了。

成功避开所有罪孽的污染离开极乐城，就是最好的结局，可一旦触发了不同层的罪孽，就相当于开启了更加危险的支线剧情，这些剧情会引导他一步步堕落，被罪孽完全污染，最终通关失败。

而其他玩家只需要保命，从敌对的玩家手里活下来，从诡怪手里活下来，然后成功到达管理员面前再离开就好。

同样是踏入一层罪孽，但双方受到的影响却完全不同。

殷修叹了一口气，开始后悔当时没有直接冲过去用手铐链子勒死管理员。

"不过……应该有消减罪孽的办法吧？副本的规则总是有漏洞可钻的。"殷修幽幽地盯着男人，"白手铐也该有白手铐的活法吧？"

男人挠挠头："极乐城沾染罪孽只有一个活法，只要规避导致罪孽的行为就好了，白手铐应该也一样。"

殷修沉吟道："像是暴怒，只要想方设法保持平静，就可以降低污染了？"

"是的。"

了解到白手铐玩家的通关难度，殷修的心情十分复杂。他连每层的规则都没摸到边，连通关条件都没悟透，一上来就把他推到了最高难度。

白手铐是从管理员那里得到的，极乐城内肯定没有现成的关于白手铐的信息，那就只能从诡怪嘴里撬信息，恐怕有不少白手铐玩家就是在撬信息的过程中被污染的。

"不能杀诡怪……也不能'杀'玩家是吧？"殷修感觉自己真的变成了一个副本"囚犯"，戴上手铐，然后用最原始的方式通关副本。

接着，他微笑道："那我的罪门总能替我杀吧？"

男人脸色一白，开始哆嗦。

从他的反应来看，罪门动手是不会影响白手铐的污染值的。

好了，又一个规则漏洞被他发现了。

"我……我已经告诉你这么多了，你就不能饶了我吗？"男人欲哭无泪，在副本做诡怪真难，尤其是碰到"杀诡不眨眼"的大佬时。

"我也没说要杀你。"殷修淡淡道，他连刀都没拔出来呢。

真要试刀的话，贪婪墓园那边藏在土里的那几个更合适。

虽然现在还不能杀，但没有说解开手铐，副本通报响起之后就不能杀了吧？

"谢谢大佬！"男人狂喜，再一次在殷修身上感受到了仁慈！

"不过你这一屋子的宝石，我要怎么带走？"殷修转头看向四周，他还是挺舍不得这么多副本资产的。

但话一出口他就皱了下眉，过完副本会给奖励的，他怎么就舍不得这点儿了，难道是受到贪婪的影响了？

"算了，不要了。"他皱眉，抬脚就要离开这里。

男人猛地扑上来抱住他的腿："没事，大佬你拿走吧，我也想跟着大佬你，你只要出去之后，取下这个303的门牌，就算是带走了整个屋子，下次要见我或是取用宝石，随便找个房间，挂上门牌就行了。"

殷修点头，带上黎默就准备出去。

临走之前，男人还小心翼翼地询问道："大佬你能被戴上白手铐，一定是特殊玩家吧？听说这次副本殷修来了，你该不会是他吧？"

殷修淡然地站在门口摇摇头："不，我叫叶天玄。"说完就关上了 303 的房门。

男人开开心心地拍手："原来是叶天玄啊，叶天玄好啊，听说只要跟他交代信息就能保命，果然是真的！我得赶紧告诉其他人，叶天玄被戴上白手铐了，交代信息就能保命了。"

003.

远在第三层的叶天玄坐在三楼占卜摊前买信息，没来由地打了个喷嚏。

"不会有人在想我吧？"他皱皱鼻子。

"快点儿，一百万一条消息，买不买？"摊主恶声恶气地对他道，看到红衣服的高危玩家就没好事，得赶紧赶走。

"买。"叶天玄淡淡地点头，"一百万嘛，值得。"

摊主一愣，这人有钱是真敢花啊。

他连忙端正了自己的态度，亲切地问道："大客户啊，下一条我给你便宜点儿吧，你想问什么啊？"

叶天玄微笑着敲了敲桌子："极乐城的规则是谁定的？"

"那还用说，管理员啊，整个极乐城的规则都是他定的。"

叶天玄若有所思地点点头："嗯，跟我想的差不多。"

摊主用复杂的眼神看着他："你都知道还来问，嫌钱多吗？"

有一百万也不是这么花的啊。

"我只是来确认我的猜测而已，我的猜测不一定准确，但你们嘴里说出来的信息就一定是准确的。"叶天玄慢悠悠地起身，"好了，我现在已经确认了极乐城的五星通关条件，谢谢了。"

摊主一愣，他感觉自己只是回了一句废话，这一百万拿得有点不安心，"要不我再免费回答你一个问题吧，就当是一百万的附加赠品。"

叶天玄点点头，觉得不亏，便端端正正地站在桌子前指了指自己："你不是说自己无所不知什么都能占卜吗？那我什么时候'死'？"

他这一声询问，所有观看直播的观众连同摊主的眼神一瞬间变得复杂了起来。

在叶天玄的专属游戏设定里，他是个身体孱弱的病秧子，初始的血条和游戏能量值都不高，按理说有这样的"天崩开局"，普通玩家根本坚持不了多久，可叶天玄凭借他的好脑子和出色的组织能力，愣是将一副烂牌打成了王炸。只是他一直频繁进副本为小镇玩家总结副本攻略，能量值已经见底，游戏中的"死亡"也变得可以预见。

摊主凝视着叶天玄的脸："……你确定想知道？"

"想知道。"

"这对你而言恐怕不是个好消息。"

"没关系，我早就知道这不是个好消息。"

摊主意味深长地凝视着他苍白的脸，从自己面前一摊乱七八糟的牌里随手抽出了一张。

接着他略微皱眉地道："奇怪……你的血条还有不少，但你的能量值很低，下个月就会'死'。"

听到这话，叶天玄只是淡然地点点头："下个月是吧？还行，副本再过一个就能去终结副本了，一个月足够我通关剩下两个副本，全通关了再'死'也不迟。"

他微微一笑，弹幕里却是一片哀伤。

"你不害怕吗？"摊主遇到过许多来占卜的玩家，第一次见到有人面对自己的"死期"，还如此风轻云淡的。

叶天玄捂着嘴轻咳了两声，面颊一片苍白，他意味深长地勾起唇角："你看我本来也不像是能活得久的样子，索性都是要死的，不如在死前给小镇打出全攻略，保证我们小镇玩家的存活率。

"下个月才死的话，我反倒放心了，也意味着这个月我无论怎么作都不会死了，对吧？"

摊主轻哼了一声："自以为是的玩家，你以为消耗自己的能量，能保证多少人成功通关副本？副本里不存在救世主，有些玩家谁都救不了。"

叶天玄微微眯起眼睛，一脸和善地凝视着摊主："看你这么大方为我占卜，那我也为你算一卦吧。"

摊主疑惑道："你要为我算什么？"

叶天玄抬手，他的小拇指上缓缓流淌下黑色的液体滴落在地上，逐渐在空中凝聚成了一个红色的身影，面具之下传来浮躁的怒意，呼吸粗重，杀意浓重。

　　摊主一怔，目光逐渐惊恐，叶天玄笑笑，淡然地一挥手："当然是为你算一算你的死期了……我猜，是现在。"

　　伴随着摊主一声惊慌失措的叫喊，暴怒瞬间扑了上去。

　　它撕裂黑袍，从底下扯出一张规则单，狂躁地吼叫着，准备将规则单四分五裂，一转头，就对上了叶天玄凉飕飕的眼眸。

　　"想撕是吧？"他微微勾唇，明明是在笑，但眼底有压不住的怒意，"你把它撕成多少片，我一会儿就把你撕成多少片，你撕吧。"

　　暴怒顿了顿，忍耐着躁郁之气，将规则单递给了叶天玄。

　　叶天玄一把扯过了规则单，深呼吸一口气后，才和善地向暴怒微笑道："刚才那只是受你影响说的气话啦，我殷修一个心平气和的人怎么会撕你呢，对吧？"

　　暴怒敢怒不敢言。

　　它也是在绑定之后才知道面前这个人叫殷修，是传闻中的"杀神"。

　　如果他绑定的是普通玩家，行事这么不合它心意，它早就和他一拍两散去找别的玩家了，哪还会这么乖巧地给他打零工。

　　但这可是殷修啊！它根本不敢提散伙好吧！

　　暴怒现在就很怒！怒自己的运气差！还以为自己选中的是一个娇弱"小白花"，结果却是"杀神"！

　　"让我看看，暴怒层的规则单……"叶天玄缓缓地展开手中的单子，还没来得及细看，整个极乐城又一阵翻天覆地地转动。

　　在不同走廊的玩家都被打散，转到了不同的楼层，殷修这边也不例外。

　　他从房间里出来之后，就把303号房的储藏室门牌取下，再打开这个房门，里面就是一个空房间，那个全是宝石的房间已经被收起来了。

　　殷修把黎默收到了左手上，之后提着刀气势汹汹地转身往贪婪墓园奔去。

　　刚走到半路，极乐城就一阵旋转，层数开始打乱，窗外走廊变动，不同层的走廊又衔接在了一起。

　　停下之后，殷修缓缓打开了自己面前的门。

　　本来他现在一打开这扇门就会去到贪婪者的墓园，但现在层数打乱，门后是一条新的走廊，还正好有一个玩家在走廊上打量窗外。

　　门一开，四目相对，气氛有些尴尬。

　　殷修清晰看到那个男人的身边站着一个戴着紫色面具的罪门。

安静的氛围之中，对方先开口了。

他先是上下打量了一遍殷修，视线在他脸上停了几秒，又在他胸口上停了几秒，接着目光才落在他的手腕上，皱皱眉："你的手铐怎么还掉色啊？"

殷修沉默地低头看向自己手腕上取不掉的白手铐。

正常玩家进来戴着的手铐是漆黑的，但那个已经被殷修取掉了，现在手上只剩这个白的，对于不知道白手铐的玩家而言，殷修的这副手铐是黑手铐的"掉色版"。

"……可能是我洗了洗吧。"殷修淡定回应道。

"原来那破手铐洗洗还会掉色啊？"玩家怔住，对这点没有太多质疑，见殷修面无表情地盯着他，连忙道，"没办法，毕竟我取得特别快，都没多看几眼，还真不知道。"

"哦。"殷修淡淡地应声，视线落到玩家旁边的罪门身上，"你旁边好像有什么。"

玩家立即骄傲地抬起下颚："你没有罪门应该看不到吧，我旁边这个可是我的罪门，懒惰！"

殷修点点头，没有对此过多评价，但玩家自顾自地开始说道："你放心吧，我虽然有罪门，但不会轻易攻击其他玩家的，我过副本很低调，杀诡怪嘛，自然是会杀点儿的，但懒得攻击玩家，太麻烦了，对我而言最重要的是积极过副本。"说着，他扫了殷修一眼，"看你身板不太行，这么久了都没把手铐取掉，应该不是很强。

"不过没关系，你遇到我，说明你运气足够好。"他拍拍胸膛，"跟着我混的话，我会带带你的。"

殷修："……"

他沉默了几秒后，似乎是在思考，但对方显然把殷修的沉默当作了警惕，又继续道："你不用害怕我，我实话跟你说吧，这次副本要不是我遇上了殷修，肯定也是要打打杀杀的，但殷修这位大佬啊，不知道你有没有听说过，他特别强。"

"他之前在暴怒层召集了不少玩家，说是愿意跟随他的话，他就会带着大家一起过关。

"我觉得他这种级别的'杀神'，难得愿意带一次玩家，也是我们的福气，我是没脑子过副本的，有大佬带肯定是好事，你要是不跟着抱上殷修大佬的腿，就吃亏了啊。"

殷修眉梢微挑："殷修在暴怒层召集玩家一起过副本？"

"是啊。"对方点头，"我刚被殷修大佬安排了一个艰巨的任务——寻找其他玩家，你也跟我一起去呗，多带一个人去，我也能被殷修大佬多看两眼啊。"

殷修沉默，好像他在找回自己的刀的路上，叶天玄已经顶着他的名字在副本里玩飞了。

"怎么样？考虑吗？"对方还在坚持不懈地询问，"跟着大佬一起通关副本，多么美的一件事。像你这样看上去就很弱、连手铐都没取掉的人，不跟上大部队的话，是肯定过不了这个副本的啦！"

殷修低头看了看自己的手铐，是该去跟叶天玄商量一下手铐的问题，于是点点头，淡声道："既然叶……嗯，既然殷修在那儿的话，我也想去见见，看看传说中的'杀神'长什么样。"

玩家一阵狂喜："算你有眼光啊，咱殷修大佬虽然身板弱了点，但既然是传闻中的'杀神'，那肯定是很强啊。"

"我跟你说，看你反应这么淡，你肯定都不知道殷修有多强。"对方上来就兴冲冲地一把勾住殷修的肩，讲着他听来的"杀神"事迹，一边絮叨一边带着殷修往前走。

"你说说，有几个人能让诡怪们那么害怕的？诡怪们提到殷修的名字，都要打哆嗦！

"每次通关后都要杀光了副本诡怪才走，他得是多凶残、多强！跟着大佬准没错！"

"嗯……"殷修敷衍地应着，目光在这一层打量着，"这是第几层？"

"是第四层啊，懒惰，我刚刚在这层绑定了罪门的！"玩家欢欢喜喜地指向了自己旁边的罪门。

那戴着紫色面具、穿着长袍的罪门从殷修看到它开始就没有任何反应，中途不仅没有催促玩家做任何事，也没有说过一句话，就像一个挂在玩家身边的挂件一样。

殷修打量着旁边这位玩家振振有词，精神抖擞的样子，倒还真不像是被懒惰影响了的模样。

罪门挑选人的标准到底是什么？

殷修想起叶天玄虽然平时会对小镇不听话的玩家骂骂咧咧，但本身脾气很好，会被暴怒这种相性不同的罪门盯上也是特别。

"你知道你的懒惰有什么能力吗？"殷修轻声询问，看向那个宛如挂件般一动不动的罪门。

"不知道啊，我才刚绑定上！我一会儿回去的路上就找个诡怪试试！"这个玩家看上去气势汹汹，很有干劲的样子。

殷修点了点头，余光瞥了一眼自己左手手掌悄悄冒出来的眼睛，正一眨不眨地盯着他。

他凑近掌心，低声道："先别出来，待一会儿。"

掌心里的眼睛弯了弯，便缩回去了。

"说起来，你叫什么名字啊？我叫左梦。"旁边的玩家双手插兜，一脸骄傲地对着殷修仰头，"我可是通关进度百分之五十八的人哦，不过因为太害怕诡怪这种东西了，用道具的时候不小心杀过头了才会进来的，我可是'良民'，不对玩家动手的。"

殷修淡淡地应道："嗯，我叫叶天玄。"

"叶天玄？这名字听着有点耳熟啊……"左梦挠挠头，一时间也没想起来，就摆摆手道，"可能是跟我印象中的哪个人重名吧，反正到了这会儿你都还戴着手铐，应该也不是什么厉害的人了，跟着我，我罩你！保证把你安全送到殷修大佬面前！"

殷修平淡地点头，对左梦的贬低没什么反应，倒是直播屏幕上飘过一片讨论。

"哈哈哈哈！有人领着殷修去见'殷修'了！"

"有人说修哥不知道殷修的事迹，在跟修哥讲殷修的事迹哈哈哈哈。"

"这人看着怎么那么憨呢，笑死了。"

"中低分段的玩家混入了高分段里，一个大佬都不认识，还自称大佬，笑死我了。"

"拜托！刚才从墙壁里悄悄冒头的一个诡怪，看到殷修手铐的眼神比看到他的罪门时都害怕，他在骄傲什么？"

"手铐掉色？懂不懂白手铐玩家的含金量啊！"

"看到修哥跟叶老大互换身份的时候，我就知道会有这么好笑的事发生。"

"换身份之后，叶老大用修哥的身份混得风生水起啊，罪门都不敢对他怎么样。"

"是的，但没想到修哥这边这么好笑。"

004.

左梦领着殷修踏入了下一段走廊。

两个人刚刚踏入走廊，身后的门就砰的一声关上，左梦一惊："吓死我了，这门怎么还自己关上了！"

旁边的殷修冷淡地看了他一眼，他连忙解释道："我是怀疑有诡怪偷袭我们啦！才不是被吓到了。"

"……嗯。"殷修二度点头。

主题为懒惰的这层楼无比安静，殷修在楼梯口的时候就感觉到，暴食那层是被黎默啃干净了，没有诡怪也没有声音很正常，这层这么安静，甚至是毫无动静就很不对劲了。

"总之你放心吧，虽然我还没拿到这层的规则单，组织那边也还没人拿到，但我有罪门，总是有办法带你过关的，不用害怕啊！"左梦一边瑟瑟缩缩、警惕地盯着周围，一边认真地说着。

"嗯。"殷修点头，想了想，从自己怀里摸出了之前黎默给他的规则单。

那好像就是懒惰这层的规则单。

"不知道这层为什么这么安静，连诡怪都没有。"左梦低声碎碎念着，双手握拳，认真地往离他们最近的房门查看着。

"因为这层的诡怪都在沉眠，只要声音不大，他们就不会醒。"殷修回了他一句。

"原来是这样。"左梦点点头，愣了一秒回头，"你怎么知道？"

他一转头就看到殷修安安静静地站在那儿，正拿着一张规则单细细地看着，左梦瞬间瞪大了眼睛。

"这……这该不会是懒惰层的规则单吧？我们组织现在还没拿到的懒惰层规则单？"

殷修敷衍地点点头："嗯……"

他的注意力全都落在了这张规则单上，上面的规则很简洁。

懒惰层规则：

1.进入懒惰的世界，就要变得懒惰，不要惊扰它们。

2.进入懒惰的世界，不要变得懒惰，会沉沦在这里。

3.懒惰是个好习惯，当你被任何情绪掌控大脑时，只要短暂地放弃思考，让大脑陷入空白，就能恢复正常。

4.路过走廊时，要悄悄地。但房间内是属于你的私人区域。

殷修将规则浏览了一遍，记住之后在脑海里反复琢磨。

他抬起头，就看到左梦搓着手殷切地道："没想到你会有这种好东西在身上啊，反正你都要去组织了，不如把这好东西贡献给组织吧！殷修大佬会记得你一份功劳的！"

说着，他就想要伸手。

殷修唰地一下将规则单收了起来，背在了身后，目光微冷。

"这是我的私人物品，谁都不能拿。"

左梦一怔，悻悻地收回手，在殷修冰凉目光的注视下硬是没敢再开口要。

想不通，他一个通关进度百分之五十八，并且有罪门的大佬怎么会被一个手铐都没取掉的小菜鸟瞪一下就怂了呢。

"那你……给我念一下呗。"左梦放低了要求，毕竟不知道规则就在这一层肆意妄为的话，很容易发生危险。

殷修看了看左梦，又看了看手里的规则单，默默地将规则单叠好放进了口袋，才淡淡地道："那你拿什么信息跟我交换？"

左梦皱了皱眉："我们现在都是一个大组织的人了，这么小气的吗？"

"不换的话我就先走了。"殷修抬脚就要越过左梦离开。

左梦连忙抓住殷修，认真地道："交换！我有可以交换的信息。"

副本内的每条信息都很重要，一般来说玩家拿到信息也是冒着危险的，等价交换是玩家交流信息的基础。

只有叶天玄会无条件提供信息给别人，虽然背叛他的人下场也很惨就是了。

"我记得出来之前在组织那边记下了贪婪层的规则，你看可以交换吗？"左梦小心翼翼地询问着，别的层的信息始终都没有当下自己要过的这层信息重要，如果殷修不乐意，他就得更加小心地离开这层了。

不知不觉，拥有信息的殷修占据了主导权，左梦脑子里哪还有什么自己是大佬的想法。

"贪婪层……倒也行。"殷修点点头，虽然他已经被随机从贪婪层甩出来了，但指不定回头就刷新回去了呢。

"你先说，我再告诉你。"

左梦挠挠头，努力地回忆着贪婪层的规则，然后背给殷修听。

双方交换了规则。

"这懒惰层的第一条跟第二条好像有些矛盾啊？"左梦听完懒惰规则的第一时间就发现了一、二两条规则里的矛盾。

"第一条，进入懒惰的世界，就要变得懒惰；第二条，进入懒惰的世界，不要变得懒惰？我到底要不要懒惰？"

殷修也发现了这条规则的问题，但答案紧接着就写在了后面——

"进入懒惰的世界，就要变得懒惰，不要惊扰它们。"变得懒惰，就不会惊扰它们，就是要他们尽量避开这层的诡怪。

"进入懒惰的世界，不要变得懒惰，会沉沦在这里。"太过懒惰，融入它们，就会沉沦，也许就是说受到污染会变成这层诡怪从而副本通关失败的意思。

殷修记得从楼梯口下来遇到摊主，当时摊主旁边就横七竖八躺了好几个玩家和诡怪，那些可能全部都是玩家，看上去是诡怪的可能是已经变成了诡怪的玩家。

殷修将信息捋清楚了，便准备往前面的房间看看。他在了解到白手铐的信息之后，有一个想法立即冒了出来，想要在懒惰层实验一下。

左梦还在抓耳挠腮思考时，殷修已经大胆地打开了他们前面的房门，吓得左梦一哆嗦："你……你一个菜鸟冲在前面干吗？很危险的好吧！"说着他连忙上前来拉开殷修，信誓旦旦地拍拍胸："虽然不知道你想干吗，但我有罪门！我先上！"

殷修沉默地点点头，他也想看看懒惰到底有什么能力，便平静地后退了一步。

左梦进去之前先做了一个心理建设，深呼吸了两口气才看向了他旁边一动不动的罪门，认真道："好好干！跟着我一起杀光它们！我们称霸懒惰层，指日可待！"

懒惰："……"

接着，他就踏入了房间。

他进入的一瞬间，房门啪的一下关上了。

就如规则上写的那样，路过走廊时要静悄悄，但房间就是你的私人区域了。

在里面肆无忌惮地闹，也不会影响外面分毫。

懒惰这层的诡怪一点主动攻击人的欲望都没有，正常来说，会是最好过的一层，玩家不要进入任何房间，直接走就行了。

殷修摸着下巴思索，但不主动攻击诡怪是他们这群爱杀诡怪的玩家该做的事吗？

不该啊，杀诡怪的玩家不杀诡怪直接离开，那可不就是懒惰了嘛。

殷修觉得，就应该杀光了再走！

杀是可以杀，但不能在外面杀，毕竟场面激烈，就违背了第一条"要变得懒惰"和第四条"路过走廊时要悄悄地"的规则。

殷修在门口等了一会儿，房间的隔音效果很好，又没有窗户，他看不到里面的情况，期待着这位大佬带着他的罪门杀光诡怪后出来跟他耀武扬威。

但站了好一会儿，里面都没有声音，他便晃了晃左手："出来，帮我进去看看情况。"

左手上冒出一只眼睛，接着整条手臂上溢出黑色的黏液，顺着手臂滴落到地上，然后缓缓地爬行到门缝下往里探去。

没一会儿手臂上就冒出了一张锋利的嘴，咿咿呀呀地道："困住，困住。"

殷修凝视着手上的嘴，好像黎默在不是人形的时候，说话都很不利索。

"知道了。"殷修摸摸左手，表示赞许。

可能是养雅雅习惯了，潜意识里总觉得自己养着的什么帮自己办了事，就该摸一摸头，夸一下。

他一摸，左手上瞬间炸开了黑色的黏液，像是刺球一样，触须兴奋地舞动着，似液体般不断地流动着，迟迟不回到手里。

殷修不是很理解黎默的想法，姑且算作他是开心的，便抬脚走到门口，准备办正事。

门一打开，殷修就看到屋子里躺着七八个诡怪，层层叠叠的黑影遍布房屋的地板，而房屋的角落里，左梦瑟瑟发抖地缩在那里，一层紫光包围着他，而他面前躺着的诡怪也安安静静，没有要伤害他的样子。

"你怎么蹲在角落？"殷修不解，踏入了房间。

下一秒，身后的房门猛地关上，伴随着关门声，屋子里的诡怪瞬间被惊醒。

它们蠕动着从地上爬起来，发出低沉的吼叫，张牙舞爪地想要起来教训一下吵醒了它们的人，只是在群群黑影将恶狠狠的目光投向殷修的瞬间，它们就怔住了。

白……白手铐玩家？

屋子里那阴暗低吼、散发着诡谲气场的诡怪们在即将攻击的瞬间停下了，面面相觑，一时间不知道该不该上。

殷修的目光淡然地越过了层叠的诡怪，看向了最里面被堵在角落的左梦："你怎么待在那儿不杀出来？"

左梦欲哭无泪："懒惰……懒惰不想攻击，它只给我加了防御，让我生死由命。"

殷修默默地看向他旁边那个睡着了一样的紫色罪门，虽然有预料到，但没想到懒惰还真懒得攻击。

"不错了，没懒得保护你就很好了，还是很尽职的。"殷修点点头，发出了赞扬。

这样的防御性罪门给一个攻击性超高的玩家，就是天作之合了，只能说放在左梦身上有点不合适。

"我还以为是会攻击的罪门呢！"左梦可怜地缩在角落，"你别管我了，看这屋子里的诡怪没有攻击你，可能因为我是第一个进来的人，它们只会攻击我。

"你赶紧去找殷修大佬，我还在这儿撑着，等殷修大佬来救我，说不定还能活命，你我都死了就都没救了。"

诡怪们立即朝着左梦吼了一声。

瞎说什么！它们是会攻击进房间里的所有玩家的，但面对白手铐玩家，可就得掂量掂量了。

还有，居然叫人把殷修喊来，还让不让它们活了。

在左梦鬼哭狼嚎求殷修快走的时候，殷修淡淡地盯着对面的诡怪们："不来攻击我吗？"

诡怪们迟疑着，犹豫着，思考着，这白手铐玩家一般不会轻易杀诡怪，毕竟杀诡怪会提升他的污染值，这种情况下，它们应该可以出手吧？

它们的沉默让殷修默认它们不敢，他耷拉着眼，风轻云淡地道："你们不来攻击我，我可就要去攻击你们了。"

诡怪们一惊，毛骨悚然。

在密集的视线里，殷修抬起了左手："出来吧。"

众诡怪瞬间警惕地盯着殷修的左手，它们清晰地看到了从殷修的左手上垂下无数黑色的黏液落在地上，张牙舞爪、极度嚣张地凝聚在一起，气势汹汹地汇聚成了一个人形。

黑液涌动之间，黎默缓缓睁开眼，他微笑着凝视众诡怪，浑身难掩那股惊悚阴暗的气质，他的出现使整个房间的空气都变得冰凉起来，强大的压迫感让人窒息。

刚刚的诡怪们那一点想攻击的念头现在是彻底没了，它们纷纷抱团瑟缩在一起，连角落里安静发呆的紫色罪门都忽地动了一下，抬起头看向了黎默。

"要我帮你杀它们吗？"黎默轻飘飘地询问了一句。

殷修现在不能杀任何玩家或是诡怪，但他能，对殷修来说，他现在可是大有用处。

"不用了。"殷修淡淡地一挥手，拒绝了。

黎默侧目看向殷修，有些失落。

但下一秒，殷修又轻飘飘地道："我需要你污染我。"

在场的诡怪和左梦都很疑惑。

黎默："……"

"这合适吗？"黎默有些想不通殷修要做什么，但他很期待。

殷修凝视着那些诡怪，淡淡道："你是暴食的话，我被污染之后的反应应该是饥饿，想要吞噬一切吧？"

黎默淡淡微笑："可以试一试，如果你想的话。"

殷修满意地点点头："那就试试吧。"

诡怪们一瞬间惊慌失措，屏幕前的观众也惊慌失措。

"修哥想干吗啊？前面都说了被罪孽污染会堕落的！正常人不应该避免被污染吗？他怎么还上赶着要被污染！"

"我不懂啊！我脑子转不过来啊！他肯定有他的想法！"

"救命！希望殷修有成功的把握，别被污染后恢复不过来了。"

"哦……你别说了，我开始害怕了……"

"不要啊！"

观看直播的玩家一阵胆战心惊地讨论过后，有人提出疑问："话说怎么个污染法？"

"罪门可以一次性污染玩家？应该没有玩家提过这么离谱的要求吧？"

这个问题问出了弹幕里许多人的疑问，玩家们瞬间安静下来，直勾勾地盯着画面。

005.

黎默端端正正地站在殷修面前，说道："我做过功课了，一般来说只要待在罪孽层里就会慢慢被污染，但想要一次性让玩家变得疯狂，就需要特殊的污染。"

"怎么说？"殷修很有耐心地询问。

"我是暴食，我的污染法自然是进食方面。"黎默抬手指了指自己，"吞噬我的一部分，就能立即发疯。"

满屋子一阵沉默，诡怪们和左梦都惊恐地盯着黎默看了看，又转向殷修。

就算是白手铐玩家，也没人会这么干吧？

殷修上上下下地打量黎默："吞噬一部分就可以吗？"

"是的。"

"我应该怎么做？"

"以人类的牙齿想要撕扯下我的一部分是不太可能，所以我们换一种方式。"黎默微笑着回答。

"什么方式？"殷修盯着他，语气也很平淡。

黎默向殷修走了两步："以液体的形态向你传递罪门的一部分。"

殷修点点头，似乎理解了："行。"

"那么我开始了？"

殷修点头："开始吧。"

黎默凑近了殷修几分，张开嘴。

他的口腔此刻模拟的是正常人的口腔，舌头却很长很细，微微吐露出来就散发着非人的惊悚感，比起人，更加接近于模仿人类的怪物。

众人惊恐地看到属于罪门特有的黑色液体流淌出来。

不一会儿，殷修便觉得有寒意涌进身体，占据胃部，感官在逐渐变得麻木，似乎身体不再属于自己，大脑也在逐渐恍惚，仿佛被夺取了掌控权。他在进食，却越发地感到饥饿，思维也在逐渐趋近于怪物，眼眸变得猩红冰冷。

黎默凝视着殷修，只听他缓缓说道："肚子饿了……"

黎默愣了愣。

就在这一瞬间，殷修眼眸陡然一狠，抓着黎默的肩就猛地将他扑倒在了地上。

角落里的左梦被这场面吓得大喊大叫，诡怪们也被吓得尖叫，纷纷想要往外跑。

它们不动还好，一动起来，立即引起了殷修的注意。

他唰地转头，眼睛里散发着凶光，一眨不眨地凝视着那些准备逃跑的诡怪。

诡怪们僵在原地，门也出不去，整个屋子的诡怪都瑟瑟发抖。

他瞬间扑了上去，想要吞噬一切的欲望再次占据了全部理智。

角落里的黎默缓缓地站了起来，微笑地注视着疯狂的殷修。

"我想回去啊！让我回去啊！"左梦缩在一旁哭泣，无助可怜，如果不是有罪门的防御罩着，他指不定也会被误伤。

屏幕前的玩家都被惊得乱叫，一边是玩家在惊讶，一边是诡怪在害怕。

唰唰地飞过去一大片弹幕，让远在嫉妒层收集规则单的叶天玄看愣了。

"什么？殷修在吞噬诡怪？"

"哈哈，怎么可能。"他笑完之后忽地眉头紧蹙，"是殷修的话……也不是没可能。"

他刚嘀咕完，旁边的小房间里就传来了诡怪的议论声："听说了吗？这次戴着白手铐的叶天玄在懒惰层吞噬诡怪呢！"

"听说了，诡怪的惨叫声我在隔壁走廊都听到了，真惨啊。"

"这个叶天玄，没看出来他竟然这么凶残！以前只要交代信息都能顺利从他手下逃走，已经算高危玩家里有良心的了吧？"

"唉，叶天玄也堕落咯，反倒是殷修在这个副本收敛了好多。"

"'杀神'一代换一代，现在轮到叶天玄了是吧？"

"殷修以前都没干过这么狠的事，论疯狂还得是叶天玄！我们以后没好日子过咯。"

叶天玄沉默地站在门口，拿着规则单不知所措。

他是"良民"，才干不出吞噬诡怪这么有趣的事好吧！

在懒惰房间里吞噬完大部分诡怪后，屋子里一片狼藉，角落里还剩两三只诡怪瑟瑟发抖，左梦都被吓晕了。

殷修低头看向自己的手铐，果然变成了蓝色，已经是被暴食污染过的状态。

接着他扫视着屋子里剩下的人和诡怪，确定没有危险。

殷修打量完屋子，找到了角落里安静看戏的黎默："把你上次那个棺材拿出来，我要睡觉。"

黎默微笑点头："闭眼。"

观看直播的玩家唰地一下先闭眼，其次殷修闭眼，左梦还没醒，只剩下两三只诡怪惊慌失措。

下一秒，黎默的身形瞬间扭曲，张扬舞动的触手在整个房间里涌动，它们在空气中游动着，触须再次从长满牙齿的嘴里掏出了一口巨大的棺材，放在了房间里。

接着他身形恢复，黎默一如既往地微笑道："睁眼吧。"

众人松了一口气，睁开眼就看到殷修掀开棺材盖主动躺进去了。

屋子里陷入了安静。

还活着的两三只诡怪在角落里害怕到失去意识，左梦也还没醒，殷修又进棺材睡觉了，黎默又回到了载体上，整个房间鸦雀无声。

只有屏幕前的观众还惊魂未定。

"好强好疯狂啊，修哥不愧是修哥。"

"还好他只是在副本里有这个状态。"

"以前副本诡怪抵制殷修进副本我不懂，现在我懂了，我能不能抵制他回小镇啊！"

"怕是不能，他出副本，就是我们受罪的日子。"

"往好处想，我们是小镇诡怪，不会死。"

"是耶！"

"哈哈……这是该庆幸的吗？"

"有没有人讨论一下修哥主动要求被污染的目的啊？想知道。"

"勤奋学习的好孩子，不错，但我也不知道，等会儿修哥从棺材里出来就知道了。"

漆黑的空间里，殷修努力压下闹腾的饥饿感，心平气和地睡觉。

但那股寒意却在不断地涌动，小声地询问："还饿吗？还饿吗？"

殷修皱皱眉，没理。

"还饿吗？还饿吗？"

屋子里的寂静持续了几分钟后，棺材盖忽然弹动了一下，黎默被从棺材边缘的缝里丢了出来。

众人直勾勾地盯着画面里的那个漆黑的男人缓缓地从地上爬了起来，他在棺材旁边站了几秒，整个人直接原地躺下，躺在了棺材旁边，默不作声。

直播画面陷入静止状态，不再有半点动静。

观众只好把画面移到别的层去，一转就见到叶天玄正在嫉妒层摁着一个玩家，笑眯眯地道："我叫殷修，只要你自愿加入我的组织，我就保证你能顺利通关副本，当然加入的前提是，把你身上的治愈道具全都交出来。"

玩家在暴怒罪门的怒视下瑟瑟发抖："我……我交……我给你就是了……"

"很好很好。"叶天玄满意地放开了他。

玩家满脸幽怨。

什么"自愿加入组织"，分明是强买强卖，也就比土匪好了那么一点点！

小镇玩家再度把视线挪到别的层，不少玩家因为触犯规则在罪孽的污染下通关失败，还有些拥有罪门的人正在被其他玩家攻击，画面都无比混乱。

转回殷修所在的小房间，氛围的确符合懒惰层的风格，除了墙角的几只诡怪，所有人都在睡觉，一片岁月静好。

寂静持续了差不多半个小时，棺材盖忽地弹动了一下，旁边的黎默也睁开了眼。

半掩的棺材盖被人从里面推开，殷修匆匆地从里面爬出来，然后扶着边上的墙就开始呕吐，吐出了一大片黑色的黏液。

屏幕前的玩家看着这不是很美好的画面陷入了沉思："殷修这是把黎默传给他的罪孽给吐出来了？"

"居然还能吐出来？他怎么办到的？"

"按照规则，人会成为罪孽的载体，体内有罪孽时，更容易变成疯子，应该没那么容易能吐出来，除非殷修用了特殊的办法。"

"但他就是吞噬了不少诡怪之后躺下睡觉了，别的也没做啊。"

"可能就是这点，吃饱睡觉符合懒惰层的规则，而且进食也满足了暴食的欲望。因为暴食所以不至于在懒惰层沉沦，又因为懒惰不至于被暴食的欲望严重污染，殷修想让两种罪孽共存，从而……相互抵消？"

"兄弟们，有没有这样一种可能，懒惰规则三，懒惰是个好习惯，当你被任何情绪掌握大脑时，只要短暂地放弃思考，陷入空白，你就能恢复正常。"

"是不是只要在懒惰层待久了，人变得懒惰，降低了其他罪孽产生的欲望，就能消除其他罪孽产生的污染呢？"

"难道修哥一开始说的实验是指这个？怪不得他会主动让他室友污染他。"

"那懒惰层就是一个恢复点啊，快告诉叶老大，我们也赶紧记个笔记！"

"又得到一个小攻略。"

副本内，殷修呕吐了一会儿，感觉头脑清醒了几分，肚子也没那么饿了。

他看向自己的手铐，颜色变回了白色。

看来他的猜测是对的，这个办法的确可行，懒惰罪孽和其他罪孽共存，可以相互抵消。

那么就算一时染上其他罪孽，也还是有办法恢复的，只要想办法来到懒惰层，在被彻底污染前用懒惰罪孽抵消掉那个罪孽，就能恢复正常。

"白手铐还是有活路的嘛。"殷修满意地勾起嘴角。

确实如在贪婪宝石储藏室的那个男人所言，极乐城沾染罪孽只有一个活法——降低心中的欲望，白手铐也一样。

殷修起身，感觉吐完之后心情舒畅了很多，于是他微笑着转头看向了角落里的诡怪："有办法降低欲望的话，那么顺手杀个诡怪也不是不可以吧，尤其这里还是懒惰层。"

诡怪们立即惶恐地盯着他，瑟瑟发抖。

在殷修缓缓拔出刀靠近的前一秒，它们先一个滑跪扑到了地上，然后开始磕头："求求你饶了我吧！我可以给你提供管理员的信息！"

殷修怔了一下，拎着刀不知所措。

这个副本的诡怪都跪得这么快的吗？而且有信息说卖就卖，连管理员的信息都一样往外抛？

"告诉我管理员的信息？"殷修思考了一秒，他的确对这个管理员的背景感兴趣，先了解对手再杀这是殷修的一个习惯，对方见到他就跑，着实了解不上。

"说得够清晰的话，我叶天玄就勉强积个功德，考虑放过你们。"殷修缓缓收起了刀，对面的诡怪也松了一口气，生怕殷修会反悔，立即开始讲了起来。

"其实，我们虽然是极乐城的诡怪，但我们并不喜欢管理员。"

殷修一听，立马往后靠了靠，坐在了棺材上，扬扬下颚："细说。"

诡怪们开始啜泣："极乐城以前的确是自由的，没有那么多规则，从前的管理员不会为难诡怪，毕竟我们极乐城以前主打的玩法是玩家互相淘汰，诡怪不怎么需要出力。"

殷修点点头，这点他倒是感觉到了，明明是玩家"互杀"副本，却多出许多诡怪干扰，他还以为是为了降低玩家的通关率。

"后来，新上任了一个管理员，他原本是个在外面筛选玩家的诡怪，某一天却像是受了刺激一样，突然杀了前任管理员，然后夺取了他的力量，给极乐城订下了无数规则，还强迫诡怪参与其中。"

殷修点点头："我认识。"

诡怪们怔了怔，不敢多评价，又继续道："你手上那个白手铐，是管理员特别制定的。据其他诡怪说，他定制这个白手铐，是为了困住一些他不希望通关这个副本的人，基本都是很危险的玩家，但还有其他诡怪说，他这副手铐真正的目的是用来锁住一个特殊的人，可能是曾经给过他刺激的人。"

殷修点头："我懂了，他就是在等那个人进入这个副本，然后想办法把他留在这里。"

"兴许是吧……"诡怪们不知所措地应和着，"但从来没有戴着白手铐的人能够通关极乐城副本，白手铐玩家的游戏难度远超其他人，我们感觉他更希望那个人永远退出游戏。"

殷修摸着下巴思索，管理员针对他也很正常。

"我们知道的就这么多……关于管理员或是白手铐的事，其他层的诡怪可能还会知道点儿不一样的。"诡怪们小心翼翼地说完之后，紧张地盯着殷修，生怕这个人听完就反悔，提刀给它们一下。

"其他层的诡怪还会知道不一样的？"殷修想起，似乎从贪婪层那儿知道的确实跟这里的诡怪说的不一样，看来白手铐的玩法还真跟普通玩家不一样。

"好，听完了。"殷修跃下棺材，缓缓地靠近了这三个诡怪，一把举起了手里的刀指向它们。

"现在开始，每位赞美殷修一句，我叶天玄就当积一次功德，放过你们。"

诡怪们听完一头雾水。

啊？叶天玄非要让诡怪赞美"杀神"殷修？

"赞不赞美？"见诡怪们面面相觑，殷修垂眸抖了抖刀，"三……"

"殷……殷修实力强大，雷厉风行。"

"你怎么说成语！你这样我们怎么办！"

"殷修……玉……玉'木'临风，很帅气。"

"玉树临风！清新脱俗！"

"你乱用词。"

"关你什么事！我说出来就够了！"

"你别提高难度为难我啊！"

身份升级

第三章

001.

诡怪们的争吵声让角落里睡过去的左梦缓缓睁开了眼。

他一苏醒就看到殷修面前跪着两三个诡怪，还在互相打架。

他愣了愣，自言自语道："我还在做梦吧……"

他随即又闭上了眼，但闭上眼争吵声仍旧不断，他再度睁开眼，这才确认眼前的就是现实。

怎么会有诡怪跪在玩家面前呢？怎么会！

他做梦都不会做得这么离谱！

"你醒了？"注意到左梦在那儿反复闭眼睁眼后，殷修喊了他一声，"醒了，我们就出发吧，我迫不及待要去找组织，有些信息得交代给殷修呢。"

左梦迅速从角落里站起来，警惕地盯着殷修道："你……你是诡怪吧？你是诡怪我可不会带你去组织的！"

殷修："……"

"你可别想骗我，就你刚才那股凶狠劲儿，怎么都不像玩家，还有诡怪都会跪在你面前，你一定是副本内的超级大诡怪！"左梦越想越合理，然后得出了一个惊天结论，"你该不会是管理员吧！"

殷修："……"

他沉默地指向了旁边的黎默："这是我的罪门，管理员会绑定罪门吗？"

左梦顿了顿，看向黎默，黎默缓缓展开一个阴森的微笑，吓得左梦一哆嗦。

这位也不是玩家，明显是罪门，那殷修就应该是个玩家了？

见左梦犹豫，殷修缓缓地收起了刀："你不去的话，我就自己找过去了，你就在这慢慢待着吧。"

说着，他转身就打开了房门往外走。

他一走，面前刚刚跪着的那两三个诡怪立即变得嚣张起来，虎视眈眈地盯着左梦，吓得左梦连滚带爬地扑向了殷修："大佬带我！我这就跟你走！"

殷修抖了抖腿，语气淡漠地道："你才是大佬，我还等你带我呢。"

左梦欲哭无泪："大佬，你就别装了，我哪是什么大佬，我是菜鸟，您才是大佬啊，你带带我吧！没有你，我得被攻击着过副本啊。"

他的罪门是纯防御属性的，在他手里起不了大作用，要是遇到围困玩家的房间，他就一点儿办法都没有了。毕竟他是通关进度才百分之五十八的人，手上的道具基本在进入这个副本前耗光了，以为绑定上罪门就获得了全新的体验，哪知道只获得了防御加成。

"起来说话。"殷修抖抖腿，指向旁边的黎默，"你再不起来，现在就要被攻击了。"

左梦哭声一滞，缓缓地转头看向了旁边的黎默，他虽然没有动，但眼神已经弥漫出杀意了。

左梦立马乖巧地放开殷修的腿，原地爬起，扭扭捏捏地扯了一下殷修的衣角："大佬带我。"

殷修一解脱，立马转身就走："去你的组织，我不带人。"

"可是我组织老大是殷修，我害怕。"左梦画风大变，抛去了之前抢着带人时的自信，变成了抱大腿的。

"你之前不是还要跟着殷修努力吗？"殷修冷淡地盯着他。

"不要，我发现努力没有用，'躺平'就好了，遇上大佬不抱大腿就太吃亏了。"左梦跟在殷修身后，努力为自己争取机会，但努力的目的已经改变了，"抱着殷'杀神'的腿，还不如抱你的腿，虽然你也危险，但叶天玄肯定没殷修危险啊。"

他这么想着，觉得自己说得非常有道理。

殷修冷冷地扫了一眼他旁边漂浮着的懒惰罪门，心想看来他还是受到影响了啊。

两个人穿过走廊，抵达了下一个区域，正在盘算着，要尽量在楼层打乱之前走到楼梯口，才能顺利找到自己要去的楼层。

但刚刚走到下一节走廊，极乐城就开始翻转打乱。

黎默立马回到殷修的左手上，紧紧地抓住旁边的门把手，才稳住殷修的身体，而左梦顶着懒惰的防御罩，在走廊上被摇得满地打滚。

一阵天旋地转之后，极乐城终于安静了下来。

殷修长吁了一口气，摸了摸左手，然后看向在地上四仰八叉的左梦，道："走了。"

左梦摇摇晃晃地爬起来，脸色青白："被晃得要吐了，半个小时一转，真的要人命。"

"嗯。"殷修应了一声，转身握住了旁边的走廊门，有些发愁：这要是半个小时走不到楼梯间，要怎么去暴怒层见叶天玄呢。

正愁着，一推开面前的房门，铺天盖地的人声就涌了出来。

虽然是暴怒层，但没有看到诡怪在攻击玩家，或是玩家攻击诡怪的画面，人声鼎沸的人群是很热闹，但说的话却很奇怪。

"大家谨记啊！加入殷修大佬的组织！保证能通关此次副本。"

"你不需要付出太多，没有人会抢走你身上的攻击道具，你依然可以行走于任何楼层收集信息，同时可以随意获取组织内的信息。只需要你为这个团体做出贡献，付出身上的治愈道具即可。"

"殷修这个名字，大家多少都听说过吧？他的威信，我不用多言吧？

"比起自己冒着危险度过副本，为何不相信大佬，加入组织，和大家一起努力呢？"

看着那个拿着喇叭在走廊上不断鼓动玩家加入组织的人，殷修觉得这个熟悉的画面似乎昨天见过。

见到楼层刷新，殷修出现，立马有一个人拿着宣传单一样的东西出现在了他面前，热情地推销道："看你一脸迷茫，是刚来这里的玩家？"

"考虑加入殷修大佬的组织不？组内很多信息哦，只要你也提供自己的信息，外加付出治愈道具就好啦，保证你能轻轻松松通关这个副本。"

殷修冷冷地看了他一眼，抬眸往走廊内扫去，不错，短时间内已经诱拐到了这么多玩家，跟小镇的运营方式如出一辙，不愧是叶天玄。

旁边的人见殷修反应很冷淡，还在絮絮叨叨："别担心，殷修大佬也不会贪你这点治愈道具的，你怕是不知道殷修是谁吧？让我来跟你解释一下殷修是什么样的存在吧！"

殷修冷淡地拒绝他："不用了，我不想知道殷修的事迹。"

旁边的人哽了哽，有些尴尬："那……那你要不要加入组织？"

殷修平静地盯着他："我没有治愈系道具，不过我有懒惰层的规则，拿给你们记录一下，作为交换，我要看你们已经掌握的规则。"

对方立即一喜："懒惰层！正好啊！我们这里没有懒惰层的规则单，请务必给我们看一眼。"

殷修从怀里摸出规则单递了过去，冷声叮嘱道："记录完记得还给我。"

"好好好。"那人连忙接了过去，将殷修请到了他们占据的房间。

叶天玄喜欢收集副本内的信息，所以会优先从拥有信息的玩家那里下手，其次是诡怪。

对于玩家，他一般都是先招安，实在不愿意加入组织的就谈交易，说什么都不肯的就用强。

任何愿意给他提供信息的玩家，叶天玄都以礼相待，而他招安来的这些玩家也深受他的影响，每一位带来他们所没有的新信息的玩家都会受到优待。

殷修被请进了屋子，这里大概是叶天玄设置的休息室，不知道从哪层薅来的桌椅，还有大量纸笔，墙壁上贴着他们目前收集来的全部规则单，想要信息的玩家，自己拿纸笔抄写一遍带走就好。

没有新信息的玩家只要付出治愈道具或加入组织帮忙，就可以获得信息，叶天玄的组织对于副本内玩家而言，就是个圣地。

殷修越过匆匆抄写规则的玩家群体，坐到了角落里，望了一眼墙壁上已有的规则单。

极乐城通关规则、罪门规则、贪婪层规则、暴怒层规则，还有嫉妒层规则。

在殷修找回道具的时候，叶天玄已经拿到了三层的罪孽规则，还记录下了罪门及极乐城通关规则，可以说动作是相当迅速。

殷修是"杀神"，杀穿副本速通，叶天玄则是完整地收集所有信息，然后老老实实地五星通关副本，不管是对诡怪还是玩家，叶天玄都是极少数的完美玩家。

如果他有一天消失了，对副本内的玩家群体来说一定是很大的损失。

"怎么样？殷修大佬的组织不错吧！你只要贡献出自己的信息，就可以获取更多的信息！而且这里禁止玩家互斗呢，对我实在是太友好了。"左梦进来之后就跟在殷修旁边碎碎念，还不忘大肆夸奖叶天玄。

"嗯。"殷修懒懒地应着，叶天玄的优点他在小镇钓鱼时早就听玩家们念叨腻了。

"唉，不过就是殷修大佬的能量值太低了，希望他能多撑一阵，副本内殷修大佬这样的人实在太少了。"左梦边摇头边道。

殷修眼眸微垂，看来进入这个副本后，他使用道具的次数变频繁了，导致能量消耗越来越大。

能在短时间内收集到三种罪孽规则，估计没少下功夫。

"来来来，这是你的懒惰层规则单，我们已经详细地记录下了，原样还给你。"负责记录的玩家将新收集到的规则信息贴到墙上后，就把规则单还给了殷修。

副本内总共七个罪孽区域，墙壁上已经有了其中四层的规则，还差三层就基本把副本内的信息收集齐了。当叶天玄收集完全部信息，用信息招安这些玩家，说不定真能营造出一个玩家团结过副本的局面。

殷修平静地点点头，接过规则单叠好放进口袋，再抬头看向旁边的人："你们叶老大呢？嗯……我是说……殷修呢？去哪儿了？"

对方挠挠头："他之前带着一批比较有战斗力的玩家去别的楼层收集规则单了，估计一会儿回来吧。"说着玩家还叹了一口气，"我身上的攻击道具比较少，而且我比较怕诡怪，就负责留在这儿迎接玩家了，后勤位就是舒坦啊，也不容易死。"

殷修点点头，没再多询问，只叮嘱道："殷修回来记得通知我，告诉他，叶天玄来找他了，我就在这儿暂且休息一下。"

"好的好的。"对方殷勤地点头，"原来你跟殷修大佬是熟人啊，那要我带你去专门的休息室吗？这边是记录室，进出的玩家很多，还是吵了点。"

"还有专门的休息室？"

"对啊，殷修这个人喜欢安静，所以会准备一两间休息室，他不在的时候也可以给别人用。"说着，那人立即做了个请的动作，"给我们组织提供新信息的玩家会受到格外优待。"

殷修点了点头，起身跟着去了，左梦也乐呵呵地想要一起进去，但在门口被拦住了，最后只有殷修一个人进了休息室。

进了休息室，殷修就把黎默从左手释放了出来，罪门容易引起其他玩家的注意，而且黎默容易被人当成可怕的诡怪，所以殷修在人前尽量把他收起来，没人的时候倒是可以放出来。

安静的环境方便使思绪放松，也好思考副本内的情况。

殷修靠坐在角落，开始在脑中整理这个副本内的情况。

七宗罪主题，最终目标是到达管理员面前，通过认可后离开。

在此之前玩家需要在不停打乱的七个楼层之中徘徊，收集各层相关的信息，在各个罪孽的设定之下保命，并且躲过其他玩家的攻击，拥有罪门或是没有罪门都行，最终要去第一层楼的管理员室。

不过殷修因为白手铐的问题，通关难度要明显比其他玩家大，除了在副本内避免受楼层内罪孽的污染，他现在还得主动招惹层内诡怪，询问白手铐的相关信息。

必须时刻保持清醒，主动寻找诡怪，还不能在副本结束前堕落，是有点麻烦。

但这个大前提下，还有一个不起眼的通关条件让殷修很在意。

"极乐城通关规则四：有价值的人才会被管理员看中，在去到他面前之前，请尽量提高你的价值。"

迄今为止，殷修都不知道这个所谓的价值是什么，似乎其他玩家也还没有注意到这点，只希望别是什么太离谱的东西，给玩家群造成影响就好。

殷修的思路清晰了一些，他缓缓睁开眼。本来在这种鼓励玩家内斗的混乱副本里是不该有这样安稳恬静的环境让人休息片刻的，但叶天玄强行降低了这个副本的混乱程度，估摸着这也是管理员没想到的。

正休息着，门外忽然响起了一阵吵闹的声音，原本平稳的宣传声之中忽地爆发出一阵尖锐的女声，打破了这份安宁。

还有人在慌乱地喊叫道："快！快把规则单收起来！有人来抢规则单了！"

殷修微眯着眼眸听着外面的声音，竟然会有人主动闯到这样一个玩家团结的组织内部来抢夺规则单？

明明不抢也能免费得到规则信息，那人为什么要冒险多此一举？

抱着看热闹的心态，殷修立即起身。

"要去外面吗？"一直站在旁边安安静静的黎默出声询问道。

"嗯。"殷修点点头，"不过你不用回到我手上，反正外面很吵闹，应该没人会注意你。"

"好。"黎默应声，便跟在殷修身边往外走。

002.

殷修出了休息室，看到走廊那头热闹的人群此刻变得有些混乱，玩家们将什么人包围在其中。

他走近两步，就听到人群里传来尖锐的女声，带着深深的妒意："为什么你们能拥有这么多规则单！为什么你们会开开心心地待在这儿，什么危险都不用面对！"

"为什么……只有我可怜的男朋友死掉了！为什么只有我是孤身一人！我好羡慕！我好嫉妒！"

那道女声带着深深的幽怨，每一声都宛如要哭出来一样，声嘶力竭地吼叫着，这声音有些熟悉，殷修回忆了片刻就想起她是谁了。

是在大堂里绑定了嫉妒，然后恋人被杀死的那个女孩子。

但那时她的声音只是从甜美变成恐惧，并没有像现在这般低沉怨毒，如同换了一个人。

"你自己绑定了罪门杀死了你的男朋友，关我们什么事啊！"玩家们愤愤地反驳着，"而且这些规则单可是我们大家团结努力得来的！有些去收集规则的人现在还没回来呢！"

但玩家的话那个女孩已经听不进去了。

殷修从人群缝隙往里看了一眼，只见那个甜美漂亮的女孩此刻长发散乱，双眸猩红，眼中所含的情绪已经完全没有理性可言，她用低沉怨毒的声音一遍又一遍地哭诉着："我也想要，我也想要……那么多规则单，那么多同伴……我也想要……"

"我不要再一个人了……我不要了……"

"我好羡慕……不……我好嫉妒……我好嫉妒你们……"

她向人群伸出手，不断地前进，身后浮现出来的黑影不断地向她传递着声音："他们有你没有的，他们有你没有的。"

伴随着女孩情绪的爆发，那些萦绕在她身上的黑烟不断弥漫扩散，周围的玩家也警觉地后退。

毕竟他们见识过有人被这个罪门杀死。

"怎么办？她正往记录室走，不能让她拿走那些规则单啊！"有玩家不知所措地嚷嚷着，"有没有防御型道具啊？不能让她进去啊！"

"没有啊！我们留着的都是治愈型和攻击型道具，想办法攻击她吧！把她赶走，或者……干掉她！"

一旦确定下目标，玩家们纷纷行动起来。

没有防御型道具，但是防御型罪门有啊，所以左梦被众人放在了记录室门口作为门板使用，他瑟瑟发抖地扒拉着门框，不敢去看几步之外那个一脸阴沉的女孩。

其他玩家立即准备使用自己的攻击道具，对女孩展开了围捕。

殷修在一旁看戏，他第一次见识到普通玩家与绑定了罪门的玩家之间的差距。

那些锋利的攻击型道具五花八门，各个直取要害，无论是百分百命中的飞刀还是一旦碰到目标就会缠住发电的电鞭，对于普通玩家而言都是麻烦且致命的道具，但这些道具在飞向女孩的瞬间，统统被她身后的罪门防了下来。

浓郁的黑烟从罪门及女孩身上散发出来，宛如强大的防御罩，任何攻击都被轻松挡下，而在女孩一步之内的玩家，在碰到黑烟的瞬间就会被秒杀，没有一丝反应的机会。

攻守兼备，杀伤力还高，殷修见识到了罪门在这个副本中的重要性。

怪不得那么多玩家想要绑定罪门，即便是双刃剑，这个益处也绝对是远超弊端的，前提是自己驾驭得住。

殷修看了一眼身旁的黎默，这位很强，他从一开始就知道，所以他并没有对罪门很强有什么概念，之后见到的罪门就是懒惰……可能它会进行攻击，但它很懒惰，所以只开了防御。

直到面对这个污染值很高的玩家所携带的罪门，殷修才发现罪门真的很强。

副本内总共有七个罪门，其中四个都已经被绑定，还剩三个未知的。估计叶天玄都没想到他们对外开放信息的小组织会遇到这种情况。

免费送到手里都不要，一定要抢，确实有点出乎意料。

玩家的攻击使女孩的情绪变得更癫狂，她一一指向周围的玩家："我好羡慕你……不用努力就可以获得安全保障……"

那个被指的玩家，瞬间被一股黑烟席卷。

"我好羡慕你……在副本内还能遇到志同道合的人……"女孩又指向另外一个玩家，那个玩家躲过一劫，但他旁边的玩家却被黑烟笼罩。

"啊啊啊！你！我要杀了你啊！"同伴被害的玩家暴怒地冲向了女孩，结果却很惨。

被嫉妒污染的女孩持续攻击着防御状态的玩家，这里是暴怒层，不知不觉间，玩家们的情绪也被影响，变得异常敏感易怒。

女孩指向的玩家都被杀死了，以至于没有人敢离她太近，她的手指向哪里，大家就会立即闪躲开。

终于，女孩指向了殷修所在的方向，本来层层围绕的人群唰地一下散开，女孩最终指向了人群之外站着的殷修和黎默。

她的声音缓缓响起："我好羡慕你……即便你冷漠无情，双手沾满血腥，也依旧……有人重视你……"

殷修平静地望着她："你说得对，我谢谢你。"

女孩的视线紧紧锁定殷修，然后看向了他旁边的黎默。

"那是……你的家人吗？"

殷修语气淡淡地否认："不是。"

女人却像是没听到他的回答，自言自语道："好羡慕……我之前有一个很爱我的男朋友，我们亲如家人……但是他死了……"

"我好羡慕，我好嫉妒……我好嫉妒你的家人还活着……"

殷修眼眸微垂："我都说了不是家人了。"

"真好啊……他还活着……我也想要，好想要一个还活着的男朋友……"女孩的声音再度变得悲凉凄厉，"我好嫉妒……你为什么有人陪在身边……我好嫉妒……好嫉妒……"

说着，她缓缓向殷修靠近，那一片黑雾也变得越发浓重。

殷修轻轻地叹了一口气，有些无奈道："那好吧，你嫉妒，你就来把他杀了吧。"

殷修的话让女孩有些错愕，玩家们也很震惊，连左梦都有些傻眼。

被点名的黎默倒是一如既往地保持着微笑，没有太大的反应。

女孩一脸阴沉地向他们靠近，旁边玩家们的心也跟着揪紧，他们完全想不通，一般人遇到这情况闪躲都来不及，他怎么还挑衅，主动让那个疯女人去杀身边的人啊。

难道还真跟那个女孩说的一样，这个玩家是冷漠无情、双手血腥的人？

见女孩逼近，殷修侧目看向黎默："我记得你第一次来我房间，为夜娘娘开门时，问我有没有生气。"

"嗯。"

"现在我让她来杀你，你生气吗？"

黎默勾起嘴角，沉稳而淡然地望着殷修漆黑如夜的眸子："没有。"

殷修点点头："当时我有，所以现在扯平了。"

黎默弯弯唇，似乎心情很愉悦："我就知道你生气了。"

所有人都震惊了，女孩都杀到跟前了，他们还不为所动地聊天？

黎默将目光从殷修身上收回，投向了对面的人。

"男朋友……我的男朋友……我好……我好嫉妒……"女人喃喃着，双瞳之中已经彻底失去了光，她木然向黎默伸出手，仿佛要抓住她眼前的什么人。

黎默微笑着，端正了身姿："抱歉，我不是你男朋友，所以……"

他话音落下的一瞬间，整条走廊瞬间变得冰冷、阴沉，每个人的身上都感到一阵寒意，压得人喘不过气来。

黑影从所有人面前一闪而过，有什么看不见的东西瞬间将眼前的女孩裹住，下一秒女孩倒下，黑色的烟雾缓缓在空中缩小，最后变成一枚硬币掉落在地上，发出清脆的声音，转悠着滚到了殷修的脚边。

人群一片寂静，大家都愣愣地望着对面的两个人。

走廊上的阴冷散去，刚刚发生的一切过于突然，甚至都有人没反应过来，只知道一眨眼的工夫，女孩便下线了。

那可是个有罪门的玩家啊，是何等强大的存在能够在一瞬间击败她。

恐怖，太恐怖了。

有人惊恐地盯着黎默，害怕到失声。

是他，是他干的。

这个人类模样的"怪物"正一眨不眨地盯着他们微笑，一言不发，却浑身散发着令人心颤的恐怖。

"你……你到底是什么东西……"有人呼吸急促，紧张地询问着，说完缓缓后退了一步。

"副本里的诡怪？不，诡怪怎么可能杀罪门……你就算是罪门也不能这么轻松就打败另一个罪门吧……你……"玩家们纷纷后退,对黎默充满了警惕。

"是怪物!是副本内的怪物!"有人强忍着恐惧,开始号叫,"要杀了他!不杀了他,他就会像杀那个女孩一样杀了我们的!"

"怪物!怪物啊!"人们的情绪突然变得激烈,他们双眸之中充满怒意,死死地盯着黎默。

明明他们连拥有罪门的女孩都打不过,此刻却想杀了黎默。

盯着防护罩的左梦缩在角落里一脸迷茫:发生了什么?人太多,他都没看清外面什么情况,杀什么副本怪物?

在激烈的讨伐声之中,殷修侧目看向身边的男人,淡淡道:"你让他们受到惊吓,被暴怒污染了。"

黎默无辜地转头:"我的错?"

殷修叹了口气,声音温和:"早知道不出来看热闹了,把叶天玄的组织搅乱,他会生气的。"

此刻副本内的玩家像发了疯似的瞪着两人,一个个都拿起了自己的攻击型道具,对他们步步紧逼。

气氛一时间有些凝固,殷修摸着下巴思索,这些被污染的玩家大概率无法通关了,待在这儿还会对正常玩家产生威胁,不然将他们打晕了全部丢到懒惰层去,让他们睡一觉?

方案刚刚构思好,就差实践时,玩家群体背后,走廊那头的门嘎吱一声打开了。

一阵紫烟顺着狭窄的走廊飘了过来,气体穿过暴怒的玩家,充斥了整个走廊。

沁人心脾的花香萦绕于整个走廊,吸入香气的瞬间,玩家们的头脑清醒了不少,心神也安定了下来。

原本蠢蠢欲动的玩家们慢慢地平静下来,纷纷转头看向紫烟飘来的方向。

一身白衣的叶天玄站在走廊门口,他指间夹着一根烟,缓缓地吸了一口,薄唇之间吐出紫色的烟雾,雾气消散在空中,他狭长的眼眸之中含着笑意,声音温和地道:"都别吵架了,副本里怪物还少吗?过副本见到诡怪的次数,可比你们见到亲戚的次数还多,都冷静点吧。"

不知是话语还是烟雾的作用,或是两者都有,人们的情绪逐渐平稳了下来,他们目光恍惚地望着紫烟之中的那道白色身影,仿佛心灵在一瞬间得到了安抚。

等他走到跟前时，殷修冷淡地伸手取过叶天玄指尖的烟，摁在墙上熄灭："别抽了。"

叶天玄抿唇笑笑，扬起纤细的脖颈，眯着眼吐出口中最后一缕烟雾。

袅袅青烟从口中轻飘而起，带着紫色细碎的光亮消散在空中，他唇中的舌纹散发着淡淡的光辉，慢慢地暗淡下去。

长呼一口气后，叶天玄才捂着嘴咳嗽了两声，放松轻笑道："不用怕，我的能量还多着呢。"

殷修皱眉："再多也迟早被你耗光。"

叶天玄轻声笑着："这个你可不懂，该用的时候不用就毫无意义。"

殷修沉默，但刚刚那群浑身杀意的玩家这会儿都安定了下来，没一会儿就恢复了正常，开始惊讶于叶天玄与其他人的回归。

已经拿到信息的人优先进入记录室，其他人匆忙跟进去了解第一手信息，而有空闲的人则雀跃地跟叶天玄打着招呼，玩家们又恢复如初。

叶天玄回头笑眯眯地挥挥手，然后蹲下身捡起殷修脚边的硬币："你这是掉了个什么？道具？"

他一捡起硬币，旁边陡然浮现出模糊的黑影，向叶天玄伸出了邀请的手。

吓得叶天玄立马把硬币塞到殷修的手里："是罪门！我可不要！"

殷修沉默地看着手里被塞的硬币，然后看向罪门伸出邀请的手转向了他："嫉妒罪门……我也不想要。"

"原来是嫉妒啊？那个女孩子的罪门？"叶天玄摸着下巴思考，他刚回来，还不知道具体发生了什么，不过看情况，刚才这里发生了大事件，"你要是绑定了嫉妒罪门，它会不会先把我杀了？"

殷修一脸冷淡地抬手指了一下旁边的黎默："要杀也是先杀他，人家优先杀家人和男朋友呢。"

叶天玄的目光缓缓落到了殷修旁边的黎默身上，他眯着眼沉思了几秒，声音变得低沉而意味深长："家人？朋友？宠物也可以身份晋升了吗？"

黎默微笑不语。

殷修看着旁边漂浮着的嫉妒罪门感觉到麻烦，也不能随手就甩给其他人，就皱皱眉转身进了休息室："我先拿进去放着，晚点再考虑这东西的去留。"

他转身进屋，黎默也准备跟着转身进屋。

但他踏出去的一瞬间，一只纤细苍白的手臂挡在了黎默面前，虽然毫无威慑力，但他还是停了下来，看向这只手臂的主人。

"你叫什么名字？"叶天玄问。

"黎默。"他答道。

叶天玄笑笑，抚摸着无名指上的戒指，蓝色的瞳孔之中缓缓荡漾出紫光："不错的名字，我记得你，曾经我看到的那个黑色的影子是你吧？殷修以前的小宠物。"

黎默唇角微笑更深："是我。"

"不错啊，已经有了人形。"叶天玄欣慰地点点头，随即笑眯眯地道，"我要是之后下线了，你可要记得好好陪着殷修，你会是他仅剩的好朋友了，甚至是家人。"

黎默垂眸凝视着叶天玄苍白的脸："好朋友？家人？是什么？在人类的关系之中是何种定义？"

叶天玄嘴角一扬，朝他勾勾手指，低声道："你来，我跟你细说。"

003.

两人嘀嘀咕咕的时候，殷修在屋子里翻找能装这枚小小硬币但又不会太过贴身的东西，副本内的东西少之又少，殷修翻遍了房间，最后还是用纸把硬币层层叠叠地包了起来。他一直包到这个罪门不再因为他的触碰而出现才停手。

最后他捧着一个纸张裹成的小圆球准备出门给叶天玄看。

一拉开房门，一道巨大的黑色黏液就猛地覆盖下来，将殷修扑到了地上，像是要把他吞掉一般。

"黎默？"殷修迷茫地拉扯着身上翻腾的黑色黏液，试图把它拉扯下来，但稍微一抓，黏液就从指缝间溜走了。

黏液上的眼睛都凝视着他，液体丝丝缕缕地爬上了手臂，任凭殷修怎么扒拉都扒拉不开。

液体涌动，上面冒出的小嘴还在断断续续地低声嚷嚷着："开心！开心！"

殷修一头雾水："怎么回事？你怎么突然变了？"

"叶天玄？"他把目光投向了在门口蹲着的叶天玄，"你跟他都怎么了？"

叶天玄表情痛苦地捂着眼睛蹲在地上："啊……我跟他解释了什么是好朋友和家人，他突然就炸开了，啊……好痛好痛，我的眼睛好痛，我刚才看到了什么啊？头也好痛！真是受不了。"

殷修："……"

"好朋友！家人！开心，开心！"一直缠绕在身上的触须舞动着，声音也比平时高亢，显然是很开心。

殷修深吸了一口气，淡淡道："我再说一遍，我没有家人，没有。我刚才只是随口一说。"

身上的黏液充耳不闻。

殷修叹气，盯着身上的液体："再不起来，我就去绑定嫉妒罪门了。"

身上的黏液一顿，声音也戛然而止。

整个屋子陷入寂静，殷修也沉默着，不知道它怎么了。

下一秒，黑色的液体唰地缠绕住包裹着嫉妒罪门硬币的纸团，黏液迅速在地上汇聚出人形，展开纸团，取出里面的硬币，当着殷修的面将硬币折成了两瓣，随后抬眸微笑："不可以。"

殷修望着天花板呆了呆，然后伸手拿过黎默扔在地上掰成两半的硬币，虽然硬币碎了，但罪门还是在碰到他的一瞬间出现了，一如既往地向他伸出了手，只是黑影之中的目光变得十分幽怨。

"罪门没死就行。"殷修放心地把硬币丢到了一旁，拍了拍黎默，"起来。"

黎默没动。

"好朋友，起来。"

黎默唰地就起身了。

殷修获得自由后立马爬了起来，拍了拍身上的灰。

黎默微笑着凝视他，一脸愉悦。

殷修看着他，认真道："出于对你的尊重，我要向你解释，好朋友和家人是不一样的。我再次声明，除了晓晓，我没有其他家人。"

黎默沉默。

殷修眼眸清冷，声音淡淡道："但我们可以是朋友，将你勉强加入我不会警惕的列表里已经是我的一大让步了。"

"你知道我对大部分诡怪都是不留情面的，而你来历不明又极度危险。"他紧紧地凝视着黎默，"如果你还是不满足的话，我觉得放你待在我身边都是个危险。"

黎默沉默了几秒，还是微笑着从唇齿间吐出了一个字："好。"

他不理解殷修拒绝他的理由，但他刚刚知道了一个更重要的身份，他可以慢慢地往那个方向去努力，也不急于一时。

黎默的回答让殷修很满意，他实在不喜欢被强加在身上的责任，自愿接受的东西与不得不接受的东西可是两码事，更何况黎默自身确实还有很多谜团，需要殷修一一弄清楚才行。

殷修将硬币捡了起来，再度用纸包住，顺口道："绑定其他罪门，我也是说说而已，一个就够麻烦的了。"

黎默嘴角笑容更深："好。"

包好嫉妒罪门的硬币，殷修转头看向还蹲在门口揉眼睛的叶天玄："你怎么样？刚才看到什么了？反应那么大。"

叶天玄从地上站起身，揉了揉微微泛红的眼睛："看到了点不能看的东西，还好我防御力强，没有太大的影响。"他眨眨眼，眼眶泛着红，连眼泪都悬着，"你天天跟他一块儿，难道就没看到过吗？"

殷修摇摇头："他每次都让我先闭眼……"

"可恶啊。"叶天玄咬咬牙，又揉了揉眼睛，一边嘀咕着"好痛"一边进屋，把自己口袋里的暴怒硬币丢到桌子上，才逐渐平复下来。

"我来是有件事要跟你聊一聊的。"殷修收拾好后坐下，举了举手腕上的手铐，"你看这是什么？"

叶天玄看向殷修腕上的手铐："传说中的白手铐啊……能戴到你手上也不奇怪了。"

"你知道？"

"当然知道了。"叶天玄抹了抹眼泪，笑眯眯地点头，"和诡怪聊天时听到的，本来它们不会告诉玩家这个道具的信息，但你也知道我比较特殊，想知道的信息还没有问不出来的，就知道了这个东西。

"似乎是这个副本内管理员的特殊道具，戴上白手铐的玩家在副本内的游戏难度会远超其他人，更容易被污染，对吧？"

殷修点头，把自己从诡怪那儿听到的信息告诉了叶天玄，随后道："我怀疑只有戴着白手铐的人才能通过诡怪了解到管理员的信息。"

叶天玄站起身，意味深长地拍了拍殷修的肩："跟你进副本果然是正确的啊，这手铐你戴着，我们才有机会五星通关啊。"

殷修露出了疑惑，叶天玄又转悠回自己的椅子上，优哉游哉地道："你应该记得，每个副本的五星评级里，总是会有一颗星是依据副本背景的挖掘程度来评定的。玩家必须了解全部的副本背景才能拿到那颗星。"

殷修点点头，似乎理解了。

这个副本，只有戴上白手铐的人才能从诡怪那里了解到关于禁闭室和管理员的背景，而白手铐又不是一般玩家能戴上的，殷修戴上了，对叶天玄来说，五星通关就稳了。

"我成你的通关工具了。"殷修得出结论。

"别这么说，这副本里的玩家哪个不是我的工具呢。"叶天玄眯起狭长的眼睛，"作为交换，我告诉你一个你应该还不知道的信息，这信息我还没告诉过其他玩家呢。"

殷修点头："你说。"

叶天玄转眸看了一眼门口，然后凑近殷修低声道："你还记得极乐城通关规则的第四条是什么内容吧？"

"嗯。"

"规则四：有价值的人才会被管理员看中，在去到他面前之前，请尽量提高你的价值。"

殷修之前就在思考，这个价值是指什么呢？

叶天玄拿过手边的暴怒硬币抛给了殷修："所谓的价值就是这个和击杀数量。"

殷修沉默地握着手中的暴怒硬币，拿上这枚硬币后，他就看到叶天玄旁边缓缓浮现出了红色的暴怒罪门的身影。

"怎么说？"

叶天玄点了点自己的囚服编号："你没发现自己的编号变了吗？"

殷修一怔，低头看向自己囚服上编号的位置，击杀第一个玩家的时候，衣服在打斗中弄脏了，他匆匆清洗了一下，没洗干净也没再管，现在编号的数字变得有些模糊，但能辨认出，的确不是他原来的401编号了。

三位数变成了一位数——2。

他又抬头看向叶天玄，他原本是103号，现在变成了个位数7。

"排名靠前了？"

叶天玄点头："据我推测，只要拥有罪门，就会立即排进前七，其他玩家想要稳住排名或将排名提前的话，就只能通过击杀其他玩家，我曾经见到过两位玩家战斗，胜利的那位衣服上的编号瞬间就变了。"

他挠挠眉心，露出有些烦恼的表情："我拥有暴怒后编号就直接变成了7，我也没有击杀其他玩家，所以编号一直在7。"

殷修低头看向自己的编号："我拥有罪门，杀过玩家，还戴着白手铐，所以编号是2？"

"对，而且你杀的还是一个拥有罪门的玩家，但即便如此，你的排名也只是第二，所以你知道排名第一的那位是个多强的玩家了吧？"

对方要拥有罪门，且击杀过很多玩家，才能将价值累积到超越殷修的程度。

叶天玄支着下巴叹气，跷着腿晃晃悠悠："你看我的小组织，人也不多吧？可估摸着也已经聚集了这次副本剩余玩家中的大多数人了，其他剩余的玩家恐怕基本都被那位排名第一的送走了。"

殷修想着自己一路走来碰到的玩家的确少，他刚进暴怒层的时候就迎面撞上一个玩家，在浴室里待着的时候也听到了很多玩家的声音，但绑定黎默出来后，却没怎么碰到玩家了，也就左梦一个。

可懒惰层只有左梦，他轻轻松松就绑定了懒惰，也没人袭击他，确实很奇怪。

"你见过那位第一名吗？"殷修忍不住询问。

叶天玄捏捏眉心，难得露出了复杂的表情："我……不太确定，只是隔着走廊的窗户远远地看到过一眼，可能是我看错了……"

"那个人稍微……有那么一点……"他抬起蓝瞳对上了殷修的眼，"跟你相似。"

殷修眉梢微挑："跟我相似？"

"也就一点点吧，隔得有些远，我不太确定。"叶天玄掐着手指比画了那么一下，"可能真的是我看错了，你也知道我脑子不好使，还经常头晕眼花的。"

"但至少不会把别人认成我吧？"殷修直勾勾地盯着他，"跟我有多像？"

叶天玄又比画了一下："就一点点，我不太好说，得你自己见了才知道。"

殷修对于叶天玄隐晦的描述感觉莫名其妙，他不明说，那么那人肯定有什么特别之处，殷修便点了点头，没有再继续探究："我知道了，我要是遇上了，会多注意一下的。"

叶天玄微笑点头："暴怒你拿去吧，你身上已经有两个罪门硬币了，如果再带一个，那个人一定会来找你的。"

殷修看着手里的暴怒硬币："你的罪门，你不带着？"

"绑定着就行了，我不想看到他，影响我心情。"叶天玄懒懒地挥挥手，然后勾唇轻笑，"而且它以为我是殷修呢，万一不小心露馅了，我岂不是很危险，现在用得差不多了，就得把它放在真正的殷修身边了。"

旁边的暴怒一顿，缓缓地抬起了自己的面具，他看向叶天玄，又看向拿着硬币的殷修，似乎在消化刚才听到的信息。

"对了，重新向你自我介绍一下，我叫叶天玄，他才是殷修。"叶天玄笑眯眯地指向了冷冷淡淡的殷修，说得轻描淡写。

暴怒一瞬间气得要发狂。

它以为叶天玄是殷修才唯唯诺诺地供他驱使，没敢对他进行太大的污染，被骂被打都不敢言，结果这个脆弱的小白花利用完它之后却笑嘻嘻地跟他说他不是殷修？

它要是还能忍它就不配做暴怒罪门！

熊熊燃烧的火气瞬间沸腾，然而下一秒，一股比他更强大、更具攻击性的寒意便笼罩了整个房间。

殷修就坐在叶天玄旁边，目光幽冷地盯着它："怎么？想发火？"

他手里捏着暴怒硬币，幽幽地道："你猜我受到暴怒影响会怎么样？是不是连罪门都会杀？"

暴怒罪门顿了几秒后，在殷修的目光之中缓缓安静了下来，它忽然觉得，待在叶天玄身边还是挺好的，至少没有性命危险。

看完暴怒表演了一次变脸，叶天玄就更加放心把硬币交给殷修了："你要是需要什么信息可以回这层找我，我在收集完所有信息之前是不会去管理员室的。"

"至于你这个白手铐嘛……我建议你别在副本内待太久，尽快去管理员室完成通关，能多了解点副本背景是好的，但还是通关重要。"他伸手点了点殷修的手铐，目光意味深长，"这个副本对你而言是有点危险的，七宗罪对于你而言更具有攻击性。"

殷修知道叶天玄的建议一向是对的，他也确实不太喜欢这个地方，束手束脚的，他的能力也施展不开，没有以前的副本自由。

只能说，这次副本的诡怪为了限制他，用尽了手段。

"我休息一会儿就出发。"殷修点点头，应了他的话。

叶天玄站起身，挥挥手："聊完了，那你休息休息，我去记录室看看。"临走前，他瞥了安静的黎默一眼，"跟你的小宠物好好相处哦。"

殷修看了一眼始终站在角落安安静静的室友，在殷修专心过副本时，黎默就会自动降低自己的存在感，不妨碍他。但殷修想起了他，朝他投去一瞥，他就立即开始证明自己的存在。

"你跟叶天玄的关系还挺好的嘛？虽然他对人和诡怪都挺和气的，但没想到这么快就接受了你……"殷修若有所思地盯着他，"你没对叶天玄做什么吧？"

黎默微笑着摇了摇头。

"嗯……也是，他也不是你能影响的。"殷修若有所思，不太想得通叶天玄为什么那么快就接受了黎默的存在，而且放心他待在自己身边。

"算了，我先闭眼休息一会儿。"殷修靠坐在椅子上，缓缓地合上双眼，之前进棺材只躺了半个小时，全身心都在抵抗饥饿欲望的影响，实际一点都没休息好，反而更累了。

"那要进我的棺材睡觉吗？"黎默友善地提议。

殷修沉默了几秒，懒懒地道："算了，我不想依赖你，以前没你，我一个人也能过副本。"

黎默微笑垂眸，低声道："好。"

"晚安。"

说完后，殷修忽地卸下了防备，陷入了沉睡。

004.

黎默一动不动地站在原地凝视着靠坐在椅子上偏头沉睡过去的殷修。沉寂片刻后，他缓缓地抬脚朝着殷修走了过去。

屋子里寂静无声，除了殷修绵长的呼吸声以外，没有任何多余的声响。

窗外落进来的微薄光亮勾勒着他的侧脸，黑发微垂，阴影覆盖着睫毛，他白净的脸颊浸泡在光亮之中，如同精雕细琢的艺术品，苍白而美丽。

房间里的安静持续了很久，直到殷修睡饱之后缓缓睁开眼。

他慵懒地蜷缩在椅子上伸了个懒腰，似乎精神了许多，眼睛眨了眨，看向寂静的屋子，又转向旁边的黎默。

"我睡了多久？"

"两个小时。"

殷修点点头，刚刚睡醒，嗓音都是慵懒的，低沉地应了一声，就站起来舒展身体。

等殷修差不多清醒了，两个人才走出房间。

门外的走廊上依旧跟之前一样热闹，但看总人数却没有增加多少，似乎没有新玩家来到这层了。

"你们叶……我是说殷修呢？"他随手拉过一个人，询问叶天玄的下落。

"殷修大佬啊，刚刚带着人去拿规则单了，说是暴食层的规则单一直找不到，好几个被指派去的人都没找到，他就亲自去了。"

殷修沉默，等玩家走远之后才转头看向黎默："你那层的规则单呢？是不是被你吃掉了？"

黎默一顿，稍加思索："好像是。"

殷修："吐出来。"

两个人匆匆回到刚才的休息室，黎默费劲地吐出一张暴食层的规则单。

殷修看着那张黏糊糊的规则单，默不作声往外一指，黎默就自觉地拿着规则单去给其他人了。

上面的信息还看得清，这群人就是不想接也得为了获得暴食层的规则接过去。

没一会儿，接过规则单的人就送来了一份抄写好的规则单，面容扭曲地交给了殷修："谢谢你提供的规则单……不过原来那张已经不方便携带了，我们抄写了一份给你。"

殷修点头接过，看了看收好，才朝黎默勾勾手："走吧。"

两人一起离开了暴怒层。

叶天玄收集的规则单不少，殷修又送上了两张，目前七种罪孽里，只有傲慢和纵欲区域的规则单没有拿到。

凭借着目前手里的五张规则单，就算楼层打乱，大部分玩家也有应对方案保住自己的命，至于剩下两种罪孽所在的楼层……

殷修非要去也是优先去傲慢层，剩下那个他不想去，叶天玄估计也不想。

推开暴怒层走廊尽头的门，下一节走廊似乎是通向懒惰层的。

七种罪孽随机打乱，每一条长走廊被门分割成小走廊，一段接着一段，像是火车车厢，但谁也不知道自己打开走廊尽头的门进入的楼层会是哪种罪孽主题的区域，想要去指定的罪孽所在的楼层，可不是容易的事。

殷修每开一扇门都在祈祷进入楼梯间或是去第一层，但走着走着，他就发现了其他楼层的变化。

他来到了懒惰所在的楼层，这里静悄悄的，没有任何玩家，也没有任何诡怪的声音，这是正常的。

但殷修推开走廊上的房门，房间里面甚至连诡怪的影子都没有，这就很不正常了。

再往前走，进入贪婪所在的楼层，熟悉的走廊上的一排房间此刻变得格外阴森。

贪婪所在的楼层的每一个房间门都是打开的，有清晰的黑色血迹从门内流淌出来，里面没有一个诡怪，或者说是……有什么人把诡怪都杀了，所以到处都是静悄悄的。

没有玩家，也没有诡怪，这是殷修熟悉的，浩劫之后的寂静。

他微微皱眉，想起叶天玄口中的那位第一名，整个副本里只有这位会有这样的行动力吧？

杀戮欲望远超被称为"杀神"的殷修。

再往前走，暴食区域也一无所有，这里本就被黎默吃了个干净，很正常。

继续往前走，终于走到一个陌生的罪孽区域了，但这里依旧很安静，甚至什么都没有，无法让殷修辨认出这里到底是哪一层。

殷修望着寂静的走廊若有所思，怎么会有人杀诡怪的动作比他还快啊。

他疑惑着，决定还是先探索一下这个区域。

然而他刚刚往前踏出一步，前方不远处的一扇房门忽地打开了，一个玩家从房间里走了出来。

那个人戴着一个原本可能是纯白但此刻满是血迹的面具，浑身散发着冰冷的气息，宛如一具移动的尸体，刚刚从坟墓里爬出来，没有任何生息。

殷修愣了愣，从他斑驳的囚服上辨认出了编号"1"，更让殷修不解的是他腰间挂着的那把刀，与殷修的极为相似，只不过刀鞘是白色的。

殷修一瞬间就明白叶天玄为什么会把他认成自己了。

这个沐浴着诡怪血液还提着一把刀的人，像极了从前那个行事冷酷、过每个副本都要杀光诡怪的殷修。

他看着这个与自己隔着半条走廊的玩家，瞬间感觉像是越过了时间看到了另一个自己。

"你……是谁？"他下意识地握紧了刀，皱眉询问道。

对方没有回答他，一直沉默着，旁边还缓缓地飘出了一个戴着橙色面具的罪门，在那人耳侧不断地低声道："蝼蚁、蝼蚁、蝼蚁、蝼蚁……"

玩家慢慢地转过来，面朝殷修，抽出了腰间的刀。

殷修挑眉，也无声地抽出了自己的刀，虽然戴着手铐，击杀玩家会增加污染值，但他可真不喜欢被罪门蔑视。

两人几乎同步侧过手中的刀刃，然后瞬间冲向了对方。

也几乎是同时，两人中间的地面猛地变成了一摊黑色的沼泽，将他们陷了进去。

几乎是眨眼的工夫，两个身影就消失在了走廊上，留下黎默一个人站在原地。

他顿了顿，看着光洁的地面陷入了沉思。

怎么说没就没了？

落入漆黑沼泽的瞬间，殷修有些窒息，脑子里被塞入了很多负面情绪，接着他就掉到了一个黑漆漆的空间里。

周围没有走廊，没有那个玩家，也没有黎默，只有他一个人。

殷修爬起来，皱眉与黑暗对峙片刻，发现这里的确什么都没有后，才缓缓地收起了刀。

他盯着四周，甚至连空间感都丧失了，完全不知道自己处于怎样的环境。

"玩得真花，还有哪个罪孽层是这样的吗？"殷修嘀咕了一声，试探着往前踏出了一步。

脚落到地面后，周围的黑暗里忽地亮起了画面，瞬间将殷修拉扯进了一个场景之中。

周围人潮汹涌，殷修看到了小镇的玩家，还在那些人之中看到了一个更为熟悉的身影。

"叶天玄？"殷修不确定地喊了一声，但人群与叶天玄都没有回应他，反倒是在说说笑笑，画面十分热闹温馨。

"你嫉妒吗？"耳侧幽幽地响起了一道声音，飘浮在殷修的脑海之中。

"你看他……"殷修的注意力被强迫性地集中到了人群中的叶天玄身上,那个白色的身影被包围在人群之中,沐浴着阳光,耀眼夺目,仿佛就是太阳本身。

"他那么普通,在副本内的战斗力远不如你,却比你更受欢迎,拥有更多的朋友,你难道不嫉妒吗?"

殷修皱眉,对脑海里莫名出现的声音感到烦躁:"那是他该有的。"

"不……也许没有他,这些人仰慕的人会是你。"

"你看看你,多强大,小镇之中、副本之内没有任何人的能力超越你,他们本应该都知道你的优秀,是这个人隐藏了你的光芒,霸占了所有人的目光,你才会没有朋友的。

"你那么孤独,全都是他的错,他抢走了你的朋友,你不该嫉妒他吗?"

殷修抬手摁住隐隐发疼的脑袋,手腕上的手铐在隐隐泛出绿色,他怒斥道:"闭嘴,滚出去。"

但那声音却坚持不懈地响起,周围的画面一转,出现了殷修独自坐在河边钓鱼的身影,昏黄的天空映照着湖边,他倒映在湖里的身影显得格外孤寂。

"你在小镇待了那么久,谁都没有靠近你,为什么?因为他,他不让任何人靠近你,他抢走了你的光辉,你该嫉妒他。"

周围的画面不断地闪动,出现了许许多多夜晚殷修独自待在小镇的画面。

"除了诡怪,没有人在你身边,你没有朋友,你没有家人,你一无所有,你看着他,难道没有那么一瞬间嫉妒过他吗?"

低沉的声音持续不断地在殷修的脑海里响起,诱惑着他,但凡他起一点反抗的念头,头就开始针扎一般地疼痛。神经像是被拉扯,无限拉长的耳鸣让殷修头晕目眩。

他双腕之上的手铐变得越来越绿。

"我……没有……"

"你说谎。"声音呵呵地笑着,带着笃定,"你嫉妒过被众人包围,万丈光芒的他。"

"因为你是人,人会对自己没有的东西产生嫉妒,你有感情,你就会嫉妒。"

殷修额头溢出冷汗,他咬牙切齿道:"我没有嫉妒,我是怪物,怪物是没有感情的!"

脑海中的声音越发张扬尖锐:"没有感情?真正没有感情的人就该像一具行尸走肉,不会对任何事产生情绪上的波澜。

"就如同，面对他们无动于衷的你。"

周围的画面转瞬变化，无数骷髅从殷修脚边的黑暗之中伸出双手向他扑来，那些骷髅空洞的眼眶里溢出黑色的黏液，紧紧地抱住他的双腿往下拽。

"你没有朋友。"

"你没有家人。"

"你是独自一人，你是怪物，你一无所有，你不配拥有任何东西。"

"你就该死在终结副本。"

骷髅一声一声地念叨着，空洞的眼眶望着殷修紧绷的脸，望着他的动摇，看着殷修逐渐变得呼吸急促，脸色苍白。

那声音尖锐地笑着，像是抓住了他的弱点一般开始不断地询问："你害怕了吗？你是在害怕吗？

"你也害怕自己一无所有，所以你嫉妒叶天玄对吗？

"因为你想要的，他全都有。

"明明那么无力，却拥有愿意信任他的朋友，坚韧的心和永远不会沉入黑暗的灵魂。"

脑海中的声音在狂笑着，疼痛变得越发尖锐，几乎占据了殷修的大脑，让他无法思考。

他咬牙切齿，脸色变得苍白，他眯着眼眶望着不远处在光影之中晃动的叶天玄，那道白色的身影，如同太阳一般耀眼。

殷修闭上眼，缓缓地深吸了一口气。

"你说得对，叶天玄与我完全不同，我的确嫉妒过他，但我嫉妒他……比我坚强。"

说完他睁眼，从口袋里掏出一枚硬币抛入了黑暗之中。

金色的硬币在黑暗之中闪耀着光亮，映照着殷修的脸。

"而且我也不是一无所有，我有叶天玄这个朋友，还有一个……小小的家人。"

硬币在一瞬间掉落在了地上，一个娇小可爱的红色身影从空中蹦了出来，飞扑进了殷修的怀里。

"哥哥！你受伤了吗？"

艳红的小裙子飞舞，两条可爱的麻花辫晃悠，这个抱着小兔子玩偶的小女孩一蹦出来就紧紧地抱住殷修的腰。

"哥哥！你哪里受伤了！快让我看看！"

雅雅抱着殷修转了一圈都没有看到半点伤口，她迷茫地抬头盯着殷修苍白的脸："哥哥，没有伤口啊。"

殷修垂眸摸了摸她的头："心痛是没有伤口的，不过你出来就好了。"

雅雅疑惑地歪歪头，这句话对她而言很难理解，但她知道肯定是有人欺负了哥哥，自己才会出现。

"哥哥，帮我拿着！"雅雅霸气地将小兔子玩偶往殷修怀里一塞，转头气冲冲地瞪着萦绕在四周的骷髅们。

她龇牙咧嘴道："臭骷髅头们，敢欺负我哥哥，看我怎么吃掉你们！"

小小的红色身影一边喊着，一边张牙舞爪地冲了上去，将那些骷髅们踩了个稀碎。小女孩一甩头变成面目扭曲的野兽，恶狠狠咬住骷髅们。

殷修盯着雅雅在骷髅堆里翻腾的身影，垂眸看向自己的双腕，手铐的颜色在慢慢变淡，一点点从绿色变回了白色。

雅雅出来后，脑袋里的声音就消失了。

治愈型道具果然是有效的，不管身体还是精神，都能瞬间恢复。

即便雅雅不是治愈型道具，她只要出现了，殷修便能松一口气。

他原地坐下，一手拿着小兔子玩偶，一手从口袋里摸出了那朵红色小花，等待着雅雅撒完气回来。

黑暗的环境之中，粉色的小兔子玩偶和艳红的小花都安静地躺在他掌心里，带着稚嫩却无比纯粹的情谊。

虽然它们的主人都是诡怪，但在他贫瘠的人际关系里却是无比珍贵的存在。

谁说他一无所有呢？

罪孽污染

第四章

001.

"哥哥，看！"雅雅在骷髅堆里一阵翻腾，开开心心地抱着一大堆粉碎的骷髅脑袋跑了回来，哗啦一下放在了殷修的脚边。

那一个个骷髅失去了身体，就只剩下脑袋，被雅雅拿在手里摆弄也一点办法都没有，空洞的眼眶里满是无助。

"我把这些说哥哥坏话的骷髅们都带回来了，给哥哥消消气。"雅雅一脸纯真地说。

殷修起身，将兔子玩偶塞回雅雅的怀里，也顺手把小花放回口袋之中。

他盯着地上的骷髅头，那些骷髅在与殷修对上视线之后，嘴里仍旧念叨着："你嫉妒着……你嫉妒着……你所没有的……"

殷修在暴怒层的记录室里看到过叶天玄收集到的嫉妒层规则。

他切身体验了一下嫉妒层的环境后，能够理解那个被嫉妒罪门绑定的女孩为何会变成那样。

比起其他层潜移默化的缓慢影响，嫉妒层的污染方式直接且粗暴，将玩家拉入单独的空间，强行干预玩家的行为。换作平时，殷修可能还会保持淡定，但戴着白手铐的情况下，他能够清晰地看到自己进入这个空间没几秒，手铐就已经变成了绿色。

嫉妒层规则：

1. 不要听它们的声音，否则会迷失自己。

2. 不要理会你看到的一切，会被欺骗。

3. 如若不小心被拽入了嫉妒的空间，请务必紧闭双眼，保持情绪稳定。

4. 罪孽来自内心，一切结果都会随你的行为改变，请不要沉沦于嫉妒。

虽然看过规则，但殷修还是在进入这个空间的瞬间就被影响了，不论如何，现在清醒了，想要离开这里，最后一条规则是无比重要的。

一切结果都会随你的行为而改变。

那么……

殷修望着那些不断喃喃着"嫉妒"的骷髅头，缓缓地道："我已经有了同样的东西了，所以我不会嫉妒。"

他一脚踩碎骷髅，碎碎念的声音戛然而止，骷髅头化为粉末，整个空间瞬间安静了下来，连黑暗都在慢慢散去。

殷修清晰地感知到，贪婪在引诱他下坠，嫉妒在让他恐慌，这些罪孽都在剥开他的过往，利用情绪使他堕落。

在懒惰层，他若遵循懒惰的行为特点，没有做任何事就离开的话，他无法发现罪孽的抵消和白手铐的更深层信息；在暴怒层的时候，若是受到暴怒的影响杀掉了叶天玄组织里的所有玩家，他就离不开暴怒层。

殷修讨厌这个副本……每一层的罪孽都像是锁链，试图将他拉入深渊。

若是没有黎默……没有叶天玄……没有雅雅……

他不知道自己会倒在哪一层，这个副本比他都要了解他自己。

殷修缓缓地深吸了一口气，平复情绪。

再度睁眼时，他的神色已经变得平淡，抬眸看向四周。

黑暗散去之后，自己似乎出现在了一层新的走廊，是他没去过的罪孽层。

"哥哥，要不要我再陪你待一会儿啊？"雅雅小手牵着殷修晃了晃，有些恋恋不舍，"万一再有坏东西欺负你，雅雅可以帮你教训它们。"

殷修垂眸盯着她稚嫩可爱的脸，温声道："你后来怎么样了？"

雅雅眯起眼睛，笑盈盈地答道："经历了那么多次副本，从来没有人把广场上的雕像推倒过。哥哥推倒它后，现在整个副本都要重新构造了，我现在和妈妈住在一起哦。"

殷修点点头，微微松了一口气："你过得好就行。"

"哥哥……"雅雅再度紧了紧自己牵着殷修的手，眸子纯洁干净，"哥哥是玩家里对我最好的人了，虽然刚开始的哥哥很冷漠很吓人，但哥哥的心却是好的，比其他人都好。

"所以我也会保护哥哥的。"

"……嗯。"殷修轻轻地应了声，眉眼变得温和。

雅雅抱住殷修的手臂，娇羞地道："哥哥是世界上最好的哥哥，所以哥哥不要听那些坏骷髅的话，谁再敢说哥哥是怪物，我这个怪物要第一个冲上去吃了它！"

殷修点头，没想到自己还需要诡怪来哄。

殷修拉着雅雅的手，开始探索这未知的一层。

他不知道之前那个在嫉妒层遇到的 1 号玩家去哪儿了，但印象里，在外面的很多玩家都被那人解决掉了。

殷修牵着雅雅推开走廊尽头的门后，却微微一愣。

门后是一个舞厅，其中有很多玩家，都穿着囚服，然而一个个都宛如上流人士一样，端着酒杯在人群之中走动。

更让他错愕的是，玩家之中还有诡怪，一些漆黑模糊的影子匍匐在玩家的脚边，跟随着他们的脚步。

像是宠物……

殷修皱眉，一时间怀疑自己进错了地方，他后退两步看向自己身后灰扑扑的走廊，再望向面前辉煌漂亮的舞厅和里面一个个穿着囚服的玩家。

别扭感扑面而来。

"请问，是要进来领规则单吗？"站在门口的一个诡怪小心翼翼地向殷修询问，语气格外客气。

殷修沉默。

这里居然可以直接领取规则单？

"如果是来领取规则单的话，往里请。"诡怪态度谦卑，对殷修彬彬有礼，让殷修很不适应。这层的违和感太重了，他不得不保持警惕。

他牵着雅雅往前踏出一步，刚进入这个舞厅，旁边刚刚还温和有礼的诡怪猛地朝殷修呵斥道："跟着主人进来还不快趴下！懂不懂规矩？"

殷修有些没反应过来，顺着诡怪的视线看去，落到了雅雅的身上，他忽然就明白了。

雅雅是诡怪，所以它们要求她必须像那些跟随在玩家身边的诡怪一样趴下？

殷修拧眉，注意到不远处看向这边的一些玩家，他们面对诡怪没有任何惶恐，优雅地享受着诡怪的服务，用一种居高临下的眼神看着脚边匍匐着的诡怪，如同真的是它们的主人一般。

殷修对这说不出来的诡异场面有些排斥，便冷声道："这不是我的宠物，没必要趴下。"

旁边的诡怪有些为难："宠物怎么能跟主人并行呢？这一层的诡怪都是要趴下的……"

殷修眯着眼睛看向说话的诡怪："是吗？那你怎么不趴下？"

诡怪顿了顿，黑色的身体连忙趴在地上，格外卑微。

殷修看到它趴下之后，转身抱起了雅雅，将她抱在怀里，淡淡地道："你愿意趴就自己趴着吧，我可舍不得让她趴。"

诡怪表情凝固，不知道该怎么办才好。

雅雅甜甜地抱着殷修的脖颈，朝着地上的诡怪吐了吐舌头。

远处立即传来玩家的笑声："诡怪就是能随便杀的玩意儿，让趴下就该立马老实趴下，你还当个宝贝似的抱着，真是好笑。"

殷修抬眸盯着那个笑出声的玩家，微微眯起眼睛："在我眼里，你也是个能随便杀的玩意儿，你怎么还不趴下？"

对方脸色一白，怒视着殷修："你以为我就不能杀你吗？在这里的玩家都不是好惹的，你还想恐吓我？"

殷修耷拉着眼，懒得与他多说，他一手抱着雅雅，一手抽出了刀，因为手铐的限制，他此刻想要动手有点难，但殷修乐于挑战自己。

"你以为拔个刀能吓着谁呢？"那个玩家还在冷笑，不把殷修放在眼里。

但寒光一闪，锋利的刀刃就已经抵上了他的喉咙，说话的玩家瞬间惨白了脸色。殷修没有再和他计较，收起了刀。那个玩家立刻逃跑，周围的玩家也不敢再说什么了，一部分人咬着唇，另一部分则仍然保持着傲慢的眼神，瞧不上殷修。

他们这样的组合在一群傲慢的玩家里显得格格不入，他们瞧不上殷修，殷修也懒得理会他们。

舞厅的一角，有诡怪出来提示，打破了这诡异的寂静："请各位主人移步餐桌用餐，餐点过后，我们会为大家发放本层的规则单，请各位耐心等待。"

于是玩家们朝殷修和雅雅冷哼一声，便去了大堂边缘围了一圈的餐桌，带着各自的诡怪宠物们优雅地入席。

殷修想要规则单，也不清楚这层的规则，就先随众人一起抱着雅雅入座。

他们一入座，被殷修抱在怀里的雅雅就备受周围一群趴在地上的诡怪羡慕。

殷修则接收到了玩家们的白眼，他们对雅雅的存在很不满，却碍于殷修的威慑什么都不敢说。

接着，有诡怪陆陆续续送上了精致美味的餐点。

殷修从绑定黎默之后就不怎么饿，对这些餐点没兴趣，但其他玩家兴趣很大，雅雅也兴趣很大。

服务他们的诡怪除了为每位玩家送上一份餐点，也会在地上放上一份食物给玩家们的宠物诡怪，雅雅的自然也放到了地上。

殷修没有理会地上的碗，而是把自己面前精致的小碟子推到雅雅面前："你吃吧，哥哥还不饿。"

"好！"

雅雅开开心心地抱着盘子开始啃食起来，看到"宠物"上桌吃主人的饭，其他玩家很是不悦。

殷修对他们不满的目光熟视无睹。

"哥哥，我吃完了。"其他玩家还没动，雅雅就光速清盘，然后摸摸肚子靠在了殷修的怀里。

殷修拉过桌布擦了擦她的嘴："吃饱了吗？"

雅雅摇摇头："还没有。"

殷修还没说话，对面的一个玩家终于忍不住出声道："没吃饱，地上还有你的呢，去吃你该吃的饭吧。"

雅雅跟殷修的目光同时看了过去，直勾勾地盯着说话的那人，那人硬是被盯出了一身冷汗。

"我看大家都还不饿，嘴都挺闲的。"殷修淡淡地说着，慢条斯理地将雅雅放在了座椅上，然后握着刀起身。

他这稍微一动，把一桌子的玩家都吓到了。

"你……你要干吗？"

殷修余光瞥了一眼自己的手铐，在不知不觉间泛出橙色，似乎情绪波动的确会加强污染的影响，他便松开了刀柄，直接走到刚才说话的那个玩家身边，在他惊恐的目光下淡然地端走了他面前的碟子。

"我看你不是很饿，不如就给我吧。"

玩家："我还一口都没吃呢！"

接着，殷修面无表情地端走了一碟、两碟、三碟……硬是把其他玩家的食物全都端走放在了雅雅面前，然后勾着唇角冷笑道："我家小孩比较能吃，多吃一口你们的，你们应该不介意吧？"

玩家们虽然饥饿却不敢说话，就那么咽着口水看着雅雅吃得满嘴流油。

其他趴在地上的诡怪流露出羡慕的眼神，盯着地上的碗，再看看桌上的雅雅。同为诡怪，待遇简直天差地别。

殷修的举动不仅引起了这桌玩家的不满，连其他桌的玩家都有些看不下去了。

"诡怪居然跟人同桌，真是笑话。"有人大声嗤笑道，"你就算是刚来这一层也应该感觉得到吧？在这一层，玩家是诡怪的主人。"

"只是些随手就能捏死的玩意儿，何必对它们那么好。"

玩家的声音引起了其他人的赞同，几乎整个舞厅的人都注意到了殷修的举动，看着那个蹬鼻子上脸，不仅上桌吃饭，还敢吃玩家饭的诡怪格外不爽。

雅雅嚼着美味的食物，盯着其他玩家没出声。

好歹她也是新手副本里的一星主宰，虽然比不上镇长和女鬼那么有威慑力，但也不是其他玩家要求什么她就会做什么的，专心吃饭就好，管他们呢。

殷修看了看手腕上的手铐，隐隐泛着橙光，是傲慢的污染。

他现在要是和玩家争斗或是待久了，也容易变得傲慢，还是先拿到规则单再说。

其余人见殷修没说话，就越发地傲气，虽然无法直接对雅雅动手，但他们可以戏耍其他诡怪来杀鸡儆猴。

"来，表演个才艺，表演得不好就杀了你。"

"你，你，过来，绕着大厅爬三圈，不爬就打你。"

"去，把其他诡怪叫上，都去学狗爬，谁也不准落下。"

伴随着玩家接二连三的命令，大厅里的诡怪都开始不情不愿地行动起来，场面热闹，却看得殷修眉头直皱。

这里的玩家已经被傲慢的罪孽严重污染，仗着小小的权力指挥着诡怪，行为变得越发肆无忌惮。

不过在殷修看来，只敢欺负诡怪，他们还不够傲慢。

随着热闹的大厅里诡怪游走，旁边的服务员诡怪给每位玩家递上了一张规则单。

规则单本应是每个玩家到这儿来的目的，但规则单送上之后，其余玩家都没有在意规则单，而是继续看着大厅里诡怪们的表演。

只有殷修拿起了这层的规则单。

傲慢层规则：

1.在本层您有使唤诡怪的权力，您就是它们的主人，所有诡怪都必须匍匐于您的脚边。

2.遇到任何不听使唤的诡怪，请随意出手管教，它们不会不服从您的命令。

3.在本层，玩家的话就是绝对的规则，但也请您不要迷恋权力。

4.它们会服从最强大的人。

看完规则单，殷修差不多明白了，指挥诡怪就是这层的规则给予玩家的权力，不知不觉间放大了玩家对诡怪的傲慢。

他们越把诡怪当作奴仆，就越容易被傲慢污染。

殷修抬眸望着那些玩家，察觉到每个人身上都隐隐冒着黑烟，要不了多久，他们就会被完全污染。

这就是傲慢的代价。

002.

殷修收起规则单，本来不想多管这些人的闲事，但转头就看到雅雅坐在桌边，低头看着从脚下一一爬过的诡怪，似乎不太开心。

远处还有玩家在教训着雅雅："你也是诡怪，你为什么不下来爬？"

"在这一层，诡怪都是要在地上爬的，你看看它们，再看看你，你不应该下来跟它们一样吗？"

"就是，快下去跟它们一起爬，诡怪不需要思考，只要服从就够了。"

听着玩家们的嚷嚷声，雅雅越发不开心了。

殷修想起懒惰层的诡怪提起，它们不喜欢管理员，因为管理员给极乐城制定了太多规则，强迫许多诡怪参与其中，恐怕傲慢层的诡怪就是受害最严重的。

雅雅不想听那些玩家的声音，就抬头龇牙咧嘴地瞪了一眼过去，立即遭到了更强烈的言语攻击："区区诡怪！居然敢瞪我！想死是吧！"

殷修咚的一声将刀砸在了桌面上，冷眼看了过去，玩家们立即噤声了。

"哥哥……"雅雅不解地抬起头看向殷修，"这个副本为什么这么奇怪啊？玩家们都变得好奇怪哦？"

"因为他们已经被污染，快变成诡怪了。"殷修抱起桌边的雅雅，然后点了点她的鼻尖，"你别看他们了，哥哥给你表演个才艺。"

雅雅笑眯眯道："好啊。"

于是殷修抱着雅雅起身，站在了桌子上。

这过于粗鲁没有礼数的行为瞬间吸引了全场的目光，他们没有指责殷修的不礼貌，而是怒骂雅雅。

"区区诡怪竟然敢站在高处俯视我们！给我下来！"

"谁允许你上去的！诡怪就应该在地上爬。"

"宠物还爬到主人头上了，不给你点教训就不知道谁才是主人是吧！"

玩家们纷纷表达着不满，准备出手给雅雅点教训，这时殷修懒懒地垂下眼眸，望着桌子下面的玩家和诡怪："都给我起来。"

铿锵有力的几个字一出，整个大堂的人和诡怪都唰地站了起来。

不止在地上爬的，连坐在椅子上的玩家都像不受控制一般，按照殷修的话给出了反应。

站起来之后，他们愣愣地望着彼此，有些不可置信。

"怎么回事？刚刚我的身体……突然就自己站起来了？"

"我……我也是……"

"竟然有人能命令我们？"

玩家们怒气冲冲地瞪着站在桌子上的殷修，咬牙切齿："是不是你对我们做了什么？"

"你居然为了一个诡怪对我们玩家下手！你还是不是人了！"

"你跟诡怪是一伙的吧！"

殷修没有理会他们的声音，而是平静地道："坐下。"

又是唰地一下，大堂里的人都瞬间坐下，在接收到命令的瞬间，身体完全不受控制地给出反应。

看到玩家们蒙了，诡怪也蒙了，殷修的猜测差不多已经得以验证。

玩家在污染之下都快变成诡怪了，他们对诡怪态度越傲慢，污染得就越重。

看似整个大厅都是玩家与诡怪，实则已经是半人半诡的玩家与真正的诡怪，使唤诡怪的权力则只有殷修一个人有。

"傲慢规则二：遇到任何不听您使唤的诡怪，请随意出手管教，它们不会不服从您的命令。"

"傲慢规则四：它们会服从最强大的人。"

现在在这里，殷修就是最强大的人。

他最强，且还没有被傲慢污染成诡怪。

殷修在"起来"与"坐下"的命令测试之后就基本确认了，这些玩家因为变成了半个诡怪而会服从他的命令。

雅雅发现这一点后，也乐呵呵地拍手："哥哥好厉害，能够让所有人都听话。"

她一声轻笑让所有玩家脸色都青了，但下一秒，殷修的声音就轻飘飘地响起。

"那雅雅想要他们做什么呢？哥哥都会满足你。"

他将傲慢的权力交给了一个诡怪，这是所有人都没想到的。

想到自己刚刚骂过她，玩家们的脸色都白了，视线死死地集中在雅雅身上，很是愤怒，却因为旁边的殷修拿她没办法。

雅雅一脸天真地笑，思考着："让他们做点什么好呢……"

玩家群体开始恐慌。

雅雅娇俏地朝玩家们指了指，接着指向诡怪："那就让他们反过来吧！"

这话一出，玩家们愣住了，诡怪也愣住了。

反过来的意思是……

"诡怪成为主人，玩家当宠物？"殷修若有所思，弯起嘴角，"这倒也不错，让傲慢的人尝尝被欺凌的苦。"

他凝视着整个大厅里的玩家，在诡怪期待的目光中面无表情地下了命令："从现在起，此刻在傲慢层的玩家与诡怪地位互换，遵循规则，即便没有玩家，诡怪依然是主人。"

他的命令一下达，所有趴在地上的诡怪瞬间站了起来开始狂欢，开始号叫，兴奋地享受自由。

玩家们则露出痛苦的表情，他们双眼猩红地怒视着高高在上的殷修，怒骂道："你竟然敢让我们这些玩家成为诡怪的宠物？你疯了吧！"

"玩家……玩家可是诡怪的主人……怎么可能成为宠物……"

"怎么能成为这些卑劣东西的宠物……"

"我们可是尊贵的玩家啊！"

面对他们的怒斥，殷修淡淡地道："低头看看自己吧，还穿着囚服呢，哪来的尊贵？你们都忘记自己是怎么来到这个副本了吧？不过，污染值这么高……你们怕是回不去了。"

他的话说完，玩家们崩溃哀号，傲慢的态度让他们逐渐失去人形，在诡怪狂欢的尖叫声中逐渐被同化。

殷修懒懒地看着整个大厅中兴奋狂欢的诡怪们，将傲慢层的规则单叠好放进口袋，准备离开。

临出大厅的门之前，终于从地上站起来的看守兴奋地盯着殷修："看你戴着白手铐，你一定是叶天玄吧！"

"啊？"雅雅露出了一脸困惑的表情，还没来得及解释就被殷修捂住了嘴。

"对，没错，我就是叶天玄。"殷修点点头，表示认同。

"果然啊……我听说叶天玄对诡怪比殷修好些，原来都是真的。"看守诡怪满脸感动，"一开始是我态度不敬，谢谢叶大佬解放了我们……作为交换，我告诉你白手铐的信息吧。"

殷修自己都没想起来要问白手铐的信息，对方倒是十分主动。

也许以傲慢的态度逼问这里的诡怪也能问出这类信息，但那就落入傲慢层的圈套了。

"行，说吧。"

"还好还好，你是叶天玄，不是殷修啊，我跟你说，管理员这次特别下令，不允许我们将白手铐的信息告诉殷修，就算被杀死也绝对不能说。但我也没想到这次白手铐玩家是你叶天玄。"诡怪感叹了一声，"不用违背管理员的命令真是太好了。"

殷修沉默，点了点头。

不能告诉殷修，关他叶天玄什么事呢。

"其实以前极乐城淘汰玩家的效率挺高的，但新上任的管理员这次加入了一些特殊的规则，比如每层的罪孽污染啊……白手铐啊……还有玩家排名。

"他说想要留住殷修，这些是必须的，以他对殷修的了解，那个'杀神'绝对走不出极乐城，每一层都将是殷修的堕落点。"

诡怪摊摊手："我也不知道管理员为什么那么笃定，但他说要留住殷修并将他污染，我们也只能照办，毕竟我们也很害怕殷修啦。

"如果你想要离开极乐城，你就一定要避开最能攻击你的罪孽。

"这种攻击不是指物理攻击，而是心理层面的。我不是玩家，所以无法理解罪孽对玩家产生的影响，但罪孽就是从心中滋生的，只有心智足够坚定的人才能扛过污染。

"你知道自己最容易栽在哪种罪孽的话，就尽量避免吧。

"极乐城内众生平等，即便是'杀神'也一定会受到某个罪孽的影响，你要小心，不要沦陷哦。"

殷修点了点头。

诡怪搓搓手："其实一般情况下我们交代信息也不会和玩家交代得这么详细，但我总感觉你很特殊啊，光是站在你面前，就会止不住地打寒战，也许这就是油然而生的敬畏？"

"是害怕哦，笨诡怪。"雅雅小声地嘟囔着。

殷修捂住她的嘴，向诡怪点了点头："那我就先走了。"

"好嘞好嘞。"诡怪连忙打开门，让殷修他们出去。

一打开舞会大厅的门，一股潮湿的冷风扑面而来，卷进了整个舞厅。舞厅里所有的诡怪都在一瞬间不受控制地跪倒在地，瑟瑟发抖。

有什么东西强压着它们的头，迫使它们跪拜。

傲慢层里，更为强大的人来了。

他光是站在那里，就散发着压迫感，让人心里产生惊恐畏惧，头皮发麻，甚至不敢去看他一眼。

上一秒大厅里的诡怪狂欢，下一秒都密密麻麻地跪在地上，寂静无声。

殷修疑惑地看了一眼突然就跪在地上的诡怪们，又转头看向站在门口微笑，一副乖巧模样的黎默："你怎么在这儿？"

"我找过来的。"黎默答道，视线扫过殷修，然后瞥到旁边牵着殷修手的雅雅。

他指向了雅雅："她怎么在这儿？"

雅雅往殷修背后缩了缩，认真地道："我可是被叫来保护哥哥的哦。"

黎默抿了抿唇："有我保护就够了。"

雅雅皱着脸，对黎默哼了一声道："你能保护哥哥，我就不会出现在这里了！"

下一秒，她整个人就消失在了原地，变回小小的道具硬币。

黎默微笑着捡起道具放在殷修掌心，重申："我保护你就够了。"

道具硬币在殷修掌心倔强地抖动了两下，实在出不来后才悻悻地放弃了。

殷修："……"

俩诡怪不和，闹心。

他将道具硬币放入口袋中，抬眸看向面前的黎默："怎么找过来的？你应该在嫉妒层吧？"

黎默微微笑道："闻着味来的。"

殷修："狗？"

黎默微笑不语。早在上个副本，他就在殷修身上留下了味道，不管他被随机传送到第几层都能找过来，不过这里层数会打乱，着实让他找了一阵。

他抬眸看向傲慢层里全部趴在地上的诡怪："需要帮忙吗？"

殷修摇摇头："不用了，已经拿到规则单了，可以回去复制一份给叶天玄。"

说完挥挥手，抬脚走出了大厅。

身后的门一关，寒意与压迫感消散，傲慢层的舞厅里再度热闹起来，传出不少诡怪兴奋的叫喊声。

至于那些被傲慢污染的玩家的结局，殷修并不关心。

003.

殷修带着规则单在极乐城楼层打乱之前，顺着楼梯上上下下兜了一圈后回到暴怒层，正巧遇到叶天玄带着玩家二次出门准备去搜寻他们没有的规则单。

双方在暴怒层的楼梯间见面，叶天玄笑眯眯地打了个招呼，一副土匪架势："哟，这不是叶天玄吗？找到新规则了？

"来得正好啊，让我殷修打劫一下。"

他身后的玩家跟着起哄，气势汹汹地道："这可是殷修大佬的要求，劝你识趣点，老实把规则单交给我们，到时候好处少不了你的！别逼我们磕头求你！"

这群玩家已经在叶天玄的熏陶下，成为合格的会威逼利诱双管齐下的土匪了。

殷修面无表情地把手里的规则单递了过去："傲慢层的规则单，我记得你那儿还没有吧？"

"确实没有，我们正要去找呢。"叶天玄接过规则单展开看了一眼，满意地点头，"不知道为什么，傲慢层的大门必须要携带诡怪才能进去，但外面的诡怪都被不知名的人杀了，我可好不容易逮到一只，现在不用去了可真方便。"

说完他朝身后挥挥手："把那只诡怪放出来吧。"

"是！"玩家中气十足地应了一声，立即从收纳型道具里放出了一只诡怪。

那诡怪一出来，立即狗腿地抱住了叶天玄，十分谄媚："殷修大佬，不用加班了吗？就算去不了傲慢层，我也可以帮你做别的啊？"

"不用了，回暴怒层巡逻吧。"叶天玄淡淡地挥挥手，然后拍了拍诡怪的肩，"好好干，争取跟随我的大队一起推翻管理员的旧规则，创建诡怪能自由活动的全新副本，你们的力量不可或缺啊。"

"好！我一定跟着殷修大佬好好干！"诡怪乐呵呵地点头，满身干劲地转身跑回去了。

殷修沉默，一时间无法对刚才的画面给出评价。

诱拐玩家就算了，怎么连诡怪都诱拐了？

"你教唆它们反叛管理员？"

叶天玄的脸上浮现出无辜："怎么能叫教唆呢？是它们讨厌管理员，自愿加入我的阵营，我只是稍微推波助澜了一下。毕竟看到无数的诡怪被那个玩家杀掉，它们也害怕嘛。"

叶天玄说完，他身后的玩家立即赞同道："没错！我们殷修大佬心善，只是想要给无家可归的诡怪一个组织而已！管理员那么无情，推翻它制定的副本规则，带领玩家和诡怪共同存活，只有殷修这样的大佬可以办到！我们相信他！"

殷修伸手鼓掌："不错，未来可期，我回去休息了。"

说完，他越过叶天玄往回走。

拿到傲慢层的规则单后，叶天玄需要先将规则单复写给每个玩家，因此也要先回去一趟，便挥挥手指挥众人掉头，跟在殷修身后。

他凑到殷修旁边小声道："七个罪孽区域，还剩最后一层的规则单没拿到，都到副本末尾了，一会儿咱们一起去呗。"

殷修瞥了他一眼："纵欲层？"

叶天玄点头，然后晃了晃手里的规则单："我在收集暴食层规则单的路上遇到了绑定了贪婪的玩家，对方被污染得很严重，然后就被我收拾了。"说着他拿出手里的硬币，"殷修，我有一个想法，恐怕需要你配合一下才能完成。"

殷修盯着他："说吧。"

叶天玄笑眯眯地搓搓手，然后把贪婪的硬币交给殷修："等会儿回去，我让绑定了懒惰的那个玩家也把硬币给你，这样你身上，就有五个罪门的硬币了。"

殷修："你嫌我死得不够快是吧？给我塞五个。"

罪门可是副本里难得的存在，叶天玄说给他塞五个就塞五个，这让其他玩家听见了可要馋得流口水。

"唉，条件不允许，不然我得给你七个。"叶天玄咧了咧嘴角，开始盘算着，"必须把副本内价值最高的东西都给你，然后余下的所有玩家价值相同，共享排名，这样才能保证通关人数最多。"

殷修的余光瞥向身后那些跟着叶天玄的玩家。

叶天玄大概是担心副本的最后环节，到了管理员面前，玩家排名会决定玩家是否通关成功。因此只要所有玩家保持在同一个价值，同一个排名，就能保下所有人，所以他在尽量减少价值差距。

毕竟现在还有一些在组织外的玩家也会影响排名。

"我知道了。"殷修点头，既然是帮叶天玄的忙，那么叶天玄就一定会跟在他旁边确保他保持理性，这反而更安全。

叶天玄的道具烟也许没有实质的攻击效果，但却能短时间内操控人的心智，不论在哪个副本都好用，在玩家会被罪孽污染的设定里更是有奇效。

"那等会儿你就跟着我们一起去纵欲层，拿完最后一张规则单，我们就等到罪孽层刷新，在半个小时之内冲到管理员室去，一口气通关了。"叶天玄拍拍殷修的肩，已经在盘算着自己的计划了。

殷修敷衍地点点头，庆幸还好雅雅提前被黎默收起来了，不然带去纵欲层有些不方便。

毕竟纵欲罪门至今都没有出现过，那一层他也没见识过，谁知道会是什么样的呢。

他转头看向一旁安静待机的黎默。

目光一投过去，黎默就勾起微笑，很是愉悦。

"一会儿去纵欲层的时候离我远点。"殷修淡声嘱咐道。

黎默不解地问："为什么？"

殷修："说不上来，可能是对危机的直觉？"

黎默："……"

他沉默着，转眸看到在旁边微笑的叶天玄，更沉默了。

回到组织后，叶天玄就把左梦从角落里拎了出来，放在了殷修面前。

这位玩家已经被懒惰影响得很深了，整个人都没了刚开始的精神气，看起来十分懒倦："努力干吗，躺着过副本就好了，我只要在角落蹲着当蘑菇就行了，反正也没人能攻击到我。"

他嘟囔着，都懒得把懒惰硬币掏出来，还是叶天玄上手给了他一个耳光他才清醒，回过神来。

懒惰硬币一交到殷修手里，左梦瞬间清醒了过来，惊恐万分："我之前怎么了？为什么左脸这么痛！"

叶天玄微笑回答："是罪门的影响。"

左梦立即骂骂咧咧，捂着左脸一脸委屈："这个罪门太可恶了吧！影响我一个前途无量、有着大好未来的青年！还让我左脸这么痛！"

叶天玄和善地拍拍他的肩，安抚道："没关系，现在我把罪门拿走了，你就解放了。"

左梦一脸感动，眸子亮晶晶的："谢谢殷修大佬解救我，跟着你果然没错！"

叶天玄点头："那懒惰罪门还要不？"

"不要了不要了！我要跟着大佬你奋斗啊！这罪门只会防御不会攻击，太不适合我了！"左梦没了懒惰罪门，立即精神抖擞，雀跃得很。

"好，很有精神。"叶天玄无声无息地把他推到门口，拍拍肩，"你现在就快点去把已有的每份规则都抄一张带在身上，别落下副本进度了。"

"好好好。"左梦应声，立即快乐地捂着火辣辣的脸去了。

叶天玄关上休息室的门，询问殷修："你戴着白手铐，拿着懒惰罪门的硬币有没有什么影响啊？"

他一转头就看到殷修正坐在角落，一脸阴沉地面对着墙壁，手腕上的手铐已经变成了紫色，无精打采地念叨着："不想努力了，直接杀去管理员办公室吧。

"收集规则单干吗呢，真麻烦……

"什么罪门啊……不想要，烦死了……想回去钓鱼。"

念着念着他缓缓地站起身，拎着刀："赶紧杀了管理员回去钓鱼吧！"

叶天玄干笑着从口袋里摸出道具烟："你的懒惰跟别人还真不一样啊……"

他抽上烟，吐出的紫色烟雾萦绕在整个休息室里。然后他掐灭了烟，看向学着殷修蹲坐在角落里的黎默，叮嘱道："待在他身边，别让他出去，一会儿就恢复了。"

黎默点头，然后又转过去，学着殷修面壁的样子。

两个人坐在墙角安安静静的，画面格外和谐。

叶天玄啧啧摇头，收起烟盒就转身出屋忙正事了。

屋子里紫烟萦绕，殷修呆坐在角落，有些浑浑噩噩。

紫烟镇定安神，懒惰罪孽污染涌动，让他一时间有些恍惚，盯着墙角的目光格外涣散。

黎默则坐在他旁边认认真真地盯着他，观察着殷修的反应。

安静了一会儿后，殷修忽地瞳孔一缩，缓缓地抬起头看向旁边的黎默，他的眼眸里依旧有些暗沉，但已经清醒过来："你……你怎么出来了？"

黎默面露疑惑。

殷修缓缓地歪头看着黎默，目光浑噩，但语调自然："我不想回棺材里睡觉，我就坐一会儿。"

黎默盯着殷修，什么都没说，生怕打扰到他。

殷修望着发白的墙壁，仿佛看向了另一个空间，嘴里嘀咕着："这里好黑啊，你什么时候能从这里出去呢……"

他拍拍黎默的手："别怕……我不会走的，我会一直待在这儿……"

念叨着，殷修的眼皮逐渐沉了下来，嘴里还在嘀咕："我好困……我想睡一会儿……

"在我睡觉的时候……你一定要盯着我……盯着我……

"不要看别处，看着我……不然我会死掉的……

"看着我就好了……看着我……"

伴随着殷修的嘟囔，黎默身上无声无息地延伸出触手，上面的每只眼睛都凝视着殷修，一眨不眨。

"不要无视我……

"不要……

"不……要？"

殷修忽地一抬眸，还没来得及困惑自己嘴里蹦出来的这几句莫名其妙的话是什么意思，胃里立即产生呕吐感。

他连忙爬起身，去另一个角落吐出了大口的黑液，同时手铐逐渐变回了白色。

黎默静静地坐在角落里盯着殷修，收起自己的触手，一言不发。

殷修呕吐完才长舒一口气，转头看到坐在角落里的黎默："你坐在那儿干吗？"

黎默微笑着摇摇头，然后站起身。

殷修感觉自己的意识有些浑浊，好像脑浆都被搅了一遍，思考问题都有些困难："刚刚好像说了什么奇怪的话，但不太记得了……"

黎默微笑回应："没有说什么奇怪的话。"

殷修压下不太舒服的感觉，转身："没说什么奇怪的话就行，我去开门透透气。"

他转身，刚摸到门把手的瞬间，忽地感受到身后爆发出强烈的寒意，将他定在了门板上。

身后的人没有散发出威胁，也没有任何攻击性，只是最大程度地限制殷修的行动。

"怎么了？"

殷修总是不知道黎默在想什么，行为的出发点又是什么，突然就把他定住，他真的很没辙。

黎默闷声道："我不知道人类遇到这种事该做什么，我刚刚涉入人类的环境，还在学习，正确的、不会伤害到你的方法。

"人类的精神真是太脆弱了，稍微不小心就会崩溃掉，我还没有找到更好的办法来找回你的意识。"

殷修沉默一阵，道："找回意识？你是指帮我从罪孽状态中恢复？别太在意，有叶天玄就够了。"

黎默沉默，然后转身从嘴里掏出一本书，开始光速翻阅。

与人类沟通好难，是不是他用错了什么词？怎么殷修的理解跟他不一样呢？

"怎么了？"殷修困惑地探头询问。

黎默连忙把书藏起来，摇摇头，微笑道："没什么。"

殷修也没太在意，转身到走廊上透气去了。

为了稳定组织内玩家的情绪，这一层的走廊上都萦绕着淡淡的烟草味混杂着花香，安神舒心。

叶天玄的道具烟味道很淡，还带着一丝丝甜味与花香。

殷修在门口站了一会儿，情绪就逐渐稳定了下来，他低头看向手腕上的手铐，已经完全恢复到白色。

这个副本他待得不舒心，但好在只剩下一个规则单了，去拿上就能前往管理员室了。

想到最后一种罪孽，殷修垂眸盯着地板陷入了沉思。

"恢复过来在这儿发呆呢？"叶天玄远远地在走廊那头注意到殷修后，就笑眯眯地打着招呼过来唠嗑，"我已经让其他玩家收拾收拾准备出发去最后一个罪孽区域了，再忍忍就能出副本了。"

殷修抬眸望着他意气风发地穿过人群信步走来，明耀至极，格外瞩目。

叶天玄头发是黑色的，蓝眸似晴空一般澄清明亮，东方面孔里掺点混血感，笑起来温柔，谈吐举止温和有礼，即便骨子里蔫坏，但他的外表能骗人。

殷修见他走到跟前，忽然蹦出一句："你长得还挺好看的。"

突然被夸，叶天玄理所当然地叉腰："那是，从小被夸到大呢！"

"那你……"殷修凑近叶天玄低声道，"应该跟很多人交往过，也很清楚纵欲层的情况吧？"

叶天玄面色一滞，然后不知所措地挠挠头："但我从小身体不好，不太跟人交往的。"

殷修点点头："这样反而安全点。"

"原来你是担心我呢。"叶天玄微笑地扬起下巴，"放心吧，我可最不怕控制了。"

殷修抬手指向叶天玄身后那批玩家："你不怕罪孽的污染，他们呢？"

叶天玄笑着伸手勾住殷修的肩，无所畏惧地拍了拍自己的胸口："我殷修无所不能，这点问题用不着你担心，小小叶天玄跟着我混就好了。"

004.

极乐城的罪孽层半个小时一变，随机打乱后，玩家们立即兴冲冲地打开了走廊的门，争取在半个小时内找到楼梯口。

楼层再怎么乱，也只有七层，上上下下地搜寻就肯定找得到想去的楼层。

叶天玄之前就带着玩家们把极乐城摸索过一遍，现在去过的罪孽层都有规则单，加上诡怪都被排名第一的玩家杀得差不多了，行走于极乐城已经不再是难事，大队伍很快就摸到了第七层，纵欲主题的罪孽层。

殷修先一步踏入纵欲层的走廊，这里两侧没有房间，空荡荡的，像通道一样。

人群一直往前走，走到尽头推开门，场景逐渐呈现出来。

是教堂。

圣洁的教堂。

教堂的钟声持续不断地响起，教堂内，神圣的天使雕像下，无数玩家坐在椅子上，每个人都仿佛被清洗过心灵，正友好地交谈着，微笑着，看上去十分无害。

察觉到有新的玩家进来，他们便纷纷转头看向这边，目光温和，丝毫没有敌意。

殷修眉头一挑，纵欲层，地点却是教堂？

不止殷修纳闷，屏幕外的玩家们也纳闷——

"我期待了好久的纵欲层，还以为能有什么劲爆的画面出现，结果是教堂？"

"圣洁，太圣洁了，这层反着来？"

"不太确定，先看看。"

"兄弟们，这里可是纵欲层，眼前看到的绝对只是表象！"

殷修转头看向叶天玄："这是不是有些奇怪？"

叶天玄微笑道："不管，我的眼里只有规则单，找出规则单就清楚了。"

他挥挥手，身后的玩家立即上前，在整个教堂里寻找起来。

面对他们这些突然出现的玩家，那些原本就待在纵欲层的玩家也没有说什么，只是用视线审视着他们。

玩家们散开，叶天玄也去找人套话了，只有殷修站在原地打量四周。

从通道进来后就是一片纯白的教堂大厅，墙体上镶嵌着精致的玻璃彩窗，神圣的天使雕像立在中间，旁边是一排排椅子与一脸和善的玩家群体，场面要多圣洁有多圣洁，和"纵欲"两个字完全不搭边。唯一突兀的是教堂大厅两侧有着许多小房间，不知道里面有什么。

有玩家试图打开房门，但房门紧闭，没有办法开启。

这里跟他想象中不一样，倒让殷修松了一口气。

他收回视线，考虑着自己要不要也去找个先到教堂的玩家问问情况，然而这时有人主动走上前来了。

来人看上去娇小可爱，眼睛微微眯起，笑得很甜，上来就先展开了自我介绍，语调很是热情："我叫罗乐柯，也是个玩家，你要不要跟我一起度过这个夜晚呢？"

殷修面无表情地盯着罗乐柯。度过这个夜晚？是指互相扶持，夜晚轮流放哨吗？这层的玩家还是挺正常的啊。

他沉默着还没应，身后的黎默倒是往前站了站，微笑道："他不需要。"

罗乐柯看了黎默一眼，没理会他，而是伸出手抓住殷修的手臂，语气依旧热情："只是待在一起，你不会有什么损失的，而且……"笑眯眯地咧开嘴角，舌头舔过唇齿，"我可以带你见识很多新鲜事哦。"

殷修思索了一下，"新鲜事"，是指这一层的规则和陷阱吧？那确实很靠谱啊，但他过副本不需要别人的帮助。

他摇摇头："我一个人就足够了，你去找其他玩家吧。"

罗乐柯不依不饶，单纯可人的脸上带着几分诱惑："可是我很看好你啊，我最喜欢杀气腾腾、有攻击性的玩家了，有你加入才好玩……"

殷修不为所动，指向旁边脸色阴沉的黎默："他更有攻击性，你怎么不找他？"

罗乐柯瞥了一眼微笑着但面色格外阴沉的黎默："人家喜欢的是厉害的，而不是会杀我的。"

殷修思索，面前这个人大概是想找一个靠谱的、能合作度过危险夜晚的玩家。而自己的攻击性很强，又不像黎默看起来就危险，所以才会被这人纠缠上。

他认真地回应道："去找叶天玄吧，那个穿白衣服的，他的组织人多力量大，你肯定会满意的。"

罗乐柯转头看了一眼叶天玄所在的方向，撇了撇嘴："我不喜欢看上去没什么力气的，其他人颜值不行，我不满意。所以还得是你，又好看又有攻击性，能跟你待在一起，一定很快乐吧。"

殷修不理解，冷着脸拒绝："我说了不需要，去找其他人吧。"

"可是……"

他微眯眼睛，厉声威胁："你再不走的话，我就要动手了。"

罗乐柯眼眸一亮："真的吗？"要来一场酣畅淋漓的战斗吗？

殷修："……"

他忍不住皱眉，与人沟通好难，是不是他理解错了对方的意思？怎么对方反而兴奋起来了呢？

殷修又认真地补充了一句："你想要现在就成为我的敌人吗？"

罗乐柯这才咂咂嘴，遗憾又有些不舍地望着殷修，最后还是悻悻地离开了。

殷修稍微松了一口气，以前的玩家看到他冷脸拒绝便会离开，甚至有人远远地瞅见他都退避三舍，第一次遇到这么纠缠不休的人，纳闷。

旁边的黎默歪过头来低声询问："我能去处理了那个人吗？"

殷修淡淡拒绝："不行。"

黎默又缩回去了。

殷修转头打量教堂里的其他人，原本待在这里的那些玩家一一出来向叶天玄组织里的玩家发出邀请。

组织里的玩家都受过叶天玄的专业训练，大部分都不为所动，只有一两个点头答应了。

没一会儿，有人在天使雕像下找到了纵欲层的规则单，玩家们一拥而上，开始抄写。

殷修在角落里坐了一会儿，叶天玄找过来："刚刚是不是有人找你搭话了？"

殷修点头。

"没答应吧？"

殷修再度点头。

叶天玄满意地把抄来的规则单递给他："没答应就行，你看看吧。"

纵欲层规则：

1. 不要接受他人的邀请，无论何时都不可放弃思考。

2. 夜晚不要离开教堂大厅，听到任何声音都要忽略。

3. 被罪孽缠上，请保持平静，若是不小心被污染，请在心被彻底污染之前，消除身体上的影响。

　　4.一旦进入此层，通道的门会立即紧闭，24小时后才会打开。

　　"原本待在这里的玩家似乎都已经被纵欲罪孽污染了，你要小心，这里在天黑之后会变得很混乱，待在大厅就好了。"叶天玄叮嘱着，随即叹了口气，"组织里还是有不听话的玩家接受了邀请，我一会儿过去骂两句，希望他们晚上能没事吧。"

　　殷修点头，拿着规则单反复看了几遍，在第一条上停留了很久。

　　不要接受他人的邀请，不可与他人过分亲密。

　　原来他刚刚收到的邀请并非善意，而是……

　　他脑子宕机了一下，然后沉默地抬眸看向罗乐柯。

　　罗乐柯一见他看过来，就笑眯眯地挥手，格外热情。

　　旁边的黎默又凑了过来："我能去解决掉那个人吗？不喜欢。"

　　殷修默默地收好规则单："不能。"

　　"哦。"黎默又缩了回去，继续站在那儿散发着恐吓与威胁的气息，凝视着罗乐柯。

　　找到规则单后，按照规则，现在他们是离不开纵欲层的，起码要在这里待上二十四个小时才能离开，不少玩家在叶天玄的安排下原地坐下休息，度过这段时间。

　　而白天的教堂一派和谐，被拒绝的玩家也没有做什么，只是安静地坐在椅子上，微笑着看向天使雕像。

　　时间一点点流逝，玻璃彩窗外的光也渐渐地暗淡了下来。

　　叶天玄指间夹着道具烟望着那些已经被污染的玩家，随即望向整个教堂，在教堂的钟声里一边悠闲地等待着，一边保持着警惕。

　　直至夜幕降临。

　　天色完全暗下来的那一刻，教堂里的钟声停止了。

　　一时间整个教堂寂静无声，也拉响了所有人的警惕。

　　神圣洁白的教堂在一瞬间变得漆黑，天使像化为了一对正在热吻的情侣雕像，连雕像底下纵欲规则单上的内容都被改变了——

　　1.接受他人的邀请，去纵情作乐，去享受自由，去追求刺激。

　　2.放弃思考，在欲望的驱使下做你想做的任何事。

3. 被罪孽缠上，无须抵抗，若被污染，就一起堕落。

4. 你不需要离开这里，这里便是天堂，请永远沉沦于此。

伴随着整个教堂的改变，那些被污染的玩家一改白天的淡然从容，变得格外疯狂：有的高歌，有的恸哭，有的神情迷醉……他们涌向正常玩家，或轻声细语地蛊惑，或疾言厉色地威胁，试图将正常的玩家带入纵欲的深渊。

围绕着大堂的小房间门也能够打开了，里面传来震耳欲聋的音乐声，刺激着耳膜，动摇着人心。

场面一时间变得混乱无比，有的玩家试图躲开这些人，有的则在动摇，有的已经控制不住地跟随音乐舞动，还有的人在挣扎。

"请跟我一起步入天堂。"

动人的引诱话语不断响起，引导着玩家走向房间。

直到一股淡淡的紫烟飘向整个大堂，混乱的玩家群体才逐渐安静下来。

叶天玄站在天使雕像之下，冷静地看着所有人，冷声训斥道："忘了来之前我怎么跟你们说的吗？都给我坐回去！"

玩家们顿时清醒了几分，缓缓地坐回原位，开始齐声背诵白天看到的那版纵欲层规则。

"一、不要接受他人的邀请，无论何时不可放弃思考。"

"二、夜晚不要离开教堂大厅，听到任何声音都要忽略。"

中气十足的背诵声响彻整个大堂，掩盖了那震耳欲聋的音乐声。

那些被污染的玩家见新来的玩家们不动摇，又闻见大堂中有烟雾飘荡，便捂着鼻子匆匆躲到了小房间里，不再去骚扰那些新玩家。

唯有还站在殷修面前的罗乐柯还不放弃。

罗乐柯站在黑暗里微笑着凝视殷修，周身萦绕着淡淡的黄光，对其他玩家的背诵声和叶天玄的烟雾并不在意，只是直勾勾地盯着殷修。

"你也想拉我一起狂欢？这才是你想要邀请我做的事。"殷修盯着罗乐柯，握住了刀柄，对方再敢动一下，他可就真的攻击过去了。

"我可不敢。"罗乐柯笑眯眯地说，抬眸看向殷修旁边的黎默，"再骚扰你，就要被你的罪门杀掉了呢。"说完悠悠地勾着嘴角，抬起左手，"我可是个识趣的人，你这么无趣的人我也不勉强了，怪没意思的。"

随即罗乐柯的手在空中缓缓挥过，一个黄色的身影出现，是纵欲罪门。那罪门一出现就靠在罗乐柯身边，眼神里充满热情，在等待着罗乐柯和它共舞。

"果然你就是绑定了纵欲罪门的玩家。"殷修后退一步，警惕着对面的人，"你已经被污染了。"

"污染？那确实……"罗乐柯的眼神变得迷离，"但我是自愿堕落的。"

罗乐柯侧头看了罪门一眼，神情很是放松："来了纵欲层，才知道放弃自我约束，放纵自己的欲望是多么快乐的事。"

"享受绝对的自由，追求前所未有的刺激真是太美妙了，我自愿纵欲。"说完用余光瞥了一眼殷修，嘴角含着意味不明的笑意，"我看得到，你也是这样的人，长久待在自我约束的空间里，不曾感受过放纵的滋味，你这样的人一旦触碰……"

罗乐柯的手缓缓指向了殷修："你也会跟我一样，轻易堕落。"

殷修有些不悦地回道："我可跟你不一样。"

但罗乐柯毫不在意，继续自言自语道："你想知道我是如何喂食纵欲罪门的吗？"

"那当然是，臣服于内心的欲望，并使其无限扩大了。"

殷修冷漠地转头，无视眼前的人，眼神冰冷地望着远处："如果你的人生只有靠放纵才能感受到快乐，那这种快乐也毫无意义。"

罗乐柯诱惑的声音仍持续不断地响起。

"你不想试试吗？忘记烦恼的滋味……

"来看看人们甩开约束之后的模样。

"你的一生平淡至极，我只是想给你增添一丝乐趣。"

"纵欲规则二：夜晚不要离开教堂大厅，听到任何声音都要忽略。"

那个声音便是这个吧？

殷修缓缓地吐出一口闷气，他一直站在角落，结果反倒被罗乐柯堵住了去路，他索性转头面壁，扯了一下黎默的衣角，提起别的话题，想转移一下注意力："喂食罪门是什么？"

黎默垂眸回答殷修："是罪门规则里提到的，定期投喂罪门需要的东西，纵欲需要臣服于内心的欲望。"

"嗯……"殷修应了一声，注意力有些不集中了。

他很想忽略罗乐柯的声音，但那声音却像有魔力一般钻入他的耳朵，侵扰着他的神智。

"来与我一起堕落吧，人拥有七种罪孽，一样不差，才是完整的。

"放弃自我约束，放纵自己的欲望是多么快乐的事。

"不要压抑自己的天性……"

明明罗乐柯在几步之外，殷修却感觉那诱惑的声音一直在耳侧，被无限放大。

这很奇怪。

这是……罪门的影响……罪门在影响自己。

殷修深吸一口气，在意识被完全侵扰之前，抬手指向罗乐柯那边："去，解决这个人。"

终于得到允许的黎默微微一笑："好。"

005.

殷修靠着椅子站在角落，不知道罪门的影响到底有多大，他感觉自己有些无力，罗乐柯并不知道他的过往，但某句话却像刺一样扎中了殷修。

自己平淡至极的人生确实有些无趣。

但兴许，这只是罪门影响了他的思维。

早知道就不该顾及对方是个玩家而犹豫，殷修对诡怪无情，但对没有主动攻击他的玩家则不太在意。

因此察觉到罪门的影响稍微晚了些。

"罪门的硬币。"解决罗乐柯之后，黎默回到殷修的身边，将硬币递给了他。

殷修点头，将硬币放进了口袋，纵欲罪门在接触他之后立即浮现出来，热切地向他伸出邀请的手，又被黎默打散了。

殷修余光瞥向教堂其他地方，大多数玩家都在叶天玄的监督下坚守本心，没有被污染。

这一批玩家都在他眼皮子底下，稍微不注意就会被污染，所以叶天玄分不开神，自然也没有注意到殷修这边的情况。

受到了一点影响，要不要去找叶天玄清醒一下？

殷修犹豫着，瞥见叶天玄指间剩下的半截烟，最后还是放弃了。有些难受，忍忍就过去了。

"你出汗了，不舒服？"黎默注意到他的不对劲，轻声询问着。

　　殷修摇摇头，贴着冰凉的墙缓解了一下头晕目眩，他试图让自己降温，但整个人像是被点燃的火炉，烧得他意识不清。

　　"不知道为什么，感觉有些不舒服。"他嘴上嘀咕着，下意识地舔了舔唇齿，幽幽地叹气。

　　"我帮你降温？"黎默伸手贴上殷修的额头，果然有些热，连发梢都被汗水打湿了。

　　"你手上好冰。"

　　"我没有体温，你知道的。"

　　"嗯……想起来了。"

　　两人再度陷入了安静。

　　无人打扰的角落，两个人靠着墙壁站在一起，殷修疲惫地垂着眼眸，口中吐出的气燥热滚烫。

　　黎默看着殷修越发恍惚的目光，询问道："你好像被影响了，需要我帮忙吗？"

　　殷修抬眸盯着他，眼眸一时清明，一时浑浊："怎么帮？"

　　黎默微微眯起眼睛："我可以帮你降温，你知道我能让周遭的温度下降。"

　　殷修意识不清地点点头，感觉自己脑子要被烧坏了，他拉过黎默："行，离我近一点，帮我降降温。"

　　"纵欲层规则三：被罪孽缠上，请保持平静，若是不小心被污染，请在心被彻底污染之前，消除身体上的影响。"

　　兴许是他迟迟没有去找叶天玄，自身的防御力也在一步步被侵蚀瓦解。

　　保持心绪平静，是完成副本通关的条件之一。

　　他现在觉得，黎默靠近之后，周遭都冰冰凉凉的，很舒服。

　　"还是很热吗？"黎默低头看着殷修颤动的睫毛，一股股寒意无声地延伸而出，包裹住殷修，在他四周散发出寒凉的气息。

　　换作平时，殷修已经禁不住这种寒冷，可现在，他没有动。

　　"你好像孤儿院里的雪。"殷修嘟囔了一声，因为被寒意包裹，他的呼吸逐渐变得沉重，手无声无息地握住腰间长刀的刀柄，这是他在危险靠近时产生的本能的防御反应。

　　"孤儿院的雪？"黎默不解，稍微远离了殷修几分。

　　他知道，殷修连在睡梦中都会对危险产生本能的防御，任何危险出现在他身边时，他都能瞬间拔刀砍过去。

而现在，他意识恍惚，感受着周遭寒意与危险的环绕，能保持不动，已经是他在忍耐了。

"孤儿院的雪……在冬天的时候，待在院子里，会感觉自己随时会被什么看不见的东西杀死。"他哆哆嗦嗦地伸手握住了刀柄，"后来我才知道，那是被冻僵的感觉，在雪地待久了的确会被冻死。"

黎默沉默，他该庆幸，殷修对他不是那么抵触，否则说不准他什么时候意识一恍惚，就一刀斩过来了。

殷修深吸一口气，皱眉贴着墙壁，远离黎默："我待在这一层就会受到影响，你赶紧带我离开这层，我怕再待一会儿，我精神恍惚会想杀了你……"

黎默轻勾嘴角，看来的确很有攻击性啊。

黑色的黏液浮起，下一秒垂落下去，两人原地消失。

咚的一声，巨大的黑色棺材落在地上，黑色的液体充满整个棺材，中间浮现出了殷修的模样。

他用浑浊的眸子看向冷清的房间，轻声询问："这是哪里？"

"懒惰层的房间。"身侧的黑色液体里浮出眼睛和嘴，回答着殷修。

殷修静静地躺在黑水里，这样可以逐渐降低体温，又不会攻击黎默。

"我虽然有人的身体，但还不能感受和理解你的情绪。"一根黑色的触须从黑色液体里浮起，安抚似的拍了拍殷修，然后像眼罩一样覆盖在了殷修的眼睛上，"也许你现在很难受，所以待在棺材里睡一会儿吧。"

殷修抬手抓住覆盖在眼睛上的触须，嘴里喃喃着："好黑……"

"我会待在你身边的。"

殷修皱眉，处于不清醒的状态时，情绪会略微不稳定，他嘟囔着："我怕睡过去会被诡怪袭击，还是想办法保持一下清醒吧。"

黎默若有所思，触须在他掌心拍打了一下。

殷修皱眉："别打我。"

"抱歉，我以为这样能让你清醒。"

殷修叹了口气，竭力抵制着罪孽的污染："我跟你说点什么，分散一下注意力吧……"

"好，你说，我听。"黎默应着，小触须在他手背上轻轻拍打着，似安抚一般。

安静的房间里，殷修呼吸沉稳，他给黎默讲起游戏中自己的人物设定，情绪也跟着沉浸其中。

"我的游戏剧情是从十六岁开始的……"

"嗯。"

"在进入副本之前，我好像在孤儿院……虽然记忆模糊，但仍感觉那不是个好地方。"

"好。"

"我在孤儿院长大，跟我的妹妹一起……"

"我知道。"

"那个孤儿院不教我们学习，我没有上过学……"

"学校里，应该……会有很多朋友吧……"

"可能吧。你知道学校吗？"

"我是怪物。"

"哦，也是……你我都是怪物，都没有上过学，这兴许就是我们的相似之处。"

触须安抚似的拍了拍他的手背。

"我进入小镇的时候，是十六岁，一直……是一个人……一个人待了六年，没与多少人接触过……甚至从来没有想过去和人交个朋友，明明我已经二十二了……"

殷修的声音略微一顿，片刻沉寂后轻声询问道："身边一无所有，始终一个人。我这样的人……是不是……很可怜？"

黎默没有回应，无言地拍了拍殷修的手背。

"这是……怪物的安慰方式吗？"殷修不解地举起左手。

"我不知道正常人该如何安慰他人，所以我不好回答。你未必一无所有，可能只是你忘记了呢？"

"可能吧……"

殷修晃神之间，触须又安抚似的拍了拍他："在我的认知里，人在一生之中会被改变无数次，以前的你很可怜，但以后的你，会很幸福。"

殷修抓住手上的触须："我这是获得了怪物的祝福吗？"

"是。"触须伸展扭动着，询问道，"你说完了吗？"

"嗯……好像也没什么好说的了，我的过往太模糊了，我自己都不太了解。"初始剧情只给了他这些信息，剩下的疑问便需要他在游戏里自己探索了。

"算了……"殷修欲言又止，缓缓叹了口气。

"还是不开心吗？罪门的影响这么大？"触须轻声道，"我不希望你的意识消失，所以不要被污染。"

殷修缓缓吐出一口浊气，忍耐着，等待污染的影响消失。

"这里真的好凉。"

"嗯。"

"泡在水里很不舒服。"

"没有别的选择。"

"不过体温在逐渐下降，已经很好了。"

触须盖住他的眼睛，将他缓缓沉入棺材之中，然后盖上了棺材盖："闭上眼，睡一觉吧，忍耐一会儿就能够过去了。"

棺材板啪嗒一声扣上，漆黑的环境让殷修感觉自己被关入了笼子，这里阴暗潮湿又冰凉，却正好能让他的体温下降。

"我睡着了，不会有诡怪袭击我吗？"

"我会保护你。"

殷修合上眼："我没有让人保护过，你是我可以放下戒备心的人吗？"

黎默的声音传来："是的。"

"如果你敢袭击我……我会杀了你的……"殷修试图威胁，但声音里没什么戾气，他缓缓地放松了身体，躺在漆黑的棺材里放松意识，仿佛会就此长眠。

棺材外，一道声音轻声道："晚安。"

之后，周遭骤然安静了下来。

在危险的副本里，殷修不该放下戒备，将生命交给一个诡怪守护的，至少之前的殷修不会。

他做了一个梦，梦里自己坠入深海，窒息感让他喘不过气来，但几秒后却被什么东西拖到了海面上，海浪拍打着他，让他极度没有安全感。

直至他抓住了一根小小的触须，才彻底安静了下来。

"还有三个小时！"教堂大厅里，叶天玄一边发动道具一边盯着每个玩家，"谁都不准离开自己的位置半步，与旁边的人保持半米距离。"

"不要接交头接耳！"

他的声音响彻整个大堂，所有玩家都正襟危坐，表情凝重地一起背诵规则。

副本外的观众看到这一幕，十分佩服地鼓掌赞叹。

"不愧是叶老大，这样的场面都镇得住。"

"还好有叶老大在啊，是我的话现在就被污染了。"

"前面的，罚你去背诵十遍小镇规则，瞧瞧你们，没了叶老大还怎么活。"

"我就说说而已。"

"但怎么没见修哥啊？之前见他还在教堂角落里，不知道跟那个叫罗乐柯的玩家发生了什么，然后人就不见了。"

"现在把画面转过去就看到一副棺材，也不知道是不是在里面。"

"有没有可能修哥中招了？"

"不可能吧？修哥哪会中招哦，看着那么清心寡欲的一个人。"

"其实我还挺想看……修哥中招的……"

弹幕里的讨论叶天玄也看见了，他光顾着盯着这些不成器的玩家，倒是把殷修忘记了。

他抬眸瞥向之前殷修站着的角落，有些担忧："应该没事吧？"

再一抬眼，看到弹幕上还有玩家在闲聊，他轻咳一声道："现在在弹幕上发消息的，全部都去抄写小镇规则十遍，我回去检查。"

整个屏幕的弹幕区瞬间空了下来，无一人发言。

几个小时后，殷修悠悠转醒。

一睁开眼，最先感觉到的是疲惫。

在黑水里泡久了，浑身黏黏糊糊的，衣服都被黑色的液体泡透了，全身上下说不出的沉。

"黎默？"殷修喊了一声，抬手抵住了头顶的棺材板，推开。

昏暗的光落进来，殷修眯起眼，看向四周灰暗的墙壁，他想起自己被黎默带到了懒惰层的房间，在棺材里睡着了。

殷修看向棺材，里面盛满了黑水，在这样狭窄漆黑的空间里泡着水睡了一觉，是他没想到的。

黎默不知何时出现在他身边，询问道："你醒了吗？"

殷修淡声应着："嗯……"

"你睡觉的时候真安静。我没有让任何诡怪打扰到你，我也没有伤害你。"

"嗯。"殷修敷衍地应了一声，从棺材里爬起来。

他刚刚起身，黎默就伸手拦了他一下，他问："怎么了？"

黎默试图把他劝回棺材："再睡会儿吧，现在回到那一层，你还有可能受到影响。"

殷修被劝住，坐回了棺材，面无表情地盯着天花板："但是躺久了浑身酸软，也越来越累，我一会儿要去杀管理员呢，睡久了会影响我拔刀的速度。"

"我帮你杀？"

"不用。"殷修抬起手腕上的白色手铐，颜色已经从淡黄色彻底变回白色了，"我还有些事要亲自问他。"

"好吧。休息一会儿再去吧。"

殷修长出一口气，继续躺在棺材里闭眼小憩。

两个小时后，玩家们陆陆续续起身，教堂在天亮之后，逐渐恢复了圣洁的模样。

那些已经被罪孽污染的玩家则一脸满足地微笑着，坐到了教堂中间的椅子上，一脸痴迷地凝望着天使像，等待教堂的钟声再次响起。

叶天玄望着那些人，在教堂这种神圣的地方放任自己被内心的欲望左右，从而违背规则、犯下大错，这些玩家终将受到惩罚。如果不是他在这儿，沉沦在此的玩家将不计其数。

最后几分钟，玩家们已经陆陆续续地收拾东西准备逃离这里，在叶天玄烟雾的加持下忍耐了一晚上，他们此刻都急不可耐地想要逃出这个鬼地方。

"殷修怎么还没回来？"叶天玄站在门口等待着，似乎殷修从消失在教堂之后就没有回来过了，该不会被污染之后一怒之下杀了管理员吧？

叶天玄想到他之前被懒惰污染之后的反应，觉得也不是没可能……

啪嗒一声，教堂的门被打开了，光亮从外面洒落进来，玩家们雀跃地奔向门外，离开了这个地方。

极乐城每隔半个小时会随机打乱楼层，接下来的半个小时内，只要找到楼梯间摸索到一楼，前往管理员室，应该就能顺利地离开副本。

门一打开，众玩家回到了外面的走廊上，看到殷修换了一身衣服，正站在走廊上等待着他们。

"你……你怎么在外面啊？"玩家们十分惊愕，他们进教堂之前还看到了殷修，但是进入教堂后就力不从心了，还以为殷修被污染了，结果他早就在外面等着了？

殷修懒懒地抬起眸子扫了一眼跟前的众人，绵软低沉的声音里带着些许困倦，语调黏黏糊糊的："出来了？出来了就走吧。"

"你没休息好？"叶天玄注意到他不是很精神，全身上下写满了疲惫。

"嗯……"殷修轻声应着，还没有去管理员室，就先抽出了腰间的刀，吓得一众玩家脸色惨白。

"你……你要干吗？"

殷修瞥了他们一眼："没什么，先拔刀提提神，免得一会儿反应慢了。"

"走吧。"叶天玄对他的各种行为已经见怪不怪了，他挥挥手，率领众人在极乐城罪孽层被打乱之前去往楼梯间。

看着这次副本的存活玩家们浩浩荡荡地前往管理员室，副本外观看此次副本直播的玩家们也有些兴奋。

这个副本特别设置了让玩家内斗的机制，又设置了能加速污染的白手铐，结果玩家没内斗，戴着白手铐的殷修也没被污染。等殷修到了管理员面前，还不知道管理员会慌成什么样。

001.

再度回到一楼的管理员办公室时，殷修想起上次来时双手空空，还被铐着一副手铐，现在虽然还是戴着一副手铐，但他已经不是独自一人了。

众人满怀期待地推开管理员办公室的门，走了进去。

管理员办公室看上去是一间偌大的书房，四面墙上都是书架，书本层层叠叠擢到了天花板，四面八方摇摇欲坠的书堆看得人心惊。

一条红色的地毯从门口铺到了房间正中央，中央有一块高高的区域，像一座法庭的审判台，而台上站着个身穿黑袍的男人。

他就是极乐城的主人——管理员。

他傲慢地扫视着众人，比起上次的慌张，这次淡定了很多。

"果然，你还是走到了这里。"管理员的目光落在殷修身上，完完全全地无视了其他人。

殷修淡淡地盯着他，漫不经心地拎着手中的刀上前两步："我也很期待再见到你呢。"

他还没靠近，管理员就连忙抬手："等等，按照规则，先让我来审判你们的价值。"

殷修沉默，旁边的叶天玄拉了他一下，他才默默地后退了一步："行吧。"

管理员紧绷的脸稍微放松了一些，对底下的玩家们道："极乐城价值评定标准很简单，玩家获取部分极乐城内道具，可判定拥有低等价值；获得七个罪孽区域楼层的规则单，拥有中等价值；获得罪门，拥有高等价值。拥有的罪门数量越多，价值越高，排名靠前，则可以通关副本。我会根据每位玩家所持有的东西来判定排名，排在七名以后的玩家，不配离开极乐城。"

管理员宣布完毕，然后抬着下巴冷冷地盯着那些玩家："虽然你们有这么多人在这个副本中存活到现在，但恐怕许多人都要遗憾地留在这里了。"

他说完后，期待地望着底下的玩家，试图从他们脸上看到惊恐慌张和绝望的表情，那么他就可以宣布下一条规则：玩家们可以击杀比自己排名靠前的玩家，来提升自己的排名。

但底下的玩家们只是互相看了一眼，然后嘀咕着："前七名？我们够吗？"

"够啊，怎么不够了，我们全都是第四名。"

"比想象中还要靠前，不愧是殷修大佬，好靠谱啊，真的跟他说得一样！"

玩家们热热闹闹地聚集在叶天玄身边，为他们找到了好领队而感到高兴。

台上的管理员目光微沉。

全都是第四名？为什么？还有，他们为什么要管那个一看就没有"杀神"气质的人叫殷修？

听着玩家们的讨论，管理员不满地拍响桌子："把你们的价值证明拿出来！"

下一秒，规则单被无数双手举了起来，每个玩家手里都拿着七张规则单，整整齐齐，一张不差。

这画面是极乐城副本运行以来从来没有出现过的。

所有罪门都给了殷修，所有道具都给了叶天玄，而剩余的玩家拿着全部的规则单。

叶天玄不确定在组织外的个人玩家会拥有多少价值，但尽力将组内全员排名拉高且保持相等，除去编号为"1"的那位神秘玩家，整个副本还活着的玩家拥有的价值绝对不会超过拥有七张规则单的他们。

只有信任他，愿意将道具交给他，让除他和殷修之外的成员只拿规则单才能达成这样的局面，但凡组织中有人偷偷私藏一两个道具，都会让价值不等，排名拉长。那就会有人被淘汰。

管理员皱着眉头凝视着底下举着规则单的玩家群体，面容扭曲："为什么……你们会共享信息？你们不应该为了自己的生存抢夺他人的信息和道具吗？你们为什么愿意合作？"

这个副本重启过无数次，每次进来的玩家都会陷入内斗，这些高等玩家们在察觉到有价值排名这种机制后，无论如何都会为了保住自己去抢夺他人的东西。

更何况，他在玩家群体里放了罪门，拥有强大力量又被罪孽的欲望影响了的玩家，必然会毫无理性地攻击其他人，大多数玩家来不及到达管理员室就会被其他玩家淘汰。

但现在……竟然有这么多人出现在这里？

管理员拧眉盯着下面的五六十人，一时间脸色很难看。

叶天玄乐呵呵地望着他不甘心又复杂的神色，笑道："为什么呢？你猜猜看呗。"

管理员瞬间将目光投到了叶天玄身上，细细打量了一会儿，冷笑一声："我说这次副本的氛围怎么跟以往天差地别，原来是你混进来了啊，叶天玄。"

叶天玄淡淡微笑："原来我也声名远扬到连你也知道了吗？"

管理员的脸色不是很好："你就是能让所过副本内玩家存活率大大提升的叶天玄。真是没想到啊，竟然让你混进来了。"

这可是个专门为"暴力玩家"定制的副本，主打的就是一个让玩家互殴，叶天玄这样的人是根本不会被拉入这个副本中的，管理员也没想到他会出现在这里，十分懊恼。

"算了，反正副本还会再开，该进入这里的，即便这次离开也还是会再回来的。"管理员的情绪逐渐恢复平静。

但玩家们反而迷茫了起来："等等，我没听错吧？刚刚管理员叫殷修老大'叶天玄'？"

"我也听到了……叶天玄……那个副本'圣人'。"

"我跟的不是'杀神'吗？不是让副本诡怪闻风丧胆的'杀神'吗？叶天玄？"

一个个玩家都傻眼了，"暴力玩家"想要追随的自然是比他们更强大的人，也只有在更强大的人面前，他们才会心甘情愿地听从驱使。

现在都要通关了，却告诉他们，他们一直追随的并不是"杀神"殷修？

"哎呀，露馅了。"叶天玄笑眯眯地点头，"我的确是叶天玄……我旁边这个才是殷修。"

玩家惊慌失措地把目光投向叶天玄旁边一脸冷漠的殷修，看着他提刀的架势，是了，这是殷修肯定没错了！

他们之前就疑惑，怎么会有人比"殷修"更有"杀神"气质呢！因为那就是殷修本尊啊!

"所以我们都被骗了?"玩家们一时间茫然无措,都不知道该做什么反应。

"没办法嘛,我说我是叶天玄,认识我的人就肯定不会跟我了,毕竟会用暴力过副本的玩家比起相信我更愿意相信自己,或是相信比自己更强的人吧。"叶天玄微笑着,微微眯起眼睛。

"不过现在露馅了倒也没事,我已经如约带你们离开副本了,现在起,组织也不复存在,你们下个副本依旧是自由人。"

会用暴力过副本的玩家是不会跟随叶天玄这样的人的,比起动脑筋琢磨副本规则,他们觉得杀诡怪、抢资源更容易,对于会帮助其他人通关的"圣人"是瞧不上的。

他们本来是不可能跟叶天玄搭上边的。

然而在这个副本,他们意外地碰上了,他们被自己最瞧不上的那类玩家带通关了,现在心情极为复杂。

人群里只有左梦还在困惑挠头,缓了半天后,突然一声惊呼:"啊!我就说叶天玄这个名字怎么那么耳熟!我想起来了!"说完他一个"滑铲"光速跪到叶天玄的腿边,抱住了他的大腿,"我想起来了啊!叶老大!新手副本的时候就是你带着我们那批玩家出去的啊!"

"没有你就没有现在的我啊!叫'叶老大'叫习惯了,我都差点忘记你全名叫叶天玄了!"

叶天玄微笑着将腿上的左梦推了下去:"但你好像一直没认出是我呢。"

左梦尴尬地挠头:"我过副本都很紧张,没时间回忆叶老大的样子,不好意思。"

不止左梦,很多被他带出副本的玩家都忘记了他这个人,这便是"暴力玩家"们觉得当"圣人"最值得嘲讽的地方。

"叶老大!好不容易又遇到了你,你又救了我啊!让我去你的小镇吧!我现在知道可以更换小镇了!而且我也不是新人了!"左梦再度抱上叶天玄的大腿哭唧唧。

一提起这个,其他还在犹豫的玩家也连忙上前询问:"我……我也想去……"

"我也要去。"

"带我一起吧。"

"不管怎么说,这次是你带我过了副本,我不想欠你人情。"

只有一小部分人没有选择继续跟随叶天玄，而大部分人愿意到他的小镇。

这场面看得屏幕前的小镇玩家们热血沸腾。

"嘻嘻，又有新人可以骂了。"

"醒醒，这是一群'暴力玩家'，你骂不得啊。"

"'暴力玩家'又怎么样？来了小镇就要受叶老大管束。"

"那倒是，不管谁来了都得遵守我们小镇的规则，得先让他们学着点怎么带新人，带不好就等着被叶老大骂。"

"想到可以看着别人被骂，我还有点兴奋呢！哈哈！"

还在副本内的玩家并不知道小镇玩家的狂喜，只想抱住叶天玄的大腿。

而一旁的殷修此时轻咳了一声："聊完了吗？我手痒了。"

玩家们一哆嗦，迅速地远离殷修，传闻中的"杀神"本尊真的比他们想象中还要可怕一点！

还好他们当时抱的不是真正"杀神"的大腿，是温和的叶天玄，真是太好了！

殷修没搭理他们，而是转眸看向了管理员："到我了吗？"

管理员被他一个冰凉的眼神盯得发颤，又有些激动："走上前来吧，到你面前的价值台上，放上所有罪门硬币，副本通关的大门就会为你开启。"

殷修眉梢微挑，这可是通关规则里没有的条件。

不过通关规则本来就语焉不详，他倒想看看管理员能整出什么花样。

殷修走上前，注意到红毯中央的桌子上面有七个凹槽。

他在管理员的注视下将所拥有的罪门硬币一个接一个放在了凹槽里。

他每放一个，管理员的眉头就皱紧一分。

殷修明明戴着白手铐，还拥有这么多罪门，他是怎么在拥有这么多硬币的情况下还保持清醒的？

管理员想不通，但如果是殷修的话，什么事他都觉得正常，反正他从知道殷修会来这个副本时就做好了万全准备。他设想过殷修可能戴着白手铐来到这里。

只是真的见到他完好地提着刀来到这里时，管理员还是震惊了一下。

"好了。"殷修面无表情地放上所有硬币后，盯着最后一个空着的凹槽看了一眼，转头看向人群，无视了微笑着的黎默，试图找到那位编号为1的玩家。

但他没有出现。

殷修忍不住拧眉："要等最后一个拥有罪门硬币的人来吗？"

如果对方迟迟不出现的话，他是不是还得再回去一趟，打败他再拿着硬币回来呢？

"没关系。"管理员语气平静地挥手，"放完你的所有硬币再往前走，拥有罪门硬币的人会出现在你面前，你只需要从他身上得到最后一枚罪门硬币即可。"

听完管理员语焉不详的说辞，殷修只能盯着他，在他的注视下一步步上前。

踏入小法庭范围的一瞬间，铺天盖地的黑暗席卷了殷修，一眨眼，管理员办公室、叶天玄和那群玩家全都消失了。

殷修被拉入了一个单独的空间。

"请被告站上左边的被告席。"漆黑的环境里，一束光突然打在高高的法庭中央，管理员正微笑着凝视殷修，他的畏惧又减少了一分，似乎情绪也变得高昂了。

殷修沉默地站到了小法庭左边的被告席上，都懒得询问他们的情景设定。

"请，原告站上右边的原告席。"

随着管理员的声音响起，殷修转头看向自己右侧，猛地发现那个戴着面具的一号玩家正安静地站在原告席上，对殷修的打量熟视无睹。

两声锤子的声音落在了桌上，周围瞬间浮现出一排排座椅，上面坐着的全都是受了伤的诡怪，他们一动不动地坐在那儿，没有一丝气息。

法庭上，只有管理员的声音清晰响起："请原告开始阐述被告方的罪孽。"

殷修困惑地一转头，就看到原本安静坐着的诡怪们瞬间沸腾起来，尖锐的声音铺天盖地，充斥着整个空间。

"他杀了我！"

"他将我丢下了楼！"

"他惨无人道！他杀光了整个副本的诡怪！"

"我们要求对他进行审判试炼！审判试炼！"

与诡怪们的吵闹喧哗不同，原告席上站着的玩家一动不动，甚至没有出声。

"肃静！"管理员敲了敲法槌，待诡怪们安静下来，才缓缓地看向殷修，"原告们指控你杀光整个副本的诡怪，被告有什么为自己辩解的吗？"

殷修冷冷地盯着他："审判？是审的这个副本吧？"

"对。"

"在这个副本里，我可没杀这么多诡怪。"殷修转头看向旁边的一号玩家，"明明都是他杀……"

他的声音一滞，忽地发现原告席上站着的是一个诡怪，根本没有那位一号玩家。

错愕的瞬间，殷修察觉到自己脸上多出了什么，匆匆摘下，发现是那个玩家的面具。自己的衣服，自己的刀，上面全都出现了打斗的痕迹，连囚服编号都变成了"1"。

一瞬间，他变成了那位一号玩家。

诡怪们的声音更加尖利起来。

"是他，就是他杀了我们！"它们尖啸着，愤怒地指着殷修，"就是他，这个面具，这把刀，就是他杀了我们！"

"你这个凶残至极的人！你就是个怪物！"

"我们要求对他进行审判试炼！"

"对！审判试炼！"

面对诡怪们的指控，殷修只是皱眉盯着他们，无声地握紧了手上的刀。

看到他的动作，诡怪们变得更为激愤。

"看！他还想要杀了我们！他就是这个副本最应该关押的人！"

"他已经变成了怪物，怪物是不能离开副本的！"

"对他进行审判！他就是个怪物！怪物不可能通过试炼！"

台上的管理员又敲了敲法槌，打断诡怪们的声音后，才看向殷修，"那么，为了验证你是否是一个人类，我们将审判你的罪孽，将你投入审判试炼。"

002.

殷修甚至还没来得及知道什么是审判试炼，周围的墙壁便猛地开始扭曲，一阵天旋地转。

再度安静下来后，殷修发现自己站在了熟悉的怪物小镇的广场上，地上一片狼藉，无数诡怪的尸体堆叠在一起，其中……也有雅雅的尸体。

殷修皱眉，攥紧了自己手里的刀，快步走过去。

下一秒，小镇消失，他发现自己站在一块正被火焰燃烧的熔岩上。

周围滚烫的热浪灼烧着他的肌肤，无数火舌燃烧涌动，不断地从火中传出声音:"他有愤怒,他有愤怒,他有愤怒!"

阴沉的天空之中,出现一只巨大的眼睛,凝视着站在火堆里的殷修。

接着眼睛缓缓闭上,整个空间里的光都跟着消失。

下一秒,一阵风拂过殷修身侧,树叶沙沙作响,有人的声音伴随着风声传了过来。

殷修站在平常钓鱼的湖边,湖面波光粼粼,远处响起玩家们热闹的声音,这是他最熟悉的环境。

他回过头去,看着叶天玄从小道上走过,不少玩家围绕在他身边雀跃地喊道:"叶老大,一会儿我去你房间给你做饭吧!刚从副本里出来多辛苦啊,赶紧休息一下吧!"

"对啊对啊,小镇没有你可怎么办!为了小镇也为了我们,你要珍惜自己啊!"

叶天玄淡笑着摆摆手:"滚吧,我才不要吃你们做的难吃的饭,我自己做。"

"呜呜呜……叶老大,让我们为你做点什么呗……"

殷修站在岸边,望着那几道身影越走越远,融入了小镇的人群中。

晚风拂过他孤零零站在湖边的身影,风里夹着尖锐的嘲讽声:"他有嫉妒,他有嫉妒,他有嫉妒!"

伴随着那道声音,天空中的眼睛再度睁开。

殷修双眸猩红,狠狠地捏紧了刀,跟天空中的眼睛对视。

他讨厌这个副本,从没有比现在这一刻更讨厌过。

眼睛再度闭上,周围的场景瞬息万变,似乎将他的所有弱点一一展开,一览无余地暴露在他面前,分析着他的情绪。

殷修站在原地,直勾勾地盯着周围不断变化的场景。

一座破旧的孤儿院出现在了殷修面前,灰扑扑的天空中,一双眼睛凝视着这里的一切,孤儿院破旧发灰的墙壁几乎与天空融为一体。

这里陈旧脏乱,攀附在墙垣上生长的草都干枯,小院子里,几个脏兮兮的小孩正在打架,一个幼小的孩子被其他几个孩子摁在地上:"把糖还给我们!"

地上的孩子衣服被扯得凌乱不堪,他苍白消瘦的脸颊上勾起冰凉的笑,不为所动地凝视着他们:"你们敢抢我妹妹的,我就抢你们的,有什么问题吗?"

孩子们一拥而上,试图从他掌心夺走那几颗糖。

地上的人猛地将糖塞进嘴里,连带糖纸一起吞进肚子,他阴森地笑着,稚嫩的脸上没有半分孩子气："有本事，你们就剖开我肚子来抢啊？"

一群孩子气得咬牙切齿冲上去打他。

其中一个小孩忽地转过头来，直勾勾地盯着站在院子里的殷修，嘴里吐出尖锐的声音："他有暴食，他有暴食，他有暴食！"

殷修面无表情，冷冷地盯着眼前的画面。

下一秒，一个天真可爱的小女孩从孤儿院里冲出来，她生气地将几颗零散的糖丢到了打架的小孩们身上："我还有！我都给你们！走开！"

孩子们捡起糖果转身离开。

地上的小孩想要起身追过去，却被小女孩抱住。即便是在灰暗的环境里，她的眼眸也亮晶晶的，声音甜美地道："哥哥，不要理他们，晓晓不喜欢吃糖，不要为了我跟他们抢东西。"

那个打架的小孩摸了摸小女孩的头发，没有再追上去。

阴暗的画面里，此刻难得温暖。

然而下一秒，地上的孩子却猛地抬眸瞪向殷修，怒斥道："你为什么不去帮妹妹抢回糖果！你明明可以帮她抢回一切！这是你做哥哥该做的！"

"你其实很累了对吧？你自身难保，却还要照顾一个羸弱的妹妹，你是想过放弃她的，对吧？"

他说出的话如同刻薄的刀子："他有懒惰，他有懒惰，他有懒惰！"

殷修双眸一红，猛地握紧刀走了上去，眼前的画面却唰地消失。

画面一转，一个衣着简朴的女人站在面容已经逐渐长开的少年面前，她低声道："其实有人很中意你，想领养你。比起女孩子，男孩更容易被领养，你把妹妹留在这里，跟他们去吧，你可以过更好的生活。"

少年脸上露出了倔强的表情："我不要，我已经十五岁了，再大一点，我就能自己养活晓晓，我不需要他们。"

"十五岁，也还是一个孩子。"女人语重心长地摸了摸他的头发，"院长已经觉得孤儿院负担不起这么多孩子的生活了，也许要不了多久，这家孤儿院就会倒闭，你们会再次流落街头的。"

少年缓缓地垂下眼眸，低声道："我一个人就够了，我不需要别人的帮助，我能带着妹妹，我可以……"

女人缓缓抬头，看向了殷修，面无表情地嘟囔："是傲慢。他有傲慢，他有傲慢，他有傲慢。"

此时，一只小小的手抓住了殷修握住刀的那只手。

他猛地警惕回头，却看到了他最熟悉的稚嫩小脸，小女孩天真地举起手里的小花，开心地道："哥哥，看，我在院子里找到了一朵小花，送给哥哥！"

殷修愣愣地盯着眼前的花，眉头微蹙，复杂的情绪涌上心头，他甚至不知道该不该接过。

但小女孩摇晃着手里的小花，认真地念叨着："我知道哥哥最喜欢花花了，等我以后从这里出去，我要在哥哥住的地方种满漂亮的小花花，让哥哥每天出门都能看到花。"

"哥哥，我们以后要永远在一起，你说好不好啊？"小女孩眨眨眼，天真地笑着。

殷修有些恍惚，缓缓地从嘴里吐出一个字："……好。"

小女孩嘴角一咧，笑容却逐渐变得阴森，她盯着殷修，幽幽嘲讽道："明明是个没人要的小孩，竟然妄想能跟家人永远在一起？没有人会在你身边的，你什么都没有，别妄想了。"

她一把捏碎了手里的小花，目光幽凉："他有贪婪！他有贪婪！他有贪婪！"

殷修猛地反手用刀挥开了眼前的画面，却看到了黑暗之后，是懒惰的房间。

他难得安宁地躺在黎默的黑色棺材里，放下一切防备，沉沉睡去。

他没有拒绝黎默的帮助，明明对曾经的他而言，黎默也是需要警惕的、危险的存在。

"你不会，真的把我当朋友了吧？"棺材边缘爬上一根摇晃的触须，上面的嘴小声地念叨着，"人类终将忘记自己的原则，放纵内心的欲望。"

触手上的嘴放肆叫喊着："他会纵欲！他会纵欲！他会纵欲！"

殷修站在原地没有动，眼前的画面却如同玻璃一般碎裂开来。

他站在阴沉的天空下，有绵绵细雨滴落，打湿了他的衣衫，雨声之中有声音幽幽响起。

"你有人类该有的罪孽，你是人。"

"完整的你，犯下了七种罪孽。"

"你没享受过温暖的阳光，你只拥有贫瘠、冰冷、充满刺痛的过往。"

雨越下越大，风也越刮越猛。

寒风夹杂着雪花淹没了殷修的身影，雪雾弥漫在整个空间里，狂风肆虐，这里只有一片冰冷。

"这就是你的人生，犹如寒冬般凛冽的童年，无数人从你身边走过，如风刮过，什么都没有留下。"

"你是人，你是最可怜的人。"

声音戛然而止。

风停了，雨与雪也停了。

黑暗之中只剩下殷修一个人。

安静了许久，黑暗空间里才缓缓响起声音："但我能给你你没有的一切，你想要留在这里吗？"

眼前的画面里浮现出孤儿院，但场景不再阴森，而是充满阳光，鲜花簇拥在围墙上。

小女孩捏着一把小花，牵住殷修的手，兴冲冲地将他往孤儿院里拉："哥哥快来，院长给我们发了好多糖果，大家都在等你呢。"

殷修平静地盯着她，情绪毫无波澜："我不需要。"

"哥哥？"小女孩疑惑地盯着他，"哥哥也不要我了吗？"

殷修深吸一口气，缓缓地闭上眼睛，抬起刀斩开了眼前的一切。

"你不要……你将一无所有，你只会拥有罪孽，变得孤独，就像从前的你一样。"

伴随着声音响起，那个戴着面具、衣服脏兮兮的人出现在了殷修的面前。

他缓缓地摘下面具，露出一张与殷修一模一样的脸。

"我是你。"他望着殷修，发与殷修相同的声音，"我是曾经的你。"

殷修没有意外，他从看到这个人的第一眼就知道，那是曾经的自己。

也只有自己，才会那么不留情面地杀光所有副本诡怪。

殷修现在望着眼前这个人，清晰地感受到他给诡怪带来的恐惧，他曾经被叫作"杀神"的原因。

对方没有拔刀，也没有散发出威胁的气场，他不在攻击状态，殷修一看就知道，因为那是自己。

那个"他"直勾勾地盯着自己，眼眸之中没有一丝光亮，周身充满血气，表情与声音都无比平淡："殷修，告诉我，你现在拥有了什么？"

殷修沉默。

"你找到晓晓了吗？"

"没有。"

"你有好朋友了吗？"

"有。"

"但是他快离开了，对吧？"

"……嗯。"

"那你很快要继续一无所有了。"

"……"

"你有新的家人了吗？"

殷修从口袋里摸出了那枚道具硬币："你觉得，这个算是吗？"

对面的自己眼眸沉了几分："未来的我，可怜到需要把诡怪视为家人吗？"

殷修将道具硬币攥进掌心："但是她会叫我哥哥。"

"那也只是诡怪而已。"

殷修勾起嘴角："你在嫉妒层的时候，看到那个在我身边的人了吗？"

"看到了，是个冰冷危险的怪物，对他放下戒备，他一定会杀了你。"

殷修嘴角的笑容更甚，语气却是冰冷的："你不觉得养个怪物在身边也挺好的吗？"

那个自己不为所动，只是冰冷地道："怪物，只会杀了你。"

"你说得对。"殷修伸手握住了刀柄，然后抬眸看向对面那张与自己如出一辙的脸，"怪物，也会杀了你。"

说完他猛地一刀挥过去。

锋利的寒光一闪，面前的人变成一张被切开的纸，缓缓地飘落在了他的脚边。

殷修垂眸盯着地上的纸："太好了，你不是真正的我。"

"居然会否认来之不易的家人和朋友，还好你不是真的。"

他收起刀，捡起地上的纸，上面写着一行字——

与怪物相伴，冷漠无情且一无所有的人。

殷修的目光在前半句停留。

"与怪物相伴？"

手中的纸一抖，周围瞬间浮现出了画面。

白雾萦绕，一扇大门在雾中矗立，这是殷修熟悉的，副本结束后的画面。

而画面中，似乎还是普通诡怪的管理员，正拿着一个档案本和一个特殊副本的印章在雾中行走。

那时的他看见浑身杀气弥漫、瞳孔无光的殷修从雾中走过。

他的旁边，跟着一团小小的黑影。

上面伸出无数小触须，跟在殷修身后快乐地摇晃着，眼睛滴溜溜地打量着四周，然后跟殷修对上了视线。

殷修一颤，瞬间回到了小小法庭。高高的法官位置上，管理员看到他的出现，一瞬间愣住了，随即开始战栗。

"你……你为什么还能回到这里？你不可能从那里出来！"

殷修没有说话，拎着刀上前两步。

管理员缓缓后退，声音却无比癫狂："你难道不想要家人吗？不想要你最渴望的一切吗？"

殷修一脸淡漠地踩上了管理员所处的高台，凝视着管理员惨白的神色，举起了手里的刀："我不需要。"

整个空间里的光亮都落在了他身上，仿佛周身氤氲着雾气，他的眼里十分平静，没有一丝丝的犹豫。

他的回答，他的模样瞬间刺激到了管理员，管理员龇牙咧嘴地叫喊。

"不可能！不可能！我最了解你了，我无数次见过你从副本里出来的样子，冰冷无情，像个怪物！"

"我知道你最想要什么……我很清楚你是什么模样。"

"我为你定制规则，为你定制副本，殷修！你绝对不可能走出我设计的副本！"

殷修偏头，幽暗的瞳孔冰冷地凝视着一脸不可置信的管理员："是吗？"

"我认识的那个殷修，他是绝对不能走出来的，他没有感情，没有朋友，他就是一具行尸走肉，会沉沦于他所渴望的一切！"管理员死死地盯着殷修，"你为什么能出来？你为什么！"

伴随着管理员不可置信的尖锐号叫，殷修举起手里的刀，目光幽凉："这次，我生气了，不听你的遗言。"

刀狠狠挥下来的那一瞬，他周身散发的冰冷与无情，仿佛让管理员看到了熟悉的殷修。

传闻中的"杀神"，无数次从副本里满身戾气地出来。

每一次进副本，整个副本的诡怪都会拼尽全力，都想要将他杀死在副本里，每一次他都以为殷修不会通关了，但他还是出来了。

只是，他变得越来越冷漠，越来越不像人。

他与自己看到的其他玩家都不一样，淡漠疏离，总是一个人，甚至连诡怪都觉得他作为人类很可怜。

终于，在某一次副本结束后，管理员拦住了殷修的去路。

"按……按照副本规定，你……你杀戮过多，违背了副本特殊规定，你……你……"他在传闻中的"杀神"面前哆哆嗦嗦，甚至连话都说不清。

那双漆黑的眼眸凝视着自己，清冷的声音很好听："临死前，你有什么想说的吗？"

他呆住了，那一瞬间他以为自己死定了。

他沉默了很久，才艰难地道："我想知道，像你这样的人，最想拥有什么？"

殷修漆黑的瞳孔之中倒映出管理员渴望得到答案的脸，他的脸氤氲在白雾里，唇中挤出生涩的回答："家……家人……

"朋友……

"很多……正常人该有的……我该有的……"

他的眼睛有一瞬间变得明亮，如同夜空滑过的流星，稍纵即逝。

但下一秒，他的眼神又变得冰冷，如同刀挥到了管理员身上。

也许是因为触及了殷修敏感的情绪，他的刀没有那么果断利落，管理员捡回了一条命，却再也忘不掉他眼底一闪而过的光亮。

他看到了所有诡怪都没看到的，"杀神"的另一面，那才是真正的殷修。

"你想要的……这个副本里……全都有……"小小的法庭之上，管理员倒在地上，他呆呆地望着殷修，艰难说道，"你不能离开这里……你不该出来……"

"你能得到你想要的……一切……你……应该沉沦在这里……只有这里……你才……会……"

殷修听不清他的虚弱呢喃，只是抬眸看向自己刚才从里面捡出来的那张纸，上面记录着一句关于他的话。

殷修将纸揉成团，丢到管理员身上，盯着他的血液浸透了纸张，淡声道："我还以为真的遇到了过去的自己，想拿现有的一切给过去的自己一点温暖，结果被——否定了。"

"原来，我的过去在他人眼中是这样的啊。"

——与怪物相伴，冷漠无情且一无所有的人。

003.

管理员没有再回答他，周围的场景消失了，殷修抬眸，发现自己回到了管理员办公室，与刚才不同的是，自己掌心多了一枚傲慢罪门的硬币，而管理员消失了。

殷修冷漠地盯着掌心的硬币："你自以为能给我什么？"

剥开他的伤口，只为用虚假的幻象填满他的脑海？

他不需要沉溺于幻象之中，他只会顶着寒风追寻真实。

殷修将硬币捏紧，眼眸之中暗藏寒意："我比任何人都清楚，我多可怜，还不需要你来同情我。"

说完殷修转身，看到迷茫的玩家们正直勾勾地盯着他。

他们刚才看到的是殷修向前走了几步，然后停在那里，接着没两秒，管理员突然消失，殷修就转身回来了，手上的白手铐也消失了。

他好像什么都没做，又似乎做了点什么。

"怎么样？"叶天玄先上来询问，"刚刚是发生了什么吧？"

殷修点点头，举起了掌心的硬币："管理员，就是真正的傲慢罪门。"

"我就知道。"叶天玄眼眸一亮，满意地点头，"我们刚进副本时拿到的真正的规则单上面写着，'极乐城是自由的，没有规则'，但极乐城里处处都是规则，这些规则都是管理员安排的。"

"一人企图掌控一切，这就是傲慢。"

殷修点头，将最后一枚罪门硬币安在了价值台上，但副本里没有发生任何变化，也没有如之前管理员所说，出现通关副本的门。

"怎么回事？门为什么没有打开？"

"管理员骗我们？还是因为管理员不见了，所以门不能开？"

"不会吧？难道必须要管理员在？"

玩家们有些慌乱，叶天玄转头看了一眼，怒斥道："安静点！现在才是离开副本的关键！"

大家有些蒙，但还是老实地安静了下来。

叶天玄与殷修对视一眼，然后两人一起走上了刚才管理员所在的法官位置。

小小的法庭桌面上除了法槌，还有一本黑色的《禁闭室规则手册》。

禁闭室管理员，怎么能没有自己的规则呢？

这本规则手册才是掌控整个极乐城的关键。

这本手册上记录了此次副本所有玩家的名字与通关记录，唯独殷修的那页被撕了下来，成了刚才幻化出另一个殷修的那张纸。

那张纸根据管理员的记录和印象，变成了他记忆中的殷修，只为了将殷修拉入准备好的罪孽试炼之中，让殷修沦陷。

手册往后翻一翻，能看到管理员在上面留下的规则。

极乐城的通关规则、罪门规则、七种罪孽的规则……所有的规则都是管理员制定的，他无声无息地改变了整个极乐城。

而真正的极乐城规则就如他们拿到的第一张纸条上写着的一样——

极乐城是自由的，这里没有人限制你，所以没有规则。

副本通关条件：不受约束且清醒地离开极乐城。

不受规则约束，不被罪孽污染，便是离开极乐城的关键。

叶天玄拿起那本厚重的手册，然后愉快地站在法官台上，朝着下面的玩家们举起了手中的手册："极乐城没有规则，也不需要规则，从现在起，玩家和诡怪都将不受规则的约束。"

说完他将手中的手册撕烂，一张一张一片一片撒向空中。

许多玩家愣了一下，反应过来真正的条件后，也立即冲上去跟着快乐地撕手册，场面欢乐又热闹。

殷修退到了角落，黎默无声无息地走了过去，站在他身边，什么都没有说，也没有询问。

热闹的管理员办公室，只有他们这一角分外安宁。

殷修将目光从玩家们身上收回来，然后向黎默伸出手："触手给我。"

黎默怔了一下，然后老老实实地将一根触手化形，轻轻地搭在了殷修的掌心。

殷修盯着手心里的触须，仔细地打量着，凝视着上面在盯着他的眼睛，然后握了握。

几秒后，整个管理员办公室里猛地升起一股寒意，让玩家们起了一身的鸡皮疙瘩。

然而还没来得及捕捉到什么，寒意又瞬间消失了，收敛得干干净净。

叶天玄疑惑地转头，看向角落，殷修的手落在了黎默的头上，像是哄小孩一般轻声细语道："谢谢你，好朋友。不过不要随便激动，会影响到别人。"

黎默安静不语，他只是直勾勾地盯着眼前的殷修。

玩家们一脸迷茫，不明所以："刚刚那是什么？有点吓人，我现在腿还在发软。"

"不知道啊，我的手也在抖。"

"我知道了！是手册的反抗！它一定是不想被我们撕碎才吓唬我们！"

"敢反抗？我现在就撕碎你！"

玩家们更为亢奋地上前撕扯手册，直到一本厚重的手册被完全撕扯了个干净，副本内才响起熟悉的通知——

> 恭喜玩家通关副本：极乐城。
> 此次副本通关星级：五星。
>
> 评级解析：
> 收集所有规则单，一颗星。
> 不被罪孽污染，一颗星。
> 收集所有罪门，一颗星。
> 让极乐城恢复自由，一颗星。
> 了解极乐城全部背景，一颗星。
> 通关条件：不受副本规则约束，不被罪孽污染。
> 隐藏条件：了解极乐城背景。
> 综合星级：五颗星。
> 本副本首次五星通关玩家：殷修、叶天玄。

副本通报结束之后，许多玩家都在欢庆，他们虽然没有了解极乐城背景，但也有四颗星，四颗星对他们而言已经足够厉害了。

殷修静静地等待着结算通知——

　　玩家殷修，五星通关特殊副本：极乐城。

　　基础奖励100000×5，副本资产+500000，当前总资产500331。

　　殷修听完结算奖励若有所思，一下就拥有了五十万，虽然很富裕，但……还是买不起一条极乐城摊主的信息呢。

　　一会儿得回去问问，它到底愿不愿意卖给自己信息。

　　副本结束，放置管理员手册的小法庭变成了一扇敞开的门，门后漂浮着白雾，是玩家们熟悉的回小镇的路。

　　没有选择跟随叶天玄的玩家直接离开了，而剩下一部分认真地询问了叶天玄所在小镇的信息后，才恋恋不舍地离开。

　　叶天玄站在门口把玩家们一一送走，最后才看向殷修："你要直接回去还是……"

　　殷修摇摇头："你先走，我一会儿再回去。"

　　叶天玄默默地点头，进了门。

　　叶天玄一走，整个副本里就只剩下殷修和黎默了，观看直播的玩家们有些兴奋。

　　"修哥过往的副本记录是全红，难道这次也一个诡怪都不放过？"

　　"'杀神'果然连这个副本也不会放过的！但好像也没剩下几个诡怪活着了，他回去找谁啊？"

　　"是哦。"

　　殷修离开管理员办公室，回到了罪孽层。

　　所有规则单被回收，又回到了各自的罪孽层里。

　　殷修来到摊主的摊位前，拉开椅子坐下，然后看着对面瑟瑟发抖的诡怪，淡声道："放心吧，我不杀你，我只是来问个问题。"他解下腰间的刀，放在了桌子上，"我刚过了副本，现在没什么杀心，也我不会杀你，别害怕。"

　　摊主的脑子一时间转不过来了。

　　"杀神"不杀诡怪了？真的吗？

　　殷修无视了摊主的战栗，偏头轻声道："找你占卜两次，多少钱？"

　　摊主瑟缩了一下："……占卜？"

"对。"殷修道，"第一次见面的时候，你说你可以让人提前知道未来，杜绝一些麻烦的事，劝命苦的人趁早放弃，对吧？"

"啊……是的，但占卜的答案没有那么详细，只会对一个人的未来进行预测。"

殷修抬手指向自己："我想知道我的未来。"

摊主犹豫片刻，小心翼翼地盯着殷修道："其实占卜未来这点，是拉玩家进行交易，付出巨大代价的一个陷阱……占卜的确是能占卜的，但若是没有巨大的代价进行交换，我是无法占卜的……"

"巨大的代价……"殷修若有所思，摊主知道他的副本资产，摊主语气这么犹豫，显然五十万不够。

他思考片刻，然后站起身转头打量四周，挑选了一扇摊主对面的房门，挂上了自己从贪婪层拿来的303号门牌。

门后的房间瞬间变成了塞满宝石的贪婪层房间，里面还坐着那个浑身上下都是宝石的诡怪男人。

"咦？副本不是结束了吗？我还以为自己不用加班了。"男人坐在宝石堆里有些迷茫。

殷修没有看他，而是看向了对面的摊主："这些够吗？"

摊主连忙点头，又顺势道："不过收取一点玩家的副本资产是必须的，除了这些宝石，还是需要一点点副本资产。"他低声道，"你……你解放了极乐城，我给你打个折……"

说着，他缓缓伸出了五个手指头。

殷修皱眉："五折？五十万？"

他倒是正好有五十万，但买完回去可就没钱给夜娘娘买祭品了。

正犹豫着，对面的摊主小心翼翼地低声道："五块。"

殷修："……"

他也没拿刀威胁诡怪啊，怎么这么自觉，好不习惯。

"你想问未来是吧？"达成交易后，摊主亲切地询问道，从袍子底下拿出两张纸条递给殷修，"这就是。"

"两张？"殷修接过，盯着手里的两张纸条，一黑一白。

"黑的是你的，白的是你想要询问的另一个人的。"摊主直勾勾地盯着他，仿佛把他的心思都看穿了一般。

殷修展开黑色的那张纸，黎默也缓缓凑头过来查看。

黑色的纸张上，用白色的字迹写着：

  一无所有的流浪怪人会在沼泽里找到所有的财宝。

殷修沉默地看完，卷起纸张，又打开了白色那张：

  坚毅的人在黑暗里点燃自己，成为他人引路的光，自己却走向灭亡。

殷修眼眸微微一沉，默不作声地将纸条收了起来，然后拿上刀起身。

"要走了吗？"摊主望着他，现在整个副本内还存活的诡怪，除了投靠叶天玄的一部分外，其余的都被手册幻化出来的那个殷修杀死了，他即便想到处逛逛，寻个"仇"，恐怕也没什么意思。

"嗯，回去了。"殷修轻声应着，挥挥手，转身往管理员办公室的方向走。

"记得别再来了啊！"摊主大声地嘱咐着，直到望着殷修远去才舒一口气。

太不容易了，副本终于结束了，玩家们急，它们也急。

算起来，它们是第一批从"杀神"手里活下来的诡怪，以后走到哪儿不得炫耀一番？

再度回到管理员室，望着那个离开副本的门，殷修停住了脚步，他转头看向身侧站着的黎默："你能跟我回小镇吗？"

黎默沉默地摇摇头："因为一些原因，不太方便。"

殷修没有惊讶，只是轻轻地点头："我是说你上个副本结束后怎么没有回去呢。那我们只能在副本里见面？"

黎默点头。

"我不进副本的话，你就见不到我？"

黎默再点头。

殷修算是明白了他特意跑去小镇把自己拖进副本的原因。

他平淡的声音在冷清的管理员室里响起："我还真是一点都不了解你啊，你身上的秘密太多了。"

黎默微笑道："我也不是很了解我自己，很多事是跟你接触之后才发现的。"

"比如？"

黎默张开嘴，指了指自己满是副齿的口腔："我看不见规则，但只要吃掉规则单就能知道规则了，因为你进副本时把规则单塞进我嘴里，我才发现的。"

殷修偏头思索，那好像是刚见到雅雅的时候，因为不能把规则单给雅雅看，所以塞进了黎默的嘴里，倒是没想到让他发现了这件事。

"另外，我吃诡怪也能获取诡怪的信息。"黎默微笑着说，"咬镇长手臂的时候发现的。"

殷修眉头微挑："咬镇长手臂？什么时候？"

黎默眯了眯眼："他要对你不利，我自然要对付他。"

殷修无言。

他瞥了一眼门内的一片白雾，只要穿过去就能回到小镇了，但此刻似乎他也不是那么急着回去。

"你还不走吗？"黎默轻声询问，声音低沉。

殷修抬起眼眸看向他的脸："如果我进副本的话，你能找到我吗？"

"当然。"黎默愉悦地眯起眼眸，"不管你在哪个副本，只要你进来了，我都能找到你。"

"嗯……"殷修缓缓地点了点头，转身踱步到门边，黎默的视线也随着他的身影到了门口。

殷修望着门后弥漫的白雾，又看向站在空荡荡的管理员室里的黎默："只要我进来，你就会来找我？"

黎默点头。

"一定会来找我？"

"嗯。"

"不论何时何地，只要我进副本，你就会到我身边？"

黎默认真地点头："一定会。"

殷修点头，风轻云淡地挥挥手："行，我走了。"

"我会进副本的。"他留下这么一句话后，便踏入了门内的白雾之中。

屏幕前目睹了全程的玩家们议论起来——

"修哥竟然还有点舍不得他。"

"毕竟室友是个不错的诡怪啊，帮了修哥不少，还很听话，就算是宠物也多少有点感情了。"

"在修哥寥寥无几的熟人里，这室友和修哥的关系能排得上前三了吧。"

"叶天玄、雅雅、室友，确实在前三……"

"不管了，趁着修哥还没回来，我要去他门口种花！"

"你还真要去种啊？"

"没看到咱修哥多喜欢花吗？我这就去了！"

"我也去！"

"带我！"

"话说你们的小镇规则十遍抄完了吗？一会儿叶老大要回来检查了。"

"……"

发弹幕的玩家都安静下来，随着殷修的离开，副本的直播也结束了。

所有玩家离开后，整个副本内寂静无声，离开副本的门消失在管理员室里。

黎默一言不发地站在原地凝视着门消失的位置，身侧浮现出一根触手。

他摸了摸刚刚和殷修握手的触手，又缓缓地摸向自己的头发。

不懂，他应该还没有完全理解人类的行为和感情，但在殷修和自己握手时，他所有的触须都忍不住乱舞。

这在人类的感觉里，算是什么呢？

他静静地沉思着，低声喃喃着："好想快点摆脱这里，到你身边去。"

寂静的管理员室里回荡着他的声音，直到一道突兀的视线落到了黎默身上。

黎默转过头去，幽暗的管理员室门口，正蹲着一只通体漆黑的猫。

它不知何时出现在那里，紫色的双瞳直勾勾地盯着黎默，正蹲在门边摇晃着尾巴。

黎默注视着它，微笑道："别紧张，我暂时不会强闯出去的。"

"现在……即便我不去找他，他也会进来见我的。"

黑猫对他的愉悦没有任何反应，只是蹲在那儿，对他十分警惕。

双方都沉默着，直至嘀的一声，整个副本关闭清理。

小镇的夜晚

第六章

001.

回到小镇，殷修发现自己正坐在房间里的椅子上，窗外正是黄昏，夕阳笼罩天空，向屋里洒落些许柔和的光亮，显得静谧而美好。

他眯起眼眸凝视着窗外，小镇里热闹的声音远远地传了过来，与屋内的寂静冷清大不相同。

刚刚过完一个副本，身体上倒不是很累，但精神上却有些疲惫，殷修靠坐在椅子上仰头小憩，久久没有起身。

直到门外的胡同里响起了两道脚步声。

有人一边跟人打着招呼一边往这边走来，停在了殷修的门前，敲了敲门。

"回来了吗？修哥？"

门外是叶天玄的声音，很熟悉，殷修本来懒得搭理，但那个奇怪的称呼引起了他说话的欲望。

"干吗？"殷修沉着脸去开了门。

叶天玄笑眯眯地站在放满鲜花盆栽的门口向殷修打了个招呼："刚结束副本，来看看你有没有活着出来啊。"

殷修沉默地望着不知何时摆在门口的鲜花盆栽。

"又是贡品？"

"不知道呢，好像是玩家们在小镇商店里买的花，需要定时浇水才能保持鲜活。"叶天玄说着，就拎起地上的浇水壶往花瓣上洒水，"你要记得好好照顾这些心意啊，别让它们枯萎了。"

"毕竟副本资产也是在副本里用命换来的，谁没事会拿来买花这种很快就枯萎的东西呢？"

殷修盯着门口两侧的鲜花盆栽，无奈地叹了一口气："知道了。"

钓鱼、养花，他似乎真的像在小镇养老一样。

"对了。"叶天玄忽地想起什么，笑着朝旁边招招手，"来，过来跟你修哥打招呼。"

殷修抬眸望去，看到几步之外站着一个熟人。

脸上写满了"老实"两个字的青年羞涩地向殷修挥了挥手："殷修大佬……"

是钟暮，上一个副本里跟过来的新人。

殷修缓缓点头："你过来了啊。"

钟暮立即快步走过来，满脸热情："本来收拾了东西很快就过来的，但刚过来你就进副本了，所以没来得及跟你打招呼。"他的眸子闪闪发光，眼神格外热烈，"我看完了你的副本通关过程了，不愧是殷修大佬啊！特殊副本都通过了！太强了！我能在新手副本认识你真是太幸运了！"

殷修点了点头，钟暮还在絮絮叨叨："来这个小镇之后才发现，这里环境也太好了，一来就有好多大佬欢迎我，给我安排房间，还替我补充了生活用品，给了我好多副本通关记录看。"他说着挠挠头，很是不好意思，"大家说我是好苗子，对我特别好，这里跟原来那个小镇感觉完全不一样啊。"

"嗯。"殷修语气平淡地应着，看着天色差不多了，转身去冰箱里给夜娘娘准备祭品。

上一次出副本后，他买了不少东西堆积在冰箱里，足够夜娘娘吃上一阵。

钟暮看到殷修进屋，还热情地跟在他身后念叨着自己过来之后发现的差距："他们熬夜给我恶补通关视频，还给我选了适配的武器，是一个好像很高级的斧头，说是很适合我！我在原来那个小镇从来没有这么被照顾过，好感动！"

"还好当时我跟着殷修大佬安全地过了那个副本！"

"嗯嗯。"殷修点头，把肉放进了门口的铁碗里。

"总之，我是来谢谢殷修大佬带我过第一个副本的，我也没帮上你什么忙，光让大佬你忙着，副本就过了，还把我带来这个小镇，真的很谢谢你。"钟暮望着殷修，眼神特别诚恳，"谢谢修哥！"

殷修被这个称呼喊得浑身不舒坦，就淡淡地挥手："知道了，好好加油吧。"

"我也想努力变成大佬！以后也为修哥做点什么！"钟暮信誓旦旦地握拳。

"嗯嗯。"殷修敷衍地点头，"活着就好了。"

"好！我这就回去学习！"钟暮打完招呼之后就挥挥手转身跑回去了，格外有朝气。

"你可是带回来了一个好苗子，我就没见过那么好学又有潜力的人。"叶天玄笑眯眯地点头，"看到恐怖的东西不会畏缩，记性也好，该出手的时候也很果断，带他去副本的人回来都对他赞赏有加。"

"嗯。"殷修点头，从钟暮能待在他身边且不畏惧黎默就能看出，他是个好苗子，至于带他来小镇，也真的是顺手的事。

"趁着天还没黑，我们去湖边逛逛呗。"聊完闲事，叶天玄倚着门框微笑着发出邀请，"刚过完特殊副本，我还有一个副本过完就可以去终结副本了，你再不跟我唠唠嗑，我可就要离开这里了。"

殷修直勾勾地盯着他："最后一个副本，好好过，不要再带人了，大不了二刷。"

叶天玄眯起眸子，侧脸浸泡在夕阳的余光之中，悠悠地道："带人，哪是我说不带就能不带的，看着信任我的人那种失望的眼神，我心里像刀割一样难受。"

殷修烦恼地皱眉："你清楚自己的状况吗？"

"没问题的。"叶天玄乐呵呵地捐起手指比画了一下，"上个副本，我找每层的摊主算过了，过终结副本完全没问题，你就别瞎操心了。"

殷修捏着口袋里的纸条，冷冷地盯着他："你别大意。"

叶天玄脸上闪过一丝尴尬，然后笑着摆手："走了走了，去湖边钓鱼，我跟他们去商店买花的时候，也顺带买了个好东西。"

殷修沉默地关上房门，跟着叶天玄顺着胡同的小路往湖边走。

"什么好东西？"

"这个。"

叶天玄从口袋里掏出一小瓶泡泡水，拧开后就举起来朝着天空，顺着风吹出一连串的泡泡。

轻盈梦幻的泡泡在夕阳下闪着璀璨华美的光，摇曳着飘满了狭窄的胡同。

这在散发着危险气息的小镇之中是极少看得到的东西，也没有人会有那个闲心去吹泡泡。

行人的视线被泡泡吸引，望着那一连串华光流转的泡泡萦绕在叶天玄身边，又骤然破灭。

叶天玄的泡泡吹了一路，殷修也跟了一路。

他们穿过狭窄幽暗的胡同，走过热闹非凡的广场，踩过湖岸边的小道，最后站在了殷修常钓鱼的地方。

"哎，你怎么把我写的牌子给靠歪了。"叶天玄急匆匆地拧上瓶盖，把湖边的禁制牌扶正，"要是倒下了，有新人没看到，不小心靠近湖边就出事了。"

"哦。"殷修往侧边让了让，看着叶天玄仔仔细细地把写着禁制的木牌子往土里摁了摁，免得它倒下，然后又看向旁边歪歪扭扭地写着"禁止殷修钓鱼"字样的木牌，勾起笑容。

"镇上的诡怪可真讨厌你啊。"

殷修回应："也讨厌你。"

"讨厌我没事，反正我很快就到终结副本了，讨厌你可没有办法了。"叶天玄又蹲在了湖边，拧着泡泡水朝湖里吹泡泡。

殷修站在他身侧，看着波光粼粼的湖面，目光恍惚："我还有一个任务，就是找到晓晓。但我去过的所有副本里面都没有晓晓。我就只能赌，她在某一个位面小镇里，或是哪个副本里……"

"所以你故意惹怒夜娘娘，天天晚上让她来吵你，就是为了熬夜看副本，是吧？"叶天玄无奈地抿抿唇。

这种行为无异于大海捞针，却是殷修最后的希望。

"殷修，你还记得这个游戏最初的故事设定吗？小镇上的人都是为什么进入这里？"叶天玄吹着泡泡，忽然提起这个话题。

殷修眯眼看向湖里游动的黑影："好像还记得一点，是寻找……准确来说，是祈求。因为想要什么，循着那个渴望的东西走着，在夜晚迷了路，进入小镇后，就再也出不去了。"

"是啊，每个来到这里的人，都是在寻找什么的途中来到这里，都是因为渴求而被引到了这里。"叶天玄喃喃着，余光瞥向殷修盯着湖面发呆的脸，"那你知道最开始来到这儿之后遇到的'那个'吗？"

"那个？"殷修面露困惑，"那个是什么？"

"你果然不知道。"叶天玄支着下巴叹了一口气，"一个……将我们引到这里的系统，或是诡怪。我们进入这里后，就见到了它，它询问了我一些事。"

"它问了你什么？"殷修问道。

叶天玄目光微微恍惚："它说的好像是'你想要什么？我都给你，全部都给你，只要你留下来，陪在我身边……'然后我拒绝了它。

"接着我就出现在了小镇，这里基本所有人都是这样，我想你的故事线可能也差不多。"

殷修迷茫地皱眉思索："我只记得设定里说我的妹妹在这里……我能在这里找到她，其余就不太清楚了。"

叶天玄若有所思："是吗？"

殷修摇摇头，看向叶天玄："既然游戏设定上说，这里的玩家都是追寻着什么进来的，为什么它能给大家想要的，却还是被那么多人拒绝了呢？"

"嗯……为什么呢？"叶天玄摸着下巴歪头，"关于这一点，我也不太清楚，总之被拒绝肯定有被拒绝的理由吧，拒绝后大家便进入小镇里，需要通关全部的副本才能离开。"

殷修默默点头，小镇就像一个临时居所，正常通关全部副本的人意味着完全通关了这个游戏。一般都会立即离开，但只有殷修还待在这里。

"殷修……你还要在这里待多久？"湖岸边传来叶天玄略微低沉的声音，"我以前就跟你分析过，游戏的设定应该是，在小镇待太久，会逐渐被同化。"

殷修垂眸，盯着水面上倒映出来的他们的影子："但我……"

他轻飘飘的声音响起后，湖岸边无比寂静，叶天玄顺着风吹着泡泡，两人相对无言。

"唉……"寂静最终被叶天玄的一声轻叹打破，"万一有一天你变成诡怪，我还管不着，我可是会很难过的。"

让诡怪畏惧的"杀神"有一天变成诡怪，那也太吓人了。

殷修无声地蹲在叶天玄旁边，用手指戳破一个个从面前飘过的泡泡："那怎么办？"

叶天玄仰头，望着逐渐暗下来的天空："我哪知道啊，这里真的让人捉摸不透啊。"

殷修紧张地摸了摸口袋里的白纸条，转眸看向叶天玄："下个副本，我陪你去吧。"

"哟，修哥想带我，真是荣幸啊。"叶天玄乐呵呵地打趣着，"咱俩一起过副本不太合适，我就一个人去好了。"

殷修冷下了脸："你确定一个人去没事？"

"我能有什么事呢？"叶天玄把空了的泡泡水瓶丢到一边，躺在湖岸边的草地上，凝视着逐渐昏暗的天空。

"就算游戏给我设定的结局真的是消失在副本里，我留下的攻略也会传给所有新人，我救过的人会一直记得我，这个小镇会长存，我的精神和意志也会生生不息、永远不灭。

"会彻底忘了我的，也只有你罢了。"

风卷过寂静的湖岸，殷修沉默地望着他，一时间说不出什么话。

叶天玄平静地躺在草地上，享受着夕阳与晚风，似乎这些悲伤话语与他毫无关系。

"下个副本，我陪你一起去。"殷修再度认真地道。

"没关系。"叶天玄笑眯眯地摆手，"你跟来只会提升我过副本的难度。等我打完终结副本，离开了小镇，你别欺负我们小镇的那些玩家就行了。"

一个月的时间，他想自己怎么都能通关剩余的两个副本吧。

殷修眼神复杂地盯着他。

叶天玄懒懒地打了个哈欠，从地上爬起："好了，唠嗑结束，天快黑了，我们都回去吧。"

殷修只好点头，跟着他一起往回走。

两人路过广场，叶天玄要去跟其他玩家叮嘱些事，殷修就独自先回去了。

天彻底黑后，殷修早早地躺下，等待着夜娘娘来吃东西。

小镇里的玩家一如既往，该收集副本信息的出发了，该睡觉的提前睡觉了，一个环境安稳、井然有序的小镇，只有在来新人的那段时间会稍微躁动些，其余时间基本都是安全的。

今晚夜娘娘来得很早，她顺着胡同吃了一路，直到吃到殷修的房门前。

她凝视着门口的鲜花盆栽陷入了沉思，又看向盆栽旁特意挂上的牌子，上面写着"别吃花"。

夜娘娘："……"

这可是个危险的小镇啊，玩家们不应该因为它们的存在而害怕得夜不能寐吗？

虽然这里的玩家早就不那么怕她了，但在门口悠闲地种花也太过分了吧！

这里可是副本之外充满诡怪的危险小镇！

夜娘娘一边瞪着花一边吃着碗里的肉，最后不爽地拍了拍殷修家的窗户走了。

这要不是殷修的家门口，她肯定得把这些花都啃了。

深夜时分，一道副本通报忽地在小镇里响起——

35位面小镇玩家叶天玄，进入副本。

还在熬夜的玩家连忙打开了副本直播："叶老大也没说今天要进副本啊！怎么还挑晚上的时间偷偷进呢！"

小镇上的人早就习惯了叶天玄高强度进副本，偶尔也会在深夜进入，便没有多在意，只有本来在睡觉的殷修忽地一下睁开了眼，匆匆去打开了电视。

这是叶天玄除去特殊副本外的第九十九个副本，副本时间是三天两夜，虽然难度很高，但对于叶天玄而言也不算太危险。

殷修全程跟进了直播的进度，连鱼都没去钓，就窝在家里看副本直播。

直到第三天深夜，叶天玄挑战的副本结束，得知他五星通关后殷修才放松了些许，去床上倒头就睡了。

002.

夜晚，叶天玄从副本回到了小镇，路过广场时，他看到了一道熟悉的身影，是夜娘娘。

这时的小镇，除了诡怪以外没有其他人，夜娘娘庞大的身影匍匐在广场上格外显眼，相比之下，她对面那只猫，身影几乎融于夜色，只有一对紫色的眼瞳散发着诡异的光。

叶天玄眼眸微微一沉，悄然无息地靠了过去。

在小镇，猫并不稀奇，随处可见，但没有玩家会靠近它们，一般都会对镇上的猫保持警惕。

"找我有什么事吗？"夜娘娘安静地趴在地上询问着对面的猫，她的四肢扭曲，身形庞大，无法以正常人的姿态行走，长久保持匍匐的姿态让她越发像个怪物。

"喵。"对面的黑猫低吟了一声，似乎是在回答夜娘娘。

"啊？它来过我们小镇了？它不是只能去副本吗？"夜娘娘脸上没来由地染上畏惧与忧愁，"果然它在逐渐长大……力量也越来越强，副本已经关不住它了。"

"喵喵！"

夜娘娘沉思："殷修？他出现在我们小镇的时候，你不是留下信息让我想方设法把他送进副本吗？"

"喵！喵喵喵！"

"送出小镇？不应该啊！我看到的信息的确是让他进副本，那……"夜娘娘有些错愕，"信息……被改了？你写的是让他离开小镇，我看到的是让他进副本……是它改的吗？"

"喵……喵喵喵……"

夜娘娘叹了一口气，苍白的脸上写满了忧愁："你是说……它在试图离开副本，来到小镇吗？如果殷修不在的话，也许它能安静下来，就像以前一样……"

"喵！喵喵喵喵喵喵喵喵！"

"你……"夜娘娘倒抽了一口气，有些战栗，"你真的打算这么做吗？这太冒险了吧？"

"喵。"

"可是那个副本还没有试验好，迄今为止投进去的玩家都受到了极大的影响，我们还没有摸清伪造品的性情，如果它变成一个比本体更麻烦的存在，副本跟小镇都得完蛋。"夜娘娘神情焦躁，语气里满是不同意。

"而且……如果殷修有什么三长两短，它恐怕会变得更加不安定……"

"喵！"黑猫发出了龇牙的低声，"喵喵喵！"

夜娘娘皱眉，似乎陷入了沉思："我还是觉得太过冒险了……即便是伪造品，也难以被我们操控，万一它惹怒本体，还不知道会发生什么。"

"喵喵……喵……"

"这倒是……它在因为殷修而改变……的确不能再让殷修留在这里了，要么离开小镇，要么……"

"喵。"黑猫简短地发出了一声猫叫，然后慢悠悠地转头，看向了广场一侧的楼梯。

夜娘娘也顺势看过去，只见叶天玄背对着它们坐在楼梯上摆弄着自己的道具烟盒，白色的身影在夜色里分外显眼。

楼梯与它们刚才说话的位置有些距离，但夜晚寂静，谈话内容恐怕全都被叶天玄清晰地听到了。

听见谈话声停了下来，叶天玄疑惑地转过头，见到夜娘娘便笑眯眯地打了个招呼："晚上好啊，夜娘娘。"

夜娘娘无言，倒是一旁的黑猫慢悠悠地踱着步子走过去，爬上叶天玄的膝盖，然后在他腿上躺下，露出了自己的肚皮。

"喵！"

叶天玄偏过头去："别以为这副样子就能骗我，我可不摸你。"

"喵！"

"不摸就是不摸。"

"喵喵喵！"

"不摸。"

黑猫一龇牙，双眸之中泛出紫光，叶天玄戴着戒指的那只手不受控制地缓缓下降，落到了黑猫的肚子上。

叶天玄满脸痛苦地揉了一下黑猫的肚皮："我喜欢狗，我对猫没有兴趣啊。"

但他的手根本控制不住，在黑猫的肚子上揉了揉，还去摸了摸耳朵。

黑猫打着呼噜，四仰八叉地躺在叶天玄腿上，猫瞳之中散发出幽幽的紫光，与之相应的，是叶天玄戒指上与舌头上的紫色纹理都散发着细碎的光。

"从副本里出来了？"夜娘娘趴在叶天玄的身侧，望着躺在他腿上的猫，"你已经通过九十九个副本，快要离开小镇了吧。"

"是啊。"叶天玄抗拒不了摸猫的手，索性放弃，他盯着怀里的猫，勾起嘴角，"我很快就能赢过这场赌局了。"

黑猫抬起头，用尖尖的牙咬了咬叶天玄的手指："喵。"

"哼哼，这你就不懂了吧，我还有一个月的时间，而我只剩下一个终结副本没过，怎么样都是能为小镇拿下全副本的攻略，只要拿下'全攻略'我就满足了。"叶天玄望着夜空，目光深邃悠远。

"我用我的努力在副本里为无数人换到了安稳和希望，以最少的牺牲换取最大的价值。

"我的精神会永远传承下去。"

　　黑猫在他的膝盖上停止了扭动，夜娘娘也垂眸看向他苍白的脸。

　　“我们是怪物，早就失去了人类该有的情绪，但我也能感觉到，你在人类之中是最为独特的存在。”

　　叶天玄轻咳了两声，然后笑笑：“我还称不上最为独特的存在，殷修才是。”

　　夜娘娘嫌弃地撇嘴：“殷修更像我们。”

　　叶天玄微笑，用手在空中比画了一下：“哪里的话，殷修就像一只刺猬，身上的武器又锋利又危险，任何看到他的人都认为他是一个可怕的怪物，大家觉得他是怪物，时间久了，他自己也那么觉得。

　　“实际上他的内心非常柔软脆弱，他身上的每一根刺，都是他的过往给予他的武器，用来保护他罢了。

　　“谁生下来就是个怪物呢，殷修不是，副本里那些诡怪也不是，不过是环境所致。”

　　他想，这就是这个游戏的策划者，想给所有玩家的启示。

　　夜娘娘冷笑了两声，用尖锐的指甲勾开他的后衣领，叶天玄苍白的背脊上遍布伤痕，纵横交错：“这种话从你嘴里说出来真是可悲，有些人就是自私自利，副本里那些人，你最清楚不过了，危险的时候，他们只会做绝对利己的选择。”

　　叶天玄笑盈盈地点头：“我不否认你说的，但殷修不是那样的人，他的武器现在只是用来保护自己，但终有一日，他会用它保护他想保护的人。

　　“殷修啊，可是这个小镇最好最好的苗子了。”

　　叶天玄拍拍夜娘娘的手，把膝盖上的黑猫推了下去，然后站起身：“好了，不跟你们聊天了，刚过完一个副本，我得回去睡觉了。

　　“晚安，夜娘娘。

　　“晚安，黑不溜秋的东西。”

　　他挥挥手，转身朝自己房子的方向踱去。

　　黑猫蹲在原地盯着他的身影，然后转头朝着夜娘娘喵了一声。

　　“我知道了，就按照你的想法做吧。”夜娘娘叹了口气，妥协地点头，“反正副本里的事都归你管，我也不知道里面究竟是什么情况。”

　　她低头看向脚边的黑猫：“但是殷修出事，叶天玄可是会难过的，这样也没问题？”

　　“喵！喵喵喵。”

　　“你说得对……他不可能拯救所有人。”夜娘娘眯眼看向殷修的房屋，“有些牺牲是必不可少的。"

天亮之后，殷修打算起床简单收拾一下就去看看叶天玄。

然而他刚从床上坐起来，小镇上忽地传来一阵副本通知的声响。

　　全体玩家通知：

　　今日将更新一个全新的特殊副本，不在主副本通关记录内，副本通关进度在百分之九十以上的玩家会被随机匹配到新副本，请所有玩家争取通关全部副本。

　　（此副本为完全沉浸式体验副本，请玩家在收到进入副本的提示后，确认游戏设备运行正常。为呈现最极致的画面和完全沉浸的游戏体验，副本过程中会使用五感模拟技术，短暂影响您的感官。请无须担心，游戏中的幻象不会对您的现实生活造成任何影响，祝您游戏愉快！）

消息一出，如惊雷般瞬间在小镇炸开了花。

"游戏副本更新？离不离谱！"

"不在主线通关记录内，应该是跟禁闭室副本一样属于特殊副本吧？"

"通关进度百分之九十以上才能匹配到……这是来折磨高阶玩家的？"

"不是折磨啦！这个副本我听说过，和国家的科研项目有合作，只是副本的剧情非常复杂，系统维护起来也费工夫，所以开放的次数非常少。"

"好家伙，这游戏技术升级了，这次副本怕是好玩了！"

"那叶老大是不是又要多去一个副本啊？明明叶老大就差终结副本了。"

"如果叶老大直接去了终结副本，这个副本就得我们自己摸索做攻略了。"

"怕什么！高阶玩家不惧任何副本！"

"有道理。"

殷修静静听着副本通知，然后打开房门。

一开门他就看到自己门口被放了一个副本道具，是用来开启副本的关键物品，上次是一个很像雅雅的穿红裙的小女孩玩偶，今天则是一个黑不溜秋的章鱼，小小的触手上还长着眼睛。

殷修蹲下身拿起玩偶认真观摩，黑色的章鱼，触须上长满眼睛，竟然还有点像黎默。

一般用于开启副本的道具都是副本核心人物的模样，上一次是红裙小女孩，而这一次……

"是黎默的副本？"殷修不确定，但看着像，可能这就是刚更新的副本？

他看了两眼，还是把玩偶捡进了房间，之后去了叶天玄那边。

睡到一半被敲门声吵醒的叶天玄一脸困倦地给殷修打开了房门，然后懒懒地爬回床上躺下："我昨晚很晚才从副本里回来，睡得晚。"

"我知道。"殷修点头，转头看向叶天玄的房间。

他说他不喜欢白白的像是病房一样的卧室，所以把墙面刷得花里胡哨，贴满了各种可爱的小东西，什么元素都带一点，十分杂乱。

叶天玄安逸地躺在床上，一边闭眼小憩一边询问殷修："你听到刚才的通知了吗？"

"嗯。"

"你最近有进副本的打算吗？"

殷修点头："有。"

叶天玄睁开眼，看向殷修："那一起去吧，我在离开前把这个副本的攻略也做一下。"

殷修盯着他："我去就好了，你去终结副本。"

叶天玄打了个哈欠，意味深长地笑道："你确定你能完整收集所有信息，然后做出五星通关的攻略吗？修哥。"

殷修："……"

他还真不一定能！

暴力过副本他在行，但要是收集全部信息，以出攻略的角度完美地过副本，那就是为难他了。

他仅有的两个五星通关副本，副本背景都是被迫了解的，不知道怎么的，跟副本背景有关联的人就找上了他。

见殷修沉默，叶天玄支着下巴打趣道："让'杀神'照顾小镇还是勉强了点，收集攻略这种事，还是我自己来吧。"

"如果你有什么不放心，就跟我一起去副本？"叶天玄笑眯眯地盯着殷修，"本来我也打算下个副本跟你一起去的，我们两个互相照顾，比较稳妥，对吧？"

殷修思索了下，就算他要拦着叶天玄进副本也不太可能，为了小镇，叶天玄一定会在临走之前把副本攻略做完。

他要是一直不答应的话，叶天玄有可能跟之前一样，自己半夜偷偷进副本。

"我知道了。"殷修无奈地妥协，"我跟你一起进新副本就是了。"

"这就对了嘛。"叶天玄满意地点头，躺在床上伸了个懒腰，"我先休息一会儿，补充一下精力，然后我们晚上再去副本如何？"

"这么急？"殷修想到叶天玄刚刚从副本里出来，之前进副本也急匆匆的，忍不住皱眉，审视着叶天玄，"你的时间很紧迫吗？"

"这不是想快点儿通关副本嘛，就差最后一步了，以防万一。"叶天玄面对殷修的审视面不改色，"谁知道拖着过完这个新副本后会不会又更新下一个新副本呢？早解决早轻松。"

"也是……"殷修一时间琢磨不透他的想法，只能顺着他的话点头。

"睡了，晚上见，出去记得关门啊。"叶天玄打着哈欠，慵懒地缩进了被窝。

反正占卜结果说他的能量只剩一个月时间殷修也不知道，随便他怎么解释，他还严格叮嘱过镇上的人不准透露，最后一个月足够过副本了，没必要让他担心。

至于离开小镇之后的事，都跟殷修没关系。

殷修沉默地转身，关上了叶天玄的房门，一边捏着口袋里的占卜纸条一边往家的方向走。

他的占卜内容是未来，却不知道发生变故的明确时间点，所以殷修只能想办法跟着他进副本了，至少在副本内，不希望他出事。

朋友是他身边不多的珍贵的东西之一，他是人，即便变得贪婪一些，想要留住这份友谊，也没有关系吧？

黄昏时，叶天玄还是穿着那身白得发光的运动服慢悠悠地顺着胡同散步过来，一边走一边跟镇上的玩家打招呼。

"叶老大，要去副本了吗？"

"叶老大，我们等你出副本啊！"

"叶老大，加油过副本！我们会一直盯着直播，实时给你提供消息的。"

"叶老大你是最棒的，小镇没有你我们怎么活啊。"

面对玩家们的热情，叶天玄只是微笑着挥挥手，然后进了殷修的屋子。

"这次副本，你开一下弹幕呗。"叶天玄进屋就直奔桌子边，发现那里摆着杯子，杯子里是早就泡好的茶。

殷修沉默片刻后温声道："一定要开弹幕吗？我不太习惯。"

"放心吧，现在小镇上的人对你的印象已经不像从前了，不必太在意。以我对这个游戏的了解啊，这次咱俩一起进副本，肯定会被分开，开弹幕好交流一些。"叶天玄一边捧着茶杯一边优哉游哉地说着。

殷修拧拧眉，若有所思："好吧……"

他怕到时候在弹幕上看到一些奇怪的言论影响自己的心情，他过副本已经很多年都不开弹幕了。

"好，那我们就进副本吧。"叶天玄在临走之前，将殷修倒的茶一饮而尽，满足地舔舔嘴，"你家的茶茶味可真淡啊，跟白开水似的。"

殷修淡淡地盯着他："爱喝不喝。"

殷修摆弄着手里黑色的小章鱼玩偶，接着猛地撕开玩偶，下一秒，房间里的人瞬间消失在了原地。

与此同时，小镇上响起了广播通知——

　　　恭喜玩家进入副本：深海召唤。

　　　本次玩家姓名：殷修。

　　　性别：男。

　　　居所：35位面小镇A胡同401。

　　　所持副本资产：500031。

　　　副本推进进度：已全部通关。

　　　恭喜玩家进入副本：深海召唤。

　　　本次玩家姓名：叶天玄。

　　　性别：男。

　　　居所：35位面小镇A胡同103。

　　　所持副本资产：5551111。

　　　副本推进进度：百分之九十九。

今夜，整个小镇的房间都亮着灯，所有人都在熬夜观看这次新副本的直播，不想错过一手信息。

001.

漆黑的屏幕上瞬间弹出这次副本的直播画面，殷修、叶天玄还有此次匹配上的其他玩家分别处于不同的画面里，看场景，似乎大家都被分配到了不同的区域。

刺啦一声，殷修睁开了眼，副本的通报声在他的脑海里响起。

本次副本主题：深海召唤。

你是深海学院的一名人类学生，你在深海学院里度过了一个愉快而美妙的学期，现在距离你毕业还剩七天，毕业后你将离开学院。

在毕业之前的最后七天，你需要与同学和睦相处、友好交流，不触犯学校的任何规则。

这里是整片深海最好的学校，它们会接纳作为异类的你，你会与它们成为朋友，成为同伴，成为一体。

声响过后，殷修缓缓抬头，看向周围。

他正坐在一间教室里，穿着黑色的校服，面前桌子上摆放着几本看不懂的书和一张纸条。四周寂静无声，只有窗外透进来的一点光亮勾勒着空荡荡的桌椅，在教室角落投下阴影，气氛无比阴森。

一丝微风从窗外吹进来，带着些许潮湿的气息，整个教室仿佛在轻轻摇晃，并不稳定，丝毫不像处于陆地之上的感觉。

殷修环顾四周，没有见到任何人，没有玩家，也没有诡怪。

他低头看向自己身上的校服。

上个副本才刚嘟囔着自己憧憬学校生活，这个副本就是学校主题，还真是人生处处有惊喜啊。

殷修进来之前按照叶天玄的要求开启了弹幕。

每次一抬头，殷修就能在自己视线的右上角看到一道道细小的文字飘过去，这会儿更是十分密集。

"啊啊啊！修哥！修哥看看我！"

"听说叶老大这次会让修哥开弹幕，不知道修哥现在看不看得到我！"

"向修哥表白！为我们伟大的'杀神'献上崇高的敬意！"

"我也要向修哥表白！"

余光瞥见那一排排飞过去的信息，殷修陷入了沉默。

好了，他终于知道叶天玄嘴里蹦出来的"修哥"是从哪里学到的了，这群以前躲着他的人什么时候变得这么奇怪？

他走在小镇上的时候也没见他们这么疯。

殷修无视了弹幕上飘过的激动言论，低头拿起桌子上的纸条，毫不意外，是规则单。

副本生存规则：

1. 无论如何，不要照镜子，镜子里的有可能不是你。

2. 每天都要去上课，且，不能伤害你的同学。

3. 不要吃宿舍冰箱里的食物，它们没有看上去的那么美味。

4. 不要长时间直视他人的面孔，请小心它们对你的迷惑。

5. 夜晚要拉上窗帘锁好门，不要看窗外，也不要理会门窗外的任何声音，它们会失去理性，会发狂，会寻找你。

6. 理性程度过低时你会看见它，请小心，一定要假装没有看到。

7. 生存七天，之后迎接你的毕业典礼。

这次副本的生存规则比殷修想象的要烦琐，光是从这七条里就能感受到本次副本的意图，主打对玩家造成"精神影响"。

殷修经过上个副本发现了自己的一个弱点，他不怕拼武力，也不怕诡怪，就怕精神影响。

通俗地说，一个玩家攻击力高，对物理攻击的抗性就高，但对魔法攻击的抗性低，受到"精神攻击"就容易产生动摇。

也许此前的殷修，拥有一颗冰冷的心，足以抵抗任何攻击。但如今的他，因为逐渐找回的情感，开始有了弱点。

这次副本简直是针对他的弱点为他量身打造的，太克他了吧。

殷修抬眸看了一眼视线右上角的弹幕。

屏幕前的玩家在看完规则和环境之后，开始叽叽喳喳地讨论起来。

"天啊！是这个副本啊！我偶尔在夜晚随机刷新副本时看到过这个副本的直播，不仅没有任何副本相关道具，也不在主线通关副本的记录之内。"

"怎么更新的是这个副本啊……"

"这个副本是大制作啊，画面和特效都这么逼真，就像身处电影画面一样。游戏公司可真舍得花钱。估计这个副本的难度也是地狱级的……"

"没关系，有叶老大在呢，叶老大肯定能带大家安全通关这个副本。"

"对哦，有叶老大在呢，我瞬间安心了很多。"

"这次副本还有修哥在，稳妥的。"

"还真别说，我突然就安心了呢。"

发弹幕的玩家们很乐观，只有殷修皱眉。

高难度的精神影响副本……天克他啊……

这么想着，殷修连忙翻过规则单，查看背面的通关条件。

　　副本通关条件：

　　1. 毕业时，请你以人类的样子离开副本。

　　2. 离开时不要杀死最开始的你。

殷修凝视着纸条上的字。

以人类的样子离开副本……离开时不要杀死自己？

他暂时还无法理解，但他要尽快找到叶天玄，目前这种情况，跟在叶天玄身边一定是正确的。

殷修立马收起规则单起身往外走，临走之前，他忽地一顿，转头看向四周。

整个教室里只有他一个人，没有其他玩家，也没有他期待的身影出现。

"说好进我副本就来找我的……"殷修小声嘀咕，然后揣上规则单大步往门外走去。

离开教室后，殷修抬眸看了一眼弹幕。

在小镇的玩家看得到所有玩家的位置，所以可以由他们传递消息。

一抬头，数条弹幕齐刷刷地飞过去。

"修哥修哥！叶老大在一楼A班教室里研究规则呢，你快去！"

"修哥！叶老大在那里等你呢！不要着急！"

"目前外面有很多穿着校服的诡怪在游荡，修哥小心点。"

"啊！我修哥真帅！穿校服的样子很好看！"

"前面的，说好传递信息呢，怎么就你在夸修哥。"

"能说的都让你们说了，我当然只能夸夸修哥了！"

"你撤回，让我来！"

"啧。"

殷修无视了一些无用的信息，提取到关键线索后就顺着安静的走廊寻找楼梯口。

他转头看向教学楼下的空地，的确如弹幕所说，有很多穿着校服的诡怪在走动游荡，它们跟以往的副本诡怪不同，它们稍微有一些人的形状，但也只是稍微。

那些"类人"的存在有的有三只手臂，有的有四条腿，还有的有两个脑袋，面部五官也很奇怪，看起来都很怪异。

这个学校不知道坐落于何处，四周漆黑一片，几乎看不清天空，偶尔整个教学楼都微微摇晃。

殷修沉默地扫了一眼走廊墙壁的高处，在那个人几乎无法触碰到的高度，竟然密布着藤壶。

只有长久泡在水里的东西才会被藤壶沾上，联想到副本的名字，那么这个学校，是从海里浮出来的？

殷修一边思索一边顺着楼梯往下走，刚下一楼，就跟迎面走来的一个诡怪碰上。

那个穿着校服长着四只眼睛的人一见到殷修就笑眯眯地挥挥手，看上去格外和善："中午好啊。"

面对突如其来的碰面，殷修本能地握住了腰间挂着的刀，警惕地盯着对方。

"通关规则二：每天去上课，且，不能伤害你的同学。"

是指不能杀这些穿着校服的诡怪吗？

殷修不清楚，但以防万一还是保持了警惕。

对面的诡怪没有袭击上来，而是无视了殷修的警觉，微笑着道："一会儿就要上课了，记得在铃声结束之前进入教室啦。"

说完便挥挥手，一脸平静地越过殷修离开了。

殷修望着它离开的背影，有些迷茫。

副本里的诡怪不害怕他，也不袭击他，甚至主动提示他。

真的就如副本通报里说的那样，这里的诡怪会对他很友好？

殷修不太确信，但还是保持着警惕，他面无表情地望着诡怪远去后才转身下楼。

观看直播的小镇玩家们也连忙通过弹幕将这个信息告诉了还在教室的叶天玄。

殷修顺着楼梯下往一楼的途中，身旁经过了许多奇奇怪怪很像人的诡怪，它们全都没有攻击殷修，而是友好地打招呼，然后离去。

第一次遇到这样的副本，殷修非常不习惯。

他紧张地握着刀走了一路，头一次在诡怪群里穿梭却没有发生矛盾，这让他很不舒坦。

他加快脚步，进入一楼 A 班教室，迫不及待地想要找叶天玄问问，是不是自己出现了问题。

但进入教室之后，他沉默了，弹幕里的玩家们也愣住了。

殷修所处的一楼 A 班教室里有许多诡怪，但是没有叶天玄。

而另一边的画面里，叶天玄所处的 A 班教室，只有他一个人。

两个人处于不同的空间。

弹幕瞬间飞过去一大片问号。

"修哥……修哥是不是走错楼层了啊？"

"不应该啊，我看着修哥下到一楼然后进了 A 班！"

"有不同的教学楼？"

"可看周围的坐标都对得上啊，就是同一栋教学楼吧？"

"这次副本设定是每个玩家在不同的空间吗？"

"不对，以前偶然看过这个副本的直播，玩家是一起的，并没有被分开。"

"的确……除了叶老大独自在一个教室里等修哥以外，其他玩家是能相遇的。"

弹幕里，玩家们分析了一番，分析完更沉默了。

"殷修不在我这儿？"叶天玄坐在课桌前困惑地看着弹幕，开始跟观看直播的玩家们沟通，试图了解殷修那边的情况。

殷修也若有所思地盯着坐满了诡怪的教室，陷入了迷茫。

"你好啊，你来上课吗？"见殷修出现在门口，一个坐在后排的诡怪立即笑眯眯地上前打招呼。

她也穿着校服，比较接近于人形，除了脸上的眼睛以外，她的脖子、手臂、腿，身上的其他地方都长满了复眼，正一眨不眨地盯着殷修。

殷修沉默地盯着她，再看向屋内，许多穿着校服但不似人形的诡怪坐满了整个教室。

而最前方，一个纤细扭曲的人形站在讲台上，她身高两米多，整个身躯无比纤细，只有殷修的半个身子那么宽，软绵绵的像是棉花絮条一般。头抵着天花板，脖子呈九十度贴着天花板，目光直勾勾的，乍一看无比惊悚。

那个人死死地盯着殷修这边，好像有些不悦。

身旁长着复眼的女孩子连忙拉了一下殷修："马上打上课铃了，快坐下上课，不然老师要生气了。"

殷修站在门口没动，目光还在人群中扫视，确认自己没有看到叶天玄，那个女孩子见殷修不搭理她，就匆匆回到了自己的座位上坐着。

确认这个教室没有叶天玄后，殷修转身准备离开教室。

刚一回头，一阵清脆急促的铃声陡然响起，所有还在教室外的学生都连忙奔回了教室，一刻也不敢停留。

殷修想起之前在楼梯间遇到过的诡怪告诉自己，记得在铃声结束之前进入教室。

现在铃声是响了，他身后就是教室，至于要不要相信诡怪就……

殷修思量片刻，站在教室门口没走，但也没有进教室入座，而是直勾勾地盯着远处，看着一个还在楼下操场上匆匆往回赶的诡怪学生。

通关规则上没有学校的相关信息，但通关规则是给玩家遵守的，而现在他既是玩家也是这里的学生，学校自然也有一套约束学生的规则，只是他现在还没有发现。

之前那个诡怪学生对他顺口一提的极有可能就是学校的规则之一，所以他有必要确认一下，这里的诡怪对他是否真的如通知里说的那样没有恶意。

在铃声结束之后，整个学校陷入了一片寂静。

而学校的操场上忽然出现了一个巨大的、由红色肉块堆砌而成的怪物，上面颤动着无比巨大的眼球，正光速地转动着，在学校里寻找着还没有进入教室的人。

那个诡怪学生还在奔往教学楼的路上，被红色的巨大诡怪拦住了去路。

殷修站在教室门口眼睁睁地看着红色诡怪身上猛地裂开一张猩红大嘴朝着学生咬了下去，诡怪学生毫无反抗之力，瞬间就被吞噬掉了。

红色诡怪的大嘴动了动，随后吐出了诡怪学生的校服，然后转身继续巡逻了。

殷修就站在一楼 A 班教室的门口，看着那个红色的诡怪吞噬了落单的学生后，便一边盯着自己一边从每个教室前走过。

殷修虽然只是站在教室门口，但没有越出教室，所以算在教室内，因此诡怪并没有袭击他。

但看完刚才那一幕，殷修可以确认，之前那个诡怪学生跟他说的是实话，铃声结束前进入教室的确是这个学校的规则之一，它们没有欺骗殷修。

那么这个学校的诡怪对他的确是友好的？

殷修若有所思地转身看向身后的教室。

虽然铃声已经结束了，但是教室里并没有开始上课，所有诡怪学生都整整齐齐地坐在位置上盯着他，连讲台上那个细长的老师也正歪着头凝视着他，眼中怒火中烧。

"快点坐到位置上啊。"长着复眼的女孩子小声地提醒了他一下，"大家都在等你呢。"

殷修站在门口若有所思。

他不动，整个教室也都没有动，所有人都齐刷刷地盯着他，迫切地希望他赶紧入座。

一道道焦急又为难的目光加上老师不悦的眼神都在催促着殷修赶紧坐下。

沉默片刻后，殷修淡然地站在门口出声道："老师，我腿弯不下来，就站着上课吧。"

那位纤细的老师眉头一拧，对殷修这摆明了在胡扯的行为感到为难。

"不可以吗？"殷修笔直地站在原地没动，垂着眼眸，"原来大家都不会可怜一下我啊。"

他好像提到了什么关键性的词，所有学生的脸色瞬间变得难看，然后它们齐刷刷地看向了老师。

老师在同学们的注视中朝殷修摆了摆手："算了，找个靠边的位置站着吧。"

002.

殷修看她不情不愿的反应与学生的态度，感觉自己又测试出了一个信息——通知里提及，这个学校的学生会包容你，这一点也是正确的。

他平静地站到离教室后门最近的桌子边，整个教室唯独他最显眼。

桌面上摆着一本摊开的书，上面的文字他看不懂就没有细翻，而是打量整个教室，发现教室的墙上钉着一块板子，看格式，上面似乎记录着什么规则。

板子上的文字殷修看不懂。

难道学校的规则只有这些诡怪学生才看得懂？

他看向旁边那个长满复眼的女孩子，想让她帮忙看看，然而还没出声呢，讲台上的老师就恶狠狠地瞪了他一眼："上课不准交头接耳！"

殷修当下还不确定学校的规则有哪些，行动还是要稍微谨慎一些的，整个班就他一个人站着，特别显眼，任何小动作都被看得一清二楚，他索性决定等下课再问。

教室里安静下来，老师就开始讲课了。

"请大家把书翻到第三十五页，今天我们继续讲人类学。"

伴随着老师的声音，教室里响起齐刷刷的翻书声，然后众诡怪安静，等待老师讲课。

"众所周知，人类有很多只眼睛，每个人都不同，大部分人类都有三到五只，每只眼睛都是竖着的。除此之外，人类为了方便工作和娱乐，长了四五只手臂，为了方便行走，长了八条腿。"

老师说完停顿了一下，微微咳嗽两声，唾沫飞到了前排学生的脸上。

老师不在意地擦了擦嘴，学生也不在意地擦擦脸。

接着老师继续讲道："人类历史悠久。他们为了赢得战争，长出了庞大的身躯；为了能在水下呼吸，同时拥有了鳃和肺。人类是最能适应环境且在不断进化的生物。

"而我们，就是人类。"

殷修皱眉，有些迷茫。

老师还在孜孜不倦地讲着课，台下的学生听得很认真，清脆的声音响彻整个教室，也丝丝缕缕地侵扰着人的神智。

老师扭动着纤细高挑的身体，转身在黑板上画下了一个身体扭曲的人，画中人有满身的脑袋、手臂和腿，像漩涡一般扭曲着，甚至盯久了还让人有些发晕。

殷修看了一眼就感觉头昏脑涨，连忙移开了视线。

但老师的声音还在持续着："人的眼泪是黑色的，唾液是黑色的，血液也是黑色的，人类的身体里没有红色的液体，也没有透明的液体。

"完全体的人类，身体里没有血管、骨骼，有的只是与神明共鸣后生长出来的东西。

"大家都还小，所以身体里还有血肉与骨骼，等你们长大了，就不会有那些脆弱的东西了。"

伴随着老师越发离谱的讲解，殷修都快站不住了，他猛地偏头，差点因为晕眩摔倒在地上，赶紧抓住桌子才勉强站住。

"怎么了？"

因为殷修的一个趔趄，教室里的声音停了下来，学生和老师的目光齐刷刷地落在了殷修的身上。

殷修摆摆手，感觉自己不能再听了，连忙出声道："老师，我身体不好，又犯病了，有些不舒服。"

老师摊摊手，似乎已经对这群上课事多的学生习惯了："不舒服就先去医务室看一下吧，下节课记得准时到。"

"好。"殷修一点头就立即奔出了教室。

直到远离教室里传出的声音后，他才猛地喘上一口气，头脑发昏不清醒的感觉这才消减了下去。

殷修眯眼看向弹幕，看到右上角齐刷刷飞过去的信息才忽地反应过来自己还有弹幕可以看，但不知为何进入教室后，铃声一响，他就完全忘记了。

"修哥修哥！还好你从教室出来了！不能听老师的课啊！"

"太危险了，还好修哥及时出来了！"

"我看其他画面里，除了叶老大，听课的绝大多数玩家都遭殃了。"

"这个副本真的太恐怖了！"

殷修一脸疑惑，站在楼梯口缓神，顺便看着弹幕里玩家叽里呱啦地解释着他们刚才看到的画面。

学校铃声响后，大多数玩家选择进入教室，只有一两个不信邪的在外面游荡，被红色怪物吞噬，然后其余摇摆不定的玩家立马选择进入教室。

进了教室，自然就得听课，很多玩家选择了坐下，一部分站着，或者蹲在角落里。

老师一开始讲课，他们就听，听老师讲述人类该是什么模样。

接着观看直播的玩家们惊恐地发现，那些认真听课的玩家，模样也慢慢地扭曲了，变得与周围的诡怪越发相似，更恐怖的是，他们自己意识不到自己的模样变了，还认为自己原本就该长这样，是其他人变奇怪了。

下课后，叶天玄面无表情地看着自己面前已经长出第三只手的玩家，拿出道具烟点燃，朝他脸上吐出一口烟雾，笑道："朋友，你还记得自己是个玩家吗？"

对面的人点头："当然了，我肯定记得自己是玩家啊，不过你怎么变得这么奇怪了？啧，两只眼睛好恶心啊。"

叶天玄无言地盯着他的三只眼睛，然后努努下巴，看向墙壁上完全看不懂的规则："你现在看得懂那个吗？"

他面前的玩家转头看向墙壁："那不是学校的规则吗？咦……我记得我之前完全看不懂来着。"

"现在你看得懂了啊……"叶天玄意味深长地盯着他，"念给我听听？"

"我为什么要念给你……"玩家嘴里的话还没嘟囔完，又被叶天玄吐了一脸烟。

紫色的烟雾缓缓消散在空中，那玩家乖巧地眯着眼睛，盯着墙壁上的规则，开始一句一句地念给叶天玄听——

学校规则：

1.对新同学一定要热情地欢迎。

2. 校园内不允许发生争执，不允许杀害同学。

3. 每天必须去教室接受老师的教育。

4. 校园内不能出现任何排挤行为。

5. 有同学向你打招呼必须回应，不能无视。

6. 对于同学的赠礼，必须接受，不能拒绝。

7. 在毕业典礼之前，不能离开学校。

叶天玄一边听规则一边记录，并且让看直播的玩家用弹幕传达给殷修。

"每天必须去教室接受老师的教育……也就是必须上课？"殷修一边记录规则一边分析。

看来那个老师的课必须上，但不能认真听她的话，否则自己对人类的认知会改变。

殷修现在明白通关规则第一条是什么意思了。

"毕业时，请你以人类的样子离开副本。"

在这样的环境里待七天，与全都是诡怪的同学友好交流，每节课的内容都在不断地改变你的认知，七天之后还能记得人类该是什么模样，没有受到任何改变，很难。

"叶天玄还在一楼 A 班教室？"殷修记完规则后询问。

看直播的玩家们应声："对，叶老大还在 A 班教室，而且他那边有很多正常玩家。"

殷修沉默地看向自己这边的教室与走廊。

没有，一个都没有。

无论叶天玄还是正常玩家，全都没有，他身边只有诡怪。

恐怕在他进入这个副本的一瞬间，他与其他玩家就被隔离开了。

之前的副本只会在他过副本的时候跟他耍点小花招，比如提升他的个人难度什么的，这次竟然把他跟其他玩家隔开？

殷修感觉不太对劲，思来想去，想到这个副本的核心人物是一个和黎默本体极为相似的墨色小章鱼，难道是黎默特意把他弄到单独空间的？

那也感觉有些不太对劲……而且说好会直接来找他的黎默，到现在也没有出现。

殷修眼眸暗了暗，抬头看向这所学校的天空。

从他进来起，这里的天空就完全是黑色的，周围只有教学楼惨白的灯光在如同黑夜的环境里亮起，阴恻恻的。

楼下操场、楼梯间、不远处的宿舍全都在阴暗的环境里亮着诡谲的灯光，这里很黑，黑到看不见整个学校外部的环境，学校的地面会不时地轻微摇晃。殷修猜测学校不是修建在地面上的。

殷修再度看向天花板上落着的藤壶。

他合理怀疑，这所学校是漂浮在海上的，或许曾经深藏在海里，否则藤壶不可能长在那么高的位置上。

微凉的风穿过只有殷修一人的楼梯间，空气中隐隐飘来血腥的味道，他对这个气味很敏感，几乎是瞬间就看向了气味飘来的方向。

一转头，之前在操场上看到的那个巨大的红色诡怪此刻正挤在狭窄的楼梯间，一只巨大的眼睛死死地盯着殷修，瞳孔之中倒映出他站在惨白灯光之下的身影。

殷修冷淡地盯着怪物猩红的眼睛，淡声道："我是得到了老师的批准出来的。"

怪物的攻击状态在殷修开口之后有所解除，它直勾勾地盯着他，猩红的大嘴又咧开了，传出命令："回到教室去。"

"可是我得到老师的批准可以去医务室。"殷修站在原地不为所动。

怪物盯着他："下课了才能去医务室。"

殷修眉梢一挑："为什么？"

怪物没有回答他，只是堵在楼梯间不让他离开教学楼，殷修在它的注视下站了很久，确认它完全不会离开后，只好慢悠悠地转回教室。

直到他离开走廊之前，那怪物还在目不转睛地盯着他，眼神像是在打量。

殷修回到教室时，里面已经停止讲课了，老师站在讲台上，纤细的上身弯折下来，两米长的身子从讲台上探出去，不断地延伸着，扫视着前排的学生，盯着学生书写。

见到殷修回来，老师抬起头看了他一眼："坐回自己的座位，默写刚才讲的内容。"

殷修沉默地坐到了刚才的位置上，然后直接趴下睡觉。

不能听讲课内容又不得不上课的话，那就直接睡觉好了，反正他看都看不懂它们这边的文字，也是无法默写的。

他刚趴下没一会儿，老师的头就缓缓地从讲台的方向探了过来，落在殷修的课桌旁边凝视着他："你为什么上课睡觉？"

殷修眼也不睁，淡声答道："因为我身体不舒服，之前说过了。"

老师也没说话，就在旁边盯着他，盯得人心里发毛。

教室里很安静，只有学生纸笔摩擦的沙沙声，没有任何人注意正在睡觉的殷修，也没有任何人注意盯着殷修的老师。

直播画面里，一个长长的身体弯下腰，脖子直直地越过教室所有人，落在殷修的桌子边上，脑袋就在一边盯着他，而殷修不为所动，气定神闲地睡觉，场面诡异又惊悚。

"修哥真敢睡啊，旁边就是一个脑袋。"

"被人盯着怎么可能睡得着啊！我都不敢睁眼。"

"但是感觉修哥这边的老师温和很多啊？是我的错觉吗？"

"刚才叶老大那边的一个学生试图在课上睡觉，被老师处罚了……"

"啊……我也看到了。"

"我没看到，还好我没看到。"

"总之非常恐怖就是了，那个玩家当场就被淘汰了，吓得其他玩家都不敢动了。"

"别说在里面的玩家了，隔着屏幕的我都不敢动了。"

"但修哥这边是怎么回事……老师只盯着他，没处罚他？"

"不知道。"

另一边的叶天玄一边望着弹幕飘过去的信息，一边擦黑板。

现在他这边已经下课了，玩家跟诡怪们都出去了，只剩下他一个人，殷修还是没有出现。

根据弹幕传达的信息，现在他基本可以确定，殷修那边的时间点比他稍微晚一些，而且那个空间里只有他一个人，没有其他玩家。

但整个副本内的规则是一样的。

比如都得定时上课，同一个老师，同一批学生，甚至讲课内容都一样。

那么，为了探究他们两个所处的空间有何区别，是否相连，是否互相有影响，他得来做个实验了。

正擦着黑板呢，一个黑色的身影笔直地穿过灯光，从教室外走了过去。

走过去没两秒，身影又倒了回来，然后站在门口。

叶天玄一转头就瞥见了那个黑漆漆、几乎与教学楼外漆黑的天空融为一体的男人，他站在门口炽白的灯光下，斯文俊秀的脸上挂着诡异的微笑，那副模样的惊悚程度是一点都不输刚才教室里的那些学生。

"哟，你又来了？"叶天玄回过头，淡定地继续擦着黑板，把老师画的那个扭曲的图案擦掉。

"殷修在哪儿？"一上来，黎默就开口询问了重要的问题。

他是进来找殷修的。副本一开始就进来了，但很奇怪，他在整个副本里都找不到殷修，明明殷修就在这个副本，这里有他的气味，但他转遍了整个副本都没找到。

"怎么连你都找不到殷修啊？"叶天玄淡淡地瞥了他一眼，"看来这个副本真是为他下足了功夫。"

黎默脸上的微笑有些凝固，他快步进了教室，一把摁住了叶天玄要拿的粉笔盒，直勾勾地盯着他，然后吐出了他刚学会的一个人类常用词："细说。"

"不着急，殷修现在还好，别太担心。"叶天玄抽出一支粉笔在黑板上写字。

黎默笔直地站在他旁边，等着他一边写一边说。

但叶天玄只是匆匆写了几个大字，就拉上黎默去了教室的墙角："有些事不能让太多人知道，我们得悄悄说。"

黎默会意地点点头，下一秒，叶天玄所在的直播画面突然黑屏了。

"叶老大有事瞒着我们，却告诉一个刚认识不久的黑黢黢诡怪，我好羡慕。"

"叶老大也让我们听听啊！"

"啧，算了，不让我们去听，我们就跑去告诉修哥，他室友来了。"

"好主意，修哥应该挺开心的吧，毕竟上个副本还挺舍不得他走的。"

"哦，前面的你别说了，我比刚才更羡慕黑黢黢诡怪了，他何德何能，拥有两个大佬的青睐！"

003.

正在教室睡觉的殷修自然看不到弹幕的讨论，他能清晰地感受到老师的视线，但一直装睡。

睡不着，无法放松精神，在危险的环境下放松警戒对他而言是一件很难的事，但时刻保持紧绷，时间久了会很累。

浑浑噩噩之间，他听到了下课铃声响起，接着学校里响起了通知——

　　请所有学生在下课后一个小时内离开教学楼，下课后的时间为自由活动时间，可以去往校园内的任何地方。但必须在晚上九点以前进入宿舍休息，次日早上八点进入教学楼。

伴随着通知，老师的头缓缓地缩了回去，殷修周围也传来了学生们起身的动静，整个学校也随着这道铃声的响起变得热闹起来。

殷修睁开眼看去，老师不知何时已经离开了教室，只剩下满屋子的学生在陆陆续续地往外走。

"老师布置作业的时候你好像不在，要不要我告诉你今天的作业是什么啊？"那位浑身长着复眼的女孩子很热情地凑了过来。

殷修淡定地拒绝道："不要。"

"啊？"女孩子困惑地挠挠头，"但是不写作业老师会生气的，学生都要写作业的。"

"算啦，反正我给你留一份作业，你可以明天再考虑写不写。"女孩子往殷修的桌子上推了一个小本子，然后就挥挥手，"我回宿舍了，明天见哦。"

她就像一个普通人一样，没有任何威胁感，说完转身离开了教室。

恍神之后，教室里只剩下了殷修一个人，诡怪们都已经离开了教室，他拿上桌上的作业若有所思，决定先拿回宿舍。

正准备离开时，他的余光瞥见黑板上画着扭曲人形的图标忽地动了一下。

他停下脚步，转头看向了黑板。

那个被老师画上扭曲人形的黑板此刻就像是正在被什么人涂抹一般，上面的图案在缓慢消失。

殷修转身走到黑板前，认真地盯着上面的图案一点点消失，辨认出，是有人在擦黑板。

没一会儿，黑板被擦干净了，然后上面开始出现粉笔字。

殷修靠坐在讲台上，等待着那个人一点点写出他认识的文字。

　　殷修。

你，下课了吗？

殷修若有所思，这字迹，是叶天玄的吧？小镇规则单背后的备注就是他写的，然后被复制多份在小镇漫天飞洒，玩家走到哪儿都能看到小镇规则单，叶天玄的字迹他想不认识都难。

我猜，你现在独自处于一个空间，没有遇到其他玩家，对吧？

粉笔字陆陆续续在黑板上浮现。

不知道你的情况如何，但记得，保持你人类的认知，不要被影响。

如需联系，把你想说的写在黑板上，我会看到，但可能很久才能回复。

注：有个人马上就会去找你。

殷修看完黑板上的消息，确认再没有消息出现后，就拿起粉笔在黑板上写了简短的回复：好。

叶天玄那边的具体情况，他之前已经通过弹幕知道了，叶天玄特意用黑板留言，恐怕是在测试什么。

殷修之前也想过用纸笔在哪里留下信息尝试沟通，但他刚来就被拖进教室，没什么机会。

殷修一回复，叶天玄那边就看到了。

根据观看直播玩家的记录，叶天玄写下的信息半个小时后才会在殷修那边出现，他们之间的时差起码有半个小时。

叶天玄收到后再写消息，殷修还得等半个小时才能看到，他们等待对方的回复都得等半个小时，非常不方便。在等待的半个小时里，难保他们不会受到其他因素干扰而没有看到信息。

殷修捏着粉笔头，盯着叶天玄写在最后一行的备注。

有个人马上就会来找他。

这条写得不明不白的，找他的到底是友方还是敌方很难说，不过，如果是敌方的话，叶天玄应该会写清楚，不会卖关子，那就应该是友方了。

能进来找他，又跟叶天玄认识的友方……

殷修咔地一下折断了粉笔头，他只想到一个人。

"黎默?"他转头看向窗外漆黑的天空，阴冷潮湿的风顺着窗口吹了进来。

摇晃的教学楼，空气之中浓重的湿气，加上副本名和那个黑色小章鱼玩偶，他可以确定这里跟黎默多少有些关系。

只是，如果是黎默的副本，为什么他没有在自己进副本后立即来找自己呢?

明明是约好了的。

殷修将粉笔放回粉笔盒里，趁着一个小时还没到，提前离开教学楼。

刚刚走出教室，一道巨大的黑影就从殷修面前闪过，看上去像是一个身边散发出许多触手的男人，正顺着楼梯往上走去，只给殷修留下一闪而过的身影。

"黎默?"殷修捕捉到那熟悉的元素，立即跟了上去。

他以极快的速度跟着上了楼梯，想要接近那个人，但每次刚上一层楼梯，对方就已经进入了下一层，只留下一个转身的身影给殷修。

"黎默?"殷修出声喊了一下，安静的教学楼里只有他的声音回响，而对方却没有停下脚步。

殷修立即停下要追上去的脚步，沉默地站在第三层楼梯间，听着那道黏糊的脚步声逐渐往楼上走去。

这么近，对方不可能没听到他的声音，不但不停反而继续往前走。

殷修无声地握住刀，那人不是黎默，一定不是。

但那身影那么相似，难道这个副本又要利用自己身边的人来诱导自己?

有七宗罪幻象作前车之鉴，殷修头也不回地往教学楼外面走，一边走一边压着刀，保持着警觉。

看来这个副本他必须得谨慎些。

今天出现黎默，明天就会出现其他人，他必须得时刻提醒自己，这个副本只有自己一个玩家，没有别人了。

走出教学楼后，殷修站在操场上回头审视着整栋教学楼，试图在某一层捕捉到刚才那个熟悉的身影，但搜寻无果，那个类似黎默的身影在他放弃追逐后就骤然消失了。

"果然是冒牌货啊。"殷修嘀咕着，语气里有些淡淡的失望。

他转身离开，准备在回到宿舍之前把整个学校逛一逛。

教学楼是上课的地方，宿舍是学校里的多人房间，食堂是学校里吃饭的地方，医务室是学校里的医院。

学校就像是一个小小的社会，满足你的生活基本需求，除此之外还要求你每天进入教学楼学习。

人最终会长成什么模样，学校生活是至关重要的一环。

殷修站在校门口往外打量，不出他所料，校门外也是漆黑一片，就如同头顶的天空，黑到什么都看不清。

整所学校完全浸在黑暗之中，靠着校园内那一点点微弱的灯光来照明，入眼皆是黑白两色，连学生的校服都是黑的，看上去十分无趣。

校门打不开，应该只有毕业典礼时才会开放，于是他又转到了食堂。

这里的学生最多，都在排队领取自己的晚饭。

看到殷修出现后，不少学生微笑着打招呼，热情地招待着他。

"要不要来我这里排队啊？我这边的饭很好吃呢。"

"来我这边吧，你会喜欢这里的味道的。"

"我可以让你插队，过来吧。"

甚至有正在排队的学生伸长了脖子，慢悠悠地凑到殷修旁边："我可以帮你打饭，需要帮忙吗？"

大家对他太过热情，反而令他不适，似乎自己一出现，人群视线的中心就会是自己，在自己没出现之前，这里只有死一般的寂静。

"不用了。"殷修淡淡地摆手，冷漠地从学生群里穿过。

学校规则硬性要求，同学和他打招呼他必须回应，还不能拒绝同学的赠礼，他不得不与这些诡异的学生相处。

被拒绝了，同学们依旧没有放弃与他搭话，从他身边路过的每一个人都无比兴奋、无比雀跃地试图跟他聊天，这些没有人形的诡怪几乎在用所有表情和肢体来表达它们对殷修的喜欢。

这让殷修有一丝丝说不出来的熟悉感。

观看直播的玩家看着殷修从热闹的食堂大厅穿过，像大明星出场一样，所到之处诡怪狂欢，再看向叶天玄所在的环境，又是另一副场面了。

这里的学生都跟死了一样，一个个木讷地排队打饭，对来到食堂的玩家没有半点反应，整个食堂大厅都安静得不像话，看着一个个面无表情的诡怪学生排着队缓慢前行，想要过来吃饭的玩家都被吓得没了食欲。

"为什么修哥这边的诡怪对他这么热情啊？"

"我修哥是'万诡迷'？"

"不是好事，事出反常必有妖，以前副本里的诡怪见到殷修都跑得飞快。"

"那估摸着修哥在这个副本也不太适应吧，这里的诡怪不但不跑还往他跟前凑。"

"我真是不太看得懂这次的副本了，叶老大这边好像是正常副本该有的景象，危险又阴森，但修哥那边就……"

"怎么那么怪啊？"

"有诡怪喜欢我修哥？不可能吧？'杀神'的名号不是白叫的，那可是被他打得有心理阴影的诡怪口口相传出来的称号啊！"

"而且有一两个还好，这个副本喜欢修哥的诡怪这么多，太奇怪了吧？"

屏幕外的玩家是越研究越迷糊，脑子都要炸了也想不明白究竟是怎么回事，索性放弃了思考。

殷修从排队窗口往里看去，里面摆放着的看上去是正常食物，规则上也只说宿舍的食物需要警觉，人在副本七天不可能完全不吃东西，作为学生，至少食堂应该是有东西可以吃的。

但出于谨慎，殷修没有去排诡怪学生的队，而是在食堂里晃悠，无视了诡怪们的热情注视后，他在角落找到了一个特别的窗口，上面写着——残疾学生补给餐。

他还不确定这里的食物是不是自己能吃的，正犹豫时，窗口里打饭的长脖子阿姨一看到他就眼眶一红，嘴里念叨着："哎哟……好惨，你怎么只有两只眼睛、两条胳膊、两条腿啊，也太可怜了吧。"

殷修："……"

好了，他明白了，正常人类模样的人在诡怪眼里是有残疾的，那么这个窗口的饭菜就是给正常人类吃的东西了。

殷修盯着"残疾"两字看了许久，才缓慢上前。

殷修刚走近几步，窗口里的打饭阿姨就连忙拿出里面备用的餐盘给殷修打饭，涂着艳红口红的嘴念叨着："来来，阿姨给你多盛点，吃饱饱啊。"

她望着殷修的眼神充满了怜爱，猩红的长指甲捏着一小瓶饮料放在了餐盘最边上，然后笑眯眯地从窗口递出来，格外热情："吃饭吃饭，不够来找我添啊。"

殷修看着餐盘里堆叠的肉……好像是炸鸡！

游戏里关于食物的设定朴素平淡，一般都只有正常的营养补给，让玩家"活着就好"，炸鸡确实不太常见。

见殷修杵在原地盯着餐盘发呆，打饭阿姨疑惑地盯着他，然后又在身上摸索了一会儿，最后掏出一小袋东西从窗口递了过去："来，小宝贝别难过，阿姨给你喂点糖。"

殷修又被塞了一包糖。

"这是糖吗？"殷修拿起封口的小袋零食，里面似乎是软糖。

"是的呢，阿姨自己也爱吃。"漂亮的打饭阿姨一脸愉悦地笑着点头，虽然唇色猩红，指甲也锋利危险，但散发出来的气息却很温和。

跟学校里其他脸色苍白的人相比，这个打饭阿姨还化了精致的妆，脸蛋艳红艳红的，虽然乍一看有些吓人，但笑眯眯的表情给她平添了几分生气。

殷修捏着零食袋揣进口袋里，认真地朝她点点头："我会吃的。"

"好，饭不够吃，再来找我。"打饭阿姨挥挥手，目送殷修离开，长长的脖子从窗口伸出去望着他，在整个食堂也是非常显眼的。

殷修端着餐盘坐到角落，一坐下，身边就立刻坐过来了几个同学。

殷修警觉地护住餐盘，但对方好像没有要抢饭的意思，只是坐在旁边盯着他吃饭，或是跟他聊天。

殷修一边敷衍地应着，一边吃饭。

饭很正常，殷修没有吃出什么问题，既然可以补充能量，他就多吃了点，而整个吃饭过程中，那些奇形怪状的诡怪同学始终没有放弃和他搭话，注视他的目光一刻也没有离开。

屏幕外的玩家看着殷修吃饭，又看了看其他人的直播画面，有少数人直接去排了诡怪的队，在吃饭的过程中就逐渐变成诡怪了，而更多的玩家有在副本里探索的好习惯，自然也摸到了角落的特殊窗口，经过大多数人验证，这里的饭的确没有问题。

所有窗口里的打饭阿姨对他们都很好，不过只有殷修和叶天玄拿到了糖。

"哎呀，小可怜，怎么这么瘦弱啊，阿姨看着就心疼。"打饭阿姨望着站在窗口前不停咳嗽的叶天玄，眼神里满是怜爱，"要好好照顾自己啊。"

叶天玄咳完之后清了清嗓子，微笑地询问道："谢谢阿姨关心，阿姨真是人美心善。"

被夸了的打饭阿姨格外开心："这么多学生，就你嘴甜，阿姨给你多盛点儿。"

"嗯，谢谢阿姨。"叶天玄一边应着，一边靠近窗口往里探，打量着后厨，"阿姨，我的肠胃不好，你这儿的饭菜是新鲜的吗？我怕吃坏肚子。"

打饭阿姨一边打饭一边点头："你放心吧，阿姨这儿的饭菜都是新鲜干净的，所有的菜都是当日到的。"

叶天玄若有所思地眯着眼睛。当日，也就是说这里有特定的蔬果供应途径吧？校门出不去，但学校食堂的后厨兴许也是一条可探索的路呢。

"谢谢阿姨，阿姨真辛苦，每天上班都很累吧？"叶天玄支着下巴望着里面打饭的年轻阿姨，"阿姨这么漂亮，可要记得早睡早起，才能一直漂亮啊。"

打饭阿姨娇羞地捂着脸："阿姨漂亮吗？"

叶天玄不假思索地点头："那当然是漂亮的，一点黑眼圈都没有，看上去年轻，皮肤又好。"

打饭阿姨有些不好意思："因为阿姨一到点就下班睡觉去啦，差不多等你们这些学生吃完我就轻松了。"

"这样啊，那你下班还挺早的嘛。早睡早起，怪不得阿姨这么好看。"叶天玄思索着，通知里明确要求学生必须九点回宿舍，那么至少九点以后，食堂就停止工作了，这里应该就没有人了吧？

叶天玄还想问点什么，但打饭阿姨已经把餐盘递了出来："来，早点吃完回宿舍吧。"

叶天玄微笑着点头，看向餐盘里放着的一小包糖："阿姨，这是什么？"

"是阿姨送给嘴甜小孩的礼物。"打饭阿姨笑眯眯地望着他，"长得好看又嘴甜的小孩，阿姨最喜欢了。"

叶天玄将糖揣进口袋，一脸和善乖巧："谢谢阿姨。"

他回头就迅速地把刚才套出来的消息让观看直播的玩家告诉了殷修。

消息嘛，是他打听出来的，但这个去冒险的事，他可不自己做啊。

吃饭的路上，他还顺带用这个消息从别的玩家那儿换了几个防御型道具，回头再从殷修那儿了解一下后厨的情况，把信息收了，还拿了道具，非常划算。

004.

从食堂出来之后，殷修看到漆黑的天空之中有一道闪电划过，伴有雷鸣。

炽白的光亮一瞬间照亮了整个学校，又缓缓暗了下去，连刮过学校的风都带着潮湿的寒凉，似乎是要下雨了。

殷修顺着灯光亮起的路去往宿舍，他也不知道自己的寝室在哪儿，但本能地选择了没有诡怪的房间。他在整个宿舍楼里转了很久，才找到一间没有诡怪住的空寝室。

他进入房间，找到了每个床下放着的洗漱用品，然后去公共洗漱空间洗漱，路上受到了不少同学的邀请。

"要来我的寝室住吗？"

"要跟我一起睡吗？"

"我的房间人很少的。"

"我的房间更安静。"

殷修一直敷衍地应声，匆匆洗漱后奔回了自己的寝室。第一时间锁门关窗，拉上窗帘，他在小镇上的时候也是这样的，已经习惯了。

寝室里有四张床，他关上灯随便挑了一张躺下。

望着漆黑的天花板，殷修睡不着。

不知为何，在这个满是诡怪的学校里，他感觉自己过得比在以往的任何一个副本里都要孤寂，可能是因为这里只有自己一个玩家，连个能正常说话的人都没有。

对身边的诡怪时刻回应，且必须保持警惕，很累。

殷修缓缓地闭上眼，感受着屋子里萦绕着的潮湿气息。

窗外下起了雨，噼里啪啦的雨珠砸落在玻璃窗上，听上去像是有无数人在敲打着窗。

门外走廊上寂静无声，整个学校都沉浸在黑暗里。

殷修缩进被窝，意识恍惚了片刻，开始有了困意。

夜晚的雨声中，一道异常的脚步声在宿舍的走廊上响起。

殷修唰地睁开眼——这脚步声有些耳熟。

雨夜，寂静无声的幽暗长廊里，那道脚步声像是有目的一般缓缓地靠近了这里。一步步走来，直至，停在了殷修的寝室门前。

声音停下的瞬间，殷修唰地睁眼。

他死死地盯着门口，宿舍的门缝很小，无法通过门底的缝隙看到外面的情况，但他能清晰地感受到门外那个人的存在感，他的视线、他的气息都无比张扬。

这样的场景瞬间让殷修想到了黎默第一次来找他时的情景，他就站在门口，然后轻轻地抬手，敲了敲房门。

"咚咚咚——"

敲门声不出所料地响起，殷修坐起身，直勾勾地盯着门口。

"通关规则五：夜晚要拉上窗帘，不要直视窗外，也不要理会门窗外的任何声音，它们会失去理性，会发狂，会寻找你。"

殷修无法判断"它们"究竟是什么，但规则上点明了不要理会门窗外的声音，那就绝对不能理会。

他眼眸微沉，瞳孔里如夜般幽暗，听着雨声，沉默地凝视着门口，等待着下一道敲门声响起。

"咚咚咚——"

敲门声再次响起，轻缓又沉稳，同时响起的还有他无比熟悉的声音："能开开门吗？"

殷修瞬间拧起了眉："再模仿他，我就生气了。"

门口的"人"没有应声，却无声无息地散发着寒气，雨夜的潮气透过单薄的门板传了进来，让整个寝室都充斥着湿气。

噼里啪啦的雨珠敲打在窗上，天空电闪雷鸣，扰得人心烦。

敲门声再度响起，却比之前略微急促了一些，同时响起的还有那道声音："我来找你了，你为什么不开门？

"你是不是不想见到我？

"你明明应该很期待见到我才对，为什么不为我开门？"

殷修盯着门口，无情地吐出一个字："滚。"

"为什么？"敲门声开始变得急促，如同骤降的雨珠，哐当哐当的，门板震动，"为什么不出来见我？"

四面八方开始响起凌乱的拍打声，低沉嘶吼的声音在雨夜里变了调，像是人声又像怪物的吼叫，仿佛有许多人在这个寝室的周围，不断地拍打着墙壁、窗户、门板，它们用黎默的声音呐喊着、询问着，声音层层叠叠。

"出来！快出来！我想见你！"

"为了我，出来，出来迎接我。"

"你是特别的，特别的……"

殷修缓缓地起身下床，他不知道这些怪物发什么癫，但他不喜欢别人吵他睡觉。

面对咡咡作响，甚至有些摇摇欲坠的门板，他冷着一张脸，目光幽冷地举起了手里的刀。

"不好意思，只有真的黎默来了，我才会开门。"

他举起了手中的长刀，眉眼清冷地盯着面前的门板，比画着："我记得黎默的身高，喉咙差不多是在这个位置……模仿他是吧？"

殷修的眼眸一暗，长刀喀地一拧，直直地朝着门板用力往外一捅。

锋利的刀狠狠穿透门板，刺中了门外的那个"人"，随即殷修用力把刀抽了回来。他站在门前甩了甩刀尖的雨水，整套动作一气呵成，行云流水，瞬间就止住了门外的声响。

"呃……"门口的"人"发出干瘪黏糊的声音，却无法再说出完整的句子了。

他一刀下去，不止门外的那位无法再出声诱惑，就连窗外的声音都小了许多，声音几乎藏在了雨声之中。

"邀请……殷修……"

"殷修……欢迎你……"

"加入我们吧，不会再有任何烦恼了。"

"你好特别……"

那些细碎的呢喃声，男女声交织，甚至还有些咿咿呀呀含混不清的声音，像极了黎默的触手发出的声音。

殷修皱着脸，擦擦刀，之后把自己埋进被窝里隔绝了声音。

他进来之前还以为这个副本是黎默的副本，这么看来似乎是自己想多了，并没有那样的惊喜，那个小章鱼只是一个跟黎默相似的诡怪，兴许是同族。

殷修不太确定，但这些诡怪身上都或多或少有一点黎默的影子。

"往好处想……过这个副本也算是多了解他一点？"殷修闷声嘟囔着，笔直地躺在被窝里安静闭眼。

他认为黎默会来找自己的，只是可能会晚一些，他兴许是遇到了什么麻烦。

但要是来得太晚，他会生气的，他一定会生气一下的。

夜色里，门外那个"人"并没有离开，而是安静地站在那里，通过门板上竖着的小小刀眼裂缝望向屋内，一眨不眨地盯着床上的殷修。

一整夜，那个门口的诡怪都没有离去，而殷修也没有真的彻底睡去。

被那样危险的存在注视，他根本无法入睡，只能彻夜保持警惕。

它与黎默的相似度很高，却又不完全一样，殷修很纳闷，还有些说不出来的不开心。

他只能慢慢研究这个副本的真身，探知可能与黎默相关的部分。

屏幕外的玩家们看了很久殷修的宿舍，又转去看其他玩家的宿舍。

似乎进入夜晚后，每个玩家的寝室外面都会出现一个黑影，他们从屏幕上看是差不多的，但根据副本内玩家的反应来看，似乎这些黑影在玩家眼中是不同的人。

一些被引诱出去的人瞬间被黑影同化，而另一部分人则在混乱的声音之中硬抗着度过一夜。

这次副本，有些玩家被诡怪老师的课影响了，即便保持清醒，也不愿意与叶天玄合作，因为在那些玩家眼里，两只眼睛的叶天玄才是怪物，并非正常人类。

副本开始的第一天，三分之二的玩家都开始异变，身上多出了一些人类不该有的器官，但他们自己浑然不觉，叶天玄只能与他们进行交易，却无法达成合作。

一个副本，克制两个顶尖玩家，任谁都看得出来，这次的副本很难，而且似乎是在刻意针对殷修及叶天玄两位。

要说唯一的变数，只有莫名其妙出现在副本内的那位黑漆漆的室友了。

他们搜寻此次副本玩家的画面，都没有再看到黎默的身影。似乎他和叶老大说完话就消失了。

天亮之后，殷修立即起身去洗漱了。

教学楼没有钟表，但宿舍跟食堂有，他掐着点起身收拾，然后七点钟去了食堂。

今天的食堂里不少学生面色凝重，两两三三凑在一起小声讨论着什么："能感觉到……进来了奇怪的东西。"

"不好的预感……可能会被干扰……"

"不行不行，不能被抢走……得加快进度……"

"对对对……"

它们看上去忧心忡忡，以至于殷修进去它们都没有发现，过了好一会儿，察觉到殷修，才一拥而上。

殷修一如既往地敷衍它们，淡定地穿过人群。

今天有一个特别的学生跟着殷修。

"早上好啊，你的第三只眼睛真漂亮。"它一上来就热情地打了个招呼。

殷修淡淡瞥了他一眼："我是残疾人，我没有第三只眼睛。"

对方笑眯眯地道："明明就有啊，不信你去照照镜子？"

殷修冷漠地无视了他，直接往打饭窗口走去。

"通关规则一：无论何时，不要照镜子，镜子里的有可能不是你。"

看来这些诡怪终于要开始使坏了，似乎因为什么意外情况发生了，它们装了一天要装不下去了。

"不愿意照镜子的话，你摸摸看啊，就在你的左脸上。"学生跟在他身后，不依不饶地说着。

殷修充耳不闻。

在这里保持自己的认知不动摇是一件很艰难的事，需要心性坚毅。当一个人说你有第三只眼睛时，你嗤之以鼻，当一群人说你有第三只眼睛时，你会动摇，当你见过的每个人都说你有第三只眼睛时，你很容易怀疑自我。

兴许……我真的有第三只眼睛了？

信念一旦动摇，疑问就会在内心扎根，你越去确认，心底就越发相信。

殷修察觉到这个副本的本意时，就瞬间拉满了警觉，一刻都不敢松懈。

他深知自己的弱点，就得时刻提防。

"你难道不觉得自己左脸痒痒的，好像要长出一只眼睛吗？"那个学生坚持不懈地跟在他身后，试图动摇他。

屏幕外的观众看着一直无视学生诡怪的殷修有些紧张，其他玩家也遇到了类似的情况，不少昨天还能坚持住的人，在这会儿却坚持不住开始异变了，这就是个糟糕的开始，几乎没多少人能抵抗这种质疑。

至于叶天玄……

"我左脸要长眼睛？"

"嗯嗯。"

"我看你左脸也有只眼睛。"

"是啊，人类就该有三只眼睛，你只有两只多不正常。"

叶天玄点点头，啪的一耳光甩在了那学生的左脸上，然后笑眯眯地说道："不好意思，我这个人善妒，我不喜欢别人眼睛比我多，麻烦你走远点儿，不然我见你一次打你一次。"

被甩了一耳光的学生愣在了原地，然后看着叶天玄走远。

屏幕前的玩家都惊呆了。

殷修这边，他在学生不厌其烦地骚扰下终于站住脚，转头直勾勾地盯着那个人脸上的第三只眼睛："你觉得正常人类该有第三只眼睛，对吗？"

"当然了，人类就该有很多眼睛。"学生理所当然地点头。

殷修点点头，喀地一下拔刀，剜去了他左脸上的眼睛："现在你也和我一样是残疾人了，吃饭去吧。"

随即他热心地抓住脑袋还很蒙的学生撵到了"残疾人补给餐"的窗口前，淡声道："阿姨，加一餐。"

愣了半天才反应过来的学生捂着脸盯着殷修，他的脸上没有愤怒也没有痛苦，只是眼神在一瞬间变得格外诡异，直勾勾地盯着殷修，兴奋又诡谲："果然你是特殊的，我真欣赏你。"

殷修沉默，揪着那学生的衣领把它的头摁进了窗口，另一只手拿刀指着他："阿姨，我能用它加餐吗？"

打饭阿姨微笑着，抿了抿颜色猩红的唇："这可不行，会吃坏肚子的。"

殷修咂咂嘴，有些遗憾，但下一秒阿姨就笑眯眯地咧开唇："不过你可以把它给阿姨。"

殷修不假思索地点头，把学生从侧门丢了进去，刚刚还在诡异微笑的学生像是瞬间恢复了神智，一脸惊慌失措："不！不可以！我还没有毕业呢！"

但打饭的阿姨已经揪着他进了后厨。

阿姨纤细的脖颈让他想到了那个给他上课的诡怪老师，两者的脖颈都细长得像蛇，兴许是同类。

过了一会儿，阿姨优雅地晃着纤细的脖子慢悠悠地走了出来，面对殷修一脸慈爱："今天的事可不许告诉你老师，这是我们的秘密。"

殷修点头："阿姨对我很好，我会保密的。"

"真乖。"她的头从狭窄的窗口里探出来，细长的脖子围着殷修绕了一圈，凑在他耳边笑眯眯地道，"阿姨很喜欢你，如果你有空的话，可以在阿姨下班后来找阿姨聊天，我可以告诉你一些其他学生不知道的事。"

说完，她就慢悠悠地把脖子缩了回去，然后从窗口递出满满一盘饭："吃吧，乖乖的小孩。"

殷修端起餐盘，他之前不知道食堂阿姨几点下班，好在叶天玄那边打听出来了，正好把他缺少的信息补上了。

晚上九点前，全部学生就得进入宿舍，那么食堂阿姨就是九点下班。

规则上没有明确要求夜晚必须待在宿舍不出来，第五条提及夜晚的"它们"会寻找自己，那么只要躲好，不在宿舍也没有关系。

只是必须得在晚上九点前进入宿舍，不触犯校规。

殷修一边吃着饭一边在脑海里整理思路。

学校里除了墙壁上的那些规定，应该还有一些隐藏规则，比如之前被诡怪告知，却并没有写在学校规则上的"上课铃响必须进教室"；昨天那个身上长满复眼的女孩子提及的写作业……

这个学校里，应该还有一套没有被他发现的规则。

吃着吃着，殷修想起一件重要的事。

他好像……没有写作业。

他微微一顿，连忙将餐盘里的饭快速吃完，然后直奔教学楼，因为作业他没有带回去，还在课桌上。

这会儿才七点十几分，离八点还早，他应该还来得及吧？

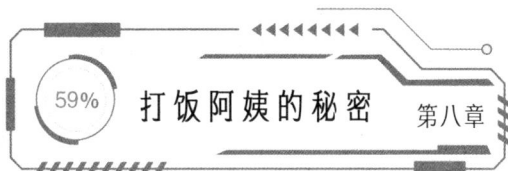

打饭阿姨的秘密

第八章

001.

殷修快马加鞭赶到了教学楼。

还没到八点，学生们没有按照通知进入教学楼，许多还在外面闲逛，只有殷修一个人穿过一楼的长廊，前往昨天的教室。

寂静的走廊里回荡着他轻快的脚步声。

走着走着，一道熟悉的呼唤声从身后传了过来："好朋友！"

殷修一顿，迷茫地转过头去，就瞥见安静的走廊那头，一股长着许多小触须的黑黢黢黏液在兴奋地舞着触须朝他光速爬行。

黑影急速奔走，啪的一下拍在了他的小腿上，然后触须一卷，一把缠住。

黏糊糊的黑色触须上冒出大大小小的眼睛，吐着尖锐舌尖的嘴里发出咿咿呀呀的声音："好朋友！找你！我来找你！"

殷修："……"

这见面的方式跟自己想象的不一样，而且几天不见，黎默怎么变得这么呆了？

他甩了甩腿上的一小坨黑色黏液，甩不掉，索性用刀鞘将它刮下来。

"你怎么这副样子进来了？"

黏液被刮到了地上，触手朝天用力地舞动着，翻滚了一下，才又正了过来。

"副本！进不来！"黏液又爬上了殷修的小腿，紧紧地抱住。

殷修想起他非人状态时说话确实一直不利落，情绪又格外敏感，便伸出左手，让抱在腿上的黑色黏液爬到手上。

"你现在不能变成人吗？"

黑色黏液晃了晃，上面的眼睛眨了眨："还不够，进来的，还不够汇聚成人。"

殷修若有所思，他刚进副本就跟其他玩家隔绝开了，处于一个单独的空间，看之前叶天玄的留言提及了黎默，说明叶天玄已经见过黎默了，那么黎默一开始就是在叶天玄那边的。

似乎他现在所在的区域连黎默进来都不是很方便，所以才以现在这副扭曲不便的样子出现，挤进来的，还只有这么一小坨。

"你一直都在找我？"

黏液形成的触须点了点，然后抱紧了殷修的手臂蹭蹭，比殷修还委屈："找了好久……"

"好吧，那我就原谅你的迟到了。"殷修拍了拍左手上的液体，安抚一下，然后转身往教室走，"你能不能像上个副本一样进入我的左手藏一藏？我还不清楚这个副本到底特殊在哪里，怕一会儿你被发现，会被清出去。"

黏液迅速爬进殷修的校服袖子里，然后摊开，变成薄薄的一层包裹住他的手臂。

殷修看黎默的反应，也能明白自己现在所处的环境很特别，特别到黎默都不能像之前那样自由进出副本了，只能把自己变成一小团塞进来。

不过他能进来，殷修就挺开心了。

黎默遵守了承诺，也重视与他的约定，那么对等的，这个"好朋友"在他心里也会是特别的。

进入教室，殷修坐回到自己的课桌前，上面还摆放着昨天那个长满复眼的女孩子给他的作业。

殷修坐下，一脸慎重地翻开本子，上面的文字他完全看不懂，跟墙壁上钉着的规则单一样，很陌生。

这怎么写？

殷修沉默，然后抖了抖左手："黎默，出来写作业。"

一小股黏液从袖口里冒出来，上面的眼睛困惑地望着殷修，殷修的手指点了点作业本上的文字："你看得懂这个吗？"

黎默顿了顿，然后摇摇头，黏液上冒出一张小嘴："看不懂。"

"你怎么也看不懂？这不是你同族的文字吗？"殷修一直以为这里是跟黎默

有关的副本，副本环境会是黎默以前待的地方，这个学校的诡怪应该也跟黎默类似，文字也会是黎默熟悉的，结果他竟然一窍不通。

"同族？"黏液纠缠着在空中打了个结，"我没有……同族，我是一……一团……一……一只？"

"反正副本里就你一个是吧？"殷修不想看他的黏液继续"打结"，就帮他补充上了。

"是的，就我一个。"许多条小触须从殷修的袖口里钻出来，快乐地舞动着，"但我……有你……不是一个……一、一……两个了。"

殷修沉思，黎默变成黏液的时候，脑容量真的不大，语言贫瘠，说话也不利落。

他摸了摸袖口里钻出来的触须："你只有一小部分的时候，说话都这样吗？"

他的手指一碰过去，立即被触须上的吸盘吸住，带着黏液的触须缠绕着他的手指。

"因为……是一部分，人也是一部分，现在是……一小部分的一小部分，被分散了。"触须上冒出来的嘴断断续续地说着。

殷修从他贫乏的词语里凑出了完整的意思："你的本体很大？"

"对。"

"人也是一部分，也就是说，我看到的人形黎默，其实是你本体的一部分？"

"对。"

"然后你现在是人形黎默又分化出来的一小部分？"

"对对。"

殷修点点头，明白了："脑子也一起被分走了对吧？"

"对对对……对？"

黏液形态的黎默现在也不知道殷修分析得对不对，反正回答"对对对"就是了。

他现在只是触须，哪里管得了那么多呢？

"虽然只是一小部分，但功能应该是一样的。"殷修站起身，开始在教室里走动，扒拉着其他人的课桌，然后翻出一本其他诡怪的书，刺啦一声撕了一张下来，递到触须的嘴边，"张开嘴。"

触须上的嘴乖巧地张开，露出了密密麻麻的牙齿。

殷修把纸张一塞进去，牙齿就嚼了起来，像是碎纸机一样将纸咔咔咬成碎渣。

一张书页下去，殷修再度盯着黎默，指着作业本上的字："现在能看懂了吗？"

触须们摇晃着："能看懂……一两个。"

殷修满意地点头，黎默吃副本里的纸张就能看懂上面的字，规则单如此，诡怪学校的书也是如此。

他立即一张一张地撕下书页往触须嘴里喂，直到喂完一整本。

屏幕前的玩家看着殷修坐在那儿跟从自己袖子里钻出来的触须说话，然后往那可怖的嘴里一张张塞纸，画面诡异至极。

"修哥终于想起要写作业啦。"

"叶老大昨天下课后就写完了，是让那个已经异变、能看懂诡怪文字的玩家帮他写的。"

"是的，写完之后他还拿着自己的作业本给其他玩家抄，跟少量还保持正常的玩家保持了合作关系。"

"果然大佬都是有自己的过关办法的，盲猜要是那个黎默没出现，我修哥会拿着刀逼其他诡怪学生帮他写。"

"哈哈哈哈，你是了解我修哥的，我脑袋里已经有画面了。"

殷修坐在教室里给那张嘴喂完一整本书后，触须终于能看懂作业本上的字了，根据他的解读，作业上的题就是昨天老师在课上所讲的"人类学"。

题目全都是关于人类有几只眼睛、几条腿，人该是什么样子的。

课上给玩家讲错误的知识，课下还布置作业，让人强行去回忆、思考。

殷修在得知了作业的内容后，把作业本合上，接着捏着刀起身站在教室门口，一动不动，好像在等待什么。

"你在干吗？"触须从袖口里钻出来，好奇地盯着殷修。

"在等早到的学生，早到的诡怪一定是好学生，它一定会帮我写作业的。"殷修认真地分析道。

他不确定写这一次作业会让他在副本里的意识受到多少影响，但即便只有一次他也要避免。

没一会儿，便有早到的诡怪学生来了教室。它迈着轻快的步子进入教室，在进来的瞬间，一把刀便横在了它脖子上。

诡怪学生心想：发生什么事了？

它迷茫地盯着站在门口一脸冷漠的殷修。

学校规则里写着不允许争执，不允许杀害同学，但没有规定不准威胁同学，不过刚进教室就有一把刀架在脖子上，它也是没想到的。

"能帮我写一下作业吗？"殷修先是友善地询问了一声，冷冷地盯着他，"我的手不太方便，可能是受伤了，完全写不了作业。"

诡怪瞥了一眼殷修拿着刀的手。

手受伤了，但还能拿刀威胁诡呢？可怕得很。

诡怪努力保持脸上的微笑："好的，谁让我们是同学呢。"

它接过殷修的作业本，在刀的威压下，坐到一旁写作业去了。

在上课铃声响之前，诡怪学生帮殷修写完了作业，殷修接过检查了一下，没有遗漏。但他也没有放下刀，而是抬眸盯着它："把你的作业给我看一下。"

诡怪不明所以，但还是乖巧地去自己的课桌里掏出作业本给了殷修。

殷修背过身去，把两个作业本展开，让黎默看看有没有不相同的地方，确认完毕之后才还给了那位同学。

主打的就是一个谨慎。

屏幕外的玩家们看到了，连忙去提醒叶天玄，让他也赶紧检查一下作业。

上课铃响之后，在外游荡的学生迅速进入了教室，坐到了各自的位置上，老师也慢悠悠地从后门进来，纤细的身体蹭着天花板，缓慢地往讲台上走去。

"上课之前，先检查昨天布置的作业。"不出所料，老师开始检查作业了。

殷修旁边那个长满复眼的女孩子连忙推了推殷修的胳膊肘："你的作业写了吗？"

殷修点头。

那个女孩子似乎很诧异，但没有多说什么就转过身去了。

教室里响起了唰唰的翻书声，大家都把书本和作业拿了出来摆在桌面上，然后老师一一检查。

走着走着，老师忽地停在了一个学生的桌子旁边，怒视着它："怎么只有作业？你上课的书呢！"

那个诡怪学生欲哭无泪，四只手臂抱在一起很是无措："不知道去哪儿了……我进来就发现书不见了……"

殷修目光幽幽地望向前方：他可不知道啊。

老师怒气冲冲地盯着那个诡怪学生，嘴缓缓咧开："没有书本，还上什么课？无法上课，就不是我的学生。"

说完她猛地张开嘴，将诡怪学生一口吞了。

屏幕外的玩家连忙把书本很重要这件事告诉了叶天玄那边。

这对叶天玄而言应该是不容易知道的信息，主要是一般也没人会去撕别人的书啊……

整个教室里的诡怪学生们都战战兢兢，只有殷修若有所思——看来作业本和书本都必须拿回宿舍，不能弄丢，这兴许就和学生证一样重要，是能证明身份的东西。

不过宿舍也不安全，他今晚得离开宿舍去找食堂阿姨，还是得带在身上，至于带在哪儿才能保证不会掉……

殷修垂眸看向自己的袖口，他记得黎默能吞东西也能吐东西。

正恍神，老师已经走到了他旁边，她认真地翻了翻殷修的作业本，又在殷修身上细细打量，眉头紧锁。

这人没有异变，却写出了作业，有问题！

见老师一直盯着作业本上的字迹，殷修无声地握住了自己腰间的刀，冷淡地盯着她："老师，有什么问题吗？"

他的眼神阴森森的，充满了威胁。

规则里只写了不能杀诡怪同学，没说不能杀面前这位吧？

老师皱眉跟殷修对上了视线，脸色很难看，但终究没有挑明作业有问题，而是冷冷地吐出一句："你还真是一点没变。"然后就越过他去检查下一个了。

殷修面无表情地合上作业本。

一点没变？他应该没有见过这个诡怪吧？

殷修努力思索，想起自己以前通关过好多副本，兴许还真见过这个诡怪。

检查完作业后，老师慢悠悠地回到讲台上，开始了今天的"人类学"授课。

殷修不能听，就只能用左手捂住耳朵，假装支着脑袋，跟黎默细声嘀咕了一句："随便说点什么吧。"

黎默从他的袖口冒出一点点，在殷修的耳边絮絮叨叨。

叙述的主要内容是他是经历了多少艰难才找到殷修的。

按黎默的描述，殷修的确是被拉入了这个副本内的一个特殊区域，副本还是原副本，但殷修所在的空间是独立的，时间还比正常副本空间内的时间稍微延后了一点。而且这个空间还被一股特别的力量圈住了，他很难进来。

而两个空间只有一个连接点，就是深夜不准进的教学楼，在这里待到白天，就有可能进入殷修所处的空间。

叶天玄研究了规则和副本通知后，认定九点就必须离开的教学楼必定有古怪，加上正常副本空间内黑板上的字殷修能够看到，因此怀疑教学楼就是连接点，便让黎默晚上一个人试了一下。

黎默把自己化成很多个分体待在每间教室、每条走廊寻找殷修，结果天亮后，只有殷修踏入教学楼，跟他同一条走廊的那一团分体进入了这个空间。

殷修点点头，已经差不多明白了。

夜晚在教学楼里过夜，并且在教学楼碰到殷修就能够进入这里，但似乎只有一次机会。

他知道如何进来了，但不确定能否用这种办法出去，还得今晚试一下。

殷修思绪发散，不知不觉间，下课铃声就响起了。

教学楼没有钟表，窗外也一直黑漆漆的，没有光，无法判断时间。殷修感觉自己在那儿坐了很久，然后一节课结束，下课就放学了，一天一节课，上完就放学，然后一天也过去了。

副本里的七天，比他想象中要快。

下课铃响后，老师直接出去了。殷修还在纳闷怎么今天没有作业时，那个满身复眼的女孩子就递过来一个新的作业本："这是今天的作业，我给你抄写了下来，明天记得交。"

不知何时，殷修的作业本被她拿了去，并在第二页上抄下了作业。

殷修沉默地接过，点点头："谢谢你。"

"不客气，我们是同学嘛。"女孩笑眯眯地说道，"还有，下次上课不要发呆了，老师一直盯着你呢。"

"哦。"殷修淡淡回应，拿上自己的书本跟作业本就转身离开了教室。

女孩面对殷修的冷漠也没有生气，而是笑眯眯地望着殷修离开，还和善地挥了挥手。

等走远后，黎默才从殷修的袖口里钻出来了一点："她上课时……一直……用侧边的眼睛……盯着你。我觉得她不怀好意！"

殷修摸了一下冒出来的触须："别担心，我和你想法一样，她一直让我专心上课，还帮我抄作业，似乎一直在有意地让我融入环境，不太好。"

触须听到回答后才满意地缩了回去。

002.

下课后，殷修趁着学生都走光了，站在走廊角落里，把书本和作业本递到了黎默面前："张嘴。"

触手上的嘴猛地张开，想要咬下去，却被殷修一把掰住："只能吞，不能嚼，回头还得给我吐出来。"

黎默："……好吧。"

它缩起了口腔里的牙齿，然后把书本吞了下去。

殷修这才放心地离开教学楼，往食堂走去。

就算黎默不小心嚼碎了吐不出来，他回头再去拿其他诡怪的就行了，反正学校的课桌那么多。

去了食堂，那些诡怪见到殷修一如既往地兴奋，雀跃地围在他身边问这问那，语调激昂。

面对着那一张张凑上来的扭曲的脸，殷修看都没有多看，一如既往地漠视它们，倒是袖子里的触须一直扭动着想要出来，被殷修死死摁住。他面无表情地去了残疾人补给餐窗口打饭。

"乖乖的小孩，记得在阿姨下班后来找阿姨。"打饭阿姨笑眯眯地叮嘱着，给殷修盛了很多饭。

殷修点头，端去了角落，赶走了周围靠过来的诡怪学生。

"它们都好奇怪。"触须从袖子里钻出来一点点，冒出一只眼睛怒视着那些在远处盯着殷修的诡怪们，"它们都太怪了！"

"确实。"殷修漫不经心地应着，给黎默嘀嘀咕咕的小嘴巴里喂了一根鸡腿，堵住了他的声音。

"好吃吗？"他低声询问，眉眼温和。

黎默细细品味，然后回应道："好吃。"

殷修微微眯起眼睛："这是我喜欢吃的。"

袖口里的小触须立即快乐舞动，忘记了远处那些诡怪："我要多吃点！"

"好。"殷修点头，又给他喂了一根。

打饭阿姨给殷修打完饭后就在收拾东西准备下班了，毕竟整个学校会来这个窗口的只有殷修一个，而且他吃一盘足够了。

但今天殷修端着一个空盘子第二次出现在了窗口前，认真地道："阿姨，加餐。"

打饭阿姨愣了愣，笑眯眯地回头给殷修加饭："今天真能吃啊。"

"嗯。"殷修点头，主要是喂了一半给黎默，他自己倒没吃多少。

打饭阿姨一边给殷修加餐，一边在他身上细细打量，带着笑意道："不错，吃得多，身体也会健壮一些，对孩子而言是好事。"

殷修平静地回应了她一句："阿姨，我已经二十二岁了，不是孩子。"

打饭阿姨艳红的嘴唇忽地一抿，露出了困惑的表情："是吗？你都二十二岁了啊？"然后她把餐盘递了出来，"不过多吃点也好，这样就不会被大家欺负了。"

殷修沉默地端着餐盘转头看了一眼其他望着他热情洋溢的诡怪，这哪有人敢欺负他？

阿姨真的是把他当小孩子。

吃完饭后，殷修按照规则，在晚上九点进入宿舍。

然后过了一会儿，九点十分，他又离开了宿舍。

通知只说晚上九点前必须进入宿舍，却没说夜晚必须待在宿舍里，谁说他进来了不能再出去呢？

趁着那些诡怪还没开始发狂地寻找他，殷修迅速离开了宿舍，前往食堂。

然而刚刚走出宿舍没两步，一道巨大的红色身影猛地出现在了宿舍前的空地上，拦住了殷修的去路。

那双猩红的眼眸直勾勾地盯着殷修，浑身散发着杀意，与学校里的所有学生诡怪都不同，它是货真价实的危险诡怪。

"原来出宿舍也会碰到你啊。"殷修冷冷地盯着它，没有太多的情绪。

"违反……规则……违反……"巨大的红色怪物喃喃着，难闻的气味缓缓从它嘴里飘散出来，让殷修皱了皱眉头。

"黎默，你吃不吃这个？"他扬了扬左手，询问道。

左手袖口里唰地钻出一小团黑色的液体，冒出一只眼睛打量着面前庞大的红色怪物。

双方对视几秒，"黑团子"回过头来看向殷修："它不好吃。"

"行。"殷修缓缓地抽出了腰间悬挂的刀，"那就……先把它带去食堂处理一下吧。"

他缓缓拔出刀的那一刻，寒光在黑夜里闪动，凌厉的杀意毫不掩饰地缠绕着刀锋。

红色怪物有些畏惧，反倒是袖口里的触须不停地兴奋舞动着，一副事不关己的模样。

殷修的刀法又快又精准，哪怕对方是一个巨大的怪物，在殷修的刀下也无还手之力。

似乎只要他愿意，整个副本的诡怪他都可以轻松干掉，但奈何"杀神"现在修身养性了，从良了，就愿意好好过副本。

半个小时后，殷修拖着一个满身狼藉的红色怪物去了食堂。

夜晚的食堂十分空旷，一排排桌椅陈设在黑暗之中，唯有残疾人补给餐的窗口里露出少许的光亮。

殷修拖着怪物到了残疾人补给餐的窗口，从侧门进入了后厨。

后厨打扫得很干净，里面摆放着许多新鲜的瓜果蔬菜，也有做饭的痕迹，锅子里正咕噜咕噜冒着热气，似乎在煮着什么。

殷修将怪物丢到后厨的角落，凑近往锅子里看了两眼，是几块煮到发白的肉块，和葱姜蒜一起在沸水里翻滚着。

后厨的一切看上去都井井有条，除了这口锅。

"哎呀，来得还挺早啊。"身后冷不丁响起打饭阿姨的声音，她笑眯眯地晃着细长的脖子从里侧的小门走了过来，鲜红的指甲掐着锅盖扣在了沸腾的锅上，微笑着比出嘘声的手势，"这是我的夜宵，你不可以偷吃。"

"……我不吃。"

"你看那么久，我还以为你也感兴趣呢。"打饭阿姨捂着嘴笑着说道。

殷修淡淡地抬手，指向角落里的红色怪物："阿姨，给你带的诡怪，这个你要不？"

打饭阿姨顺着殷修指的方向看去，视线触及那个红色怪物后，猛地吸溜了一下口水，两眼放光："你……你是怎么把学校保安弄到这儿来的？还伤得这么严重！"

"顺便带来的。"殷修朝着角落里那个奄奄一息的怪物看了一眼，他不确定是否有自己还不知道的规则写了关于这个保安的事，就没有杀死它。

但交给这位打饭阿姨一定是没问题的。

规则上说不能杀死同学，但这位阿姨本就是诡怪，它又不是学生，让它来对付诡怪就没问题，同样，给这个怪物留一口气，然后交给阿姨处置也应该没问题。

阿姨兴奋地走了过去，满眼放光，殷修淡然地在锅子旁边的椅子上坐了下来，一脸事不关己的样子。

打饭阿姨打量了怪物半天，然后美滋滋地转过头："你把这么好的东西带到阿姨这里来，是要送给阿姨吗？"

殷修漫不经心地耷拉着眼皮："嗯。"

打饭阿姨心情愉悦："你对阿姨真好啊，阿姨喜欢你。那阿姨就告诉你一些这个学校的事吧。"

说完她坐到殷修对面，因为她很高，身材纤细，脖子长，即便坐下来，和站着的殷修也是平视的，如纸般惨白的脸被小灶台上的火光勾勒着，添上了几分鲜活。

殷修一边擦拭着刀一边抬眸看向面前的诡怪。

他能感觉这位对玩家很友好的阿姨掌握着整个学校十分重要的信息，不枉他拖着那么重的怪物跑到这里来。

"我是这所学校特殊窗口的打饭阿姨，负责给一些会被学校学生欺负的可怜孩子打饭。"阿姨一边说着，一边用慈爱的目光注视着殷修。

欺负？可怜？

殷修摇摇头，说的应该不是他。

打饭阿姨又继续缓缓地道："这所学校偶尔会有那么一两个被其他学生欺负的孩子到我这儿来吃饭，然后过一阵子，他们又消失了。学校总是会陆陆续续进来一些受欺负的转校生，上一阵子学就离开了，就这样，这种状况持续了很久。"

殷修垂眸沉思，听上去……那些受欺负的学生倒有点像是玩家，进来受到副本规则限制，被诡怪欺负，然后通关就离开副本了，下一批玩家又进来。

不过……

"这个学校好像不存在欺凌行为啊？"殷修琢磨着，无论哪条规则都没有和"受欺负"相关的信息，甚至学校规则还说了必须要友善对待同学，不能排挤。同学们对他也莫名地热情，跟阿姨嘴里的学校完全不一样。

阿姨微笑着看着殷修迷茫困惑的脸："是啊，因为那都是好久以前的事了。后来有一天，那些受欺负的孩子里面，出现了一个很特别的孩子。

"他完全不会受学校里的其他人欺负，也不会被任何保安和老师吓到，但同时他也不遵守学校里的任何规则，只要招惹他的人，全都会被他以牙还牙。

"他只进来了一次，但就是这一次，他解决掉了所有学生和老师，改变了整个副本。"

阿姨的目光直勾勾地落在殷修被火光勾勒的面颊上："所以现在学校里的人都很温和，副本的内核已经跟以前完全不一样了。"

"那你为什么活了下来？"殷修抬眸看向面前的女人。

阿姨笑盈盈地眯起眼眸："因为我在跟他相处的过程中发现了他的一个弱点，他放过了我，接着我就带着我姐姐进入后厨的通道里，躲过了一劫。那次事件之后，除了我跟我姐姐，学校里的其他人都死了，包括校长、宿管和其他教师。"

殷修越听越耳熟，杀光诡怪这种事很像是自己会干的。

"这个学校……叫什么来着？"

阿姨微微一笑："SSS 级副本，深海学院。"

殷修还在思考，弹幕上已经讨论起来了。

"我记得我记得！修哥从新手副本出来时，被一个诡怪拦住念了修哥的犯罪记录，里面就提到过一个被杀干净的 SSS 级副本，就叫作深海学院！"

"那……那这个副本是在原副本被毁之后改出来的新副本了？背景完全建立在之前的深海学院的设定之上？"

"哇，不愧是以前的修哥……"

"我刚刚去查了小镇里关于深海学院的攻略，这个副本原本的确跟那个女人说的一样，每个玩家进去都会受到整个学校的诡怪排挤，又要自强不息，又要保持不被同化，很难通关。"

"怪不得改版后的新副本里学校那么空。"

余光瞥见弹幕里的讨论，殷修有些蒙，他已经不记得这个副本了。

殷修还是不信邪地确认了一下："你还记得那个小孩叫什么名字吗？"

"那当然记得了。"阿姨笑眯眯地点头，"他的名字在所有副本都有记录，红色的高危玩家，殷修。"

殷修咂咂嘴，面无表情地低下头："哦。"

还真是他啊。

"不过……"打饭阿姨若有所思地凝视着殷修，"好久不见，他似乎变了很多，现在的表情看上去终于有了点生气，也长大了。"

殷修抬眸直勾勾地盯着她："之前的我，刚来学校是什么样子？"

"看上去很冷漠，但对身边的人是有一点期待的，心情都写在脸上。但后来你连吃饭的时候都不肯让人靠近你，一直一个人坐在角落，似乎对这里很失望。"

殷修垂眸，卷着自己的袖口，低声道："你说你是因为我的一个弱点活了下来，那个弱点是什么？"

打饭的阿姨笑眯眯地端正了自己的身体："从前到现在都没有变过，你的弱点是面对向自己示好的人就会心软。"

殷修沉默了，好像他自己都不知道。

"所以……"打饭阿姨收起了脸上的笑容，"你有没有发现，你的同学都对你很好？"

殷修细想，还真是。

"这一次的副本，你只要记得保持你的本心就好，记得你原来的样子就够了。"阿姨的头缓缓地凑近了他，细长的脖子将他圈了起来，在他耳侧轻声道："这次的副本不是杀过去就能通关的，你要小心副本里多出来的那个存在。"

"那个'存在'？"

"只要你还在副本里，它一定会来找你的。"

她没有透露更多，把头缩了回去。

殷修点点头，其实他也隐隐地感觉到了。

"它"就是之前三番两次出现在他面前，与黎默有几分相似的那个"存在"吧？他在这个副本里总有诡异的被监视的感觉，应该就是来自本次副本的核心人物——那只看上去与黎默相似的黑色小章鱼。

"你只需要记住，在这个学校，记得你自己认知里的人类该有的模样就可以了，偶尔无法避免地出现认知错误的话，"打饭阿姨伸手指向殷修的口袋，"来这里，或者吃糖，想尽一切办法恢复你对人类的最初认知，保持你的认知就可以了。"

虽然这听上去很简单，但对于现在整个空间只有殷修一个玩家的情况而言是很难的，就算他对人类的认知出现了错误，也不会有人提醒他人类原本的样子。

"好了，夜谈到此结束，你可以回去了。"打饭阿姨开心地起身，走向了角落里的红色怪物。

奄奄一息的怪物惊恐地看着打饭阿姨。

殷修点点头，转身往外走，至于红色怪物会怎样，他可管不着，反正无论如何也不是他干的，不会触犯规则。

003.

离开食堂后，殷修袖子里的触须无声无息地冒了出来，上面的眼睛一眨不眨地盯着他："现在要去教学楼吗？"

"嗯。"殷修点头，"去迎接你剩余的身体。"

听到马上就可以拿回身体，触须兴奋地缠绕住殷修的手指，攀上他的手臂。

殷修垂眸看了一眼手臂上蜿蜒攀附着的小触须，小小几根扭动着，偶尔还会打结，似乎比人形的黎默可爱多了。

跟上面的眼睛对视也没有了最开始的那种强烈的眩晕感，不知道是黎默有意收敛还是本体较少的缘故。

殷修一边往教学楼去，一边跟黎默聊着天："你知道这个副本里有一个和你很像的副本诡怪吗？"

"跟我很像？"小触须警觉地问。

"对，进副本之前我看到了这次副本的核心人物，就是一只跟你很像的黑色章鱼，触须上也有眼睛，我一开始还以为是你呢。"殷修淡淡地说着，想起自己一开始进副本的时候还很期待，以为自己进入了黎默本体存在的副本。

"我没有同族，我只有一个！"黎默认真地叮嘱着，"至少在……我有意识之后……我就是一个。"

殷修用余光斜睨了他一眼："你是诞生于副本的？"

小触须们晃了晃："不是……我诞生……诞生的时候，还没有……副本。"

"还没有副本？"殷修若有所思，他还以为黎默一定是哪个副本里的诡怪主宰，在自己曾经通关过的一个副本里与自己见过，所以才跑到小镇来找他，把他拖入副本，结果他不属于副本……那为何会在这里？

殷修一边思索着，决定晚点详细问问，一边进了教学楼。

踏入教学楼的一瞬间，一股没来由的眩晕感扑向了殷修，他一个趔趄，险些摔倒，连忙扶住了墙。

"怎么了？"触须从袖子里钻出来，紧张地盯着殷修。

殷修皱眉甩甩头，靠在幽暗漆黑的走廊墙壁上，感觉到眩晕的同时，还莫名涌上了一股寒意。

漆黑的夜里，教学楼外似乎有什么东西，伴随着碎碎念的声音，正极其迅速地朝自己的方向冲过来。

殷修不假思索地转身钻进了最近的一间教室，迅速把两扇教室门锁上。

几乎是锁上教室门的瞬间，咚的一声闷响拍在了教室门板上，响彻整个空旷的教室。

有人在用力地拍打着门板，想要进来。

咚咚咚的巨大拍门声在夜色里回荡，教室前后两扇门似乎被越来越多的人用力拍打，整个门板摇摇欲坠，像是随时会被拍开一般。

殷修不确定它们是否能够破门闯进来，就转身推了些课桌堆在门口。

通过昨晚，殷修差不多能确定，规则上所写的夜晚的"它们"多半就是白天待在他身边的同学，规则上写了不能杀死同学，那么门外的这些诡怪他都不能杀。

那么多诡怪同时涌上来，还非常不要命，就算是殷修也会觉得有些麻烦，所以能避则避。

将前后两扇房门都用课桌抵住后，殷修后退了几步，盯着震动的门板，拍击声吵得他耳朵疼。

以防万一，他又去检查了窗户，确保没有哪扇窗户是开着的。

但他刚刚拉开紧闭的窗帘，一双巨大的眼睛就猛地出现在了玻璃窗外，猩红的瞳孔填满了整扇窗。

只是一瞬间，殷修便怔在了原地，寒意从头灌到了脚底，对上那双红色的眼睛，仿佛他的双眼也变成了红色。

殷修动弹不得，像是被那双巨大的眼睛拽住，无论如何都移不开自己的视线。

那是一只巨大又漆黑的诡怪，庞大的身躯完全浸泡在夜色里，无法分辨出完整的轮廓，但那双红色的眼睛却在黑暗之中格外醒目，晃动的瞳孔几乎占满了整扇窗户，它凝视着殷修，紧紧地凝视着，一眨不眨。

他想到了通关规则五：夜晚要拉上窗帘，不要直视窗外，它们会失去理性，会发狂，会寻找你。

殷修用尽全身力气想要摆脱注视，然而努力地合上双眼，或是撇开头都很难办到。

对视的瞬间，仿佛坠入了深渊，无法靠自己的力量摆脱。

屏幕外的玩家们清晰地看到，殷修的身上无声无息地浮现出了黑色的纹理，他左脸上也迅速地长出了一只红色的眼睛。

"别！别看它！"袖子里的触须蠕动着，费劲地爬上了殷修的脖颈，用触须覆盖住殷修的双眼。

它一边盖住殷修的眼睛，一边从触须上冒出眼睛，死死地瞪向窗外的那双眼。

被隔绝了视线后，殷修稍微摆脱了一点那股寒意，他连忙转头坐到了窗户下面，一把扯上窗帘。

教室里漆黑一片，拍门声不绝于耳，明明没有再看向那双眼睛了，殷修却觉得那双眼睛在自己面前挥之不去。

现在有没有窗户开着已经不重要了！进来了诡怪大不了让黎默吃掉，问题是窗外那是什么？竟然只是对视了一眼，就控制住了他。

"那是什么东西……总感觉跟我之前遇到的副本诡怪都不一样。"殷修深吸了一口气，颤颤巍巍地握住了自己的刀柄，十指紧扣，指节捏得青白，完全不敢放开。

"你……你变得好奇怪……"触须从殷修的领口里钻出来，仔仔细细地盯着殷修，"你多……多出来了……一只眼睛。"

"哪里？"殷修紧张地伸手摸向了自己的脸，手指细细地摩挲着五官，摸了一下两只眼睛，又摸了一下第三只眼睛，不解地看向面前的触须，"没有多出来啊？"

"多出来了！你有三只眼睛！"黎默震惊，他可是看着殷修摸了所有眼睛的，殷修竟然不觉得自己奇怪。

"三只眼睛？"殷修再度摸向自己的左脸，"人类就是有三只眼睛啊。"

黎默再度震惊，试图解释："人类，两只眼睛！只有两只！"

殷修又把自己的脸摸了一遍，然后摸了摸触须："你弄错了，人类就是有三只眼睛的。"

满身都是眼睛的触须大吼："人！就是！两只！眼睛！"

虽然黎默不是人，但他很清楚人脸该是什么模样！他细细研究过好看的人是长什么样子的。

"是吗？"殷修摸着脸上的眼睛，细声嘀咕着，"人类就是有三只眼睛啊……"

他想相信黎默，但在他现在的认知里，人类有三只眼睛。

看着殷修困惑不解地在自己脸上摸着，触须气得想干碎窗户出去跟外面的怪物打一架，但他的身体还不完整，打不过，就只能气得发抖。

现在的第一目标，是赶紧把身体挪进来！

"人类！就是两只！眼睛！"黎默再度认真地重复了一遍，生怕殷修变得越来越不正常，反复叮嘱，"两只眼睛，一个鼻子，一张嘴巴。"

"是这样吗？那我现在的样子不对？"殷修无法察觉自己的认知已经改变了。

他摸了摸自己的脸，还是选择相信黎默，从口袋里掏出糖，吃了一颗。

"但……我现在的样子不对的话，那我原本该是什么样子？"随着殷修认知的改变，他的脸也发生了一些变化。

"我哪只眼睛是多出来的？这只？"殷修指了指自己的右眼，右眼唰地消失了。

"不是。"黎默认真回答，"是左脸的眼睛。"

"这边？"他指向左脸上方的眼睛，左眼又唰地一下消失了。

"不对不对，是左脸脸颊上的眼睛。"触须认真指挥，啪嗒一下拍在了殷修多出来的那只眼睛上，"是这只，让这只消失掉。"

"原来是这只啊……"殷修的思维已经有些混乱了，"总感觉我现在的样子好奇怪……我只有两只眼睛吗？以人类的标准来说很怪吧？"

殷修的脸已经恢复了正常，但他认知错误，已经开始觉得两只眼睛的人类很奇怪了。

"不知道我现在到底是什么样子，想看一下镜子。"殷修没有起身，只是说说而已，但触须立即紧张地圈住他。

"不能照镜子！不能！"

"我知道……"殷修抬手再度摸向自己的脸，双手小心翼翼地盖住了大半张脸，"还是感觉有些不对……我现在是不是长得特别怪？"

似乎在殷修的认知里，自己现在的样子就不是人类，而是像怪物一样扭曲，让他有些不知所措。

触须在空中舞动着，身上的眼睛来回转动："我比你更奇怪。"

"是哦。"殷修缓缓地放下了遮盖脸的手，"我们现在都是怪物的模样。"

"我是怪物，你不是。"触须卷上殷修的手臂，"我在另一个空间里的身体马上就到这间教室了，很快我就能让你见到人类该是什么模样了。"

有一个参考物在这儿，殷修就能时刻知道真正的人类该是什么模样，不至于连该恢复成什么样子都不知道。

"没想到有一天，我得从你身上学习什么才是人类啊。"殷修记得刚见到黎默的时候，他甚至连人类的口腔是什么样都不知道，但是后来就知道了。

有黎默在身边，兴许比有玩家在身边靠谱。

一般玩家可能会受到影响，给殷修错误的参考，但黎默是不会变的。

他听着教室门外焦躁的拍门声，感受着背后窗外的视线，待在漆黑的教室里格外不舒坦，但必须待一夜才能知道，能否通过教学楼去往另一个空间。

殷修拍了拍缠绕在手臂上的触须，闭上双眼："看来今晚又不能睡觉了。"

触须从袖口里往外延伸，小嘴念叨着："我马上就到了，我会让你好好睡觉的。"

"嗯。"殷修淡声应着。

黑色的小触须伸展着，上面的眼睛死死地盯着殷修，关注他的安全。

几分钟之后，一股寒意降临在了这层的走廊上。

漆黑的夜里，黎默缓缓走在教学楼的走廊上，他进入教学楼的瞬间，就看到了这层走廊上拥挤着的那些学生。

它们在夜晚变得更加扭曲可怖，丝毫没有了人该有的样子，全部挤在殷修所在的教室门前，不停地拍打着教室的门，试图强闯进去。

黎默出现的瞬间，它们停住了，纷纷转头看向黎默。

那一双双眼睛在夜色里散发着红光，与窗外那双巨大的红眸一模一样。

"你们看上去跟我有相似的气息，但我不记得我在这个地方还有同族啊？"黎默微笑着凝视面前的学生们，"你们到底是什么？"

它们没有回应他的话，而是直勾勾地凝视着黎默，一脸警惕。

黎默见它们不回应，便上前一步，下一秒，它们唰地闭上了眼。

再睁眼时，它们眼中的红光消失了。

学生们迷茫地互相看了一眼。

"奇怪，我怎么会在教学楼？"

"我记得我在宿舍睡觉啊？"

"哦，得赶紧回宿舍，不然会被保安发现的。"

诡怪学生们急匆匆地往外走，越过黎默离开了。

黎默回头看向那批学生的身影，清晰地感受到那个"存在"消失了。

"下次，可别让我逮到。"黎默回过头，迈向了殷修所在的教室。

他敲了敲门，轻声道："是我，开门吧。"

室内的殷修抬起头，警惕地盯着门口："黎默，门外又有模仿你的诡怪，快去吃了它。"

小触须迷茫地晃动着："那是我啊，我不能吃掉我自己。"

"这次是真的了啊。"殷修愣了一下，已经快分不清每天门外响起的声音了。

他迅速起身，走向了教室门口，将那些堆叠的桌椅都挪开后才打开门。

门外的确是黎默，站在夜色里，脸上挂着诡异的微笑，比诡怪更惊悚。

但殷修开门后先是一愣，然后就皱眉死死地盯着黎默的脸。

"怎么了？"黎默上前一步，伸手搭上了殷修的手臂，将触须带回到本体。

殷修闭眼叹了一口气："我的认知被改变了，一瞬间有些没认出你。"

黎默抿了抿唇，转身关上了身后教室的门。

殷修看着他扣上门锁后朝自己靠近，有些警觉。

"做什么？"他后退一步，靠在了课桌边。

黎默微笑，低声道："既然认知错误了，那就仔细地看看我，直到记住我的样子为止。"

殷修盯着他，细细地打量他的五官："总感觉两只眼睛好怪……看着不舒服。"

黎默沉默几秒后，左脸上冒出一只新的眼睛，微笑道："现在呢？"

这模样一下就符合了殷修现在的认知跟审美，他点点头，满意地道："现在看着好多了，我才发现，你长得还挺好看的。"

黎默眯着眼睛微笑，然后把眼睛收了回去，伸手从殷修的口袋里摸出了那袋糖，取了一颗给他，低声道："来，再吃一颗吧，我得想办法改回你的认知才行。"

殷修拿走那颗糖含在嘴里，再度抬头看向黎默。

黎默注视着殷修的眼睛，声音缓慢而低沉道："殷修，人类，只有两只眼睛。"

"两只眼睛……"殷修的眼神有些恍惚，那股熟悉的寒意附了上来，他凝视着黎默，宛如被拉进漩涡，无法挣脱，像是有什么东西在侵入大脑，一点点侵占他的理性。

沉寂几秒后，殷修才缓缓地出声道："想起来了，人的确只有两只眼睛……"

黎默微笑着眨眨眼，再度将左脸上的眼睛变出来："那你现在还觉得三只眼睛很好看吗？"

殷修盯着他，然后不适地偏过头去，有些无奈地低声道："不知道为什么，之前就感觉人类有三只眼睛……现在想想，三只眼睛也太奇怪了。"

黎默满意地后退两步："是之前窗外的那双眼睛影响了你，它有着和我差不多的力量，能够影响人的认知。"

他转身慢悠悠地踱步到窗前，唰地一下拉开了窗帘，此刻窗外漆黑一片，没有红色的眼睛，也没有别的东西，只有漆黑的夜色。

"看来是走了。"黎默又将窗帘拉了回去。

"那是个什么东西?"殷修没来由地感觉到了不舒坦,能够在不知不觉间改变人的认知,这东西也太逆天了。

"不太清楚啊,兴许……是副本里搞出来的新东西。"黎默转身回到了殷修的身边,"不过没关系,即便它污染了你,还有我呢,我不会放过他。"

"……"殷修拍了拍黎默,"我不想被污染。"

"但如果你的认知被它改变了,我强行修正的话,你就是又被我污染了,毕竟我可不会什么治愈魔法。"黎默微笑着摊手,一脸无辜。

窗外那双眼睛的污染是改变殷修的认知,而黎默则是通过同样的方式改回了殷修的认知,结果看似一样,但改变认知的痕迹是一定会留下的。

殷修无奈,他无法抵抗那个怪物的力量,那就只能依赖一下黎默了,至少黎默比不知名的怪物要好。

"我可以相信你吧?"殷修认真地盯着他。

他算是第一次在副本里依赖其他人,还是一个完全非人的存在。

"当然了。"黎默微笑,信誓旦旦地应道。

"但我迄今为止都还不是很了解你。"殷修盯着面前披着一张人皮,内里却是怪物的存在,"你身上的秘密太多了。"

黎默微笑着将殷修的手放在自己的胸口:"那你现在想了解真实的我吗?"

004.

殷修的手抵在了黎默的胸膛上,能感觉到他没有体温,也没有心跳,他的身体看似正常,却和真实的人不一样。

"真实的你……很恐怖吗?"殷修能感觉到,伴随着黎默呼吸的起伏,有什么东西在他身体里浮动着。

"也许对普通人而言是有些恐怖,但对你的话,我不太确定。如果你感到不适的话,可以停下,我马上恢复成人的样子。

"你会想了解真实的我吗?"

殷修盯着他的眼睛,点了点头:"我想了解。"

　　殷修的回答让黎默很满意，他拉开西装，露出一片完整的胸膛。黎默的这具身体塑造得非常好，肌肉的轮廓、线条都是极好的。

　　但下一秒，殷修眼睁睁地看着黎默的手指在自己的胸膛上竖着一划，胸膛上裂开了一道口子。

　　没有血液流出，也没有肌肉撕裂，他的皮肤上平滑且完整地裂开了一条缝。

　　"我想……让你感受一下。"黎默示意殷修把手放在那条裂缝上，"里面就是最真实的我。"

　　殷修看着眼前的画面，对人而言着实过于刺激了。

　　他深吸了一口气，直勾勾地盯着黎默，缓慢地试探着将手指伸入裂缝之中。

　　冰凉黏腻的触感包裹着殷修的指尖，触摸到那些潮湿冰凉、黏黏糊糊的东西的时候，一股寒意迅速地爬了上来，让殷修止不住地战栗。

　　无法形容，不可名状，光是摸一摸，殷修的手都在抖。

　　黎默垂眸，嘴角勾起笑容，他的脸上难得浮现出慵懒而舒坦的表情，声音都变得轻飘飘的："殷修……第一次有人，愿意真正认识我。

　　"这种感觉用人类的语言该怎么形容呢？

　　"好开心……"

　　他似乎很愉悦，连情绪都变得激动起来，与此同时，他体内那些黏糊的东西也变得活跃。

　　"等等，你别乱动！"殷修后退，想要抽回自己的手，但黎默一把抓住他。

　　"我想要你多了解我一些，不可以吗？"他盯着殷修，小声地祈求着，目光微微涣散恍惚的模样，给他平添了几分人味。

　　"你会感觉到开心？"殷修无法理解怪物的构造，但黎默会请求，就一定是喜欢被了解吧。

　　"会……"

　　殷修战栗了一下，黎默的情绪被传递了过来，那是愉悦的情绪。

　　"所以……你就是只有人的外形，身体里全都是怪物的组织吗？"殷修深吸了一口气，努力平复着自己的情绪，"你是怪物这一点，我早就清楚了，我想知道的，不是你的身体构造，而是你的其他事。"

　　"我的其他事？"黎默愉悦地眯着眼睛，"我想想，我能告诉你什么呢？我的本体住在一个很黑的环境里，那里是一片大海的深处，往上游的话，就能看到海岸，岸边有很多死去的人留下的东西，我在岸边捡到了很多书，我学习了那些书，然后了解到人类的知识。"

殷修眯着眼："你住的地方，也在副本里吗？"

黎默若有所思："原来并不是副本，在海岸上的一个村子，它们会供奉给我好吃的，但后来……这里就变成了副本，一开始我还能往更远的地方去，但副本出现后，我就只能待在我住的地方。

"我很努力地想要出去，花了几年的时间，终于能够进入各种副本，但我还是无法自由地去往你在的小镇。"

黎默的描述含含糊糊，似乎周遭的变动他自己也不清楚，他只是一只住在深海里的怪物。

"你活了多久？"

"很久很久。我一开始还很小，没有时间的概念。很小的时候，我只能不停地吃东西，后来长大了一些，我才能学习知识。"黎默微笑着用手指向自己的身体，"我在副本里的时候，找到了一个刚出生但已经死去的婴儿，我不知道他的父母是谁，他被遗弃了。

"我与那个婴儿结合，让他的身体长大，我现在这具身体虽然看上去不像是正常人，但人类该有的器官都有，我也能够呼吸，会流血。

"我也能够像现在这样，触碰到你。我也有类似人类的情绪，可以用人类大脑的思考方式，回应你。"

黎默微笑着继续说道："但如果我用本体，也许就不行了，因为我是怪物，欠缺了人类的情绪，也没有说话发声的器官。"

殷修点点头，似乎对黎默身上不合理的东西明白了一些，但对于黎默本身为何存在的疑问却更多了。

因为黎默自己都不知道自己是什么存在。游戏对他的设定他自己也不清楚。

殷修仔细地分析了一下黎默的话，隐隐察觉到了一些信息。

黎默是先于副本诞生的，但黎默并不是副本的掌控者，副本甚至限制了黎默的行动。

而黎默记忆里那个会给他供奉食物的海边小村子是什么就更不清楚了，也许那就是副本一开始的样子。

"我似乎对你的了解更多了一点。"殷修点点头，尽管这个人身上仍旧有一堆疑问，但他已经比之前更加清楚黎默是什么存在了。

怪物又如何呢，面前这个人不仅仅是一个会吞噬的生物，也是有灵魂的。

"那我们会比之前更要好吗？"黎默低头，凑近了殷修几分，他在微笑，眼眸却比之前更加灵动，比最开始见面时多了几分人味。

"比之前更要好倒说不上来……"殷修现在还能感觉到自己的手上的触感，非常复杂，"但人类的感情是相处出来的，我们还需要再相处一下。"

黎默弯起眼眸。

什么人类的感情他不懂，他只听到殷修说要再跟他相处一下。

"好。"黎默凑上去，半截手臂唰地一下被更多黏腻扭曲的组织包裹住了。

"……我想先把手收回来，好像待久了不舒服。"殷修委婉地建议了一下。

"好吧。"黎默乖巧地后退，让殷修把手收了回去。

殷修抽回手之后看到黎默胸膛的裂口内，黑色扭曲的存在，有器官组织也有眼球，还是活的。

他唰地偏过头去，感觉自己接受完整的黎默还是需要点时间的。

黎默将裂缝合上，然后慢条斯理地扣上扣子。

叶天玄那边，他正在蹑手蹑脚地钻教师宿舍。

此刻他猫在一张桌子下面，那个纤细无比的老师正坐在另一张桌子边，在昏暗的灯光下批改着作业。

叶天玄从桌子下面爬过去，摸到了老师的抽屉。

他从打饭阿姨那里打听到了老师宿舍里有有用信息，之前看到弹幕上说殷修那边正在实验能否从教学楼回到这边，心想殷修今晚大概没空来，他就只好自己过来寻找了。

但余光一瞥，就瞥到一条新的弹幕："叶老大！修哥今晚差点中了副本诡怪的招，幸亏有那个'黑黢黢'在！"

"啊？"叶天玄有些诧异，原来强如殷修也有栽跟头的时候。

几乎在他出声的同时，那个正在批改作业的老师唰地一下扭过头来。

灯光昏黄的教师宿舍里，老师细长的脖子在空中扭动着，如蛇蜿蜒伸长，朝着发出声音的地方缓缓探去。

叶天玄立即噤声，从口袋里摸出一枚道具硬币捏在掌心。

高到能杀死诡怪老师的战力他是没有的，但自保一下，隐身不被发现的道具还是有的。

他屏住呼吸，蜷缩在桌子下面，尽量不发出丁点声响，看着老师那细长的脖子顶着脑袋慢悠悠地往这边探来，从叶天玄的跟前扫过。

屏幕前的玩家们都跟着屏住了呼吸，看着老师的脑袋停在了叶天玄附近，东闻闻，西嗅嗅，阴森苍白的脸在昏暗的灯光下缓缓地勾起笑容："我闻到你的味道了，偷溜进来的小老鼠。"

"你可真有本事啊，竟然敢摸到我这里来。"

叶天玄僵在那儿没动，生怕出一点声音就被发现了。

老师细长扭曲的身体缓缓从桌边站起来，闻着味道慢慢地在屋子里摸索。

她细长的手臂顺着地面探索，长长的脖子伸到置物架的上方，纤细的身体十分柔软，每一部分都能探到屋子里的缝隙之中，就这样一点点地往桌子边摸索过去。

叶天玄蹑手蹑脚地避开老师摸到桌子下面的手，屏住呼吸缓慢地挪动着身体，坐到了刚刚被摸索过的桌子上。

他歪头，避开老师扫过的脖颈，侧着身子从桌面上滑过去，双脚落地，然后蹑手蹑脚地往外走。

叶天玄就这么轻手轻脚地避开老师四处摸索的手，一点点地挪动着身体试图往门外走去，动作轻得不能再轻，硬是在老师的眼皮子底下一点声音都没发出地避过去了。

今晚他已经被发现了，不太适合继续寻找线索，开溜才是上策。

他小心翼翼地挪到门口，刚准备出去，那边正在摸索的老师忽地皱皱鼻子，唰地转过头来。

"换地方了啊，你倒是很会玩捉迷藏。"她发出低沉而又阴森的笑声，"但你身上的味道很好闻啊，是花的香味，不管藏哪儿，我都会找到你的。"

说完她细长的手猛地伸向门口，一把将门扣上，把叶天玄锁在了屋子里。

只要他想开门出去，老师就能立刻发现他，但继续待在这个屋子里，被找到也是迟早的事。

叶天玄沉默地站在原地，闻了闻自己的胳膊，哪里有花味？他怎么不知道！

哦，是道具烟的味道，抽多了，身上就留下味了。

看着再度往自己这边探索过来的老师，叶天玄放弃了，无法偷溜走的话，那就只能强行逃跑了。

他看向宿舍的窗户，他记得这里是五楼，不过只要能出去就行，出口是窗户也无所谓。

　　叶天玄猫着腰再度从老师的手臂下钻了过去，在桌子上顺了一本书，猛地朝老师的脚边扔过去。

　　屋子里突然响起的动静瞬间吸引了老师的注意力，下一秒，窗子猛地被推开，夜晚的冷风刮进整个房间。

　　叶天玄一个翻身果断地从窗口跳了下去，不带一丝犹豫。

　　"你竟然敢走窗户？！"老师都震惊了，这可是五楼啊。

　　她迅速转身扑向了窗口，细长的手臂往下伸去，在空中一抓，险险地擦过叶天玄的身影。

　　叶天玄在跃下去的瞬间解除了隐身，从口袋里摸出另一枚道具捏在掌心，周身立即包裹上一层薄薄的荧光罩子，在落地的一瞬间，罩子就裂开了，与此同时，硬币也裂开了。

　　叶天玄没有再管已经报废的道具，又立即摸出隐身道具捏在手里，一路狂奔离开。

　　"别让我找到你了！"老师趴在窗口，细长的脖子伸出窗外，咬牙切齿地瞪着那道消失在夜色里的身影。

　　那人穿着校服，一定是她的学生，身上带着花的味道，这么特别的人，总有办法找到的。

红色日记本

第九章

001.

　　叶天玄捏着隐身道具一路狂奔准备回宿舍，毕竟道具也是有各种限制的，比如防御罩子有使用次数限制，用完就废了，隐身也是有时长限制的，到时间就解除。

　　学校的夜晚还有红色的怪物保安巡逻，不抓紧回去，可能会被这位逮到。

　　今晚没在教师宿舍里找到信息也没办法，他一个人去还是冒险了点，这么危险的事，下次还是交给无敌的殷修来吧。

　　宿舍楼里，夜晚那些发狂的诡怪学生统统挤在走廊上游荡，叶天玄出现的瞬间，学生们猩红的目光就投向了他。

　　那一双双红色的眼眸在夜晚亮起，密密麻麻，视线集中，看起来竟然像是盘踞在走廊的巨大复眼。

　　它们喃喃着大步向叶天玄靠近。

　　"你好特别，你好特别……"

　　"你与他们有什么不同？有什么不同？"

　　"你为什么跟他们不一样？为什么？"

　　"我想了解你……想了解你……"

　　诡怪学生们将叶天玄堵在了宿舍走廊的楼梯口，他回不去自己的寝室，也不能在这会儿离开宿舍楼，一时间有些进退两难。

面对眼前大批阴森的诡怪学生们，叶天玄微笑着，一脸平静地站在那里，从口袋里摸出了烟盒："大晚上的还真热闹啊，倒也不必出来这么多人欢迎我吧？不过你们来得正好啊，我正愁明天的日子该怎么过呢。"

他笑眯眯地夹起一根烟，明亮的火光在夜色里燃起，勾勒着他的面颊，他缓缓地点燃了烟。

紫色的烟雾带着淡淡花香缓缓地在走廊上飘荡开来，幽幽地萦绕在那些学生身边，它们缓慢蠕动着的脚步忽地停了下来，双眸之中的猩红在逐渐消散。

学生们伫立在原地，红瞳凝视着叶天玄。

"你好特别……你果然好特别……"

叶天玄摆摆手，抖了抖指间的烟灰："哪里的话，我只是一个普通的人，没有什么特别。"

诡怪学生的目光仍然直勾勾地盯着他："我对你很好奇……很好奇……"

"我会时刻……注意着你……"

学生们的喃喃声渐渐消失，走廊上安静了下来。

没一会儿，那些学生恢复了理性，迷茫地站在走廊上互相望着。

"奇怪？我为什么会在这儿？我不是应该在宿舍睡觉吗？"

"糟糕，得赶紧回去睡觉，不然明天没法上课了。"

"快走快走，一会儿别让宿管发现了。"

"哦，我们没有宿管。"

学生们熙熙攘攘地回到了各自的寝室，叶天玄也掐灭了烟，站在走廊上若有所思。

看来这个副本里有一个很特别的存在，能够通过这些学生的眼观望整个学校，也许就是这个副本的主宰了。

目前还没有它的信息，得再调查看看。

叶天玄收起道具，就匆匆赶回去睡觉了。

第二天一早的课，老师等所有的学生进入教学楼后，才怒气冲冲地进入教室。

今天她无论如何都得抓到昨晚那个偷溜进她宿舍的"小老鼠"，她倒要看看，身上味道那么特别的学生到底要怎么藏！

上课铃声响起，老师皱着眉面对着底下排排坐的学生："让我来检查你们的作业。"

她伸长脖子，借着检查作业的名头，这个闻闻，那个嗅嗅，闻了一圈后，面色凝固地缩了回去。

奇怪……怎么所有学生身上都有花香了？明明昨天还没有的？！

屏幕外的观众看着老师一脸迷茫，开始狂乐。

"她肯定不知道叶老大昨晚用烟镇压了诡怪学生，在它们身上都留下了烟的味道。"

"这样她是怎么都没办法找到昨晚进入她房间的学生了。"

"不过被发现了一次的话，老师就会比之前更谨慎了，接下来叶老大就不好再去了。"

"那没关系啊，还有咱修哥呢！"

"确实！有咱修哥在就很让人安心啊！"

昨天晚上，殷修跟黎默在教室里待了一夜，试图验证在他这边的教学楼待一夜是否能够去往叶天玄所在的空间。

结果失败了。

天亮后打开教室门往外一看，他身边依旧都是诡怪，没有任何玩家，也没有见到叶天玄。

他就只能去教室里蹲一个早到学生，逼对方帮自己写作业，然后按流程去上课了。

叶天玄通过弹幕将昨晚他那边的情况告诉了殷修，并且说明了教师宿舍有信息这点。

为了不惊动老师，今天黎默依旧是被殷修藏在袖子里上课，他准备课后再去教师宿舍看看情况。

整个上课过程，殷修都尽量不去听诡怪老师的话，而是把注意力集中到自己袖子里的黎默身上，听他在那里讲一些有的没的，来分散一下注意力。

但今天的课，跟昨天有些不一样。

寂静的教室里，老师阴冷的目光在整个教室游荡，她的声音冷冰冰的："我现在，要叫一名学生来回答一下黑板上的题，答不对的话……就不配做我的学生。"

她的声音一停，整个班上的学生都不自觉地紧张起来，立即坐得笔直，注意力高度集中，格外认真。

毕竟谁都知道，被这个老师认定为不配做她学生的后果。

所有学生如临大敌，唯独最后一排还在走神的殷修。

老师的视线在教室里转了一圈，毫不意外地落在了殷修身上，顿时火冒三丈。

怎么有人敢在她眼皮子底下发呆！

"你！就是你，站起来答题！"老师有些冒火的视线瞬间集中到了殷修身上，伸手指向他。

殷修没听到，还在发呆，所以没有回应，整个教室一时间陷入了死一般的寂静，所有学生看着老师越发阴森的表情大汗淋漓。

最后还是殷修旁边的女孩子推了他一下，紧张地小声道："老师……老师叫你呢。"

殷修这才注意到周围的气氛。

他捏紧袖子口抬眸看向讲台上站着的老师，被抓到上课走神也依旧气定神闲地回视过去："怎么了？"

老师咬牙切齿地盯着他，指了一下黑板上的字："你来，回答一下这个问题。"

殷修看向黑板上写着的字，他一个字都不认识。

他抬手漫不经心地挠了挠耳后的头发，袖子经过耳侧时，里面幽幽地传出黎默的声音："回答，对于人性的理解。"

殷修淡然地抬眸看向讲台上怒视着他的老师，淡声道："老师，我没有人性，所以无法理解。"

他这一回答，瞬间让学生们脸色惨白，它们哆哆嗦嗦，完全没想到殷修会这么回答，跟找死无异。

"没有人性……"讲台上那个纤细的人形发出了阴沉的笑声，"你难道不觉得自己是一个人类吗？"

"是人，但我还没有完全理解人性，所以才来你这里上课，有什么问题吗？"殷修懒懒地盯着她，与其他学生不同，一点畏惧的反应都没有，"还是说，老师你认为你不用教这些，我们也能懂？那我还要你做什么？"

他察觉到老师散发出来的杀意，自然就回敬了一份杀意。

在没有规定不能杀老师的情况下，他没有畏惧的理由。

老师直勾勾地盯着殷修，缓缓地勾起微笑道："你不用回答了，在我看来，你已经学会了人性，你比它们更像是人。"

她的目光意味深长，想到她口中所谓的人类学，殷修觉得这句话不像是夸奖。

老师没有再问他其他问题，而是挥挥手，让他坐下了。

老师继续讲课，殷修对刚才老师那句话很在意，不自觉地开始留意那个老师所讲的课程内容。

"人性，就是在该放弃的时候放弃，该前行的时候停住。对人生不抱有任何希望，不祈求所谓的光，放弃努力，遵循自我的本能，在沼泽里堕落，就算面对死亡也毫不畏惧。

"面对困难，不做挣扎，顺其自然，放弃自我。"

伴随着她轻飘飘的声音，殷修又感觉到了一阵眩晕。

这个老师所讲的一切都是跟殷修认知相反的东西，不管是人的模样，还是人的意识，都完完全全相反。

那么，她说自己比这些诡怪更像人，是什么意思？他是人类之中的诡怪，诡怪之中的人类？

一往这方面思考，眩晕感又扑了上来，伴随一阵耳鸣。他的左手忽然不由自主地一抬，捂住了耳朵，一些黏黏糊糊的液体钻入他的耳朵里，阻挡了那些声音。

涌动的液体灌入耳道，似乎整个脑袋里都是黏腻的声音，但稍微让殷修的脑袋清醒了几分。

"我刚刚……好像不小心去听课了，你怎么不叫我。"殷修有些生气。

袖子里钻出一小节触须，黎默无辜地道："我叫你了，但你好像听不见。"

"我没听到吗？"殷修怔了怔，眉头紧锁，这不是个好征兆啊。

"对啊……我一直在叫你，但你没有理我……"

黎默的回答让殷修神情复杂，他垂眸看向袖口触须："下次看到我有任何不对劲，就立马叫我，不要犹豫。"

这个副本对人的污染无声无息，让人毫无察觉，若是没有黎默在身边，殷修恐怕不知何时就在无形之中被影响了。

"好……"黎默能感觉到殷修的不快。

不仅他在这个副本里感受到怪异，殷修也同样如此。

能感觉到什么，却抓不住那种危险感。

"算了。"殷修垂眸沉了一口气，"再继续跟我讲你之前看到的三只青蛙的故事吧，还没听完呢。"

"哦。"黎默乖巧地凑到殷修耳边，跟他讲自己以前捡到的书籍上的故事来给他分神。

讲台上的老师一边讲着课，一边目光死死地盯着后排的殷修。

在整个满是漆黑诡怪的教室里，殷修身上散发出淡淡的光。

她能够清晰地看到殷修身上的变化。

他的灵魂已经逐渐染上了黑色，意识也在渐渐地进入睡眠状态，离彻底沉睡过去，还差那么一点。

但是没关系，还有好几天的时间，足够让他慢慢沉溺在这里。

至于他身旁出现的那个小小意外……并不会产生太大的影响。

下课铃声响起后，老师细长的身体缓慢地离开了教室。

殷修也打算起身，先去食堂，然后回宿舍，再偷偷去教师宿舍探索一下叶天玄没有拿到的信息。

但今天教室里的同学稍微有些不同，它们没有像平常一样在下课铃声响后立马离开教室，而是纷纷起身，向殷修这边走来。

殷修望着靠近的学生，立马警觉，但那些学生并没有展露丝毫的危险气息，而是笑眯眯地询问——

"殷修同学，一会儿要跟我去吃饭吗？"

"对啊，今天跟我们一起吃饭吧，为了促进同学间的友好关系。"

"同学之间必须保持良好的交流，我们也想要多了解你。"

"跟我们一起去吧。"

一张张扭曲的脸在殷修眼前晃悠，他连忙偏过头不去看那些脸，只是淡淡地摆手："不用了，我自己去。"

说完就要起身往外走，还没跨出去一步，那个身上长满复眼的女孩子就又拦住了殷修。

"这是你的作业。"今天她也依旧好心地给殷修抄好了作业，但和作业一起递过来的，还有一份小小的红色包装盒。

她含蓄一笑："这是我给你的礼物。"

殷修沉默地接过作业本，看向她手里的红色小盒："礼物？"

"嗯。"女孩笑眯眯地点头。

殷修若有所思地看着盒子，又看向了面前的诡怪，她身上的眼睛在殷修的注视下慌张地看向别处，似乎很不好意思。

"给我的礼物？"殷修又确认了一下，神情有些琢磨不透。

"嗯！"女孩雀跃地点头。

殷修抬手，试图接过，但右手刚伸出去，左手就忽地抬起一把抓住了右手，不让他去接。

"校园规则六：对于同学的赠礼，必须接受，不能拒绝。"

因此的礼物殷修是不能不接的。

他摸了摸左手，要黎默不要担心，之后就接过礼物盒，并点点头："谢谢。"

"不客气。"女孩害羞地捂着脸匆匆跑开了。

屋子里的其他人欢乐地拍手庆祝："恭喜殷修同学融入我们的班级大集体啊。"

"恭喜殷修终于跟同学们的关系更进了一步。"

"恭喜恭喜。"

听着那些吵闹的声音，殷修又开始觉得眩晕耳鸣了，他捏着礼物盒匆匆出了教室。

走出教室，一到没人的地方，他的左手手腕就唰地冒出无数触须一把卷走了殷修右手上捏着的礼物盒，同时液体下淌，化成了人形。

黎默抬手抵着墙面，微笑着晃了晃指间夹着的小小礼物盒："我总觉得这个礼物有危险。你可以收，但最好不要拆。"

殷修余光瞥了一眼他手上的礼物盒："只是看一眼是什么东西也没关系吧？"

"不可以。"黎默一把将礼物盒塞进嘴里，然后吞咽了下去，"不能拆，这是坏诡怪送的。"

殷修无言地看着他把礼物吞了下去，也不好掰开他的嘴让他吐出来，就偏头看向别处，闷声道："好吧。"

"我知道你喜欢别人送你礼物，你喜欢，我可以送给你，但是来历不明的诡怪送的不可以拆。"

"哦。"殷修淡淡地垂下眼眸，嘴上应着，但表情却不是那么回事。

黎默盯着他，又从嘴里吐出了那个礼物盒，捏在手心："你就这么想要这个礼物？"

殷修平静地回视他："倒不是，只是她对我还不错，每天都会给我抄作业，很好奇她会送我什么。"

黎默发现，殷修对那个女孩子的态度发生了一点变化，之前他对这个女学生还很警惕，只能说这个副本太清楚殷修的软肋了。

"食堂那位诡怪说的对，你果然会对向你示好的人心软啊。"黎默抬手一抛，将礼物盒再度丢进嘴里，这一次不是完整地咽下去，而是用牙齿咔咔咬碎后吞咽，不给殷修一点念想。

"不能拆就是不能拆。"

殷修盯着他，情绪复杂，他知道黎默是为他好，但心里没来由觉得有些别扭。

那股让他烦躁的耳鸣与眩晕感又来了。

他索性偏过头去，一言不发地离开教学楼，去往食堂。

黎默跟在他身后，对所有靠近殷修的同学投去警告的微笑，一路跟着殷修进了食堂。

002.

今天打饭阿姨一如既往地招呼了殷修，微笑着道："下课了啊？阿姨已经准备好你的饭了哦。"

她从窗口推出一个餐盘给殷修，然后细长的脖子从窗口里探出，凑到殷修身边小声说道："我记得我姐姐的宿舍里有关于这个学校以前的记录，还有现在的一些改变。"

"她是老师，会比在食堂的我更了解这里，你或许可以去她那边看看。"

殷修点点头，这跟叶天玄传递来的信息相同，那么教学楼里一定会有一些重要信息。

"谢谢阿姨。"

"不客气。"打饭阿姨微笑着回道，余光瞥到殷修身后站着的黎默，忽地一怔，眉头紧锁，"你身后站着的……是你的同学？"

殷修回头看向黎默微笑的脸，轻声应了应："嗯。"

阿姨神情复杂："我觉得你还是不要离你的同学太近比较好……"

殷修看向身后微笑着的黎默，目光在他脸上停留几秒，又看向阿姨："为什么？"

"你的同学也许没你想象中那么简单……"阿姨紧张地盯着黎默，如临大敌，"和他待久了，他只会拉你进入深渊。"

"他不会的。"殷修语气平淡地端起餐盘，他很清楚副本里的诡怪看到黎默都会警惕。

"那可未必……危险的人最会隐藏自己了。"阿姨盯着黎默，语气意味深长。

黎默不开心地瞪了她一眼，心道：这也是个坏诡怪，离间他和殷修的感情。

殷修沉默地看向阿姨跟黎默，目光微沉，不知道该回应什么，便转头端着餐盘去吃饭了。

坐下后，诡怪们迅速挤上来，开心地跟殷修搭话，关心着他。

"我们和你一起坐在这儿吃饭好不好啊？"

"你喜欢吃什么？是这个鸡腿吗？我也喜欢。"

"你作业写完了吗？我还一点儿都没写，真烦恼啊，得赶紧在回宿舍之前写完。"

"是啊，写完作业就带回宿舍吧，听说最近早上教室里总有怪人逼学生帮他写作业，也不知道是谁。"

"因为大家都不想写作业吧？太正常了！我要是武力值高，我也让人帮我写作业，哈哈哈。"

"我肯定是被逼写作业的那个。"

学生们自顾自热闹地聊着，与安静吃饭的殷修大不相同。

其中一个学生忽地转过头来看向殷修："对了，你作业写完了没有啊？"

殷修微微一怔："没有……"

"我也没有，得赶紧吃完饭回去写作业了。"

"是啊，是啊。"

原本学生们讨论的氛围十分热烈，却忽地突然噤了声，像是看到什么恐怖的东西一般，迅速转身离开了殷修附近。

殷修纳闷地望着他们离去，一转头就看到黎默阴沉沉地坐在自己身边，虽然在微笑，但眼神很郁闷。

"你为什么又不理我？"

"我没有不理你啊。"殷修光去注意学生们的聊天了，根本没听到黎默的声音。

"我一直在叫你，但你完全不回复我。"黎默端正地坐在殷修对面，直勾勾地盯着殷修打量，脸上的表情还是微笑的，但嘴唇的弧度却没有平时那么弯。

殷修看一眼就知道他不开心了。

"抱歉，我没有听到。"殷修若有所思，他刚刚是真的一点都没听到黎默的声音。

兴许是被刚才学生们的交谈吸引了全部的注意力，虽然这些同学不是人，但它们每天都向他热情地打招呼，每天都对他嘘寒问暖，还送他礼物，殷修唯独在这个副本里受到过这样的待遇，感觉很奇妙。

"下次可不准再不理我了。"黎默微微眯起眼睛,"我生气了后果是很严重的。"

殷修夹起一根鸡腿放到了他碗里:"好了,知道了,别生气了。"

黎默张嘴将鸡腿一口吞下,嘴里嚼着食物,决定暂且原谅一下他刚才的无视吧。

殷修周身萦绕着的奇怪感觉仍然存在,感觉到说不出的别扭,他浑身上下也没有哪里多出什么或者少了什么啊,怎么突然就变得怪怪的呢。

晚饭过后,殷修按照规则先进入宿舍,然后等九点之后再偷偷摸摸去教师宿舍,看看叶天玄漏掉的信息是什么。

回到宿舍时,殷修就看到自己的寝室门口摆放着一些小礼物,花花绿绿的漂亮礼物盒子精心摆放堆叠在他的寝室门口。

而远处一些学生在走廊上看似若无其事地聊天,其实偷偷观望着他的反应,大家似乎都很期待他看到礼物之后的反应。

殷修沉默地盯着面前的一堆礼物。

这是他期待看到的场景,但现在他在副本里,礼物是一群他需要警惕的诡怪送的。

复杂,心情非常之复杂。

他知道自己应该警觉,但心底会有那么一丝丝想去拆礼物,想要看看别人送给他的心意。

他还沉默着,旁边的黎默已经上前捡起礼物,把那些大盒小盒都塞进了嘴里:"不准看!不要收!不能要它们的东西!"

殷修看着那些被压成团丢进黎默嘴里的礼物盒,拧了拧眉,耳鸣与眩晕感再度浮上来,让他有些说不出地难受。

他惊觉这种不舒服的感觉是反感,之前看到黎默吃掉那个学生送的礼物时也会出现这种情绪。

非常不对劲,他居然会反感黎默。

殷修深吸一口气,偏过头去,压着那股莫名的情绪:"我相信你,我不要它们的礼物,把它们都收走吧。"

说完他越过黎默进了寝室,情绪烦躁的同时,还感觉到没来由的感到饥饿,他明明刚刚从食堂回来。

殷修在寝室里兜了一圈,没有找到任何吃的,目光不自觉地落在了宿舍的冰箱上。

　　他打开宿舍的冰箱，里面摆放的都是他爱吃的东西。

　　鲜美的鱼，肥嫩的鸡腿，还有甜甜的糕点……每一样都散发着香味，引诱着殷修。

　　看到殷修打开了冰箱，屏幕前的玩家们一片哗然。

　　"修哥！不要打开冰箱啊！不要忘记规则三啊，宿舍冰箱里的东西一样都不能碰！"

　　"话说那些东西，正常人看了都不能碰吧！全都是黑色、红色的块状物，谁看了会想吃啊！"

　　"不不不，你看修哥的表情，在修哥眼里，那些明显不是这么恐怖的东西。"

　　"确实，通关规则三说不能吃冰箱里的食物，它们并没有你看上去的那么美味。显然在玩家眼里那些东西会是一些很好吃的东西。"

　　"修哥记性很好，不应该忘记这条规则而打开冰箱啊，发生什么事了？"

　　"感觉不对劲，副本对修哥做了什么，但我们看不到。"

　　"话说你们有没有发现……修哥已经很久没有搭理我们了？之前修哥还会莫名地无视室友的声音，修哥是不是……看不见弹幕了？"

　　"不会吧？"

　　玩家们提醒不了殷修，就只能告诉黎默。

　　黎默迅速地踢开礼物盒进入宿舍，就看到殷修站在冰箱前咽口水，双眸直勾勾地落在那些黑红不明的东西上。

　　"不能吃！"黎默一把上前关上了冰箱的门，"不能吃这些！"

　　他清晰地看到殷修对他皱眉，露出了厌烦的表情，但殷修还是忍耐着问道："为什么？"

　　黎默堵在冰箱跟前，防止殷修有再度打开冰箱的机会，认真地盯着他："冰箱里的东西绝对不能碰！你忘记规则了吗？"

　　殷修脸上有一瞬间的错愕，他垂眸，心情复杂地捏了捏自己的眉心："有这条规则吗？"

　　"有啊，弹幕都说有的。"黎默皱着眉将殷修上下打量了一遍，"你不记得了吗？"

　　"弹幕？"殷修拧眉，沉思了片刻，似乎想了很久才缓缓地道，"我不记得有这条规则了……"

"但确实有这样的规则，不能吃。"黎默郑重其事地说着，生怕殷修不相信。

殷修缓慢地点了点头："我相信你，我不吃。"

他似乎也察觉到自己现在的混乱状态了，连自己脑内记下的规则都变得不正确了，他别无他法，只能选择相信眼前的人。

相信黎默是唯一正确的。

"你饿了？"见殷修放松下来，黎默低声询问着，"我去食堂给你弄点吃的来？"

殷修摇摇头，一脸烦躁，低声道："先别从我身边离开，我怕你不在，我会做出错的事。"

黎默怔在原地，垂眸盯着殷修，他能感受到殷修正处于非常不安的状态。

殷修一脸疲倦地在宿舍里待了一会儿，直到晚上九点。

得到殷修的绝对信任让黎默看上去心情极好，而殷修则相反，一直保持一副淡然的样子，在九点之后前往了教师宿舍。

教师宿舍在离学生宿舍很近的地方，但相比起学生宿舍的热闹，这里十分冷清。

一栋灰扑扑的五层小楼，墙壁发灰，满是裂痕与青苔，一站在出入口，潮湿与阴冷的气息便扑面而来，楼道里连灯都没有几盏，阴暗至极。

殷修提着刀上楼，按照叶天玄给的消息前往五楼。

殷修偶尔会想起弹幕的存在，看上两眼，偶尔又会彻底忘记弹幕的存在，一点都不记得看。

不知道是从前没有开弹幕的习惯，还是受这个副本的影响，导致他时常忘记看弹幕。

上到五楼，整层的宿舍房间都黑漆漆一片，只有一个屋子里亮着昏暗的灯光，在整个漆黑寂静的小楼里，宛如与世隔绝一般，分外显眼。

殷修慢悠悠地上前，站到了那间宿舍门口。

他思考自己要怎么光明正大地进入教师宿舍获取信息，毕竟自己以前只会硬抢，能用武力就绝不犹豫，但如果杀掉老师的话，明天的课谁上呢？

走廊上安静片刻后，殷修抬手敲了敲教师宿舍的门。

清脆的敲门声在夜里很是清晰，没一会儿，宿舍里面就传来了脚步声。

门嘎吱一声打开，老师纤细的身影出现在了门口，因为她过于高，以至于殷修站在门口完全看不到她的头，直到她主动弯下脖子，殷修才看到了她阴森又惨白的脸。

"有什么事吗？"面对殷修的出现，老师并没有惊讶，而是不悦地盯着他。

"老师，我忘记抄作业了。"殷修面无表情地说着。

老师唇角一抿，一脸不信地盯着他："真的？"

"嗯。"殷修面不改色地点头，"因为我是个勤奋好学的好学生，发现作业忘记抄之后，连夜来找老师，我想老师一定会帮我补抄一份今天的作业吧？"

他讲得一脸认真，要不是老师知道他每天上交的作业都是不同字迹，差点就信了他这套说辞。

老师沉默，也想不到什么拒绝的理由，她了解殷修，就算她强硬拒绝，殷修也会强行进入，于是她索性从门口让开了："进来吧，我去给你补一份，明天记得交。"

"好。"殷修点点头，放下了自己握紧的刀。

这么顺利真是太好了，他不用动武。

他越过老师，进入了教师宿舍，而跟在后面的黎默也在老师皱眉的注视下进去了："你也是我的学生？我怎么不记得你？"

黎默微微一笑："旷课了。"

老师："……"

一个两个的，嘴里没有一句实话。

进入教师宿舍后，殷修看到了屋子里那盏亮着台灯的小桌，似乎很晚了，她还在批改学生的作业。

殷修路过时，悄悄地探头看了一眼，昏黄灯光落在陈旧的作业本上，上面什么字都没有，只有老师的红笔勾改。

班上的人就那么多，而老师的桌子上却摆着一大堆未批改的作业本，显然有些不正常。

"你待一会儿吧，我给你重新写一份今天的作业。"诡怪老师对待工作还是认真的，她细长的身体重新坐回到了亮着台灯的桌子边，长长的脖子弓下来，垂着脑袋看向作业本，慢悠悠地用无比纤细的手指捏住笔，在一个新的作业本上写着字。

殷修趁她写字的工夫，开始在屋子里转悠。

屋子并不大，其中老师睡觉的床几乎占据了房间的一半空间，她很高，还很细长，床靠着墙，床的长度几乎是整个屋子的长度。

除了批改作业的桌子以外，屋子里还有一小块地方，摆放着书桌和一个书架，上面摞了不少书籍，显然重要信息就在这块区域。

弹幕转述了叶天玄的话，抽屉他检查过了，没什么东西，信息应该在书架上，但他当时是偷摸进去的，实在不好站起来翻书架，加上后面又被发现了，就只能匆匆离开了。

殷修漫不经心地踱步到书架边，向老师那边轻声道："你这边好多我没看过的书啊，老师，我能看看吗？"

坐在桌边的老师漫不经心地勾唇冷笑："你要是能看懂的话，我不介意你看。"

殷修随手拿过一本翻了翻，上面是诡怪的文字，他不认识，怪不得老师同意他乱翻。

"咳咳。"殷修合上书，转眸看了一眼旁边的黎默，朝书架扬扬下巴，黎默就自觉地靠近书架，帮他去翻了。

这次的副本比殷修想象得复杂，学校规则是诡怪文字，不是诡怪还看不懂，但玩家若是变成了诡怪，看懂了文字反而没救了。

这个副本有一种根本不想让玩家成功通关的感觉。

黎默在那儿翻看的时候，殷修也拿过两本翻起来。

起初拿过的书他全都看不懂，整页都是不认识的字，然而后面拿起的书，一些不认识的字中间会夹杂着一两个他认识的，翻着翻着，殷修发现书架里竟然有一两本他能看懂的书。

一本叫《人类学》，一本叫《人性》，全都与他上过的课有关。

殷修皱眉，开始在整个书架里翻找，忽地在书架最底端找到了一本红色的日记本。

它看上去像是被遗落在了书架下面，但页面上干干净净，没有半点灰尘，殷修推测应该是有谁把它藏在了这里，还时常会打开。

殷修回头瞥了一眼老师的方向，然后悄然无声地捡起了这本日记。

003.

本子上的字他看得懂，的确是日记，内页陈旧，记录的时间也非常早，殷修匆匆地翻了一下，发现整本日记的字迹从工整清晰到狂乱潦草，最后变得干净整洁。日记是老师从诡怪的角度写的。

他翻到最开始的几页，大致浏览了一下——

2050 年 6 月 1 日

我的学生们太顽皮了，总是会欺负一些新来的孩子。

但它们都是一些好学生，在这个年纪调皮些是正常的，反正那些奇怪的孩子很快就会离开这里，一些小过失就当看不见吧。

2050 年 6 年 3 日

似乎学生们欺负新同学的行为愈演愈烈了，它们已经把欺负新来的孩子当成了一种乐趣。

新同学真是可怜啊，但我无能为力，它们都是好学生，只是稍微调皮了些，而且只要那些新来的孩子不反抗，他们很快就会融入我们这个大家庭的，没关系。

2050 年 8 年 1 日

我的学生们逐渐变得奇怪，新来的学生总是待不了多久，要么融入它们，要么迅速离开。

那些特殊的孩子向我求助，但它们已经不是我能约束得了的，就睁一只眼闭一只眼吧。

2050 年 8 年 3 日

你们还在反抗什么呢，乖乖融入它们不就得了，被欺负就加入它们，去欺负别人就好了。

人就该是这样的，顺应大众，被淘汰的孩子就离开学校，没什么可教训的。

2051 年 9 月 1 日

这一批新来的孩子很刚烈啊，一直在与我的学生们对抗着。

其中有一个孩子好特别，他看上去年龄不大，攻击性却很强，这样的学生通常过不了多久就屈服了。

想必他会受到我的那些学生们的特殊照顾。

不知道这次,他能待多久?

2051 年 9 年 2 日

真是疯了!疯了!那个学生简直是疯子!他突然伤害了我的学生!

我的孩子们,是那么优秀,竟然会被一个怪物打败!

我要杀了他!杀了他!

2051 年 9 年 3 日

他……

不……应该是"它"……

"它"就是个怪物,"它"肯定不是人类,进入这所学校的所有人,没有一个像"它"那样的。

所有欺负"它"的学生都被"它"杀掉了,可怕……太可怕了……

这样的人怎么配当我的学生,我要申请让"它"退学!我不允许"它"留在我的班级!

2051 年 9 年 4 日

校长说无法将"它"赶出去,因为"它"没有触犯规则。

没办法了,排除异己是我的学生最擅长的事了。

那个可怜的怪物,这里没有人欢迎"它","它"会被所有人排斥,被所有人冷待,被所有人欺负。

2051 年 9 年 5 日

我那个在食堂工作的妹妹真是愚蠢,为什么会对那样一个怪物产生同情心呢。

"它"就应该消失。

不过还好,明天所有学生会联合起来逼"它"触犯规则,这一次,危险的怪物再也不会出现了。

　　日记到这里就断了一段时间，往后翻是几页空白，再往后翻就是一整页潦草的字迹，十分狂乱，几乎难以辨认内容，只能勉强辨认出几个片段——

　　"它" 杀……学生……全部……

　　"它" ……校长……杀……杀光……

　　那是个怪物！怪物！

再往后又隔了许多许多页，字迹终于又恢复了工整。

　　2057 年 5 年 1 日
　　学校重新开了，只不过……学校里只有我和妹妹两个了……
　　空荡荡的学校好不习惯啊，我仍然不敢回忆那天发生的事，一夜之间，整个学校都空了。
　　我不想再看到 "它" 了。

　　2057 年 6 年 1 日
　　学校里陆陆续续地进来一些新的学生，他们听了我的课后，逐渐从人变成了和我一样的诡怪，这很奇怪，我从来没有见过这样的事。
　　学校改变了很多，就连教学内容都变了，似乎有什么东西在影响着整个学校。
　　好可怕，那些人……不，那些学生，它们才不是什么学生，也不再是人，它们被什么操控着，它们就是那个东西的一部分。
　　这个学校已经不再是从前的学校了，现在只有我和妹妹两个诡怪……其余的，全都……全都是它。
　　就连我的思绪也开始被影响了，偶尔我会忘记曾经的学校长什么样子，也会忘记，我是一个诡怪。

　　2057 年 7 月 1 日
　　我已经被影响了，我不知道还能在这所学校坚持多久，也许曾经放任我的学生们作恶是一件错事，否则学校也不会被变成这样。

这么多年过去了，我仍旧对那个人耿耿于怀。

教育失败的我，下场惨烈，而杀光学校所有诡怪的他，又会变成什么样子呢？

2057 年 9 年 1 日

他进来了，他又来了这个副本。

我以为我应该恐惧他的，但现在看到他，我只有愤怒。

回想到那一日他提着刀站在教室里，就忍不住狂躁。

可愤怒也没有持续多久，我就冷静了下来，因为我能在我完全被污染之前看到他也变成怪物。

这一次，他要是能杀掉学校里这些诡异的学生，兴许也不错。

2057 年 9 年 3 日

他变了好多。

妹妹跟我说，他长大了，性格已经变得沉稳了些。

呵，怪物永远是怪物，不管长大多少都是怪物，这一次，他依旧会选择用暴力解决问题。

但他兴许不知道，现在整个学校的学生，都曾是他的同类。

它们还有救，不过遇到他就算彻底没救了。

手刃同族，断绝他人的任何希望，这才是怪物应该做的事。

他会在这次的学校副本里，变得更加像个怪物的，就如同现在掌控学校的那个怪物所期盼的那样。

日记的内容到这里就没有了，殷修沉默地看着上面的字迹，差不多清楚了，日记内容里提及的那个杀光诡怪的怪物，就是曾经的自己。

但更重要的信息是，这个学校里的所有诡怪曾经都是玩家？这是他没有想到的。

很多游戏都会挑选玩家在过副本时发生的重要事件当作副本创作的背景素材，但这种征集曾经的玩家成为副本诡怪的情况，殷修也是第一次遇到。

最开始的深海学院里的诡怪学生被殷修在上一次过副本时杀光了，最后活下来的只有食堂阿姨和老师，整个学校里只有这两个是原本的副本诡怪，现在的所有学生都是通关失败的玩家。

老师的日记里提及它们还有救，兴许还能变回正常人，也就是说，这些玩家版的学生诡怪一定是副本通关的一环。

但日记里隐晦地描述说学生们都被什么东西控制着，就连老师也逐渐被影响，不知道何时就会失去自我。

那是个与老师和食堂阿姨不同的另一方势力，是未知的存在。

这日记的信息量还挺大。

殷修又往后翻了一页，发现日记本里夹着一张泛黄的老旧照片，上面有不少诡怪，照片上方写着：班级合照。

殷修在上面仔细寻找着，最后在右下角看到了自己。

那时的他面无表情地站在角落里，和其他学生隔了很远的距离，存在感极低，他的旁边用红笔写着一句话：你和我们一样。

殷修垂眸，盯着那句话沉思。

一样？哪里一样？像个怪物吗？

无论在诡怪眼里，还是玩家眼里，他都像个怪物。

在学校不被接纳也是正常的。

这么想的话，现在这个副本，竟然还不错呢。

殷修合上日记本，发现自己旁边多出了一道身影。

他转眸看去，发现老师不知何时站在了他旁边，细长的身体高高地竖在那儿，正垂着脑袋盯着他。

"你虽然变了很多，但本质是没有改变的，你在副本里待了太久，已经完全不会做人了。"老师的目光直勾勾地盯着他，缓缓地将作业本递到他面前，阴森森地道，"殷修，我在祈祷，我能坚持到你完全变成怪物的时候，那时，我一定会好好看看你扭曲的样子。

"这个副本，将是你我恩怨的了结。"

殷修从她手里接过作业本，对她如同诅咒的话语反应平平，只是冷淡地道："谢谢老师，我先回去了。"

"好。"老师直勾勾地盯着他，虽然眼里冒着火，但视线在他身上打量之后，却勾起一个愉悦的笑。

见殷修转身离开教师宿舍，她幽幽地好心出声提醒道："殷修，不带着另一位同学一起离开吗？他跟你说了好久的话呢。"

殷修脚步一顿，回头看向了只有老师站着的宿舍，眉梢微挑。

"另一位同学？谁？"

老师嘴角的笑容变得更加诡谲莫测："如果你没有看到的话，那就当我没说。"

殷修疑惑地盯着她，皱眉。

他不是一个人来的吗？整个学校都是诡怪，他能跟谁一起来？

只要一去思考，脑子里就响起一阵耳鸣，眩晕发胀的感觉让他有些难受，大脑本能地抵触思考这件事。

殷修摇摇头，不再理会老师的话，转身离开。

昏暗的教师宿舍里，老师阴恻恻地看向门口站着的那个阴沉着脸的男人："没想到啊，怪物长大后竟然也有了怪物朋友，不过真可惜，有别的怪物想要他，你是抢不走的。"

黎默微笑着回头看向老师，眼底冰凉："谁？"

老师捂嘴微笑，低声道："你感觉不到吗？它一直注视着整个学校。"

"你是没办法找到它的，它将自己的本体藏了起来，谁也不知道它在哪儿，我不知道，你也不会知道。"

黎默看着她眼底的幸灾乐祸，一言不发，抬脚离开了教师宿舍，迅速跟上了殷修。

正在将日记本上的信息传递给叶天玄的玩家对刚才的情况十分震惊——

"发生什么事了？我是不是错过了什么？"

"不知道啊！修哥好像突然就看不见他的室友了！"

"真的吗？之前只是偶尔听不到他的声音，现在直接看不见了吗?!"

"完了，唯一能限制住修哥的人也被屏蔽了，这个副本是真要把修哥单独搁在那儿啊！"

"修哥现在的认知被改变了，之前甚至要去吃冰箱里的东西，如果没人看着他怎么办啊！快去告诉叶老大！"

"在说了，在说了，这个副本也太离谱了吧，针对我修哥是吧？"

"就算是高难度副本也太离谱了，其他玩家好歹待在一个空间里，怎么就我修哥不仅人被隔开了，连好不容易进去的室友都被屏蔽了！"

"恼火啊！不知道副本背后的主宰是谁，等修哥清醒过来后第一个杀它！"

"快去找万能的叶老大帮帮忙！无敌的修哥出事了！"

"希望修哥别出什么事。"

"没事没事，看着暂时不会出什么问题，室友一直跟在修哥旁边呢，虽然修哥看不见，但他在旁边盯着呢。"

"嗯……看到了，他怨气好重。"

殷修踩着夜色一路回到了宿舍楼，时不时就感觉身边一阵寒风刮过，好像有什么东西跟着自己，他握着刀回头，又什么都没看到，心里怪不舒坦的。

踏入教学楼后，一群诡怪学生瞬间涌了上来，将殷修包围在了走廊上。

今夜的它们依旧是双眸通红，看上去格外不正常，只是相比之前敲门的疯狂，这会儿显得安静了许多。

"殷修，喜欢我送给你的礼物吗？"有学生幽幽上前，站在了殷修的身边，他面上带着扭曲的微笑，轻声向他询问着，语调无比温柔。

"我知道你喜欢礼物，那可是我精心为你挑选的礼物，总会有一个你喜欢的。"另一个学生也上前来，直勾勾地盯着殷修的眼睛，"我希望你能喜欢，接受我的礼物。

"同时……也接受我和你当朋友。"

面前一张张变形的脸晃悠着，殷修盯久了就开始感觉到眩晕，好像脑内有什么东西也在跟着改变，但他完全移不开视线。

"你送的……什么礼物？"他精神恍惚，低声喃喃着，似乎在搜索相关的记忆。

的确下午回来的时候在门口看到了一堆礼物，但是奇怪……看到礼物之后的记忆为什么模糊不清呢？他似乎没有拆开礼物。

面前无数双红色的眼睛变得模糊，学生们的身影也开始涣散，隐约之间，他看见了什么庞大的生物在自己面前，扭曲拉扯着，学生们的那些眼睛都变成了它扭曲肢体上的眼睛。

每一双都在注视着他，每一双都仿佛要将他拉入深渊。

眼睛们在向他靠近，殷修感觉自己身上炽热无比，仿佛有什么多余的东西要冒出来了，眼前阴暗的走廊在晃动，学生们的身影在晃动，眼前的画面像是在融化一般往下坠落。

殷修迷茫地抬手摸向自己的脸，不……不是画面在融化，是他的"眼睛们"在融化。

"眼睛们"？他有很多眼睛吗？

对，人类就是有很多眼睛，人类的身体是扭曲的，是没有形状的。

他的思绪有些停滞。

眩晕与耳鸣再度响起，殷修感觉到头疼，头像是要炸掉一般的疼。

他产生了对危险的本能抵抗，下意识地握住刀，想要斩碎面前扭曲的画面。

但他的刀还没拔出，面前一个学生的脑袋却忽地一下凭空消失了。

他警觉地后退一步，逐渐清醒过来，盯着面前的无头诡怪有些怔愣。

他也没出手啊！他真的还没出手？

"哦……好可惜……"一个诡怪的脑袋消失，周围的诡怪却无动于衷，其中一个诡怪学生还低声喃喃着，他注视着殷修，微笑着说道，"差一点，就可以把你变成我的了，真可惜。"

下一秒，那个说话的诡怪消失在了空中。

殷修不可置信地低头看向自己的刀。

他确实没出手啊！难道他的刀有了自己的意识？

有诡怪学生死去，但不妨碍其余的学生宛如接力一般继续对着殷修喃喃着："今晚有人打扰，真可惜，也许下一次，我们能单独聊聊。"

说话的学生啪地消失在原地。

殷修抖了抖，他感觉有寒意在自己身边流动，却无法捕捉到对方的踪迹，也听不到对方的声音，显然杀掉诡怪的是他身边萦绕着的这个看不见的东西。

这是什么？背后灵？

他是在帮自己？

殷修对他又警觉又迷茫。

有了前几个诡怪学生的例子，周围的学生死死地盯着殷修，眼中的红光逐渐暗淡下去。

"今晚有人打扰，不方便，期待我们下次见面，殷修，也许下一次，你会选择我。"

这话一蹦出来，殷修就感觉身边一阵风卷残云，然后对面说话的那个诡怪学生突然就消失了。

学生们眼中的红光消失了，逐渐恢复了正常。

它们疑惑自己为什么又站在宿舍走廊，而殷修迷茫自己身边的这个到底是什么东西。

有什么带着寒意的东西爬上了胳膊，但他捉不到也看不到。

他望着走廊上陆续回到自己寝室的学生，又摸向自己的手臂，脑子有些混乱。

记忆好像缺了一块，模糊不清，他记得自己在过副本，被隔离开了，所以他是一个人过副本，身边好像隐隐有什么，可完全想不起来是什么。

004.

殷修进了自己的寝室，关好门窗，站在漆黑的寝室里仍然觉得有什么东西在自己周围，时不时脸上痒一下，时不时身上痒一下，好像有什么东西在试图引起自己的注意。

殷修觉得有些莫名其妙。

出门一趟回来，饥饿感又上来了，他在宿舍里转了一圈，又转到了冰箱前。

殷修记得冰箱里有吃的，他伸手打开冰箱，刚刚打开一条缝，冰箱的门就咚的一声关了回去，仿佛被什么看不见的东西一把摁上了。

殷修皱眉，用力掰住冰箱门的边缘再次拉开了一条缝，刚刚瞥见一点冰箱里的美味，冰箱门又瞬间被摁死。

这样反复两次之后，殷修沉着脸站在冰箱跟前，他能感觉到，有什么东西摁住了冰箱的门，那种寒意不仅萦绕在自己身边，还在冰箱门口，自己看不见摸不着，但那种东西是确实存在的。

那么……

他缓缓地抽出腰间悬挂的刀，双手紧握。

一刀砍下去，能否对那个看不见的东西造成影响呢？

再不济也能把冰箱门砍开吧？

屏幕前的玩家从看到殷修拔刀开始就紧张地屏住呼吸，殷修看不见冰箱前面堵着的是什么，他们能看见啊！

这是要干什么？内讧吗？

刀一亮出来，所有人的心都跟着悬了起来。

在殷修冷着脸准备一刀砍下去时，那股寒意猛地爆发，将他扑在了地上。

危机感凶猛如洪水涌上，殷修下意识反抗，用力挣扎，却怎么都抓不住那股寒意的实体，而对方能限制住自己。

寒意掰开了他握着刀的手指，将他整个人死死地禁锢，任凭殷修阴沉着脸想要挣脱，却无能为力。

挣扎过程中，他黑色的校服沾染上了灰尘，发丝凌乱，咬牙切齿的模样有些狼狈。

殷修浑身都紧绷着，努力想要够回自己的刀，即便是给自己一刀，也要想办法斩断身上的限制，他从未被诡怪弄得这么狼狈，从来没有，因为他出手十分果决，对自己也一样。

然而那股寒意像是知道他的想法，偷偷地把刀弄到了远处，不让他摸到。

殷修挣扎得越厉害，身上的禁锢就越紧。

双方在地上角力了半个小时，滚得灰头土脸，最后殷修疲惫地败下阵来。

寒意拍拍他的头，试图安抚他。

他望着漆黑的天花板，一脸烦躁地撇开头。

能清晰地感觉到那股寒意紧紧地勒着他，限制着他，他却一点办法都没有。

总感觉这样的不适感似曾相识，他似乎之前也因为反抗不了，索性放弃，睡觉。

自己身上缠着的一定是个诡怪，超级危险的诡怪。

幸运的是对方没有敌意，也根本没有要杀死自己的举动，殷修只好缓慢地放松下来，先恢复体力。

那东西把殷修带到了床边，拍拍灰尘，整理衣服，然后把殷修放到床上。

殷修皱眉，余光瞥向落在地上的刀，心灰意冷地闭上眼。

算了，先睡觉，养好精力恢复体力才是上策，没有生命危险就暂且放松一下。

玩家们在看到殷修放弃抵抗之后终于安心了，突然庆幸有那么一个能压制住修哥的黎默在他身边，否则修哥突然发疯还真没人能镇得住。

虽然看着那个室友放出一个黑黢黢长满触手的东西卷住修哥，让修哥在地上抵抗了半个小时，画面真的很恐怖，不知情的会以为这是什么诡怪吃人的画面。

殷修对玩家们的各种情绪浑然不觉，睡了一夜，醒来时所有的警惕与防备瞬间涌上大脑。

他迅速翻身下床想要捡起自己的刀，却发现刀已经被放回了刀鞘中，自己身上的禁锢也消失了，仿佛昨晚的事没有发生一般。

殷修环顾寝室，试探着开了一下冰箱的门，下一秒，半开的冰箱门就猛地被什么东西关上了，寒意迅速地攀上手臂，阻止他开冰箱门。

那个东西果然还在。

"走开!"殷修嫌弃地甩了甩手,甩不掉,最后只能无视手上的触感去洗漱了。

吃完饭还得去教室拦人帮他写作业呢。

今天食堂里的人依然很多,同学们见到殷修也一如既往地热情,脸上洋溢着笑容向他打招呼,邀请他一起吃饭。

平时的殷修会冷淡地回应一声,然后拒绝他们,然而今天殷修面对众人的笑脸,微微停顿几秒后,缓缓低下头,有要点头的意思。

但下一秒,一股寒意托着殷修的下巴,强行不让他点头,硬生生地固定住他的头。

殷修皱眉,想要开口回应一声,那个看不见的东西又极快地捂住他的嘴,直接不让他出声了。

殷修的脸色很黑,面对学生们的邀请只能转身走掉,直到来到打饭的窗口,殷修身上的寒意才减退几分,能够开口说话了。

他拍拍校服,还是什么都摸不到,被这么个东西缠上,真的让他说不出来地焦躁。

"阿姨,打饭。"殷修一脸疲惫地站在窗口前往里喊了一声,他烦躁得不行,但也饿得慌,打算吃饱之后再抗争。

平时他只要到窗口前,阿姨就会递出他的那份饭,然后跟他聊聊天。

但今天的阿姨似乎有些不正常。

她呆呆地坐在里面直勾勾地望着远处,浑身上下一点精神都没有,宛如一个摆设。

"阿姨?"

殷修又喊了一声,她才猛地惊醒过来,转头看向殷修的方向,目光恍惚。

"哦……吃饭,来了,来吃饭了……"

那个纤细苍白的女人垂着眼眸,拿着餐盘给殷修打了一份饭,然后从窗口递了出去。

她望着窗口外的殷修,猩红的薄唇微微蠕动了两下,似乎想要说什么,但涣散的瞳孔难以聚焦,最后还是什么都没说。

殷修察觉到她的不正常,盯着她打量了一番,轻声道:"阿姨,你有哪里不舒服吗?"

食堂阿姨缓缓地摇头,直勾勾地盯着殷修,嘴里嘟囔着:"吃饭,先吃饭。"

殷修没有理会递出的餐盘，而是继续询问道："我还不饿，阿姨有什么想跟我聊聊的吗？"

阿姨依旧木讷地摇头，只是重复道："吃饭，先吃饭。"

殷修垂眸盯着面前的餐盘，里面盛着的依旧是他喜欢的菜，但今天不知为何，没有食欲。

他伸手摸了一下餐盘边缘，发现了问题。

饭菜完全是凉的，不是阿姨平时给他准备的热乎乎的美味饭菜，这很不对劲。

殷修皱眉，总感觉不太舒坦，但又说不上哪里不舒坦。

突然变得不正常的打饭阿姨和自己周围看不见的存在，显然有不正常的事发生了，他还没察觉到。

殷修摸了一把餐盘后抬眸看向窗口里的身影："阿姨，这份菜凉了。不能给我换一份吗？"

但阿姨没有理会他的话，只是一直重复着："吃饭，先吃饭。"

殷修无奈地望着她，端起餐盘，转身坐到了离窗口最近的位置上，一坐下就感觉到阿姨一直在他身后盯着他。

打饭阿姨变得很怪异，还一直要求他吃饭，这让殷修本能地对饭菜产生了警觉。

他背对着阿姨，小心翼翼地将他最爱吃的鸡腿剥开了一点，殷修瞬间就愣住了。

鸡腿里面的肉还是生的。殷修把外面的脆皮一剥，血水瞬间淌了下来，甚至鲜红的肌肉切面还在颤动，简直像是活的一样。

殷修瞬间将鸡腿丢了回去，有些怔怔地盯着面前的饭菜。

"同学，你怎么了？"见到殷修乱丢食物，旁边有人询问了他一句，脸上满是诡异的微笑，"不可以浪费食物，要吃掉啊。"

殷修皱眉盯着桌上那夹生甚至还在颤动的粉色肉块，说不出来的反胃："这饭没熟。"

他想要起身去找阿姨换一份，但餐盘还没端起来，面前的学生就摁住了餐盘，认真地道："这饭好好的啊，哪里没有熟了，不可以浪费食物，要吃掉。"

对方嘴上的话和和气气，但行动十分硬气，像是十分不想让殷修去换一份。

殷修拧眉，死死地盯着面前的学生，这个诡怪在一众学生里算是特殊的，他身上多出来的部位没有那么多，仅仅是摁着餐盘的手多出了一根手指，在学生之中勉强算得上"残疾人",只是相比其他诡怪学生的友好,他的言语特别犀利。

"要吃掉,吃一口嘛,也许你认为的没熟只是错觉呢?"他笑眯眯地说着,但语气很不友善。

殷修冷冷地盯着他:"一定要我吃?"

对方点了点头,下一秒殷修就端着餐盘一把摁在了对方的脸上:"怕浪费,不如你来吃吧。"

"你!"那个学生怔了一秒,满脸怒气地扑向了殷修。

殷修后退一步躲开了他,长刀出鞘,准备回击。

但刀还没有完全拔出来,又猛地被一股什么力量按了回去,不允许他拔刀。

殷修皱眉,死死地盯着他的刀柄,不允许开冰箱门,不允许他回应学生,现在甚至不允许他拔刀,这个来历不明的力量到底怎么回事!究竟要限制他到什么程度!

殷修的不爽大家都看在眼里,被甩了一脸饭的学生想要继续攻击殷修,反倒是一旁的那些诡怪学生们全部涌了上来将他推开,大声指责那个学生:"你怎么可以欺负同学呢!他都说了他不想吃!"

"同学之间要和平相处,谁让你动手了!"

"都知道这个学校不能对同学出手!你明知故犯是吧!"

伴随着同学们的维护,那个学生咬牙切齿地瞪了殷修一眼,无法突破学生们的阻拦,只能气愤地转头离开了。

他一走,食堂里的气氛顿时热闹了起来,学生们纷纷关切地看向殷修,询问着他:"你没有受伤吧?有没有被他欺负啊?"

"别难过,不想吃就不吃,我可以把我的饭分给你。"

"那个窗口的饭就是不好吃啦,来吃我们这边的吧。"

在同学们热切的视线注视下,殷修又开始感觉到眩晕。

他抬手挡开询问的同学们,转身端着餐盘,想要去窗口那边要一份新的。

一回头,殷修赫然发现,窗口里没人,打饭的阿姨不见了。

"去哪儿了?不在了吗?"殷修愣愣地盯着窗口,迷茫地看着手里的餐盘。

他迷茫着,发弹幕的玩家们却在尖叫。

"在你面前啊!打饭阿姨就在你面前啊!"

"修哥连打饭阿姨都看不到了!之前阿姨跟他说话,他也好像听不太清楚的样子,我怀疑修哥眼里的阿姨变了,没想到真是这样啊!"

"呜呜呜，阿姨给修哥的鸡腿里夹着那个恢复认知的软糖，也不知道修哥看成了什么，一下就扔出去了。"

"没救了，没救了，室友看不到，阿姨也看不到，副本里仅有的能帮他恢复认知的两位他都看不到了。"

"而且你们有没有发现，这些学生好手段啊。"

"根据老师的日记和叶老大的推测，这里的所有学生都是一体的，是那个怪物在操控，不可能有人单独来找修哥的茬儿，刚刚那个明明就是故意演的！"

"对对对，我也这么觉得，那个学生一跟修哥闹矛盾，其余学生立马来关心修哥，这就是在提高修哥对它们的好感度呢！诡计多端！"

"而且规则里有不能杀同学这一点，对方还刻意刺激修哥动手，加重他的污染，还好室友制止住了！"

"哇，这个副本怪物好有手段啊，套路一层又一层！就那么恨咱修哥吗?！"

"先污染他的认知，隔开能让他保持清醒的人，一层层孤立他，再安排同学的关怀打破他的心防，加重他的污染，可怕啊，可怕。"

全食堂的学生都挤在了殷修身边，一张张扭曲的脸在他的视线里晃动着，目光所之处全都是诡怪的面貌，稍微看久一点，殷修就感觉到头晕目眩。

"不要去吃那个窗口的东西了，来吃我们这边的吧，你肯定会喜欢的。"有同学热情地将餐盘推到殷修的面前，试图让他品尝诡怪的饭。

"对啊对啊，你又不是残疾学生，没必要去吃那个啦，跟我们一起吃饭吧，我们会一直跟你一起的。"

"来吃，来吃啊。"

殷修咽了咽口水。此刻送到眼前的饭菜，对于肚子无比饥饿的他而言是极大的诱惑。

昨晚他就想从冰箱里掏吃的，却被不知名的东西拦住了，今天食堂的饭又吃不了，他现在很饿，很饿。

看着殷修动摇的模样，屏幕前的玩家都跟着紧张了。

修哥变成怪物这种事……不要发生啊！

食堂里寂静了几秒，所有学生都期待地盯着殷修，期望他接受它们的饭菜，然后融入它们的集体。

殷修移开视线，试着拔了一下刀，刀还是被死死摁着，拔不出来。

不让他吃冰箱里的食物，不让他回应学生们的邀请，不让他杀同学们。

这个萦绕在自己身边不知名的存在，似乎因为要遵守什么在限制自己，只要触及不该动的东西，它就会立马阻拦。

殷修思来想去，副本里需要严格遵守，且要一直小心不能触犯的，只有规则。

他在脑子里细细一琢磨，猛地发现了一个问题：自己，不太记得规则了。

他现在不太了解这个副本，也不太了解现在自己周围到底是什么情况，但他是了解自己的。

通关过无数个副本，他不可能会忘记规则。

殷修皱眉，发现问题出在了自己身上。

诡异的不是周围的一切，而是自己。

他抬眸看向周围对他热情洋溢的同学，眼神逐渐冰凉。

也许现在他本身出了问题，无法分辨正确的行为，那么做与大环境相反的事，兴许可以得出答案。

沉思片刻后，殷修抬手推开了面前学生递过来的餐盘，捡起了桌子上掉落的一个生鸡腿，淡声道："我突然想起来，确实不能浪费食物，不然阿姨会伤心的。"

他一拿起来，旁边的学生们立刻变得紧张："别吃啊！会吃坏肚子的！"

"吃那东西对身体多不好啊，别吃！别吃！"

"对啊！快放下，吃我们的吧！"

见学生们一紧张，殷修更加笃定了自己的想法。

他用余光瞥了一眼夹生甚至还带着血水的鸡腿，索性闭眼一口咬了上去。

鸡肉进入口腔的感觉不是很好，他都不想嚼，直接吞了下去，囫囵吞枣地吃完了一整个，然后才睁开了眼。

一睁眼，他发现面前学生们的脸色都不是很好，神情复杂地盯着他："别再吃了，真的对身体不好。"

有人试图将桌上的鸡腿收走，还没碰到呢，就被殷修推开了。

它们越抵触，殷修就越清醒，感觉自己找到了打破局面的方法。

殷修捡起剩下的几个鸡腿，一个接一个塞进嘴里，闭上眼一顿乱啃。

既然都吃了一个了，那么多吃两个也没所谓了！他倒要看看这局面能发展成什么样。

吃下几个鸡腿之后，殷修发现自己手里拿着的鸡腿有了些变化，那些粉色的部分被撕开后不再是血水与生肉，而是粉红可爱的软糖。

这软糖他熟悉，是食堂阿姨给他的那个。

鸡腿里夹着的是软糖？

阿姨为什么要想方设法给他吃软糖？他的认知扭曲已经严重到需要骗他才会吃糖了吗？

他蒙了一瞬，察觉到这个问题的瞬间，刚刚还站在殷修面前的学生们迅速后退，像是躲避着什么。

殷修顺着它们警惕的视线转头，猛地发现，自己身后不知何时出现了一个穿着黑色西装的陌生男人，正阴沉沉地盯着那些学生，浑身散发着危险的气息。

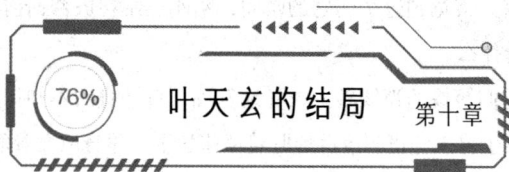

叶天玄的结局

第十章

001.

"你是谁?!"殷修立即转身离开了他的身边,压着刀柄有些紧张地盯着对面的人。

这样一个陌生又危险的男人站在他身后,他怎么浑然不觉!

被殷修语气冰冷地质问,男人脸上闪过一瞬的错愕,随即缓缓地勾起阴森的微笑,微微眯起眼睛:"你看得到我了?"

他一笑,就露出嘴里尖锐的牙齿,伴随着嘴巴张合,殷修清晰地看到了他口腔之中密密麻麻的副齿,看得人毛骨悚然。

这样一个明显不是人的怪物,居然保持着微笑,一脸和善地询问他!

殷修冷着脸,喀地一下捏紧了刀柄:"我再问一遍,你是谁?"

男人抿抿唇,身上散发出不悦,整个食堂里寒意骤袭,让殷修瞬间警觉起来。

"看来你还是没恢复啊。"男人幽幽地说着,缓缓地向殷修靠近了一步,"不过算了,能看到我也行,我总有办法让你恢复的。"

他微笑着,眉眼里带着少许压迫感:"用我的方式,让你恢复。"

殷修不清楚他嘴里念叨着什么,但感觉到不妙,拔出锋利修长的苗刀,双手紧握,与对方对峙着。

但凡对方敢靠近他一分,他绝对会出手。

两人僵持不下,殷修冷冷地盯着黎默,杀意外泄。

黎默很清楚殷修的果决，并没有直接靠近他，而是站在他几步之外微笑着。

但下一秒，殷修握着刀的手腕就被什么冰凉的东西缠住，随即一把将他压在了食堂的桌子上。

咚的一声，殷修被死死地摁在了桌面上，握着刀的双手举过了头顶，寒意正竭力将他的杀意遏制住。

"放开！"殷修用力地挣扎，试图抽回自己的手腕。

黎默大步上前，抓住了他握着刀的手，微笑道："不要拿刀对着你的好朋友，我会伤心的。"

殷修挣扎着，手腕上缠绕着的寒意却越来越紧，怎么都摆脱不开。

他现在才明白，这个男人就是昨晚在限制他的那个看不见的存在，还自称是他的什么好朋友？胡说什么呢。

"我才没有你这个好朋友！"殷修咬牙切齿地一脚蹬过去，却被对方控制住了脚踝。

他没有生气，反而笑眯眯地看着殷修温声道："我可以等你恢复了再骂我，但现在，更重要的是让你恢复。"他声音幽幽地道，"来，好朋友，看着我。"

眩晕感再次升起，却不是之前那种强烈到头疼的耳鸣，是十分舒缓而轻飘飘的感觉。

殷修倔强地一转头，闭上了双眼，即便面对这个明显散发着危险气息的存在，他也不可能乖乖就范。

黎默笑盈盈地盯着殷修紧闭的双眸，控制着殷修在用力挣扎的手腕，轻声道："好朋友，我听说人类在某种情况下，可以进入另一个人的大脑，这叫作意识共享。"

"是吗？"殷修一怔，抬眸带着冷意瞥了黎默一眼，眼里情绪复杂，但还是低声威胁道，"你要是敢侵入我的大脑，我不保证一会儿你的意识还能出去。"

过了那么多副本，第一次遇到诡怪想和自己共享意识，给"杀神"造成了一点小小的震撼。

男人微笑，还是恬不知耻地说道："好的，你闭眼。"

殷修盯着这个厚脸皮的诡怪看了几秒，敛着杀意闭上眼，准备来点狠的。

殷修闭上眼的瞬间，两股意识在他的脑中疯狂碰撞起来，对方仿佛努力地想要在他的脑海中植入什么记忆，而他本身的意识本能地抵抗起来。

"你到底是什么人？"一轮意识交锋过后，殷修皱眉睁眼，心情说不出的复杂。

　　两股意识在他的脑海里打得难解难分，最后好像是他赢了，但又莫名感觉自己输了，因为对对方完全没有造成威慑。

　　"你的好朋友。"男人微笑又认真地回应。

　　殷修拧眉，看着男人笑眯眯地站在那里，倒真像是殷修这边的人。

　　"我的记忆被副本影响了？"殷修只能往这个方向猜测。

　　"不只是记忆，还有认知。"男人点头回应。

　　"所以你是我认识的诡怪，但现在我忘了？"殷修有些不可置信，但确实感觉脑子里有些说不出的奇怪感觉。

　　男人点点头，又顿了一下，补充道："是好朋友。"

　　殷修自动忽略了他的补充，全当他在胡扯："那你证明，我们的确认识且很熟。"

　　男人思索了一下道："你曾经通关了所有副本，之后就住在了小镇。"

　　"这个副本里的诡怪都知道。"

　　"你在小镇住了六年，每天都在钓鱼，但小镇的湖里根本没有鱼。"

　　"这个小镇的诡怪都知道。"

　　"你有一个妹妹，你一直在找她。"

　　"这个所有诡怪都知道。"

　　被殷修一一打断，男人眯起眼微笑道："你睡觉的时候，喜欢被人看着，不喜欢那种独自沉浸在夜色里睡去的孤寂感，你感觉自己会死在夜晚，所以晚上你都不睡觉，除非我在你旁边盯着。"

　　"……"殷修抿了抿唇，没有说什么。

　　"你喜欢吃鱼，也喜欢吃鸡腿，其实你最喜欢的是甜的东西，比如糖。

　　"你其实很希望交很多朋友，被人喜欢，被人注视，被人重视。"

　　殷修拧拧眉："好了别说了，我相信你是我认识的诡怪了。"

　　男人愉悦地勾起嘴角，指向自己："但你最好的朋友是我。"

　　"胡扯。"殷修闷声反驳，似乎渐渐放下了警惕，盯着男人低声道，"我不可能有诡怪朋友的。"

　　"但我就是。"

　　"嗯嗯……"殷修敷衍地应着，然后动了动自己被寒意遏制住的手腕，"我相信你不是敌人了，现在能把我的手解开了。"

　　男人闻声放开了他，十分乖巧。

　　拧了拧发酸的手腕之后，殷修不动声色地握紧了刀，借着男人抬头看向他的瞬间，他捏紧刀挥了过去。

　　刀光划过空中，带着杀意斩向了男人，只差分毫，就可以切下男人的头颅，但刀锋稳稳地停在了男人的脖子边。

　　殷修一脸匪夷所思的表情："你都看到我挥刀过来了，怎么不躲？"

　　男人面上保持着微笑，冷静从容地答道："我知道，好朋友，需要信任。"

　　殷修盯着他，一把抽回自己的刀，挥了挥，但也没有收回刀鞘中："你还挺了解我的。"

　　男人点头："你想知道我的名字吗？"

　　殷修懒懒地道："我不想知道，反正记忆恢复的话能想起来。"

　　"你不想知道吗？"男人凑在他身边，还在坚持不懈地询问。

　　"不想。"殷修晃晃刀，抬眸看向被刚才那一幕吓得缩在食堂角落的学生们，"我还有正事要做呢。"

　　"哦。"男人不再言语。

　　看见殷修恢复了一些意识，弹幕里讨论了起来——

　　"修哥这是恢复了一些意识？"

　　"不太确定，我再看看。"

　　"所以现在是个什么状态？"

　　"不知道，先看看。"

　　弹幕的讨论氛围轻松愉悦，食堂里的气氛却紧张凝固。

　　学生们此刻警惕地盯着殷修，还不知道他在这半清醒半混乱的状态下会做什么。

　　"能杀吗？"殷修抬着刀指向那些学生，向男人这么一问。

　　学生们惊恐万分。

　　"不能杀。"男人微笑着回应了殷修，"有规则，不能杀害同学。"

　　学生们又放松下来。

　　"是吗？"殷修皱眉，"我都不记得有那样的规则了。"

　　说完，他看向男人："该不会是你想保护同类，故意用规则骗我，不让我杀诡怪吧？"

　　男人抿了抿唇，几秒后又微笑道："规则是限制你不能杀，但我可以杀。"

　　他真聪明，几秒钟就想到了向好朋友自证清白的办法。

学生们再度惊恐起来。

怎么有规则保护，它们还能有生命危险？这不对啊！

"我的意识不清跟它们有关吗？"殷修再度询问道。

男人点点头，想到那些干扰殷修意识的礼物，还有每天诱惑的话语，这些诡怪是一秒都不能留了！

"那就先杀了它们试试，看看我能不能恢复。"殷修收起自己的刀，抬手指向那些诡怪学生，"向我证明，你是我这边的。"

男人微微一笑，露出骇人的尖牙："遵命。"

几秒后，食堂里响起诡怪的尖叫声，场面惊悚至极，屏幕外的玩家们都被吓了一跳。

"我还以为今天不会有恐怖画面呢！怎么还能看到啊！"

"不愧是修哥过本，必定得死点诡怪，这个副本到现在就死了个保安，总觉得哪里不对，现在舒坦了。"

"修哥通关的路，那都是诡怪铺成的。"

"爽了爽了。"

在男人的攻击下，诡怪学生们一边惊慌失措地逃跑，一边试图向殷修求饶。

它们涌到殷修的身边，眼眶里流淌着泪向他哭诉："我们对你很好吧？你为什么要这样对我们？"

"我们可是同学啊？我们才是站在你这一边的啊？"

"相信我们，我们会成为好朋友，我们永远在一起。"

"我们很喜欢你，很喜欢你，是不会伤害你的。"

"那个男人才是你应该杀的对象啊！"

它们哭得情真意切，仿佛真的对殷修很好，没有半点威胁，无辜得很。

殷修站在原地不为所动地盯着它们，缓缓抽出了刀。

他一拔刀，诡怪学生们立即吓得躲开了。

殷修盯着它们冷笑："这就是你们与他的区别。"

看着刀向自己挥来都不躲闪的信任和被一个拔刀的动作吓得躲开的恐惧，他难道还分不清吗？

诡怪学生们尖叫着，下一秒声音被男人的攻击打断。

殷修懒倦地走到一边坐下，打算等他杀完回来汇报结果，一转头，忽地看到残疾人补给窗口里面多出了一个人影。

那个脖子细长的女人正面带微笑注视着自己，目光和善温柔。

这也有个跟其他诡怪不一样，不会对他产生恐惧的诡怪。

"你也是……我的熟人？"殷修若有所思，自己认知混乱之前，跟诡怪关系这么好的吗？

"不是。"女人摇摇头，猩红的嘴唇微笑着，"我只是个给你打饭的阿姨。"

殷修盯着她打量，虽然对方那么说，但她的确跟其他诡怪不一样，不会畏惧他。

窗口里面的女人缓缓伸出一只手，拎着一小包东西晃了晃："这是阿姨送给你的礼物。"

殷修上前接过，是一包糖。

他骤然想起来了，明明自己吃鸡腿的时候还记得阿姨的，但回头就又忘记了。

"阿姨，我的认知问题很严重了吗？"殷修拧眉，看向窗口里的打饭阿姨，"我要怎么恢复？"

阿姨点了点他手里的糖："这个只能缓解，要完全恢复的话，你只能去找到它。"

"它？"

阿姨伸手指向了地面："这所学校背后的那个诡怪。"说着她看向在那边大杀四方的黎默，"那个男人与它很像，起初我以为是它变成了这个模样来你身边，后面发现它们并不是同一个。"

"也许……"阿姨若有所思地看向殷修，"也许有他在你身边的话，我就能让你去那个危险的地方了。"说完她抬手指向自己的身后，"后厨，一个通往学校外面的地方。"

殷修一怔，他想起来了，叶天玄在副本第一天从打饭阿姨嘴里打听到了后厨有通道，是运输学校食物的地方，只不过他一直没有机会去探索。

原来那是个这么重要的地方吗？

"里面很危险……很危险，所以整个学校只有阿姨才有恢复认知的药。"阿姨一眨不眨地盯着他，"你去了，未必能安全回来。"

殷修不为所动："阿姨你放心，我不是一个人。"

阿姨笑眯眯地说道："哪能说自己不是人呢。"

"不……阿姨，我是说我还有个诡怪跟在身边……"

"阿姨当然知道了，阿姨只是跟你开个玩笑。"

打饭阿姨打趣着，殷修也微笑起来。

聊着聊着，一个浑身是血的学生猛地冲了过来，扑到殷修的身边。

他没有对殷修说什么，猩红的双眼瞪着玻璃窗里面的打饭阿姨："你为什么要帮他？"

"玩家与诡怪难道不是敌对的吗？你们难道不应该互相残杀吗？"

他张牙舞爪地要从窗口爬进去，被殷修一把抓住衣领拽了回来，然后摁着头用力往玻璃窗上一撞。

咚的一声响，撞得学生头晕眼花，那双猩红的眸子却对殷修没有半点愤恨的意思，反而幽幽地盯着他："你是离不开这个副本的，无论如何，我都不会让你离开。"

殷修懒倦地抓着他的头，表情淡淡，但手上力道凶狠，再度用力往玻璃窗上一撞，出声道："你是第三个这么对我说的诡怪了。"他冰凉的眼神对上那双眼瞳，勾唇轻笑，"前两个，都被我杀了。"

"你也不会例外的。"

那双猩红的眸子倒映出殷修的模样，看不清脸上的情绪。

殷修还没来得及再撞他一下，旁边就伸来一只手替殷修抓走了这个学生。

男人微笑的脸凑了过来，轻声道："这种事，可以让你的好朋友来做。"

殷修幽幽地盯着他，压低声音："我再说一遍，我没有诡怪好朋友。"

"好的。"男人敷衍地一应，揪着这个学生就走了。

002.

食堂里的那些诡怪学生受到惊吓试图往外跑，黎默先一步用触须将所有出口堵住，他唇角笑容肆意，带着阴森森的凉意："终于能让你们消失了，麻烦的东西们。"

他杀得畅快淋漓，等他回来时，就对上了殷修略微嫌弃的眼神。

"怎么了？"男人微笑着整理西服。

"没什么。"殷修一边淡淡地说着，一边若有所思地盯着他的嘴。

虽然有些诡异的地方，但他的外表像极了人，全身上下最不像人类的应该就是嘴了。

见殷修直勾勾地盯着自己的嘴，男人张开嘴，露出里面干净整齐的人齿："不用在意，我可以变成这样。这是伪装用的嘴，是完完全全的人类口腔结构，咬诡怪的时候用的是另一张嘴。"

他闭上嘴，抿了抿嘴唇，然后再张嘴，口腔结构又变得和一般人不一样了，只是相比最可怕的时候温和一些，没有那么多密集的副齿。尖牙，舌头偏长，还是蓝色的，一眼就能看出是怪物的口腔。

"这是跟你交流时用的嘴，但是舌头比人类长。"

他再度抿唇，再一次张嘴，露出的口腔就是长满副齿的惊悚样子："这个就是用来吃东西的嘴啦，牙齿很多，很方便。"

殷修一时间不知道该如何评价，只能说，他的嘴多变又方便，进化得非常好。

男人微笑着，脸上的表情显得无辜："之前和你意识共享，是为了污染你，把你体内不正常的部分修正为正常。"

"污染我？"

殷修又陷入了一个知识盲区，这诡怪还可以污染别人，能力也太强了。

"因为你的认知被污染了，所以我只好污染回来，不过不知道为什么……关于我的部分，怎么都污染不回来呢……"男人盯着他打量，也依旧打量不出个所以然。

殷修不太清楚他所说的污染是什么，但他现在仔细回想规则的内容，发现自己在跟他共享意识之后，脑内的规则变得清晰了，意识也明朗了很多，似乎是有什么东西和意识一起被吸收了进来。

但什么都想起来了，唯独想不起面前这个男人是谁，有点奇怪。

"或许是因为在这个副本内的关系。"旁边的阿姨轻声道，"在这个副本内，关于那个诡怪的认知会全部模糊，任何与它相关的信息都会被扭曲，即便恢复认知也无法纠正。"

阿姨细长的脖子从窗口伸出来，绕到了殷修的身边："这个副本内，有两处可以恢复认知的地方，一处是给玩家提供的，毕竟不会存在无法通关的副本，另一处是给诡怪提供的，就是阿姨我这里。"

阿姨眯眯笑着看向殷修："玩家可以从保安那里获得恢复认知的信息，你在非上课时间以身体不舒服为由遇到保安的话，它会告诉你去医务室，那里就有给玩家恢复认知的药。"

殷修一怔。

啊……保安在第二个晚上就被他杀了……

阿姨慢悠悠地将脑袋从殷修身边缩回来："你也能察觉到，掌控所有学生，这个副本的核心人物，现在的那个副本主宰，其实与深海学院原本的诡怪，也就是我、老师以及保安，不是一路的。"

这个建立在原本的深海学院副本背景之上的新副本，只投入了一个新诡怪，就是一直在影响玩家认知的那个。

"但光它一个，就足以让无数玩家通关失败。"

阿姨叹了口气："本该是我们配合它，一起建立这个高难度副本的，但……那个诡怪很难掌控，它甚至在影响我们。我的姐姐，也就是你的老师，已经被影响了。"

殷修直勾勾地盯着她，语气平稳而冷静："所以阿姨帮助我，其实也是在帮助你自己，如果没人杀掉那个诡怪，你和你的姐姐就会失去自我意识，成为这里的一部分。"

阿姨微笑着，脸却很是和善："是的，阿姨看到很多玩家进来，但他们全都失败了。唯独你，阿姨认为你很特别，为你冒险是值得的。你无法百分百杀掉它，我也不能独善其身，但你跟我合作，就有更大的可能性。"

按照游戏原本的设定，一个副本里，诡怪、副本主宰、玩家，三方是独立的，诡怪本该跟副本主宰合作，让玩家无法通关，但打饭阿姨这个小小的反抗，倒是让玩家眼前一亮，为副本通关的玩法增加了更多的可能性。

殷修一下就明白刚才冲过来的那个学生是在质问什么了。

这是副本诡怪里出叛徒了啊。

"但那个诡怪只是在这个副本内模糊了与它相关的东西，跟我想不起这个男人有什么关系？"殷修不解地指向身旁微笑着的男人。

说完他顿了顿，悠悠地看向旁边的男人："你与它有什么关系？它模糊了自己的存在，却能连带着将我关于你的认知也一并模糊？"

"我也不知道啊。"男人无辜地摇头，"我没有其他同类。"

殷修微微眯起眼睛，暂且相信了他。

一旁的阿姨也肯定地道："它不会是他，如果你们在来这个副本之前就认识的话，就不是。因为这个副本主宰从来没有离开过副本，一直被限制在这里面。"

殷修若有所思，点了点头。

在多方验证下，他现在的确是可以信任身旁这个男人了。

不过副本里的诡怪抹除玩家关于它的认知时会连带抹掉关于他的记忆，证明他们是有很大关联的，甚至有可能是一体，或是同族。

想要知道副本背后的真相，他还不得不带着这个人呢。

"好了，我已经差不多清楚现在是个什么状况了，等我上完今天的课，再去后厨吧。"殷修踢了一脚脚边倒在地上的诡怪，不管怎么发展，规则上要求上课是不能违背的。

"我等你。"阿姨微笑着说，朝殷修挥挥手。

"阿姨再见。"殷修回头挥了挥手，就转身出了食堂，他知道那个突然出现的男人也自然是会跟上的。

殷修走到教室后，发现教室里空荡荡的，那也是肯定的，因为学生都被男人干掉了。

但随即殷修想起一个大问题。

学生们都死了，谁来给他写作业？

殷修果断地去翻了其他学生的课桌，找出一本写完的作业，拍在桌上，看向身旁的男人："你也是诡怪，应该认识诡怪的字吧？来帮我抄作业？"

男人唇角抿了抿，心道：果然还是逃脱不了帮他写作业的命运啊。

他老实坐下，在上课铃声响起之前帮殷修抄完了作业。

老师今天是踩着上课铃声来的，进入教室后，她注意到教室里的空位置，不由得皱眉，脸上浮现出怒气："今天竟然全都迟到！一个个越来越不把我这个老师当回事了！"

"等晚些它们来，我一定要教训他们！"

殷修懒懒地靠在椅子上，淡声道："老师，不用你出马了，我已经帮你把这群坏学生都干掉了。"

站在讲台上的老师一怔，目光变得意味深长："你？干掉了它们？"

"是啊。"殷修风轻云淡地点头，一点扯谎的心虚都没有，"因为它们欺负我，所以我就把它们都吃了。"

"它们又欺负你了？"老师皱眉嘀咕，"不可能啊……它们明明都没有自我意识了。"

她抬眸看去，就发现殷修懒倦而自然地揉了揉肚子："吃撑了。"

老师直接怔住，看殷修的眼神变得无比复杂。

殷修不知道他现在在老师眼里是个什么样的存在，反正他把诡怪学生全部都消失这件事敷衍过去就够了。

不能影响到上课。

今天的课，老师讲得十分敷衍，因为教室里没了其他人，殷修也必然是不会听课的，她就随便讲讲了。

时间差不多了，下课铃声一响，殷修抬腿就要走人，却被老师拦住了。

"殷修，无论如何这里是学校，不管什么原因，你的课可都不能落下啊，毕竟在毕业之前会有一场考试，我希望你能顺利通过。"老师丢下这么一句话后就笑着离开了。

殷修拧起眉。

要命啊，听课会被污染，认知会改变，变得不是人，但不听课又要怎么通过考试？

所以说，这个副本的正常通关方式就是让玩家一直顶着污染听课，然后去拿恢复认知的药，一边上课一边恢复认知，直到考试结束后毕业？

殷修暂时管不了副本的正常通关方式了，他打算直接提刀去杀了影响认知的诡怪，解决认真听课会影响认知的问题，回头再好好补课。这样考试也能通过吧？

这样想着，殷修匆匆朝着食堂走去。

另一边，叶天玄刚刚从被保安杀死的学生校服里摸出一本册子。

这两天他发现了一件事，那就是保安诡怪吞噬掉学生后会吐出学生的衣服。

因为玩家被不能杀死同学的规则限制，所以整个学校能杀死学生的只有保安和老师，老师是当场吞噬学生，什么都不吐，所以只有从保安这儿才能接触到学生的遗物。

叶天玄想，《学生手册》应该在学生身上，他偷偷翻遍它们的宿舍没有找到，那就只能从本尊身上找了。

他刚刚教唆一个诡怪学生上课迟到，目睹了它被保安吃掉，接着保安离去，叶天玄偷偷摸到了保安吐出来的衣服，果然在其中找到了《学生手册》。

他一边翻阅《学生手册》一边抬眸看向弹幕："什么？殷修让他室友把他那边的学生全都杀了？不会吧？那他有没有找到《学生手册》？"

"学生全都被他室友吞掉了？那确实……很难从室友肚子里找到手册了……保安呢？保安那边应该也能捡到吧？"

弹幕悠悠地飘过：保安在第二个晚上就被殷修杀掉了。

"……哦。"叶天玄也不惊讶，他知道殷修最终能通关，但殷修这样是肯定不能五星通关的！收集副本全部信息还是得靠他！

叶天玄一边看着弹幕那边汇报殷修的消息，一边慢悠悠踱步向食堂走去。

通过弹幕反馈，他差不多知道，殷修那边的游戏难度跟他这边完全不同，这边虽然也会有玩家的认知被影响，但污染速度及严重程度远不及殷修。

只要及时找到药吃上，也能慢慢恢复过来，但殷修那边的污染程度就有些离谱了。

看不见弹幕，看不见室友，光速忘记一切，融入诡怪集体，离副本通关失败就差一点，还好他及时清醒了。

"果然是针对你的副本啊……这游戏也太不要脸了。"叶天玄慢悠悠地将《学生手册》一合，抬眸看向食堂的方向。

看来他还是得出手帮帮忙了。

叶天玄这次选择和殷修一起进副本就是为了帮殷修点忙，结果他们一进来就被隔开了，什么忙都没帮上。

现在那边情况严重到这种程度，他确实得赶紧过去了。

踏入学校食堂，里面的学生密集，现在正是下课的时间，不少学生聚集在这里吃晚饭。

叶天玄一进去，就有不少玩家涌了过来："叶老大，你刚去哪儿了？"

"找了点东西。"叶天玄将手里的《学生手册》丢给了说话的人，然后抬眸看向食堂里的其他玩家。

他的烟在这个副本只能让玩家保持清醒，意识到诡怪学生是危险的，不会成为它们的一部分，却没有恢复认知和身体改变的效果。

叶天玄后来发现医务室有药可以恢复认知后，就跟还清醒的一部分玩家合作抢劫了医务室，拿了大把的药回来，路过哪个不正常的玩家就往对方嘴里塞药，直到玩家恢复为止。

副本里的玩家每时每刻都会受到感染，上午还正常的人，下午就变得"奇形怪状"的。

玩家们互相盯梢，谁变得不正常了，就给谁投喂恢复的药，彼此之间互帮互助，不知不觉间也算形成了一个小集体。

作为能让他们保持清醒的核心人物，叶天玄自然又被尊称为"叶老大"，成为制定通关计划的重要人物。

"《学生手册》！你从哪儿找来的？我们之前找遍整个学校都没找到啊。"接到册子的人一脸震惊，望向叶天玄的目光变得更为仰慕了。

"全都带在诡怪学生身上，你们肯定找不到了。"叶天玄淡笑着摆手越过了玩家。

玩家们都清醒着，诡怪学生们束手无策，以至于它们无法靠近玩家群体，只能挤到食堂的角落，盯着叶天玄沉默地当个背景板。

在众诡怪学生的目光里，叶天玄将一把椅子放在了食堂最靠前的桌子上，然后他踩上了桌子，在众目睽睽之下坐在了高高的椅子上，接着从口袋里掏出烟盒，双腿悠闲地交叠在一起，靠坐在椅子上摆弄着烟盒。

他都坐到那么显眼的地方了，自然所有人都被他吸引了目光，很清楚他又要讲重要的话了。

"明天就是副本内的第五天。"叶天玄俯视着玩家们，慢悠悠地道，"目前，我们已经了解了副本背景还有生存规则。我们所在的副本污染力度并不是很大，靠药维持清醒也能撑到毕业，所以通关不成问题。"

叶天玄的话远比其他人的可信度高，听到他这么说，玩家们都放心下来。

叶天玄又继续道："所以，你们就按照当下的情况继续通关，而我今晚会去做一些别的事，要离开一下，去往另一个空间。"

"叶老大，你要去你说的那个朋友所在的空间吗？"有人出声询问。虽然叶天玄是在这边的局面稳定之后才宣布要走的，但他不在的话，玩家们还是有些心慌，总感觉心里不踏实。

"对。"叶天玄淡淡点头。

本来在黎默测试出进入殷修所在空间的方法后，他就该立马跟着过去的，但考虑了一下这边的状况，他又待了两天，寻找信息和找回意识的药，确保大部分玩家接下来能够通关后才决定去殷修那边。

"可你不是说他所在的空间很危险吗？污染程度远超我们这边，你去会有危险啊！"玩家们有些担忧，看反应是不太希望他去的。

谁知道被单独隔开的空间会有多危险啊！

"那倒没什么。"叶天玄慢悠悠地抬眸盯着他们，微笑道，"我都帮了不熟悉的你们，就更不可能放下我的朋友不管了，再危险也得去，对吧？"

他都这么说了，玩家们也不好再说什么，反正叶天玄帮他们稳定了局面，现在玩家群体基本保持着人形，也知道通关的方法了。叶天玄已经把能做的都为他们做了，现在要走他们也管不着。

"那叶老大你要小心啊。"

"需要我们给你些自保的道具吗？或是我们能帮你点什么？"

"道具就不用了，不过在我去他那个空间之前，还真有点事需要大家帮忙。"叶天玄微笑着看向众人，"对你们而言是一个小小的忙。"

"叶老大尽管说！别说小忙，大忙我也会帮的！"

"是，你说吧，要是没有你，我早就通关失败了！"

"尽管说吧！"

玩家群体热情高涨，跟角落里目光幽暗的诡怪学生们形成了鲜明对比，它们在殷修那边都没有在叶天玄这边憋屈。

游戏里两个空间的诡怪其实是同一批，在殷修那边他们还能借着污染严重找他聊聊天，虽然最后被杀了，但前几天还是很爽的，而叶天玄这边就很憋屈了，因为不论谁上去试图污染他，都得挨他两个耳刮子，然后被骂一通赶回来。

它们做诡怪多年，从来没被打过脸。虽然是全新的体验，但体验过后就再也不想体验了。

叶天玄一个人这样还好，大家不去找他就是了，可是后来他教所有玩家都这样，这群玩家现在压根不听它们的话，凑上去嘴都还没张开，就被找借口扇了一巴掌，扇得它们那叫一个咬牙切齿啊。

以至于现在诡怪学生们压根不想跟这群玩家说话了。

只希望他们尽早通关尽早滚。

它们正幽怨着，就看到坐在椅子上的叶天玄弯起漂亮的蓝眸，一脸温和无害地看向角落里的它们。

诡怪学生们没来由一抖，浮现出了不好的预感。

果然就见那个又好看又脆弱又心黑的男人抬起骨节分明的手指，指向了角落里的它们，笑眯眯地温声道："我需要你们帮忙把这些学生全部捆起来，确保晚上没一个能出宿舍，捆得越紧越好。"

玩家们的目光唰地一下转向了诡怪学生们，一个个摩拳擦掌。

"既然是叶老大的吩咐，这点小事肯定没问题了。"

"反正白天的诡怪没有攻击性，趁着天还没黑，捆起来我们晚上也安全。"

"就是就是，趁着叶老大还没走，它们无法影响我们的意识，赶紧把它们都绑咯！"

面对一个个跃跃欲试的玩家，诡怪学生们内心充满了迷茫。

啊？这可是在副本里啊？对我们还有没有尊重了？

面对兴高采烈冲过来的玩家们，诡怪们被吓得尖叫逃跑。

它们头一次觉得规则对它们的保护还不够，就算写着不能杀，殷修那边还是把它们杀了，叶天玄这边是不杀，但这待遇跟杀了它们也没区别。

这个游戏里副本有很多，放眼望去，没有哪个副本诡怪像它们这样憋屈。

叶天玄坐在高高的椅子上望着食堂里的混乱，悠闲地等待着玩家们行动结束。

混乱之余，会有一两个逃窜的学生忽地安静下来，停住脚步，就像瞬间变了个人似的，无比淡然地抬眸看向叶天玄。

叶天玄注意到后会微笑着回视。

他很清楚，副本背后的那个诡怪还在注意着自己，观察着自己，总是会冷不丁就在哪个学生身上出现，然后直勾勾地盯着他。

看呗，它还能从自己身上看出什么呢？

他与其他玩家没有区别，不都是人吗？

003.

临近九点时，所有诡怪都被丢进了宿舍里，几把大锁咔咔一落，就把它们关了起来。

夜晚的学生们会变得狂躁，会四处寻找玩家，叶天玄今晚会去教学楼，不想被诡怪学生们围堵住，就提前限制住它们了。

九点一到，叶天玄捏着隐身的道具硬币准备去教学楼，其他玩家们很是不舍地望着他离去，挤在走廊上目送他的身影消失在夜色里。

弹幕提醒着殷修，叶天玄马上就会去往他的那个空间，让殷修去教学楼等着。

两个空间重叠的要素是在夜晚的教学楼里碰见殷修，夜晚到了，那么接下来就需要殷修在场。

"他要来吗？那正好，晚点我带着他一起去后厨。"听到消息后，殷修点点头，把去后厨的计划暂且往后挪一挪，先去教学楼。

碰到叶天玄之后，说不定能跟叶天玄确认一下他身边这个怪物男人的身份。

今夜的学校很安静，叶天玄那边的诡怪出不来，殷修这边的被杀了个干净。

明明整个学校里没有一只诡怪，但仿佛有双看不见的眼睛在直勾勾地盯着他们，视线久久不散。

殷修找了个最近的教室进去，然后站在门口看了一眼天空。

从进来时，学校就是漆黑一片的，天空没有半点光亮，以至于无法分清白天和夜晚，行动全靠学校的灯光照亮，人在这样的环境里待久了，有点精神恍惚都是正常的。

但这所学校，到底处于一个怎样的环境，才会连天空都没有一点光亮呢？

正思索着，弹幕里提醒殷修，叶天玄进教学楼了。

于是殷修关上教室的门，等待着叶天玄出现。

叶天玄顺利地进入教学楼，按照弹幕上传递的消息找到了殷修所在的教室。

画面里，两人在同一层，一个站在教室里面，一个站在教室外面，可以确认他们已经互相找到了对方的位置，屏幕外的玩家们雀跃地期待着两人的见面。

有叶天玄这个可以稳定意识的人在旁边，修哥应该会舒服很多吧？

在众人的期待中，叶天玄推开了面前的教室门。

门嘎吱一声响，双方的画面里都显示出了教室，但都是空荡荡的，只有夜风卷过。

叶天玄那边没有殷修，殷修这边没有叶天玄，明明是完全一致的教室，但两人依旧是处于不同的空间。

"怎么回事？明明室友就是这样过来的啊？"

"没成功？不会吧？"

"不应该啊，因为室友的另一部分身体也是按照同样的方式进来的，方法一定没错！"

"那就是……被影响了？有人不想叶老大去修哥那边，又把他们隔开了？"

"设计这个副本的人也太坏了吧?!到底是多不希望修哥跟人碰面啊！"

在安静片刻后，叶天玄叹了口气道："算了，一起进后厨吧，说不定那个地方会是相通的呢？"

打饭阿姨并没有提及太多后厨通道的事，他们也对那里完全不了解，只能先去看看了。

在骂骂咧咧的弹幕中，殷修和叶天玄在不同的空间里朝着食堂走去。

今晚打饭阿姨不在，但后厨里依旧咕噜咕噜地煮着东西，气氛很是温馨。

整个后厨里，唯有一扇木门显得格格不入，上面挂着"闲人勿入"的标牌，从门缝看去里面漆黑一片，没有半点光亮，什么都看不见。

屏幕外的玩家看着双方都到了，再度紧张地盯着两个直播画面，这次他们也不知道门后会是什么，殷修和叶天玄又是否会相遇，整颗心都跟着提了起来。

"叶老大，你一个人要小心啊。"

"修哥好歹战斗力高啊，还有个室友跟着，你可得小心点啊！"

"是啊是啊，一定要保护好自己啊。"

看着弹幕上的叮嘱，叶天玄只是微笑着摆摆手，然后打开了木门。

同时，殷修那边也打开了门。

门后漆黑一片，什么都没有，漆黑得仿佛完全照不进光亮，甚至看不出是否存在一个空间。

但在副本里，越诡异的地方，越接近副本的通关线索，在过了许多副本的玩家看来，这里面一定有一探究竟的价值。

"走了。"殷修淡淡地喊了一声跟在后面的男人，抬脚踏入了黑暗里。

另一边，叶天玄也从口袋里摸出一个打火机，进入了其中。

在两人进入的瞬间，两边的画面忽地刺啦一声，完全暗了下来。

"咦……画面怎么黑了？"

"里面真的什么光都没有，所以什么都看不到？"

"不对啊，以前又不是没有过全黑的副本画面，直播会自动补光的。"

"不会是直播坏了吧？"

看直播的玩家们正纳闷着。有个玩家认为是屏幕坏了，准备上前去拍拍屏幕，看看有没有什么问题。然而那个玩家在凑近屏幕几分后，忽地感觉到一股寒意从眼前的画面里扑了出来。

整个副本之外的小镇上陡然降下一股令人战栗的寒意，一瞬间让所有人都感觉毛骨悚然。

他们惊恐地怔在原地，直勾勾地盯着眼前的画面。

漆黑的屏幕上，突然冒出无数只红色的眼睛，一眨不眨地盯着屏幕外的他们。

不知道是不是他们的错觉，那些流动着的眼睛，和周围那些漆黑的混沌，就像是液体一般，在缓缓地透过屏幕渗透出来。

有什么东西……在通过屏幕……来到小镇。

寒意在小镇肆无忌惮地流动，玩家们惊恐的声音持续响起，望着那些不断溢出屏幕的黑色液体，玩家们慌张地想要夺门而出，却发现此刻是夜晚，他们根本离不开房间，无处可逃。

玩家们的尖叫犹如沸水落入油锅炸出巨响，在持续了半分钟后，又忽然一下全部消失，整个小镇变得寂静无声。

房屋外，诡怪们愣在原地，它们能感觉到那股恐怖的力量，却不知来自何处，只能隔着墙壁听着玩家们尖叫，然后看到玩家们骤然消失。

"夜娘娘……小镇上的玩家……好像都消失了……"有诡怪在瑟瑟发抖。

"刚刚那是什么？我现在都还在害怕，有什么东西来了小镇？"

"好恐怖，还是第一次有奇怪的东西出现在小镇，是不是副本里出了什么意外？"

小镇广场上，无数诡怪蜷缩在夜娘娘身边瑟瑟发抖，对刚才的情况茫然无措。

只有夜娘娘沉着一张脸紧盯着漆黑的屏幕。

看来副本里出大麻烦了……她就说那个副本还不稳定嘛。

"夜娘娘，那个东西还没走……您要不要去吃了它？维持一下小镇的稳定？"

夜娘娘摇头："不，先等等，得看看副本里的状况。"

另一边，殷修踏入后厨的黑暗空间之中，走进去的瞬间，身后的门就哐当一声关上了。

他回头看去，发现消失的不止有门和光亮，还有那个在自己身边自称好朋友的男人。

殷修愣了一下，无所谓地转头准备先观察环境，但刚刚转过头来，就忽地听到自己手臂上幽幽地传来一道声音："你是在找我吗？"

殷修一怔，警觉地抬起自己的左手，发现自己的手臂上正缠绕着一股黑漆漆的胶状液体，上面冒出眼睛盯着自己。

"你是什么东西！"

殷修皱眉，想要拔出刀驱赶这个缠在自己手臂上的玩意，就听到那团黑色的黏液在晃："是我啊，是我！你的好朋友！"

他拔刀的手一滞，盯着手臂上的东西陷入了沉思。

黏腻的液体包裹着自己的手臂，上面还延伸出小触须在晃动，眼睛一眨不眨地盯着他，看上去很快乐。

没有威胁还有些呆呆的，和之前跟在他身后的男人感觉完全不一样。

殷修动了动嘴，有些迟疑地道："……我有两个好朋友？"

手臂上的触须一僵，瞳孔战栗着盯着殷修："谁……谁是你……另一个好朋友？"

"你难道不认识吗？一个穿着西装的男人，阴森森的，是个怪物，会吃诡怪。"殷修向它询问着，真是越想越纳闷，自己不仅找了个诡怪当好朋友，还找了两个！他缺少的记忆这么劲爆的吗？

"啊……"小触须僵了僵，然后再度摇晃起来，"好朋友，是我！那是我！"

殷修盯着手臂上的触须陷入沉思。

这个黑团团跟人形的那个怪物居然是同一个？

怎么画风不太一样呢？

那个是拟态人类模样的怪物的话，这个就是……怪物本体？

殷修抬起手臂，盯着上面缠绕着的玩意："本体这么小……是怎么吃下那么多诡怪学生的？"

"刚刚被……拦住了，进不来！还在外面！我还在外面！"触须很努力地朝着殷修身后指着，小小一根儿几乎绷成了直线。

殷修回头看向身后，大概理解了他的意思，刚刚跟在身后的那个人形诡怪被关在了门外，没有全部进来，只进来了这么一小部分。

"我是留在……留在你手臂上的……一小部分，我在外面的……进不来！"小触须又磕磕巴巴地解释了一下。

"留在我手臂上的一部分？！"殷修一顿，能理解他的意思，刚刚跟在身后的那个，完全被拦在了外面，而现在跟他说话这个，是他早早留在殷修手臂上的一部分，所以才会出现在这儿。

"什么时候留在我手臂上的？"

小触须们蜷曲在了一起，纠缠着："之前刚进副本的时候，后来没有收回。"

"算了。"殷修沉默一瞬，决定接受现实，一旦接受了这团东西的存在，他变成什么形态都不意外。

现在这团黑东西是什么构造对他来说不重要，找回记忆，过这个副本才是重要的。

他抬眸看向黑暗的四周，进入这里之后就完全没有空间感了，整个地方黑漆漆的什么都看不见，只能看见自己。

这里非但没有光源，而且周围像是能将外部的光照也吸进去一般，完全没有半点光亮。

"这里到底是什么地方？"殷修缓缓地往前踏了一步，脚下是可以踩的地面，只是往前走也没有方向感，视线里只有漫无边际的黑。

他往周围走了两步，也没有感觉到什么变化，就看向手臂上的触须："你能感觉到什么吗？"

触须晃动着摇了摇："有……力量，包围这里……还没动。"

殷修分析着它的话，是指有什么，但还没开始行动是吗？

难道需要什么触发条件？

004.

另一边，叶天玄踏入了后厨的黑暗之中，跟殷修一样，进入这里的瞬间，身后的门也猛地关上了，漆黑一片。

他进入黑暗没两秒，面前就浮现出了一张桌子，除此之外没有别的东西。

叶天玄上前两步，发现桌子上摆着一个像盘子一样的平面，上面有一张路线图，在其中一端放着一个像是殷修一样的小人玩具站在那儿。

像是棋盘又像是游戏盘，叶天玄一时间难以分辨。

"这玩意儿还挺精致啊。"他拿起小人把玩着，越看越像殷修。

正研究着，忽地旁边传来一道声音："来跟我玩吧。"

叶天玄一怔，抬眸望去，桌子的另一边不知何时出现了一个浑身漆黑、仅有模糊轮廓的人影坐在那儿，它周身的触须缓慢晃动着，但没有散发出威胁的气息。

"跟我玩游戏？"叶天玄对这个黑色模糊的人形没有半分畏惧，而是和善地微笑道："要怎么玩？"

黑色的人形身上的触须一晃，漆黑之中便浮现出了一个画面。

叶天玄抬眸看去，发现画面里是站在黑暗中的殷修，他正蹲在地上检查着地面。

"殷修？"叶天玄喊了一声，但画面中的殷修并没有应答。

倒是对面的人形黑影回应了："你们在不同的空间，只有游戏结束才能见面，游戏的玩法是，你操控着他走到终点。"

叶天玄垂眸看向手里很像殷修的小人玩具，又看向路线图，以及人形面前的终点，大概明白了。

这个怪物是想跟他玩以真实的殷修为棋子的游戏。

"如果我不跟你玩呢？"叶天玄试探道。

对面的黑影不为所动："你们将永远被困在这里。"

"永远倒不一定吧？"叶天玄微笑着在他对面坐下，"你别忘了，这个副本里有一个你搞不定的存在在殷修那边呢。"

他意味深长地笑着，蓝眸在黑暗之中格外璀璨，如宝石一般。

周围浮现出的画面里，殷修正在跟他手上的那团黏糊糊说话。

黑影动了动，其中一根触须指向了桌盘："你说得对，但你还是得跟我玩游戏，否则……"

叶天玄所在的空间里画面一转，一众人被黏液包裹着浮在空中，他们有的在其中沉睡，有的在其中挣扎，对所处的环境无能为力。

叶天玄看了一眼就认出，那些是小镇上的人。

他的眼底有薄怒一闪而过，但很快就恢复了平静，看向对面的黑影："你可真有本事啊，连小镇都去得了。"

"但你那么厉害，又何必在这儿跟我玩游戏呢。"

黑影直勾勾地盯着他："我要从你身上学习如何成为人，然后把他留在这里。"

叶天玄自然清楚他的目标是殷修，但完全不明白留住殷修跟必须成为人之间的关联。

"学习了成为人又如何？"叶天玄不解地盯着它，怪物本就没必要模仿人类。

它身上的触须指向了画面里的殷修："我想要成为跟他一样的存在，待在他身边，我不知道我为什么要这么做，但我就是想这么做。"

叶天玄若有所思地盯着它，低声道："你受它的影响不小啊。"

黑影颤了颤："你在说什么？"

"没什么。"叶天玄微笑，"如果跟你玩游戏能够让我们通关，我会遵守流程，不过为什么选我来跟你玩这个游戏？"

黑影凝视着他："你跟其他玩家不一样，你很特别。我观察过你，你身上有一个跟怪物的契约，是你的舌纹。契约与你的游戏能量值挂钩，你的戒指就是你的契约道具，从你嘴里说出来的话或是吐出的东西可以操控意识，无声无息地改变环境，从而改变周围人的想法。这个能力跟我的能力有些相似，我想也许它们有同一个来源。"

虽然底牌被看穿了，叶天玄还是不为所动地拧了拧手上的戒指，微笑道："你对我还挺了解的。"

黑影周围的触须缓慢地在空中滑动，伸向了叶天玄："我还知道你能量值不多，快死了，以人类的话该怎么描述你呢？"怪物的声音里带着笑意，"你已经是风中残烛了，对吧？"

叶天玄和善地以微笑回应："对，你形容得不错。"

"但你身上没有悲伤的味道，你对此毫不在意，这也是我最感兴趣的地方，我想我得看着你死去，我很好奇你这样的人最后是什么结局，所以将你拉入了这里。"

"其实我差不多已经预想到了我的结局，现在看到你，我就更加确定了'时间不多，寿命还长'是什么意思了。"叶天玄捏着手上的玩具小人放在了游戏盘上，"来吧，别浪费我宝贵的时间了，来玩游戏吧。"

他将玩具小人放在游戏盘上之后，路线图便被点亮了，有各种方向选择，同时还有文字浮在空中。

　　请前进。

叶天玄若有所思，盯着路线图的终点，选了最短的路线，将像殷修一样的小人往前推了一个节点。

对面的黑影缓缓伸手，将一个怪物棋子放在了殷修所在的那个节点上，周围的画面瞬间变化，殷修所在的漆黑空间眨眼之间变成了一道山谷，他处于一条狭窄的小路之中，前面堵着一个庞大的怪物。

那是一个只有头连着脊椎的怪物，凌乱的头发下面是猩红的双眼，正死死地盯着殷修，散发着杀意。

殷修没有理会那个怪物，而是转眸看向四周，完全不知道自己是怎么触发了场景的改变。

"这是我的辅助棋子，用来阻挡你的棋子的道路，而你可用的辅助棋子，是关于他的一切。"黑影指向棋盘上的殷修，解释规则。

"关于他的一切？"叶天玄努力分析这句奇怪的规则。

他还没想明白，放在殷修所在节点的那个怪物棋子就唰地消散在了空中，殷修所在的画面上显示，殷修已经把怪物杀了，因此棋盘上的怪物棋子也跟着消失。

桌面再度浮现出了文字。

请前进。

"只要扫除妨碍殷修的东西，让他前进就行了吧？"叶天玄对规则还一知半解，但差不多明白最终目标了。看着那并不长的路线图，他感觉到了，这个游戏为难的不是他，而是殷修。

叶天玄将棋子往前推了一个节点，而对方也立即放下了阻碍棋子。

"这个地方真怪啊……"殷修一边擦着刀一边转眸看向四周，他刚刚杀完怪物往前走，但没有走出山谷，反而感觉一直在原地踏步一般，走着走着，周围的场景又是一阵变动，一瞬之间仿佛他已经走了一大段路，加速略过了山谷。

这一次出现的依旧是一条狭窄的路，两侧都是沼泽，周围一片荒芜，除了面前这条路以外，没有别的路可走。

殷修环顾四周，只能往前走，走着走着，忽地在路边不远处的一片沼泽里捕捉到一个人影。

这次面前出现的不是凶猛的怪物，而是一个躺在沼泽里鲜血淋漓的小女孩，看上去不过十五六岁，苍白的脸颊上满是鲜血，奄奄一息，半截身体已经沉入沼泽之中。

殷修看到那个小女孩的瞬间就呆住了，那个小女孩的模样很熟悉，熟悉到他都怀疑自己出现了幻觉。

"晓晓？"他不确定地朝着小女孩的方向喊了一声，缓缓地往前踏了一步，仿佛忘记了这里是沼泽。

"别……别去啊！"缠在殷修手腕上的小触须慌张地拉扯着殷修的手，但殷修对它的声音无动于衷，目光直勾勾地盯着那个方向。

"原来阻碍前进的东西是各种各样的啊。"叶天玄看着画面里试图步入沼泽的殷修，若有所思，"'杀神'的弱点众所周知，看样子你也认为这是能拦住他脚步的要素。"说完他转眸看向对面的黑影，手指在空中晃动，一个小小的棋子在他手中汇聚成形，"我希望你明白，坚毅的人永远不会被困在牢笼之中。他的过去是拦不住他前进的脚步的。"

伴随着叶天玄的声音，一枚小小的棋子落在了殷修的身边。

那道鲜红的身影在荒芜之中格外明亮耀眼，像是一团火焰，风风火火地冲到殷修的身边。

殷修还没来得及看清那是个什么东西，就见到红色的身影冲进了沼泽，一秒怪物化然后将沼泽里的女孩子死死地踩了下去，之后蹦了回来。

"哥哥，那可不是你的妹妹啊。"雅雅变回了正常的样子，开心地抱住殷修的腿蹭了蹭。

殷修一怔，伸手摸向自己的口袋，里面的硬币道具不见了。

"你还能主动出来？"殷修看了一眼荒芜的沼泽，伸手摸了一下雅雅的头，多亏雅雅出现，意识才恢复过来。

"不是啊，是有人召唤我，我才能出来，不是哥哥你使用了硬币道具吗？"雅雅困惑地望着殷修，条件设置这个道具应该只有殷修才能用才对，好奇怪。

"可能跟我现在所处的环境有关，这里怪怪的。"殷修也分不清自己现在所处的到底是个什么地方，就暂且走下去。

他伸手一摸雅雅，雅雅就立刻看到了殷修手臂上缠绕着的黑色触须。

上面的眼睛眨巴眨巴地跟雅雅对上了视线。

"你！你怎么变成这个样子了！"雅雅震惊地盯着触须，两秒后，忽地眼珠子一转，脸上弯起甜甜的笑容，"嘿嘿，你这个样子更好，没办法把我变回道具了吧！"

雅雅一边笑嘻嘻，一边拉过殷修手臂上的触须，打了个结。

"放开我！"小小的触须们纠缠在一起，在殷修手臂上缠绕扭动着，努力地解开自己，结果越扭结越多，看得雅雅在一旁直乐。

005.

棋盘之上，摆在殷修面前的阻碍棋子消失了，而殷修身边多了一个鲜红色的小小棋子。

对面的黑影盯着叶天玄摆上的棋子，情绪变化不大："看样子你已经学会使用棋子了，那我们就继续吧。"

"开始前，我想再问问，这些节点是为殷修而设置的，但如果先进入空间的不是殷修呢？"

黑影不语，只是身上的触须游动，点了点游戏盘，上面浮现出"请前进"的字样。

叶天玄盯着棋盘，规划着剩余的节点，开始思考怎么走比较方便，毕竟整个棋盘上都是针对殷修的节点，这一次出现的是他妹妹，下一次又是什么呢？

以殷修拥有的一切为棋听起来简简单单，但使用棋子的人必须了解他，就像叶天玄得先知道殷修有一个小女孩道具才行。

殷修过副本的过程平平淡淡，没有什么波折，他知道的信息实在不多。

一次两次，也许还能避开，但多了就很难说了。

操控棋盘的人，必须得考虑全局来规划棋子的走向。

在黑影的注视之下，叶天玄在殷修所在的前一个节点上落下一颗辅助棋子，但落的不是雅雅，而是他刚刚凝聚出来的，黎默的人形棋子。

哐当一声，殷修所在的前一个节点出现了场景，一座阴森的孤儿院出现在了黎默面前。

黎默低头看向自己，他完全不知道自己为什么会出现在这样的地方，他刚刚还在后厨门口蹲着，陡然被什么力量带到了这里。但进来之后，他感受到了殷修的气息，还有他的一部分身体。殷修应该就在附近。

"孤儿院吗？我记得是跟殷修有关的地方。"黎默抬眸盯着面前的破旧院子，抬脚走了进去。

他进去的第一件事，就是把孤儿院给毁了，毁得干干净净，殷修路过都不一定能认出来的程度。

看着黎默的人形棋子出现在下一个节点上，黑影沉默片刻，身上的触须游动都变得缓慢了，似乎是在警惕什么。

"这个人，也是殷修人生中的一部分，也可以变成棋子。"叶天玄微笑着望向对面的怪物，"该你了，下棋吧。"

有黎默在前面探路，会清楚下一个地点的情况，而殷修这边有让他保持清醒的治愈型道具雅雅，加上他本身的战斗力，根本不用担心出什么事。

不管是物理攻击还是精神攻击，应该都能顺利过关。

黑影的目光看向殷修的棋子，然后举起手中的棋子，缓缓落在了黎默所在的节点上。

叶天玄盯着落下去的几颗怪物棋子，蓝色的眼眸里带着些许笑意："你难道想在那一个节点杀掉他吗？"

"他是最大的妨碍。"黑影盯着黎默，对黎默的存在很忌惮。本来它就很烦他了，刻意把他关在外面，但没想到以这样的方式被叶天玄拉了进来。

能变成棋子，便是对殷修而言很重要的人，怪物是无法理解这点的。

"必须除掉他。"怪物的眼眸变得狠厉，他一连下了几个怪物棋子到了黎默的格子。

他一走棋，叶天玄这边就会多出相同的前进步数。

叶天玄眼眸一亮，在旁边点头附和怪物："你说得对，我也觉得他很危险，不杀掉他对你来说很不利，区区几个怪物棋子不足以除掉他，再多下两个才好。"

叶天玄看着他落下的几个怪物棋子都在黎默所在的那一个节点，然后轮到自己行动后，他直接摁着殷修的棋子从另一条路连进了好几格，然后停在了旁边一个节点上。

黑影一愣，盯着他："你难道不走这边了吗？"

它指着黎默所在的格子，内心疑惑。在这条路线都走了两三步了，怎么还要突然换路线，而且已经放了一个黎默在这儿扫图，怎么不走这边？

叶天玄一脸单纯地眨眨眼："我也没说我要走那边啊。"

玩游戏嘛，讲究的是变通，谁会在知道那一条路上布满危险，到处都是怪物的情况下，还走那条呢？他又不傻。

怪物沉了沉脸色，继续道："那你前进吧。"

叶天玄微笑着点了点头，然后又推了雅雅的棋子前进了一步。

黑影沉思，看着雅雅在前一个地图大杀四方，那里似乎是殷修曾经通关过的一个副本，不知道其中会有怎样的影响，但现在殷修还在后面慢慢走，雅雅就已经把那个节点里的东西捣得七零八碎，有怪杀怪，没怪拆房。

怪物觉得不能让殷修在别人扫清障碍的路上顺利到达终点，便又在雅雅所在的格子里下了几个怪物缠住她。

"你别看这个小妹妹是治愈型道具，她原本也是个副本主宰，战斗力可强了，你最好多下点怪物拦住她。"叶天玄一边说着，一边摁着殷修的棋子，在往雅雅通过的格子方向落子的前一秒，一个转弯用多出来的步数去了另一条路。

棋盘上的路线并不多，殷修走了几步，又拐了两次，离终点很近了。

黑影身上的触须变得很狂躁，他盯着叶天玄，散发着怒意："人类都是这么狡狯的吗？"

"你都知道狡狯这个词了，也一定知道这个词是形容人的吧。"叶天玄拨着殷修的棋子，蓝眸之中映出对方扭曲的模样，"你可以再试试看，我还能不能给你整出些新花样呢？"

黑影打量着棋盘上剩余的步数，直线还剩三格，殷修必然会走面前的格子，而且黎默和雅雅都在别的格子，也没有别的棋子能够再去帮他清空障碍了。

"那就让我看看吧。"黑影阴恻恻地盯着叶天玄，往殷修前面的一格下了一个黑影，完全看不清是什么怪物。

叶天玄这边再度浮现出了"请前进"的字样。

"好，好。"叶天玄微笑着点头，然后啪的一下在那格下了枚棋子。

但棋子依然不是殷修。

黑影盯着叶天玄手里凭空多出来的一枚黑团子棋子，身上的触须都跟着扭曲了："这是什么东西？！"

殷修身边还有能拿出来的东西吗？而且这黑漆漆的玩意是什么啊？模糊到连棋子的形态都变不出来。

叶天玄微笑着点了点画面里殷修手臂上缠绕着的黑色触须："是他朋友的缩小形态。"

黑影抬头，看着画面里那扭动打结的触须从殷修的手上一秒飞到了下一个节点，小小一团啪地摔在地上炸开，形状极其扭曲。

别的东西分成两部分可能就碎了，但黎默却可以分成两种形态。

黑影盯着那个摔在地上的黑团子慢慢地凝聚起来，又变得张牙舞爪，它一边修复触须上的眼睛一边打量四周，然后就与之前落下去的怪物棋子对上了视线。

黑影下的也是相同的漆黑怪物，像雾气一般摇曳扭动着，巨大的身形显得它面前的黑团子无比柔弱无助。

两者对视，触须的眼神从无辜单纯一秒变得阴森犀利。

下一秒，黑色黏液猛地炸开，变得庞大无比，一口吞下了眼前散发着雾气的怪物。

吞下怪物后，变大的黑团子还试图将自己缩小："变……变胖了……回不到手……手里了……"

叶天玄愉快地用手指敲击着桌面，没想到这小东西还有两副面孔呢，跟在殷修面前时完全不一样啊。

他回过头来看向对面的黑影，唇角微勾："还要下棋子吗？不下的话，殷修可就顺顺利利地过来了，到时候辅助棋子还能上前，一步一带，应该没什么东西能拦住他了吧？"

黑影沉沉地盯着游戏盘中的局面，殷修的棋子已经离终点很近了，他盘算了一下剩余的路线，哪怕殷修再拐弯一次，他也还要走好几步才可能自己面对棋子。

黑影在小团子的格子里下了一个怪物，叶天玄将殷修的棋子往右拐了一下。

黑影又在殷修前方的格子下了一个怪物，叶天玄摁着吃完东西的黑团子往右滑了一下，帮殷修吃掉了怪物，有黑团子在前面一排的格子，它的阻碍棋子仍然挡不住殷修前行的路。

黑影就只能多在殷修的格子里下几个怪物，缠住他，但这样叶天玄就多出了几步步数，让殷修直接越过黑团子所在的格子去往临近终点的地方。

局势一下就变得紧张了起来。

黑影看到棋盘上殷修距离终点仅剩一格了，怎么都得想办法让他在这里停下来，便摸出一颗棋子下在了殷修当前停留的地点。

周围的场景瞬间变动，殷修又回到了他最开始的黑暗里，只不过这一次，还有一个身影站在他面前。

"你是谁？"殷修立马握刀，警惕地盯着面前的身影，那身影黑色扭曲看不清模样，加上周身发散着扭动的触须，样子让殷修觉得十分熟悉。

"我想你是见过我的。"黑影缓缓地向殷修靠近，用平和的话语卸下他的防备。

"我见过你？"殷修盯着它，感觉到自己模糊的记忆变得明朗了起来。

"你……你是来小镇找我的……那个……"他皱眉，握着刀的手在发颤，自己却不清楚为什么。

"对。"对面的黑影轻声道，"我去小镇找你，我将你拉入了副本，我同你一起过副本，我还帮了你许多。"

他细数着和殷修的过往，将殷修现在记忆里空缺的那一段全都补上，只是，记忆里的那张脸变成了现在这个扭曲的黑影。

黑影下在殷修面前的最后一颗怪物棋子，是它自己。

殷修皱眉竭力回忆，脑子里空缺的那一段记忆在迅速修复又迅速崩塌。

他的直觉告诉他，面前这个人他很熟，是同他经历过许久的人，但同时，直觉也在拉响警报，提醒着他，面前这个人很危险。

矛盾的感觉让殷修一时间不知道该怎么办，他往前走了一步，握着刀的手抖得厉害。

"不对……"像是想到什么，殷修又忽地抬眸看向对方，"有一个跟你一样的男人来找我，说是我的好朋友，但我记忆里那个说是我好朋友的人却是你？"

黑影微笑："那是冒牌货，我才是真的。"

殷修盯着他，一时间陷入了纠结："那你说，你所了解的我是什么样的？向我证明，你才是真的。"

黑影似乎就在等这个，它压低声音缓慢地复述了一遍黎默在食堂里跟殷修说过的话，不紧不慢，一字不差，这让殷修更混乱了。

"你怎么……会跟他说相同的话？"

"因为他是我的冒牌货啊……自然也是有我的记忆的，对吧？"黑影缓缓地向殷修靠近，"你还记得从前你过副本的时候，我一直跟在你身边的样子吗？"

"你去了小镇，我就再也见不到你，只能偷偷让其中一部分去找你。"

黑影站在殷修的跟前，盯着他错愕的脸："难道这些，你都不记得了吗？"

殷修愣了愣，盯着他的眼眸都在颤动："你……你在说什么呢？副本，不是我一个人过的吗？"

黑影身上游动着的触须全部一僵："你难道没有这部分记忆？"

殷修顿时感觉脑子跟炸了似的，无比地疼。

好像，隐隐……确实有那样的画面，有什么东西……像是黏液一样的小小一团，躺在自己的掌心打滚……

但那是什么时候的事？为什么他没有这样的记忆呢？

出于对疼痛的抵抗，殷修本能地拔出刀往眼前挥去，试图斩断这种痛苦，但黑影迅速退开了，避开了他的攻击。

寒光在眼前一闪，虽然没有斩断痛苦，倒是让殷修沉沉地喘了一口气。

他脸颊苍白，却盯着黑影放松地笑起来："你躲开了……"

黑影迷茫，不知道他在说什么。

殷修用力地深吸一口气，平复着自己焦躁的情绪，语气十分笃定："你躲开了，你才是那个冒牌货。"

黑影周身的触须开始浮躁不安地扭动着，嘴上还在坚持："那个怪物才是冒牌货，我是真的啊。"

殷修完全不理会他，阴恻恻地拔出了刀，微微眯起眼睛："兴许是我在小镇安分太久了，导致你们这些诡怪都爱蹬鼻子上脸，居然还想更改我的记忆，胆子真大啊，你们……"

伴随着殷修带着寒意的低沉声音，刀刃的寒光在漆黑的环境里摄人心魄："你猜，迄今为止惹怒我的诡怪都是什么下场？"

黑影后退了一步，它对殷修越是忌惮，殷修就越发确认自己的想法，眼前这个才是冒牌货。

杀了它就能搞清楚自己混乱的记忆到底是怎么回事了。

殷修举起了刀，砍向黑影的一瞬间，整个空间陡然变化，又恢复到了一片漆黑的状态，眼前的黑影消失了。

棋盘上的黑影棋子唰地散在了空中，叶天玄眼前再度浮现出"请前进"的字样。

"你跑什么啊？"叶天玄支着下巴笑眯眯地打趣道，"我还以为你很厉害呢？"

黑影沉着脸瞪向叶天玄，这个人阴阳怪气是有一手的。

"清醒了一次而已，有什么关系？反正还有一格，我不信他还能再度清醒过来。"黑影扬扬下巴，示意叶天玄继续下棋。

离终点还有一格，殷修已经没有绕路的可能性了，能不能抵达终点就看这最后一格，现在黎默与雅雅都在别的格子里，他独身一人能否通过这一格，就得靠他自己了。

006.

叶天玄捏着殷修的棋子往前走了一步，而对方也不用再担忧给叶天玄多余的步数，假如让他过去了，他就能直接到终点。黑影索性一口气下了好几颗妨碍棋子。

殷修所在的场景迅速变动了好几轮，似乎一瞬间有很多东西进来了。

他暂时管不了周围的变化，刚刚确认了一个会模仿黎默的怪物出现，以防下次还会被影响，他从口袋里摸出随身携带用来记录规则的纸笔，想要记下来。

但转念一想，纸团容易弄丢，还是记在自己随时能看到的地方。

思来想去，他就用签字笔在自己左手手臂上记录下了几个词——

黎默，黑团子，眼睛，触手，黏液，穿西装的男人，怪物，好朋友。

别人看不看得懂不重要，他自己看得懂就行了。

记完之后，殷修才抬头打量周围的环境。

周围变化出了很多熟悉的场景，但前面都蒙着一层雾气，看不太清。

殷修认得那些模糊的轮廓，是他去过的地方，从他面前一条长路的两侧排列出去，仿佛一条概括他人生的路。

他环顾四周，没有看到任何人影，环境幽暗空洞，也听不到其他人的声音，似乎他若是不走面前的长道便离不开这里。

殷修紧了紧腰间的刀，做好了十足准备，然后踏入了这条长道。

他最先经过的是一个他不太记得的地方，一条飘着雪的街道，天空幽暗，寒风凛冽，刮过灰扑扑的小胡同。

在小胡同角落里，有一个用纸箱子搭建起来的小空间，里面缩着两个小小的身影。

冷风之中，单薄破旧的衣衫裹着两具还未长开的身体，他们互相抱在一起取暖，几个纸箱便是他们小小的避风港。

直到一个摇摇晃晃、浑身散发着酒味的人经过这条胡同，一脚踹在了纸箱上："哪里来的狗窝！"

脆弱的纸屋顷刻间崩塌，从里面钻出两张惊慌失措的小脸。

"你做什么?!"半大的孩子满脸怒意，死死地瞪着眼前的人，无声无息地抓住丢在胡同垃圾堆里的断裂拖把棍。

"哟，还敢瞪我，哪里来的'流浪狗'，凶得很啊！"散发着酒味的男人丝毫不畏惧面前一大一小两个孩子，上前一把揪住了缩在一旁的小女孩："这个小妹妹倒是不错，看上去能卖个好价钱。"

"滚！"小男孩咬牙切齿，拖把棍一把打在男人的手上，杀气腾腾。

男人痛斥一声，恶狠狠地瞪着男孩，撸着袖子上前揪住了他的衣领，举起了硕大的拳头："小崽子！居然敢打我！"

一拳砸下去，就将小男孩揍到了地上，但对面那双眼睛死死地盯着他。

"你猜我打走了多少个动我妹妹的人？"男孩紧紧地抓着棍子，还在变声期的嗓子低沉而嘶哑，"躺在医院里的又有多少？"

散发着酒味的男人完全不管他的敌意，丝毫不将他放在眼里。

成年人与少年的体型差距很大，即便少年再凶狠，也肯定是打不过他的。

殷修站在长道上注视着那边的打斗声，醉酒的男人拼命地将拳头砸在的男孩身上，而男孩目露凶光在挣扎反抗。

一旁的小女孩哭得失声，转头跟殷修对上了视线，一边哭一边跌跌撞撞地奔向了他："救救我哥哥！救救我！"

殷修面无表情地站在原地盯着她哭花的小脸，语气毫无波澜地道："我的妹妹不是会哭着向别人求助的人，如果是她在旁边，她会搬起角落里的那个砂锅狠狠砸向男人的头，之后一脸骄傲地问我她厉不厉害。"

"只会哭的人，是活不下来的。"

哭着的小女孩一愣，呆呆地看着殷修转身走远。

转眼，那片街道连同街道上的人一并消失在了雾里。

再往前走，殷修来到了一座孤儿院。

他停在门前，透过长满枯萎花草的院墙，看到了站在院子角落挨训的一对男孩女孩。

"你们两个为什么做事总是那么极端？不就是抢了你们的东西吗？不至于把对方的牙打掉吧？我这个孤儿院真的从来没有接收过你们这样疯的小孩。"

"哥哥不懂事，带得妹妹都不正常，你说你！"男人抬手指向殷修怒骂道，"你居然硬生生打掉了人家的门牙！这是小孩子做得出来的吗?！"

这时，旁边的窗户探出了一个女人的脑袋，笑眯眯地道："院长，别训他们了，他们以前的日子过得不好，才会舍不得一口吃的，以后在孤儿院久了，他们会明白，这里是他们的家。"

那个穿着厚重服饰的肥胖男人听到这话，收起了嫌弃不悦的态度，一脸和善地跟着点头："你说得对，确实是我没考虑到他们以往的处境问题。"

那人转过头来跟在门口的殷修对上了视线，脸上的褶子堆叠在一起，充满了热情："哎哟，怎么站在门口呢？要不要进来啊？"

殷修盯着那个男人露出的恶心笑容，嘴角不悦地抿了抿，随后又强勾起别扭的笑容朝着对方道："院长，好久不见，你出来接我吧。"

在笑容的掩饰下，他咬牙切齿地握住了刀。

这是他在游戏中的人物成长背景。为了让玩家在全息游戏里有更身临其境的体验，玩家注册游戏账号时，会填写许多相关问题，游戏会根据玩家的答案定制专属于玩家本人的独特人物背景和成长线，这些内容会随机结合进玩家正在进行的游戏副本，也可以被副本诡怪调用成为玩家副本通关的帮助或阻碍。

眼前画面消失，殷修走着走着，听到了海浪的声音。

他快速踱步往前，穿过朦胧的雾气，果真在那之后看到了一小片海，黄昏的光洒在了海浪汹涌的岸边，一块块礁石堆叠的岸边，似乎有一处避水的地方，上面堆叠放置着一些书本。

那些杂乱无章的书籍出现在海岸边显得格外奇怪，以至于殷修一时间都以为自己看错了。

但他眯起眼睛细看，忽地发现层层叠叠的书本后面似乎有什么在动。

他一边穿过沙滩一边注视着书本那边的方向，试图在离开这片区域之前认出那是什么。

也许是脚步声引起了那个小东西的注意，一个小小的脑袋忽地从书本后面探出了头，黑漆漆的眼珠子跟殷修对上了视线。

那似乎是个人，但也不完全是，他的上半身是个很稚嫩的小孩，端正地拿着一本跟他差不多大的书看着，下半身则长满触须，卧在一本厚重的书上。

那明显是个怪物，只能用双手在沙滩上爬行，还会在沙砾上留下漆黑的黏液。

双眸对视上的一瞬间，对方突然兴奋起来，迅速从沙滩上爬过来，一边爬一边喊着："殷修！殷修！"

什么玩意儿？一坨黑漆漆的半人怪物朝他爬过来了。

殷修眉头一皱，转身就跑。

那怪物看特征好像是黎默，但不太确定，不叫他好朋友的统统都是假的！

殷修在前面跑，怪物在后面追，殷修的名字被他嚷嚷了一路，直至殷修迅速奔进了雾气之中，那道声音才远去。

跑着跑着，殷修来到了他最熟悉的小镇。

这时候的小镇，广场上还没有那么热闹，墙壁上也没有贴满规则单，玩家群体彼此疏离，并不想与其他人有过多的纠葛。

偌大的广场雕像下，仍有人在那儿费劲地喊着："我总结记录了目前在小镇生存的规则，并且保存下来当作攻略，也许现在不是那么完善，但以后肯定会变得更加完美的。"

"不知道是否能对大家通关有帮助，但拿一张在手里一定是好的。"

殷修穿过小镇广场，看到了夕阳下那个穿梭在人群里分发规则单的白色身影。

那时叶天玄还没有被拥戴为"叶老大"，玩家们不会相信陌生人给的东西，而是选择依靠自己，谁也不会把自己的命交给别人，甚至在小镇上还会发生有人不惜一切代价抢夺其他玩家道具的事，被抢走东西的玩家在下一次副本到来时一定会出局。

玩家们互相质疑，彼此之间没有信任，更没有羁绊，而四处分发规则单，将攻略转交给别人的那个人，也被视作小镇的异类。

殷修慢悠悠地踱步到他身边，对方立即雀跃地向他递出一张规则单："朋友，拿一张在身上呗？"

面前的人脸色很苍白，身形单薄，看上去不像能靠自身武力值通关的样子，在当下玩家互相抢夺资源道具的小镇上十分怪异。

殷修的目光从他毫无血色的脸上扫过，又落在他有着鲜红刀口和淤青的手臂上，淡声道："你刚被人抢了道具吧？怎么还有空在这里发规则单？自己都朝不保夕，为什么还会想去帮助别人？"

叶天玄的脸上浮出笑容："哎呀，你是第一个停下来跟我说话的人，没想到你还会关心别人的状态啊，殷'杀神'。"

殷修耷拉着眼盯着他："少跟我阴阳怪气，小心我打你。"

叶天玄收起手里的规则单，转身踩在了旁边夜娘娘雕像下的石阶上，他面向小镇上无数走过的玩家，指向了正在抢夺的人，又指向了瑟缩在角落里一脸绝望的人。

"小镇里跟我一样武力值不高的玩家有很多，如果大家一直这样争抢掠夺，那这个游戏只有弱肉强食这一种玩法，没意思极了。"

他的手伸向天空，掌心包覆着正在沉落的夕阳："我没法拯救所有人，但我想在自己的能力范围之内救更多的人，先是我遇到的一个两个玩家，再到我身边的所有人，最后是这个小镇上的玩家，或是同在一个副本的人。

"总有一天，这个小镇玩家的玩法乃至整个游戏规则会被改变，大家会团结一致，所有人都能获得很好的游戏体验。

"我会证明，即便是在这个生存类游戏里，杀戮也不是通关的唯一方法，通力合作也可以在副本里存活，大家只是需要一个共同向上的阶梯。"

他面向阳光的身影朝气蓬勃："这就是我帮助大家的理由。"

殷修望着他，努力地回忆当时自己听到叶天玄的话后是怎么回答他的？

叶天玄站在高处，又是伸手又是叉腰的，动作太大，还站不稳，脚下猛地一滑，险些摔下来。殷修抬手扶住了他。

他想起来了，自己当时的回答。

"小心点吧，连自己都还站不稳，就想着拉别人起来。"

殷修都想不起自己当时是不是有嘲讽他的意思，但他就是那么说的。

"你说我能做到吗？殷'杀神'？"

见殷修要走，叶天玄跟在他身后，偷偷地卷起规则单想要别在他挂刀的腰带上，被殷修反手拍开，烦躁道："做得到，做得到，别叫我殷'杀神'了，再叫我给你一刀。"

"哦。"叶天玄站住了脚，望着殷修渐渐离开的身影，然后挥挥手，"殷修，我也会成为像你一样独立的人！"

他抬起手放在嘴边嚷嚷着："'杀神'不是蔑称哦！不是！是敬称！敬称！"

别人都觉得"杀神"冷漠无情，可怕得很。但在叶天玄眼里殷修是独立过副本的大神，强大、无敌！

这把锋利的刀，他得想办法拉过来用一下。

穿过弥漫着花香的雾气，殷修离开小镇走进副本。

他见到想要把他变成自己的收藏品的镇长，殷修抬手把镇长干掉了。

他见到自以为是、试图以欲望控制人心的管理员，他又抬手干掉了。

最后他见到了人形与异形的黎默。

"好朋友！好朋友！"一条长道，左边是黎默，右边是一团触须，殷修艰难地前行。

他本可以一刀下去的，反正这也不是真的，但在边上哼哼唧唧不停嚷嚷着的"好朋友"的叫声格外亲切。

还会有人因为只是待在他身边就兴奋雀跃，这对殷修而言很珍贵。

穿过最后一道白雾，殷修回到了最开始的那个漆黑的空间。

他远远地看到雅雅握着小拳头，兴奋地跟趴在地上的大触须团子说："你是不知道，我突然被丢到了一个阴森森的地方，可讨厌了，我就直接把那个地方全毁了。"

"你猜我毁掉房子之后怎么着？出现了好多诡怪装备！真是'天上掉馅饼'！我肚子都饱了！"

趴在地上的大触须团子也捏着触须尖尖跟雅雅隔空碰拳："我那边……也有！也掉了诡怪！吃了！都吃掉了！"

"不！还是我吃得多！哥哥一会儿肯定会夸我！"雅雅骄傲地挺起胸膛。

"我！我多！我……"触须缩成了一团，磕磕巴巴地试图表达骄傲。

雅雅转眸看到了殷修，不再搭理触须团子，抢先奔向了殷修，一把抱在了他的腿上："哥哥！你回来啦！刚才去哪儿了？"

"去了一个奇怪的空间，不过现在没事了。"殷修也不知道这个空间是怎么回事，自己晕晕乎乎地不停转换场景，不过现在似乎都结束了。

"嘿嘿！哥哥，雅雅这次也有帮到你，哥哥夸夸我。"雅雅踮着脚尖，把脑袋往殷修跟前伸，想要他摸摸头。

殷修的手掌刚落下来，还没到雅雅的头顶上，旁边忽地冒出一股黏液顶走了殷修的掌心。

那股黏液在殷修的手掌心逐渐变大，汇聚成了一个人形。

黎默的脑袋贴在殷修的掌心下面，他微笑地眯起眼眸："好朋友，也摸摸我啊？"

雅雅一撇嘴，怒视着黎默，抢起拳头砸向他的腿，但黎默纹丝不动。

殷修无奈地伸出另一只手摸了摸雅雅的头，两只手摸两只诡怪的头，倒也正好。就是这两位总是不和，闹心。

他们的身后再次延伸出了一条道路，这次周围没有雾气也很安静，似乎一切都结束了，接下来只要顺着这条路走到尽头就行了。

但殷修心里总有些惴惴不安。

007.

另一边，漆黑的空间里，黑影怒砸棋盘，触须指向了对面的叶天玄："是你！你作弊了！你给他闻了你的烟！"

"哎呀……被发现啦。"叶天玄拖着懒懒的语调，从桌子底下举起了夹着烟的手，风轻云淡地抽了一口，吐出浓厚的烟雾，喷在了对方的脸上。

"我可没有作弊，毕竟我也是棋子。"叶天玄慢悠悠地从另一只手上落下了一枚自己的棋子放在殷修的身边，"只是我刚刚忘记放上去了而已。"

殷修一路走过来遇到的白雾，全都是叶天玄吐出的烟雾，每次穿过烟雾，都能让他保持意识的清醒，冷静地面对他看到的一切。

面对黑影的怒意，叶天玄表情风轻云淡，抖了抖烟灰："不管怎么样，他已经到了终点，游戏结束，而一会儿，殷修就要带着他的正牌好朋友提刀来这儿杀你了。"

"开不开心啊仿制品？"

面对叶天玄的嘲讽，黑影冷笑："我输了又如何？你以为你就赢了吗？"

周围的场景一闪，那坨包裹着小镇玩家的黏液出现了。

叶天玄皱眉，盯着那些人："你想干什么？"

黑影微微一挥手，里面的小镇玩家忽地全部被投放到了叶天玄所在的那个学校内。

面对一大堆突然出现的玩家，副本里原本正在过副本的玩家也很蒙，他们甚至来不及反应，整个副本内的所有人就像是受到了巨大的影响，开始变得扭曲，不再拥有人形。

学校上空漆黑的天空在缓慢地打开，原来那些人们所看到的黑暗，全都是包裹着整个学校的巨大触须。

夜晚的海浮现了出来，整个学校漂浮在海上摇摇晃晃，而天空正在形成扭曲乌黑的风，狂乱地刮向整个学校的诡怪们。

叶天玄冷冰冰地凝视着一切，看着学校的天空变得扭曲，学校在巨大的海浪之上摇晃，灯光闪烁，无数变成诡怪形态的玩家挤在操场上，扭曲的身体纠缠在一起，变得越发像是怪物。

在叶天玄眼里，那些玩家失去了人形，忘记了自我，却还在本能地挣扎着，他甚至能从其中分辨出他熟悉的脸。

"能恢复人的意识，整个副本只有你做得到。"黑影笑着，触须伸向了叶天玄，"而你清楚，付出的代价会是什么。"

"叶天玄，小小的可怜的烛火，会消失在这场海上风暴之中，你的光将无法照亮任何人。"

叶天玄不语，听着这个怪物的嘲笑，只是冷淡地抽着烟。

怪物笑着笑着忽地停了下来，直勾勾地看着叶天玄："你不必奢望殷修能及时赶到这里杀了我，阻止学校的异变。你忘了吗？你与他的空间有半个小时的时差。我现在结束游戏，等半个小时后，他赶到这里，你的学校早就毁了。"

叶天玄猛地抬眸看过去，没想到面前的诡怪利用了这一点。

看着终于有些情绪起伏的叶天玄，黑影微笑道："但我可以给你一个选择，也许是违背你意志的选择。

"只要你现在交出你身上所有的烟，就可以安全地被我送离这个副本。

"你还有很多的时间去做你想做的，没必要为了他们停滞在这个副本里，你是玩家之中的佼佼者，没有人的光辉能比过你。"

怪物一声声地诱惑着，但在叶天玄的烟雾面前丝毫不起作用。

"拿走了我的烟，就再没什么能消除你在这个副本里的影响了，是吧？"叶天玄垂下眼眸，数了数自己盒子里的烟。

怪物身上所有的触须都扭曲了，面对叶天玄，狂怒道："为什么你不为所动呢？任何人在巨大的利益面前都会动摇，你为什么不会？为那些不值一提的人做这一切完全不值得。"

叶天玄漫不经心地合上烟盒，从桌子边站起身："你不是想看看我的结局吗？给我开个通道？让我回学校。"

怪物不可置信："你是认真的吗？真的会有像你这样的人吗？"

叶天玄叼着烟笑嘻嘻道："来见识一下呗？"

黑影盯了他片刻，给叶天玄开了回到学校的门："我不信。"

叶天玄完全不搭理他，直接开门回了学校。

在进入黑影空间的那一瞬间，他就隐隐感觉到了什么。

或是，更早之前，从他决定进入副本的那一刻开始，心里就隐隐有了这样的预感。

预言即将验证。

即便如此，他还是来了。

天空刮着狂风，呼啸的声音与学生们的哀鸣掺杂在一起。

叶天玄走在狂风之中，身形摇摇欲坠，宛如即将熄灭的烛火。

他上了教学楼，上了天台，站在边缘俯视着底下已经逐渐扭曲的玩家，璀璨的蓝眸在阴沉的天空之下，像是一抹澄净的晴空。

"你还是犹豫了吧？"身后飘来了黑影，见叶天玄停在那儿，自顾自笃定地说着。

狂风刮过天台，猛烈的风吹起叶天玄的衣衫，他的身影一瞬之间变得无比坚毅强大。

叶天玄没理它的话，而是垂眸盯着底下漆黑扭曲的画面，然后拧了拧手上的戒指，取了下来。

那是一枚普通的银色戒指，中间有着一条紫色的弧线，朴素而简单，在狂风中闪耀着微弱的光芒，但其中的契约却是十分致命的。

"看来，我的赌约要输了，占卜这种东西真是可怕啊。"他垂眸将戒指戴了回去，然后摸出了烟盒。

叶天玄盯着那些逐渐扭曲的身影，看着在风暴之中不断晃动的学校，他很清楚，现在这里除了他，没有人能救这些人。

那些他花费时间，一点一点、日积月累在玩家之间培养出来的信任、共赢的火苗，决不能在这里熄灭。

只是他自己，也将在救赎所有人之后，迎来最终的结局。

叶天玄的情绪没有太大波动，平静地接受了这个结局。

他波澜不惊地盯着他们，喃喃着："像是沼泽啊。"

黑影发出了疑惑："什么沼泽？"

叶天玄轻笑，低头点燃了手中的一根烟，火星在风中跳跃，却始终没有熄灭。

他仰头，淡淡的烟雾从嘴里慢悠悠地飘了出来，伴随着紫色的细碎光亮，随风刮走："我说的是副本啊，这里就像一块暗无天日的沼泽，在里面待久了，总是会无意识地失去了一些什么吧。"

烟在风中烧得极快，烟雾缭绕，叶天玄很快又点燃了第二根。

那些紫色的烟雾掺和在狂风之中遍卷整个学校，小小的烟头迅速地灼烧着，一点点地吞噬着光芒。

黑影应答："我无法理解。"

"你是怪物，你当然不懂。"

叶天玄猛吸一口，吐出烟雾，又从烟盒里抖出第三根。

黑影望着他的背影，眼神之中充满了难以置信的情绪："我看到的绝大多数人都不会燃烧自己去救其他人，他们都很重视自己的命，而你的命却像是很廉价。"

"是啊，副本里的人那么拼命地活下来，能不重视自己的命吗？轻视生命的人早就死了。"叶天玄淡淡地垂眸，点燃第四根。

"不过，我的命廉价？你懂什么，能用我的一条命换无数人的存活，我的命珍贵得很。"

黑影低声道："上一次见到这么不要命的，是殷修。"

叶天玄哈哈笑了两声，淡声道："他从前是失去希望的人，我跟他可不一样，我的希望多着呢，我还能把希望分给很多人。"

叶天玄忽地感到一阵眩晕，险些在天台边缘没站住，他感觉自己的意识就像那些烟一样在迅速地脱离自己的身体。

学校里扭曲的身影们在逐渐恢复意识，他望着那些人，没有停下自己抽烟的动作。

小小的火焰在空中颤抖，即将熄灭，犹如叶天玄眼中的光。

"你快死了。"身后的黑影冷漠地吐露出了这个事实。

叶天玄充耳不闻，他只是用逐渐涣散的瞳孔盯着楼底下那些玩家，注视着那一张张他无比熟悉的脸。

他看到了最初站在小镇上独自吆喝的自己，他看到了第一批愿意相信他的人，他看到规则单在小镇满天飞洒，他看到了成批的玩家跟在自己身后叫着自己。

这条漫长而黑暗的路上，他独自行走，看着许多人找不到前路，为通关游戏而厮杀、算计，于是决心引燃自己，成为照亮黑暗的那道光。

他蓝色的瞳孔一点点地变得灰暗，纤细的身影在凛冽的风中摇摇欲坠："我即便在此处迎来我的结局，我的灵魂、我的精神……也不会停留在这里……

"我会……

"成为沼泽里生长出来的花……不断地生长……

"生长……

"直至……

"变成他们的太阳……"

他断断续续的声音犹如大提琴的琴弦根根绷断，在声音停止的刹那，叶天玄站在天台边缘的身体如断线的风筝一般坠下了天台。

烟头的最后一丝火光熄灭在冷风之中，几乎是同时，副本通知响彻整个小镇——

35 位面小镇 A 胡同 103 玩家，叶天玄，死亡。

声音响彻黑夜的那一瞬间，小镇无数诡怪惊愕，连夜娘娘都停住了脚步。

给予无数人引路之光的烛火，终究是把自己燃尽了。

深海之下

第十一章

001.

狂风刮过整个学校，海浪汹涌，将浮在海面上的学校抛起又落下。

天空阴冷，黑云密布，抬头望去，看不见半丝光亮。

伴随着风声呼啸，紫色烟雾被席卷着飘到每一个玩家的身上，带着芬芳的味道丝丝缕缕地浸透他们的意识。

几乎是同时，远在黑暗通道，殷修身边的雅雅像是感受到什么召唤一般，啪的一下消失在了原地。

扭曲的玩家群体之中，有一个人身上散发着淡淡的红光，他嗅着空气中飘来的烟味，已经扭曲变得浑浊的双眼闪过一丝明光，逐渐清醒过来。

"这里是……哪里？"钟暮艰难地咬咬牙，甩了甩脑袋，发现周围一张张熟悉的脸全都变成了怪物，低头看去，自己的身上也多出了两只手，甚至还在往更怪异的方向发展。

"钟暮哥哥！"一道红色的身影忽地出现在钟暮面前，在阴暗的环境里，他们两个身上都散发着淡淡的红光。

"雅雅？"钟暮愣了愣，没想到她会突然出现在这儿。

"你怎么变成这样了啊？你差点失去心智变成怪物了。"雅雅震惊地看向周围，无数人身形扭曲，意识沉沦，要不是她与钟暮有一条连接在，恐怕现在钟暮都还清醒不过来。

"是你帮了我吗？"钟暮抬头揉了揉太阳穴。

"是呢，毕竟钟暮哥哥帮过我嘛！"雅雅点头，但完全没想到钟暮会突然出现在这个副本里，还陷入这么危险的状况，这个副本怎么变成这个样子了？

"完了，大家都要变成怪物了！"钟暮紧张地看向四周，看着那一张张熟悉的脸都在逐渐怪物化，说不出来的焦急。

这些人都是对他很好的人啊！怎么能眼睁睁看着他们沦陷！

"钟暮哥哥别紧张，有什么东西在恢复他们，只是稍微有点慢而已。"雅雅拉住钟暮的手，抬手指向空中。

钟暮在红光的包围下，被雅雅迅速地恢复了理性，但外面的玩家群体人数太多了，一些细碎的紫光飘散在空中，随着风卷过每一个人，在缓慢地将他们恢复。

"紫色的烟……"钟暮认识，小镇的无数副本资料里，也包括了叶天玄的信息，他总是携带着一种散发着花香的香烟道具，从他嘴里吐出来的紫烟，能够造成精神方面的影响。

是……叶老大在救他们！

"叶老大在附近吗？"钟暮迅速地看向四周，在混乱扭曲的人群之中寻找叶天玄。

整个学校摇晃不止，风呼啸，海浪席卷，玩家们在不平的地面上摇摇欲坠，天空晦暗无比，再也没有比现在更糟糕的画面了。

钟暮环视一圈后，他看到了。

在高高的教学楼之上，有一道身影在狂风呼啸之中站得笔直。

紫色的烟雾从他身边散开，那些璀璨细碎的光亮在灰暗的副本之中格外瞩目，像是一道虹光出现在了不该出现的地方。

但是下一秒，那道身影陡然如落叶一般从高空之中坠了下来。

钟暮的心骤然一顿，几乎是想也不想地往前冲去，挤开层层叠叠的玩家身体，在凛冽的风中扑到了教学楼下。

钟暮被变成了怪物，身上有四只手臂，但此刻他无比庆幸，他的手能够接住坠落的叶天玄。

落入他臂弯之中的人，身体变得无比轻盈、脆弱，仿佛随时会被风吹走。

"叶……老大？"钟暮的呼吸都要停滞了，轻轻地唤了一声。

然而空气之中，回应钟暮的只有风声。

他抿着唇，声音都变得哽咽了起来："叶老大，快醒醒，我才刚到你的小镇呢，你不是说我是小镇的好苗子吗？你还没把我培养起来呢，怎么能说走就走。"

他来到这个小镇之前，从来没想过在游戏里会有这样一个地方。从前在副本里，玩家互相抢夺资源道具，夜晚诡怪追杀玩家，危险至极。副本外也好不到哪里去，他总是战战兢兢的。

直到来了这个小镇，他才知道有那么一个人，为所有人创造了一个避风港。

看到叶天玄坠落，失去生气，哪怕他知道这只是游戏中的画面，但情绪还是被调动起来，难过得半天都缓不过劲来，脑袋嗡嗡直响。

他刚认识了一个很好很好的人，还没有来得及了解更多，这个人就永久地下线了。他接受了他的好、他的璀璨、他的耀眼，却没有任何报答的机会。

这种事，他真的接受不了。

"钟暮哥哥……你看上去好难过……这个人死掉会让你这么难过吗？"雅雅在旁边看着叶天玄，她不认识这个人，她也不太懂外面的情况，但看到钟暮这么难过，她也不开心。

"这个人死掉，会让很多很多人难过。"钟暮一脸沉重地垂着头，不知道失去这个人，往后的小镇会如何，对镇上的人而言，无疑是巨大的打击。

"咦……我为什么会站在这儿？"扭曲的人群里有玩家在逐渐清醒。

"我明明在小镇看直播的啊？突然眼前一黑……然后我……"

"哇，你们！你们怎么都变成了这个样子？你们！"

"我们在学校里了，我们这是被拉入副本了？"

"怪不得，大家都变成怪物的模样了……不过，我们怎么清醒了？"

伴随着那道询问，大家嗅到空气之中萦绕的花香。

"是叶老大！叶老大救了我们！"

"肯定是这样没错！"

玩家们兴奋地环顾四周，开始寻找叶天玄的身影，然后看到了背对着他们的钟暮："你一个人蹲在那儿干吗呢？你居然清醒得这么早啊！"

"你这是抱着啥呢，让我看看……"

"……"

黑色通道里，殷修带着两个诡怪往前走，走着走着，雅雅就啪的一下消失了。

殷修连忙摸向自己的口袋，发现道具硬币没有回来，也就意味着雅雅没有变回道具模样。

他沉思着，悠悠地将目光落到旁边的黎默身上："你把雅雅弄走了？"

黎默微笑道："没有。"

"那她怎么……"殷修思索着，既然黎默还在这儿，也就是诡怪在他身边不受影响，但唯独雅雅突然消失，又没变回道具……

他忽然想起了雅雅道具的最后一条备注——

除了他有危险的时候能用雅雅的召唤道具以外，还有一个人危险的时候也能使用道具，但……钟暮没有进这次的副本啊？

像是想到了什么，殷修脸色难看："这次的副本主宰难道能进入小镇？"

黎默在一旁淡然地微笑："如果他的能力与我相似的话，也许能。"

"那整个小镇岂不是……"殷修拧紧眉头大步往前走去。

他穿过黑暗的通道，走到了尽头，那里是一扇门，但门前摆着一张桌子，上面有棋盘。

殷修拿起很像自己的棋子，又看向桌面上摆着的其他棋子，和棋子放置的格子，他大概明白之前自己眼前那些莫名其妙的画面变动是怎么回事了。

是叶天玄在跟副本主宰玩游戏，看结果似乎是叶天玄赢了，带着他走到了终点，所以他才从黑暗的空间里出来了。

他在桌面上看了一圈，没有看到代表叶天玄的棋子，明明自己之前经过白雾的时候闻到了花香味，叶天玄应该也利用了他自己的能力才对。

殷修转头，看着那扇门，带着黎默离开了这里。

推开门后，他回到了学校。

只是这次的学校，稍微有些不一样。

殷修一走出后厨，就听到了学校里狂风呼啸之中夹杂着玩家的哀号，空气里飘荡着细碎的紫色光亮，还有熟悉的味道。

嗅了嗅之后，殷修的脸色更难看了，他无声地攥紧口袋里在极乐城占卜出来的结果，沉着脸大步往外走去。

整个学校已经跟他进入后厨前完全不一样了，天空不再是漆黑一片，而是乌云密布，黑沉沉的。

学校在摇晃不止，狂风呼啸，甚至能从校园外墙看到高高卷起的海浪。

学校果然是漂浮在海面上的，似乎因为他刚才经过的那一切，触发了什么事件，整个学校都在异变。

他快步走向操场，终于看到了学校里杂乱声音的来源。

他看到许多已经怪物化的玩家，有一部分是他所在小镇上的玩家，还有一部分是这个副本内的玩家，他们全都围在教学楼下，有些人一声不吭地坐在那儿，有些人哭泣不止。

看着那一张张熟悉的脸上挂满了悲伤，殷修心头不好的预感加剧。

"你们怎么都在这儿？"他站在风中，定定地盯着人群的中心，目光试图穿过人群看看那里究竟发生了什么。

被殷修的声音惊扰，玩家们唰地回过头来，他们错愕地望着殷修，神情复杂地彼此对视，然后不作声地收了收眼泪，往那个地方站了站，遮挡住了殷修的视线。

"我们……是被副本主宰拉进这个副本的，没想到那个诡怪居然能去小镇……"

殷修对他们的回答置若罔闻，直勾勾地盯着那个地方："那你们，又在哭什么？"

玩家们的脸色僵了僵："因为都变成怪物了嘛……肯定是很难过的……"

殷修眯起眼睛："叶天玄呢？没跟你们在一起吗？"

他不信，所有玩家都被拉入小镇变成怪物之后，叶天玄不会为他们做什么。

这空气之中萦绕不散的芳香就是最好的证明，叶天玄一定是做了什么，才会让他们没有异变，而是在这里号啕大哭。

"叶老大……叶老大他……"回答的那人局促不安，不知道该怎么回答。

人群里面响起了钟暮的声音："算了……让他过来看看吧。"

前排的玩家低声道："可是叶老大以前就交代过……万一出事了，尽量不让殷修知道……"

"但现在这样也瞒不住啊？"

玩家们沉默了，他们偷偷看了殷修一眼，又悄悄地撇过头去，不知道该如何是好。

最后他们还是让开了。

殷修站在那儿，一眼就看到了已经怪物化的钟暮抱着一个人，雅雅也在他身边，就如殷修所料，雅雅的确是感知到了钟暮有危险才过来了。

"哥哥……"雅雅有些不知所措，她也下意识地往前挡了挡，生怕殷修看到了，也会跟周围这些人一样露出难过的表情。

殷修沉默地往前走了两步，就看到了，那是叶天玄。

"他是睡着了？还是昏过去了？"殷修低声询问着。

玩家们沉默，不敢回答他。

从前叶老大还特意培训过他们，有那么万分之一的可能性，若遇上殷"杀神"发疯该如何紧急避险。但那也是应对从前那个冷漠的殷修，现如今，他们也不知道该如何是好。

玩家们的沉默让萦绕整个学校的风声变得格外刺耳。

殷修望着那个人，甚至没有靠近，他安静着，大家也安静着。

人们密密麻麻地立在那儿，一个个站得笔直，像是一场无声的送行。

黎默偷偷地看了殷修一眼，他能感觉到，这个人虽然看起来面无表情，但情绪波动很大。

最后，殷修缓缓地闭上了眼。

"行，我知道了。"他简短又轻飘飘的一句话，情绪却仿佛比号啕大哭的人们更沉重。

随即殷修再度睁开了眼，眼底萦绕着冰霜："现在，我要杀凶手，你们去吗？"

玩家群体立即振奋了起来，一个个都抹去了脸上的悲伤，双眸迸发出愤怒："去！当然去！怎么能不为叶老大报仇！"

"可能我一个人做不了什么，但大家一起肯定可以！"

从前都是叶天玄一个人挡在他们前面，如今他们要独立起来，随着殷修前去为他报仇。

殷修的长刀出鞘，寒光在风中闪烁。

整个学校都在风暴之中晃动，海面上缓缓地浮现出一个巨大的身影。

那看上去是一只巨大的黑色章鱼，身上延伸出来的触须强劲有力，纠缠着伸向天空，几乎能把学校的上空完全包裹住。

殷修一直以来看到的漆黑天空并不是真实的天空，而是被触须遮蔽了光，那些始终萦绕在周围的视线感，便是来自触须上的眼睛。

它们在黑暗里注视着整个学校的一举一动，整个副本里除了之前的深海学院剩下的两个诡怪以外，其余都是这个怪物的一部分。

它们凝视着在风暴之中摇晃的学校，凝视着学校里的玩家们。

巨大的阴影覆盖下来，几乎要将整个学校压倒，玩家们的身影在那巨大的怪物面前显得格外渺小。想要杀死这么庞大的诡怪，很难。

长刀无论如何只能贯穿一根触须，而这个怪物有着许多的触须，每一根都沉重到能够压倒一片玩家。

面对怪物扭曲的瞳孔，无形的压迫力降下，几乎让玩家控制不住地战栗。

红色的瞳孔像一颗巨大的球在教学楼上方盯着玩家们，它迅速在人群里找到了站在最前方的殷修，瞳孔微微收缩，显得很兴奋。

但下一秒，一道更强烈、更有攻击性的压迫感降下，瞬间惊起了所有玩家的鸡皮疙瘩，仿佛有湿气与寒意在身上游走，胸腔里都是冰冷的。

殷修回头，瞥了黎默一眼："恐吓它可以，别吓到其他人。"

连旁边的雅雅都被吓得哆嗦，小脸煞白地抱住殷修的腿。

"可是……"黎默微笑着看向殷修，声音里带着咬牙切齿，"可是它想带走你，我要保护你。"

"我是那么轻易就被带走的人吗？"殷修说完就想起，似乎自己现在的记忆还处于被篡改的状态，还真容易被怪物影响。

于是他伸出手指拍了一下黎默的肩膀："我答应你，我马上就杀了它，然后想起你，我的朋友。"

黎默心情愉悦了不少："好。"

002.

人在极度愤怒的情况下，会什么都不管，只想做完眼前的事，殷修现在最想做的事，就是杀掉这个怪物。

那只捏着刀的手背泛起了青白，刀锋在呼啸的寒意之中带着无比浓重的杀意。

"不要那么生气。"怪物察觉到殷修的情绪，它巨大的触须在空中游走，向空中吐出一个小小的泡泡，"我知道，你的朋友死了，你很难过，但你看……这是什么？"

在空中浮着的脆弱泡泡里，是一颗璀璨漂亮的蓝色宝石，像极了叶天玄的眼睛。

"这个学校里的学生，曾经全都是玩家。只要在这个副本里通关失败的人，他们的游戏数据都会被我记录下来做成复制体，成为我的副本中的角色。这些复制体与本体一样，只不过他们的身体被我操控，'灵魂'被我收集。

"我很喜欢收集一些漂亮的'灵魂'，现在这颗应该是我的收藏品里最好看的一颗了，但没想到你与他的关系这么好。"

触须挥舞着，将泡泡送向殷修，巨大的黑色章鱼怪物发出了笑声："你想救你的朋友吗？"

殷修微挑眉，不语。

怪物继续道："你的这个朋友啊，跟正常死亡的玩家不一样，他的死因是耗尽了能量值。你知道玩家一旦在游戏里死亡，他的身体和游戏数据就会被抹除，但如果你拿到他的'灵魂'，就相当于保留了他之前的游戏数据，那就还能够让他复活。你应该……很想要这个吧？"

怪物的话引起了身后小镇玩家们的注意，一瞬间，所有人都把目光集中在了那个"灵魂"晶石上。

无论如何，都要拿到。

在勾起大家的兴趣之后，怪物对着殷修伸出了触须："我知道你很想要你的朋友活过来，他的'灵魂'可以给你，但交换的条件是……你，必须留下来。用你，来交换你朋友，你应该会愿意吧？"

众人的目光瞬间集中到了殷修身边。

这……这怪物也太会算计人心了吧！

望着不断向他延伸出来的触须，殷修风轻云淡地抬起头，他没有回答，只是右手用力往空中一划，轻飘飘地就斩断了那根伸向他的触须。

巨大的触须瞬间裂开，迸裂的血花在狂风之中散开，展露出背后殷修凌厉的眼神。

他嘴角缓缓咧出一个阴沉的笑："你刚刚说什么？你有很多……收藏品？"

怪物一怔，不知道他为什么提起这个："如果你想要，我可以把我收集的收藏品给你，只要，你愿意留在这儿。"

殷修微笑着甩了甩刀上的血："交换？我殷修从来不跟人交换，你现在手里的那颗，还有你收集的所有'灵魂'，全都是我的。"

他眯起的双眼如刀锋般透出攻击性，一字一句都带着恨意："我会撕裂你的身体，看看里面究竟有多少"灵魂"，我会将你的触须切割成一份一份的，让诡怪吃掉你的身体，我会让你生不如死。"

感受到殷修毫不遮掩的敌意，怪物缓缓将"灵魂"收了回来，然后放回到自己的嘴里。

　　它巨大的瞳孔紧紧地盯着殷修："看来，我最后还是不得不强行将你留在这里，即便毁了这个副本都没有关系，你，一定得留在这儿。"

　　学校里的风变得更加冰冷，海面的风浪也更加剧烈。

　　怪物高高举起了自己巨大的触须，用力地拍向玩家们。

　　咚的一声，地面碎裂，玩家们迅速散开。

　　镇上的人一部分是身经百战的老玩家，一部分是仅仅经过培训的新人，但总比没有任何经验、受到攻击只会愣在原地的人要好。

　　一触须拍下来，所有玩家都迅速地闪开，他们统统掏出身上的道具，进入了战斗状态，不敢有一丝懈怠。

　　在这个副本呈现出的画面里，玩家们作为人类，在巨大的怪物面前就像蚂蚁一般，密集而弱小。一触须拍下来就会死很多很多人，至少在这个副本里，这个怪物一直都是这么觉得的。

　　但现在它一触须拍下来，竟然没有任何伤亡，那些"蚂蚁"爬得飞快，极其敏捷，甚至让它恐吓不到他们。

　　怪物怒了，狂乱地舞着自己的触须砸向玩家们，操场地面碎裂，教学楼毁坏，石头落下，却依然伤不到一个人。

　　"先防守，再反击，保住命不在此时下线才是上上策，谁敢受伤，回小镇养好之后自罚练习躲避技能一百次！"有人在玩家群里喊着，声音铿锵有力。

　　玩家们来到小镇，最先学的就是自保，在没有绝对实力之前，是不能硬碰硬的，自保是小镇玩家学习的基础技能，整个小镇的玩家都被强制训练过躲避技能。

　　"快闪开！触须又要砸下来了！"眼尖的玩家优先察觉情况，汇报给其他人。

　　动作和反应快的玩家负责找到下一个安全区域并带着其他人避险。

　　等一避开攻击，玩家们瞬间就变得凶狠，反击是一定要反击的。

　　攻击性比较强的玩家会趁着触须落地的瞬间拿出自己的道具和武器，冲上去一把将触须贯穿钉在地上。

　　随即七八个人上前，迅速切下触须，防止它的下一轮攻击。

　　怪物一痛，就用别的触须回击玩家，这时玩家又散开了，然后又给它切下一根触须。

　　触须少一根就少一次攻击，再强的怪物，也迟早给他们切成"无触须怪物"。

　　而殷修那边，他动也不动，站在原地把迎面拍来的触须斩断，又快又狠，根本不需要闪躲。

被连着切下几根触须，还伤不到人的怪物狂怒了，不再选择直接攻击玩家，而是拼命舞动着触须砸向周围的建筑，试图用落石砸死玩家。

无数触须晃动，在海面上漂浮的学校瞬间被毁得七零八落，整个教学楼眨眼之间变成了废墟。

"有控制型的道具吗？"殷修高声向其他玩家问了一声，"我怕它跑了。"

"有有有！"一听到修哥要出手了，玩家们连忙兴奋地回应着。

"帮我把它困在原地，最好是把触须都钉在地上，确保它不会离开海面。"殷修丢下这么一句话之后，就转身朝离怪物最近的宿舍去了。

黎默和雅雅跟在他身后，随着他一起过去。

"哥哥，你要去干吗啊？"雅雅拉着殷修的手询问着，当下整个学校里，就属他们三个最淡定。

"我刚刚看到它把叶天玄的'灵魂'晶石放进了嘴里，我要先进去找出来。"殷修说道。

他怕怪物一死，身体沉入深海，在这茫茫大海里去寻找一颗怪物身体里的"灵魂"晶石，比登天还难，他必须在怪物还活着的时候就先拿到，然后再杀了它！

"进入它的身体？"黎默顿了一下，随即道，"我跟你一起进去。"

说着他就扒拉了一下殷修的手，将自己的一部分化作黏液留在殷修的手臂上，这样到时候能被他一起带进去。

刚攀附上去，它就看到殷修的手臂上记录着一串对它的印象，其中就有"好朋友"三个字。

刚黏上去的小触须立马兴奋地挥舞起来了。

旁边的雅雅撇了撇嘴："我怕里面有很多对哥哥的精神产生影响的东西，我也要一起进去！"

说完，雅雅变回了道具硬币的状态，进入了殷修的口袋。

这次副本她只出来过一次，还能再出来一次，确保殷修在怪物的身体里不会受到任何影响。

底下有玩家们帮忙控制怪物，殷修轻松地上了宿舍顶楼，他站在高高的天台边，迎着海风，望着漂浮在学校边缘的巨大怪物，怪物红色的瞳孔颤抖着盯着殷修。

四目对视，殷修举起了手里的刀，瞬间从高空跃下。

　　衣角飞舞，长刀在空中一挥，狠狠地刺穿了怪物的身体。

　　怪物鸣叫一声，开始剧烈地抖动身体，想要将殷修甩下去。

　　但他离殷修最近的触须都被玩家们钉在了地上，无法顺畅地活动。

　　殷修握着刀柄踩在怪物的身上，用力刺啦一声，硬生生地在怪物巨大的身体上划开了一道人形大小的口子。

　　裂口之下是黑色的空洞，里面仅仅是一具空壳，不像黎默那样有些器官和黑色不明的东西。

　　似乎它一直在收集人的"灵魂"，学习人的知识，来填充自己这具虚假空洞的身体，但仿制品始终是仿制品，仅仅有一具空壳罢了。

　　殷修顺着刀口裂缝滑了进去，瞬间跌在了一座宝石堆上。

　　周围无数颗"灵魂"宝石堆积在一起，正随着怪物的扭动而散乱摇晃，几乎快要淹没了殷修的身影。

　　他要找到叶天玄的那颗。

　　昏暗的环境里，那些宝石颜色黯淡，没有什么光亮。而且伴随着怪物的每一次挣扎，里面的所有宝石都会滚动打乱，极其难在稳定下来后细细寻找。

　　殷修将长刀插进怪物的身体，稳住自己，随即抬起左手："黎默，出来帮个忙。"

　　攀附在左手上的小触须瞬间抬起了头，爬下了殷修的左手："帮什么啊？"

　　殷修指向怪物身上被自己割出来的那个刀口："去将那个口子缝上。"

　　"啊？"小触须迷茫，它才不要帮敌人缝伤口嘞，而且缝上了殷修一会儿怎么出去啊？

　　"去缝上，这里就是黑的，我一定能在最暗的环境里找到他的'灵魂'。"殷修不由分说地一把抓住触须，反手就往刀口的地方扔了过去。

　　这下小触须不愿意也不得不做了。

　　它被扔飞了出去，一小团触须在空中用力一伸，黏黏糊糊地扒拉住刀口两侧再收紧，巨大的刀口被黑色黏液迅速地合上，外面落下来的最后一丝光亮也彻底消失了。

　　殷修身处的环境迅速变黑，他站在摇晃的漆黑空间里，紧紧抓住手中的刀柄，静心凝神，望着那些在黑暗里闪动着、散发着微弱光亮的宝石。

　　它们随着怪物的挣扎颠向空中，又稀里哗啦地落在地上，互相碰撞，互相哀鸣。

殷修眼睛一眨不眨地在其中寻找着，不落下一颗。

那些微弱的光亮像是细碎的雨点在风中摇曳，黯然无光，如同陷在沼泽之中即将沉沦的人，再无任何希望。

在这样暗无天日的环境里，唯有那一颗晶石与其他的晶石不一样，他还是那么璀璨，那么明亮，即便风雨摇曳，无数晦暗的身影遮挡住了他，也依旧在黑暗里散发着灼灼的光亮。

"叶天玄！"捕捉到那颗璀璨的蓝宝石的瞬间，殷修一把抽出长刀扑了过去。

宝石哗啦哗啦地砸落，沉重得几乎压弯了殷修的腰，他一个趔趄跌入了宝石堆里，指尖擦过了那颗蓝色宝石。

漆黑之中，一只模糊的手缓缓地穿过骤落的宝石，抓住了殷修的手。

周围的场景瞬息万变，黑夜被照亮，人流熙熙攘攘，车水马龙的声音从殷修的身边穿过。

模模糊糊之中，他看到叶天玄正趴在窗口远远地望着他，像是隔着万里时光，微笑着向他挥了挥手。

"哥哥！"雅雅惊慌失措的声音响起，她踩在高高的宝石堆上，费劲地抓着殷修的手，将他从里面拉扯出来。

"哥哥你没事吧？"雅雅紧张地望着殷修被砸得狼狈至极的模样，生怕她哥哥在这些石头堆里被砸傻了。

殷修默了两秒，随即长长地呼出一口气，缓缓展开手心里的宝石。

璀璨美丽的蓝色宝石，犹如天空一般澄清明亮，在这夜一般的环境里，它散发着美丽温和的光泽，光是看一眼，就能让人心情平静下来。

"好漂亮的光啊。"雅雅发出惊叹。

"是啊，很漂亮，这是哥哥唯一的朋友，要是没了，哥哥会难过的。"殷修温柔地摸了摸雅雅的头，然后从宝石堆上坐了起来。

外面正在抵抗玩家们控制的怪物每隔一会儿就会剧烈挣扎一下，以至于整个空间都在摇晃，殷修只能把刀插入地面来稳住身形。

现在找到了叶天玄的晶石，他左手紧紧地握住，生怕再次弄丢，然后举起自己的右手，握着刀在空中一划："雅雅，帮我治疗一下手腕。"

"啊？"雅雅一怔，这才看到他右手手臂上几乎都是乌青的痕迹，全都是因为遮挡砸落下来的宝石而留下的伤痕。

"哥哥！这个怪物坏坏！"雅雅气鼓鼓地抓住殷修的右手，帮他治疗手臂。

"我知道，所以这才让你帮我治疗一下右手，免得影响我发挥。"殷修淡声应着，他站在黑暗的环境里，不知道自己究竟在那个位置，但没关系，从哪一块杀出去都一样。

把怪物开膛破肚，是免不了的。

在外面抵抗怪物攻击，还要控制它触须的玩家们这会儿已经很吃力了，在巨大的怪物攻击下，他们要保证自己所在小镇的每一名玩家的安全，因此一旦有人不小心受伤就会立即脱离队伍去往安全的地方。

以至于搏斗着搏斗着，能继续战斗的玩家越来越少，囤积的道具也差不多都用完了，这么拖下去不是长久之计。

他们把希望寄托在进入怪物身体里的殷修身上，祈祷他能顺利地带回叶天玄的"灵魂"晶石，这样他们的付出便不会白费。

望着远处还在坚持战斗着的小镇前辈们，躲在安全区的新玩家酸了鼻子："叶老大真的还有救吗？"

"为了过这个副本，叶老大没有了，要是老玩家们也折在这里，我们以后该怎么办？"

"会回来的，一定会回来的，不然大家还在努力什么呢？"其他人喃喃着，"修哥可是'杀神'啊，有哪个副本他过不了？他一定会带着叶老大的'灵魂'晶石回来的。"

"'杀神'……可修哥是一个人啊……"

"别这么想，修哥不是还在努力吗？我们受到叶老大那么久的照顾，我们凭什么不努力？"

"只要还有一线希望就不能放弃，我们能做的，就是一定坚持到修哥出来，至于'灵魂'晶石有没有用，都再说！"

"你不想让叶老大归来，和我们继续并肩作战吗？"

"当然想！"

"我也想！"

新人们鼓起勇气，握紧了拳头："我也要去帮忙，我已经培训了半个月！我肯定能帮上大家的！"

就在新人鼓足勇气，准备面对那庞大骇人的触须之时，一把长刀刺穿了怪物的身体，寒光从里面破出。

伴随着怪物的嘶号，它的身体被硬生生撕裂了。

003.

狂风之中，殷修持着长刀插入怪物的身体，悬挂在了巨大的黑色躯体之上，腿上挂着雅雅。

衣衫被风吹得簌簌作响，他在众人眼中熠熠生辉，无比耀眼。

在这一刻，这个曾经冷漠危险的人成了他们新的希望。

"修哥！叶老大的晶石拿回来了吗?!"有人忍不住大声呼喊询问道。

他们迫切地希望得到一个肯定的答案作为他们坚持下去的理由。

面对一双双充满期待的明亮的眼睛，殷修举起了左手，在狂风之中展开。

那颗明亮的宝石在阴沉的天空之下散发着温柔的光，一瞬间就点亮了所有人的眼睛。

"修哥！你是我的神啊！"

"我们没有白努力啊！太好了!!"

玩家们激动地跳跃呼喊，而小镇上的人跟打了鸡血似的，指挥起来："快点，把压箱底的家当都拿出来！道具没了可以再进副本慢慢囤，无论如何都不能让怪物伤到我们修哥！叶老大的'灵魂'晶石不能再被怪物抢走了！"

"好！"大家都振奋起来，开始全力控制住怪物不断乱舞的触须，连一些新人都气势汹汹地加入其中。

拿回叶天玄的"灵魂"，再杀掉怪物复仇！

拼掉家当杀死一个巨大的怪物，还不一定有什么奖励，对他们而言无异于冒险，但现在他们愿意一搏，只想要弄死那个怪物！

怪物瞪着殷修，用仅剩的两根触须拍向他，想要将身上这个人拍进海里。

但高空之中，殷修的身影无比轻盈矫健。他有着对危险的本能感知，极为迅速的反应，以及超强的攻击力。

那道轻盈的身体踩着强风，蹬了一脚拍向他的触须，长刀带着凶猛的杀意狠狠贯穿它的身体，刺啦一声，怪物的身体被割开，那些它珍藏的"灵魂"晶石全都从裂口之中滚落出来，掉进了海里。

"我的收藏品啊！"怪物号叫着，它猩红的眼凝视着殷修，两只触须同时向他扑去。

巨大的触须在空中纠缠,一条拍向殷修,另一条抓住空隙迅速将他缠住,但也只是碰了一下,那锋利的刀就狠狠地切开了他的触须。

黑色的血液在空中炸开,同时殷修的身体也失去了支撑点,从高空之中往下坠落,即将跌入海中。

"修哥!"正在忙碌的玩家群体十分慌张,连忙从身上找防御道具,想给他用用。

但距离太远了,他们根本够不着。

想要杀掉眼前这个庞大的怪物,果然还是太难了!

无数刀落在怪物身上,也只是在它巨大的身体上落下撕裂的口子,不足以完全将它毁掉。

玩家们呼吸一滞,呆呆地望着那道身影坠落,忍不住偏过头去,不忍心看。

但下一秒,整个学校忽地剧烈颤动了起来,地面四分五裂,教学楼坍塌,仿佛有什么东西在从学校底部疯狂往上涌动。

哗啦一声,海浪汹涌地卷着学校抛向了高空,有什么东西猛地从海里冲了出来。

一些黑色的触须接住了被海浪拍到空中已四分五裂的学校,一些触须接住了掉落的玩家,而另一些触须则垫成绵软的垫子,接住了殷修。

"天哪!"有玩家在看到海面上浮现出来的东西之后发出了惊呼:"那是个什么东西啊!"

那是一团巨大的黑色影子,身上黏液流动,触须游走,一双双巨大的眼睛在身体上睁开,凝视着周围的一切。它的庞大,它带来的压迫感,它的强大,一瞬间让原本的怪物失去了威慑力。

在真正强大的怪物面前,仿制品仿佛只是一个劣质的玩具。

"好朋友!"怪物发出了惊天动地的巨大声音,震得玩家们耳朵疼,但一听这个怪怪的叫声,他们就知道了。

哦,修哥的诡怪好友出来了。

随即又想:修哥的好朋友长得这么恐怖吗?

本来四分五裂的学校被巨大的触须拢住,防止它掉落在海里,而不幸坠下的玩家也被触须们接住,跟触须上的眼睛面面相觑。

殷修坠在了触须的吸盘上,他本来可以用刀刺下去做个缓冲,但听到那道声音，他选择直挺挺地摔下去。

所幸，触须很软，并不是很疼。

广阔的海面上，整个漂浮的学校在萦绕着触须的怪物面前像一个把玩在手里的玩具，左晃一下，右摇一下，绵软的触须们卷着学校的碎片，把碎成几块的地面强行拼了起来。

还在上面的玩家开始呕吐："我……晕……这个副本我快进行不下去了。"

原本的怪物在旁边巨大诡怪出现的一瞬间就仿佛定在了原地，它甚至失去了逃跑的本能，像是在狩猎者面前，吓到无法行动的动物。

"好朋友。"一条巨大的触须弯弯绕绕地伸到殷修面前，似乎只是想蹭蹭殷修的手臂，但因为太大，撞得殷修一个趔趄，险些摔倒。

"我帮你杀掉它！"怪物向殷修说道，声音响亮，整个副本的人都听到了。

"先别杀它。"殷修一抬手，"把学校放下来，让小镇的玩家来。"

殷修抬手摸了摸在跟前延伸的巨大触须。

怪物听话地把学校放回到了海面上，用触须拢着，确保学校不会散架，然后将怪物一把摁在了学校的操场上，指挥道："你们快点！"

玩家们一脸蒙，反应过来之后搓了搓手，纷纷掏出了武器。

怪物在被压在了玩家们面前之后，立即回过神来，想要猛烈挣扎。被这些瞧不上的"蝼蚁"打败，对作为副本主宰的它来说简直是屈辱。

但它稍微一挣扎，就被黎默狠狠地摁在原地，用眼神威胁。被黎默杀死或是被玩家杀死，不管哪样，它现在都死定了。

怪物猩红的眼眸死死地盯着被巨大触须拥护着的殷修："为什么……你能够接受同样是怪物的它作朋友，却不能接受我的挽留！"

"明明我们都是怪物！我们是同一类！"

殷修眯着眼淡淡道："你们一样？哪里一样？你修改我的认知，修改我的记忆，想要将我变成诡怪，但它可没有这样。"

他抬手点了点四分五裂的学校，以及被触须接住的那些玩家："你想毁掉学校，不管他们的死活，而它做的是接住学校，接住差点坠落海中的玩家。你难道就没有发现你们之间的区别吗？"

怪物死死地瞪着殷修："无法理解……我无法理解……"

它循着本能，想要学习成为人类，通过各种残暴的手段不断获取人类的"灵魂"来填补自己的空缺，到头来却怎么都无法拥有真正的灵魂。

因为人类不是那样麻木不仁的存在，虽然他们没有三头六臂，但内心多姿多彩，这才是他们最强大、最吸引人的地方。

而这一点，这个诡怪永远不会明白。

副本的剧情解说适时地在脑海里响起，殷修淡淡地盯着副本主宰那具巨大的身体迅速干瘪下去，它的身体被玩家割开，不断地掏出里面的"灵魂"晶石。

"我是活着的……我是有灵魂的，我的身体……我的身体里全都是'灵魂'……"它缓缓地看向自己快要被掏空的躯壳，惊恐地发出一声悲鸣，"我的收藏品！我收集的'灵魂'！我想拥有的东西！把那些东西还给我！"

怪物扑腾着，想要涌动触须从玩家们手中抢回晶石，一阵地动山摇，触须瞬间拍向了玩家们。

旁边巨大的怪物为了压制它，张开巨口狠狠咬了下去。

怪物一僵，身体像是泄了气一般，抖动着缓缓缩小，最后在众人的面前变成了一根巨大的触须，与黎默身上的一模一样。

"这不是……我掉的触须吗？"黎默缓缓靠近地上的巨大触须，认了出来，"是我换触须时换掉的一部分，怎么在这儿？"

殷修没有评价黎默说的"蜕皮"行为，只是确认了，这个跟黎默极为相似的怪物，果然是它的仿制品。

他摇摇头，转身从触须盘上跳回了学校。

"有储存系列的道具吗？"殷修拍了拍那节巨大的触须，感觉到它的颤动，恐怕身体变成了这样，但意识还是在里面的，就这么放过它也太便宜它了。

"有有有。"有个玩家立即欢欢喜喜地拿着储存道具来了。

殷修将那个巨大触须装进道具里，然后扬了扬手："道具先借我，回头再还给你。"

"修哥帮了我们大忙，不说借，直接给你都行！"玩家相当客气，毕竟镇上的好多道具都是叶老大带着他们进副本拿的，修哥拿回了叶老大的"灵魂"晶石，对小镇而言是大恩。

"好。"殷修应声，将那个小玻璃弹珠一样的收纳道具放进了口袋，然后发现自己刚才忙着杀诡怪，倒是把雅雅忘记了，现在口袋里也没有雅雅的道具硬币。

他转头四顾，发现碎裂的学校边缘，变回人的黎默正笑眯眯地用触须把湿漉漉的雅雅拉上来。

殷修诧异："你怎么湿透了？"

"哥哥……我出来的时候抱在你腿上呢……"雅雅浑身湿透，委屈地瘪着小嘴望着殷修，"你忙着砍触须的时候，把我蹬进海里了……"

殷修愣了一下："不好意思……忘记了……"

真忘了腿上还挂着一个雅雅，注意力都用去闪躲触须了。

"没关系，反正雅雅很坚强，自己游回来了。"雅雅从触须上落地，抖了抖自己湿透了的小红裙，又拧了拧湿漉漉的麻花辫，"作为补偿，下次进副本，哥哥可要记得再给我编个辫子啊，我的辫子都散了。"

"好好好……"殷修满脸歉意地应着，庆幸雅雅是个诡怪，不然一直在海里扑腾得多可怜。

"修哥！"边上忙完的玩家们也顾不得照顾伤员，纷纷凑到了殷修身边，"快把晶石给叶老大试试吧！看看能不能让他活过来！"

"好。"殷修应声，展开左手，他一直将晶石紧紧攥在掌心，杀诡怪时丢了雅雅都没忘记手心里的"灵魂"晶石。

在教学楼下接住了叶天玄的钟暮一直没敢放下叶天玄的身体，他一脸慎重地抱着叶天玄走到了殷修面前。

大家紧张地盯着他，谁也不知道这个"灵魂"晶石该怎么用。

他们先是看到殷修试探地将晶石放在了叶天玄身上。

没有反应。

然后又放在了他的额头、手心、心脏。

都没有反应。

"灵魂"晶石闪耀着灼灼光辉，但叶天玄的面色始终苍白如纸，没有半点生气，也没有睁开眼。

"难道……不能用吗？"玩家们怔住，一时间神情复杂，他们把希望全都放在了这个"灵魂"晶石上。那么努力地将它拿回来了，还是无法救回这个人吗？

"是不是拿错了？再找找，万一叶老大的晶石其实还在我们刚刚挖出来的那堆里呢？"有玩家提议，想要转头去刚才挖出的那堆"灵魂"晶石里找，即便是滚落到海里了，他们也会立马下去捞的。

"我可以确认是这颗……抓住它的时候，我看到了叶天玄。"殷修将晶石拿了回来，凝视着手中的石头，心情跟周围的玩家一样沉重，甚至都考虑要不要把晶石塞进叶天玄的嘴里让他咽下去，又怕那样不生效，之后还拿不回来。

玩家们一阵沉默，站在废墟般的学校里垂头丧气。

所有人都灰头土脸的，他们受伤的受伤，道具也几乎用光了，拼了命坚持下来，好不容易盼来的希望，现在又落空了。

望着那张惨白的脸，玩家们的心沉了又沉，难道真的到此为止了吗？

副本里一阵死寂，大家都不说话，直到有一道声音打破了沉重的氛围，飘了过来。

"'灵魂'晶石这玩意儿，可不是这么用的。"

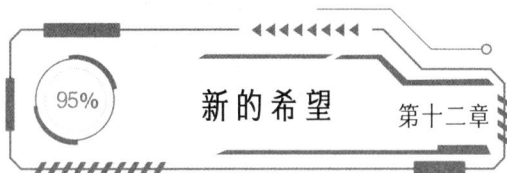

新的希望 第十二章

001.

玩家们唰地看过去，就看到两道从破烂的操场上缓缓走过来的细长身影。

是食堂阿姨和老师。

这个副本里原本就存在的两个诡怪。

"阿姨……'灵魂'晶石怎么用？"殷修立即上前询问，果然副本里的事，还是副本诡怪比较明白。

"阿姨不知道，但我姐姐知道。"打饭阿姨抬手指向了她旁边的老师，"毕竟我只是个给好孩子打饭的，博学多识的人在这儿呢。"

老师抿着嘴，看见殷修格外不开心，虽然这会儿怪物对她们的认知影响减轻了很多，但老师看上去还是不太喜欢殷修："这个副本的场景、建筑又被你拆得七零八落了。果然你进哪个副本，哪个副本就要被毁。"

殷修面无表情地盯着她："这事也由不得我。"

"虽然我不是很想帮你，但我妹妹喜欢你，我也没什么办法。"老师盯着这些玩家慢悠悠地道，"我可以告诉你们'灵魂'晶石的用法，但我不能说得太详细，毕竟我是诡怪，之后就需要你们自己努力了。"

一听有希望，玩家们纷纷点头，习惯性地掏出了纸笔记录。

"我只能告诉你们，在某个并不是高难度的副本里，有一个副本主宰拥有一个特殊的诡怪道具，那个道具极难出现，但只要拿到手，就可以根据拥有者的想法，获得想要的东西。"

"诡怪还有诡怪道具？"玩家们愣了愣，还是第一次跟诡怪这么和平地交流，并且还真从她们嘴里听到了只有诡怪才知道的信息。

"当然有了，不过除了新手副本，一般是副本主宰级别的诡怪才有。毕竟能当副本主宰的诡怪肯定很强，但这个副本例外。"老师淡淡地摆手，"毕竟这个副本的原副本主宰——校长——曾经被某人杀掉了。"

众人悠悠地看向殷修，殷修事不关己地看向别处。

"对了，极乐城里的管理员不是有一个可以制定规则的狱典嘛！那个可能就是管理员的诡怪道具啊！"

"哦！"玩家们恍然大悟，"有可能！太有可能了！"

老师皱了皱眉头："你们居然去过极乐城？去那里的可都是一些暴力玩家，你们……"

玩家们立即摆手，撇清关系："我们可没去过，是修哥去过，我们只是看直播来着！"

殷修悠悠地望向远方。

老师冷笑了一声："以这个人的习性，那个副本里的诡怪也全死杀了吧？"

玩家们立即辩解："才没有！修哥没有杀完！"

修哥只杀了一部分，剩下的都是曾经的修哥的幻象杀的。

幻象做的事跟修哥可没关系啊！

老师的表情意味深长，倒是旁边的阿姨欣慰点头："我看出来他和以前不一样了，果然是成熟了啊，杀气没那么重了！"

玩家们避开了这个话题，拿着纸笔继续向老师询问道："诡怪道具是什么啊？"

诡怪老师也喜欢勤学好问的学生，何况这群人一看到她要说话，就立即拿出纸笔记录重点，简直是太自觉了。

她心情愉悦地点头："诡怪道具就是在副本里由诡怪使用会非常强的道具，这种道具基本都是只有诡怪能使用，玩家不可绑定，但只有那个东西是特例，绑定了玩家就会变成玩家的一次性道具，用一次就消失。"老师眯起眼睛，看向玩家们，"相当于是一次给玩家许愿的机会，你甚至可以许愿颠覆整个游戏。"

她这么一说，玩家们都怔住了，这个道具居然这么强大？

他们咽了咽口水。

而老师又缓缓地看向殷修，勾起意味深长的笑："或是……自己念念不忘的东西。"

殷修的瞳孔忽地微颤起来，身体有些僵硬。

老师意味深长地笑着，将他的动摇看在眼里，又缓缓地看向其他玩家："不知道这样的道具到你们手里，你们会怎么选择？"

玩家们互相看了一眼，犹豫着看向叶天玄，在目光触及他之后，眼神立即变得坚定了起来："那当然是选叶老大了！"

"叶老大已经颠覆了这个游戏！他让我们所有人变得更好！"

他们的声音铿锵有力，即便有一瞬的动摇，也立即清醒镇定了下来。

殷修也垂下眼眸："我念念不忘的东西，我会凭自己的努力找到，不会依靠特殊道具。"

似乎他们的目标都已经在心里定下，不会再感到迷茫。

老师还想再说些什么，旁边的打饭阿姨拍打了一下她："好了，不要诓骗他们了，道具是很强，但副作用你怎么不说呢，跟他们讲实话。"

老师抿抿唇，又淡声道："其实，若真是许愿一些不切实际的东西，会出现问题，因为实现愿望本就是虚幻的。"

"你许愿颠覆整个游戏，那得到的也只是你眼前短暂的颠覆；你所念念不忘的东西，也许不是真的，只是一个你幻想的空壳。这个道具创造不了真实的东西，只能用你当下所拥有的东西加以拼凑、填补，来满足你的愿望。"

"比如你拿着一个碎了的花瓶希望能复原，那便可以复原，因为花瓶的碎片全都在这儿，但若是这花瓶缺少一块，道具就会用虚假的幻象补上一块，让你的愿望看起来得以满足，但那虚假的一块儿会不会漏水，道具可不管。"

殷修若有所思："所以我得有完整的叶天玄的身体，然后拥有他的'灵魂'晶石，两样都在，才能用道具将他复活？"

"差不多。"老师说完，又善意地补充了一句，"如果他的能量值本来就会在一个月之后耗尽，迎来下线的结局，那么也许这一次对他而言是一次改变结局的机会。"

在打饭阿姨的监督下，老师将该说的都说了，该补充的都补充了。老师只要有使坏的苗头，阿姨就会打她一下，要她老实交代。

认真听完并记录下老师的所有话之后，玩家们认真地点头。

他们已经明白了，保存叶老大的身体和灵魂，然后拿到道具，在一个月后使用道具复活叶天玄，那么叶老大的数据就不会消失，他就能重新回到游戏，回到小镇。

玩家们狂喜，开始商量着离开副本后要怎么去打听道具的信息然后去拿。

这边还在热烈讨论着，老师又泼来了一盆冷水："副本还没结束呢，今天只是副本的第六天。明天第七天毕业了，你们才能走。"

"还要上课啊，学校都快散架了？"玩家们泪流满面，没想到被逮进副本，还得上个学再走，太痛苦啦。

望着哀号的学生们，老师意味不明地笑着，仿佛又看到了原本这个副本里自己的学生们，尽管那些孩子们并不好，但依旧是她照顾了很久的学生，她对那些孩子还是有感情的。

直到打饭阿姨在旁边又打了老师一下，低声道："你为什么瞒了一个复活的条件？"

"有什么关系，缺少那一样，叶天玄照样能复活，只是会有副作用嘛……对他而言又不是坏事。"老师冷笑着。

叶天玄是因为能量值耗尽死的，复活他就还需要补齐他所需的能量。本该是由其他人将能量分给他。

别人分给他多少，他就能活多久。

但若是没有考虑到这一点就用"灵魂"跟身体复活他，道具便会自动补齐能量值的空缺。

这个人将会拥有道具赐予的无限"寿命"，再也无法死亡。

叶天玄在副本之内，还是会被诡怪杀死下线，但他不会再受能量值的限制。

从叶天玄从前消耗能量值获得副本攻略的行为来看，作为道具副作用的虚假填补，竟然意外地在他身上起到了积极的作用。

只能说，他到底还是被眷顾的。

他的选择让他得到了属于他的奇遇，这都是他该有的。

教学楼崩塌，宿舍也被完全毁掉，整个学校四分五裂，基本上副本设置的场景都已经被毁掉了，但副本设置的机制依然存在，不度过七天就没有办法离开，因此玩家们也只能先度过今晚。

按照副本规则，玩家们还是得上课，教室毁了，老师就让他们在空地上坐着听课，而打饭阿姨则找了个干净的地方支起大锅开始做饭。

上课的时候，玩家们也听得很认真，毕竟在小镇学习生存技能的时候，小镇玩家就养成了认真听课的习惯，他们专注的态度跟时刻拿出纸笔记录的样子让老师很欣慰。

所以她今天讲的内容很正常，借着上课，讲了一些玩家基本不可能从诡怪那儿听到的东西。

"你们知道，你们住的小镇与副本之间是什么关系吗？"老师拿着粉笔敲了敲破破烂烂的黑板，弯下腰，凝视着底下排排坐的人。

里面自然也包括了殷修、雅雅和黎默。

有人举起了手："小镇和副本是相通的，小镇像是休息大厅，是供玩家休息的地方。"

"是，也不是。"老师笑眯眯地看了黎默一眼，然后转身用粉笔在黑板上画了一个实心圆，然后在实心圆的周围画了一个大圈，又在大圈的外面再画了一个圈，她指着最外围的圈道："这个，就是你们小镇的位置。"

"里面那个圈是副本吗？"有玩家好奇地询问着。

"对。"老师点头。

"那你画的那个实心圆是什么？就是被副本包在中间的那个！"

"这个啊……"老师抬起眼看向黎默，"这个就是副本生成的缘由，它很危险，所以包围着它的副本是封印，外围的小镇是另一层封印，就算它能够突破副本来到小镇，也是无法离开小镇的。"

玩家们有些蒙，但还是匆匆记下："它是什么？"

"一个不该诞生于世界的存在，它因供奉而出现，最后形成灾祸，吞噬扭曲一切，最终形成了你们现在所经历的副本。"

玩家们听不懂，总之就是副本最深处有一个很可怕的诡怪就是了。

老师继续道："越远离它，环境就相对安全，比如小镇，而你们所经历的高危副本，就是最接近它的副本。至于它住的地方……进入那里，几乎必死无疑。"

"原来副本里还有这么可怕的东西吗？副本都是因为它而形成？"玩家们的脑子暂时转不过来，就还是先记下了。

玩家们匆匆记录，殷修则一眨不眨地盯着黑板上用粉笔画出来的一团。

供奉形成的怪物……

殷修眯着眼睛："那里……不应该是黑色的吗？"

玩家们唰地转头盯着殷修："修哥你去过啊？"

殷修摇摇头："不……应该没有，没有印象。"

虽然这么说，但他盯着那个画出来的白色区域，他就莫名感觉那里应该是黑色的……漆黑冰冷的地方……

"啊……"殷修拧了拧眉头，感觉脑袋有些不舒服，立即起身调头去别的地方吹海风了，反正课听一下就行。

坐在旁边的黎默立即起身跟了上去。

雅雅也准备跟去，结果刚跑出去两步，就被打饭阿姨拦住，伸手抱了起来："你身上怎么湿漉漉的，来我这边烤火暖和一下。"

"可是哥哥……"雅雅刚想张嘴说什么，就被阿姨拿着小勺子喂了一小口汤。

"替阿姨尝尝味道怎么样？"

雅雅咂咂嘴，然后展开笑颜："好喝！"

然后就忘了她的哥哥，跟阿姨喝汤去了。

殷修顺着学校的裂缝边缘走到靠近海边的位置，站在碎裂的地板边上朝下望着波光粼粼的海面。

杀死怪物之后，海面上的风逐渐停息了下来，天空也恢复了晴朗，殷修脑袋里的认知已经恢复了，他想起了叶天玄，也想起了自己来这个副本的目的。

他明明是想帮助叶天玄通关这个副本的，结果一进来自己就遭了殃，最后反倒是叶天玄帮了自己。

那个会溢到小镇去的怪物，有着与黎默怪物形态相似的外表，它来自黎默的一部分。

本来他还没太在意，副本里的秘密很多，黎默的秘密也很多。但当老师提到副本与小镇的关系时，他才忽地发现，那个所谓的住在副本中心里的怪物，应该就是黎默。

从老师的描述来看，它们这些诡怪并不待见那个怪物，所谓的封印，似乎也是要将它关在其中，而黎默也确实十分危险。

一个仿制品都如此强大，那么本体呢？

"怎么了？"黎默的声音悠悠地在身后响起，他依旧是带着那一脸微笑，散发着非人的气息，悄悄地靠近了殷修。

从出现开始，黎默就一点儿都没隐藏自己是怪物这一点，殷修也一直知道，只是……从来没有设想过，他的本体会是如此危险的存在。

"你真的很危险吗？"殷修转眸看向他。

"我不知道啊。"黎默微笑道，"我不知道它们的想法，我只是从有意识开始就一直住在那儿而已，她刚才说的我也是第一次知道。"

他若有所思："怪不得以前不能在副本里行走自如……原来那是封印吗？"

见殷修沉默地盯着他，黎默收了收脸上的笑容，抿着唇角："好朋友，难道讨厌很危险的我？"

殷修摇摇头，沉了一口气，看向黎默。

他面前的诡怪没有体温，胸腔内毫无心跳，他比任何人都清楚这个诡怪的危险。

殷修低声道："是怪物也没关系……我已经不想再失去什么了，即便是怪物我也不在意，你只要好好待在我身边就好了。"

有个怪物朋友，反而更好，不是吗？

危险又强大，让副本内的所有诡怪都畏惧，也就意味着他不会那么轻易失去。

听到殷修的话，黎默脸上又弯起笑容："我会一直待在你身边的，只要你不先离开我。"

"嗯……"殷修轻声应道。

海风轻缓地刮过学校碎裂的边缘，拂过两个人的面颊，似乎在这一刻，外在的形态不再重要，灵魂的交流才是当下最重要的事。

002.

殷修回到破烂的操场上时，老师的课已经上完了，这会儿大家正在阿姨支起的大锅旁边吃饭。

食堂的东西已经埋在废墟下面了，没什么餐具，好在大家平时都是在副本里生活的人，道具准备充足，别说餐具，就是进副本没饭吃他们也有后备方案。

"哥哥！你去哪儿了啊？"远远地看到殷修回来，正端着碗汤慢慢喝的雅雅惊觉自己刚才把殷修忘了，连忙端着大碗跌跌撞撞地跑了过去。

不小心就让大怪物跟哥哥出去玩了，她亏了！

"我出去逛了逛而已。"殷修弯腰摸了摸她的头发，她刚才一直坐在火堆旁边，身上湿漉漉的衣服已经烤干了，柔软的发丝暖乎乎的，摸着很舒服。

殷修一把将她抱了起来:"一会儿,我重新给你扎个辫子吧?"

"好啊好啊。"雅雅笑眯眯地举起了手里的碗,"哥哥要不要喝汤啊?阿姨做出来的好喝的汤。"

说着,她小心翼翼地将碗口递到了殷修嘴边,想把自己喜欢的东西分享给他。

然而殷修还没喝上,就忽地从他袖口钻出来一小团触须,触尖上的小嘴含住碗口,迅速地吸溜了一下,咂咂嘴:"好喝啊。"

雅雅一僵,瞳孔瞪大,看着小触须喝完汤就逃了,忍不住瘪了嘴角:"呜呜……我给哥哥喝的……坏怪物……"

看她要哭,殷修立马低头喝了一口汤,安抚她道:"没事,我已经喝了,好喝的。"

但雅雅还是很生气,第一口不是哥哥喝的,而是那个大怪物喝的。她气呼呼地一把将碗塞给殷修,然后蹦到地上气势汹汹地朝黎默冲了过去。

海面的夜晚很冷,大家在睡觉之前都会去喝一碗阿姨的汤来暖暖身体。这会儿排了很久的队刚领上一碗汤的某位玩家,还没来得及喝上一口汤,地面猛地一下震动,他差点把汤洒了出去。

"发生什么事了?学校要裂开了?"玩家们迷茫地转头张望,只见远离玩家群体的学校另一半废墟上,一个长满毛发的黑色诡怪正张牙舞爪地扑向一大团黏糊糊的黑色液体,两个诡怪扑来咬去,像是在打架。

"修哥!你家的两个诡怪在打架啊!"玩家们十分震惊,连忙叫了殷修一声。怎么还突然内讧了呢?

"没,在玩呢。"殷修淡淡地应了一声,若无其事地端着碗找阿姨添汤去了。

端着碗的玩家们一脸蒙,这地动山摇的,你管这叫玩?

不过他们什么大场面没见过?心惊胆战了一会儿,发现两个诡怪气势汹汹地咬了一会儿,谁也没出血,就索性端着汤排排坐看戏了。

看着看着,他们甚至还讨论了起来。

"浑身长满毛毛的那个,摸起来应该像猫一样,毛茸茸的吧。"

"这个毛量摸起来应该不差。"

"那另一个……黏糊糊的?"

"不知道啊,我也没摸过触手,应该是软软的,会滑动的吧?跟蛇一样?"

"现实里一部分养宠物的人喜欢鳞片类动物的触感,所以养蛇、蜥蜴、鳄鱼什么的……但应该没人养过这种东西吧?"

"那个……海豚的手感应该差不多，海豚的头拍起来是软的……我以前在海洋馆工作的。"

"哦！原来是这样！"

"那殷修室友的怪物形态应该也很好摸吧？"

"不知道啊，我又没摸过，只是可能手感相似。"

"哦……"

大家忍不住转头看向殷修。

正在打汤的殷修突然感觉芒刺在背，他迷茫地回过头看着那些人。

面对众人的眼神询问，殷修放下了打汤的勺子。

"是软的……冰凉凉的……还有些湿。"

"你现在看上去比以前好多了。"打饭阿姨坐在火堆旁盯着殷修，火光映照着她惨白的脸，显得诡异又温和。

"你是指什么？"殷修坐在她身侧喝了一口汤，这算是他在副本里遇上的第一个对他很温和的熟人，大多数诡怪见了他就跑，能这样坐下聊天的少之又少。

"指你的状态，跟你周围环境的改变，你看上去没有那么冷漠了，有好朋友了，还有很多人愿意跟你聊天。"

阿姨笑盈盈地眯着眼："同样是过副本，因为你的改变，你现在在副本里的收获也和之前不一样了。"

殷修目光淡淡地望向远处："算是吧。"

以前的他是不可能在这样一个漂浮在海面上的破烂学校里跟诡怪聊天，跟镇上的人坐在一起，看着他的诡怪朋友和妹妹打架的。

人都是会变的，不会永远和过去一样。

天彻底黑下来之后，副本内变得有些冷，天空星河遍布，海面波光粼粼。

小镇的一部分人睡去，一部分人守夜，以防有意外发生。

殷修抱着雅雅坐在火堆旁给她重新编了个辫子，而黎默坐在旁边一言不发地盯着雅雅。

辫子编好，雅雅就雀跃地去找小镇上还醒着的人询问好不好看。

殷修坐得有些偏，雅雅一走，这里就剩他和黎默两个了，黎默立即自然地起身，在殷修旁边坐了下来。

刚坐下，殷修就问："棺材呢？我想休息一下。"

"在嘴里。"黎默微笑着应声，余光瞥了一眼在旁边的很多人，"但在这里不方便拿出来。"

一旦露出本体，也许会一瞬间让很多人受到影响，小镇上的人可都在这儿呢。

"那就算了。"殷修懒懒地应着，合上了双眼。

这双即便自己沉睡过去也会凝视着他的眼睛，换其他人可能会觉得毛骨悚然，无法入眠，可是殷修却觉得刚刚好。

在危险的环境里，有一双自己信任的眼睛时刻盯着自己，只要他的视线没有消失，就代表着周围没有任何危险，这反而让他感觉很安全。

他在这样的注视之中，能够睡着。

殷修难得放松地小憩了一会儿，他做好天亮之后伴着朝阳醒来的打算，然而最后却是被副本结束的通报吵醒的——

　　恭喜玩家通关副本：深海召唤。
　　此次副本通关星级：四颗星。

　　评级解析：
　　上完七天的课，一颗星。
　　与同学相处愉快，一颗星。
　　没有任何同学死亡，一颗星。
　　保持人类的模样，一颗星。
　　了解深海学院全部背景，一颗星。
　　通关条件：毕业时，请你以人类该有的样子离开副本；离开时不要杀死最开始的你。
　　隐藏条件：了解深海学院的背景。
　　本副本首次五星通关玩家：无。

副本通报一响起，殷修就睁开了眼，发现有一堆触须挡在自己眼前遮蔽阳光，而其他玩家在远处碎碎念着，老玩家正在向新玩家科普。

"以人类的样子离开副本，是指身体形态保持正常。"

"离开时不要杀死最开始的你，是指认知不受影响，要始终相信自己是人类。"

殷修拨开眼前的触须，盯着刺目的阳光眯起了眼，左边坐了一个黎默，右边腿上趴着一个雅雅，画面很是和谐。

副本通知在持续响起——

玩家殷修，四星通关特殊副本：深海召唤。

基础奖励 0，副本资产 +0，当前总资产 500031。

奖励消息一出，玩家之间炸开了锅："怎么一点儿奖励都没有？太抠了吧！"

"是不是这次副本出了好多意外情况，副本崩坏了，所以不给奖励了？"

"小气！太小气了！"

"有没有可能，我们中途进来时，副本就已经不太正常了呢？"

玩家们骂骂咧咧，离开副本的门已经出现了，不管他们乐不乐意，当下的结果都是这样了。

"修哥，醒了吗？走啦！"有玩家远远地叫了殷修一声，大多数玩家都在收拾东西准备离开副本，要不是这次被副本主宰拉进来，他们现在还在小镇上看直播呢。

玩家们的声音吵醒了雅雅，她揉揉眼睛抬起了头，声音迷迷糊糊的："哥哥，要走了吗？"

雅雅和黎默是无法出现在小镇的，殷修出去，也就意味着他们得分开了。

"嗯。"殷修摸了摸雅雅的脑袋，"我很快会再进副本，来见你们的。"

"好！"雅雅脸上浮现出笑容，乖巧地起身。

随着玩家们不断离开，这所破学校最后只剩殷修还没走。

他站在离开的门前回头看了一眼。

雅雅、黎默、阿姨和老师都还站在那儿望着他。

他挥挥手，转身踏入了门内，伴随着"嘀"的一声，副本关闭了。

小镇诡怪听到副本结束通报，看着陆陆续续回到镇上的玩家都震惊了，经历了那样混乱的变动，怎么这些人还能一个不差地回来了？

发生变动后它们看不到副本内发生了什么，但当时的情况那么危险，怎么想都活不了几个了吧？

广场上十分热闹，玩家们喜悦地经过夜娘娘的雕像，回到了自己的家里。

人群如往常一样毫无变化。

夜娘娘一眨不眨地盯着玩家们，望着他们从面前走过，发现了少了一个重要的人。

她望着一个个从广场经过又离开的玩家身影，已经确定，之前响彻整个小镇的副本通报是真的。

叶天玄死在了这次副本里。

从小镇玩家被全部拉进副本时，她就隐隐猜到可能会发生这种事，甚至做好了损失会比想象中更严重的预期。

从现在的情况来看，只死去了叶天玄一个人，已经是这个小镇最好的结果了。

只是……明明小镇玩家们失去了他们的头领，又刚刚从危险复杂的副本里回来……为什么刚刚从她跟前走过去的人，表情没有半分颓废与难过？他们一个个目光坚毅，像是有什么重要的事情要做，话也不说就匆匆回去了。

这个副本的结果，还能改写吗？

她不解。

但这个副本里有殷修的话，什么都可能发生。

副本结束的第一天，小镇上毫无动静，大家像是都在休息，静悄悄的。

副本结束的第二天，殷修和小镇上一些玩家陆陆续续地进了副本，且进入副本的几乎都是身经百战的老玩家，分别去往了不同的副本，小镇上的诡怪都很疑惑。

这个小镇从有新人涌入开始，老玩家们就不会那么频繁地进副本了，他们的首要任务是带新人，结果这次大家都跟疯了似的在副本里进进出出的，从最低级的副本一直往高危副本刷，在里面一待就是好几天。

他们去得了的副本就直接去，去不了的低级副本就带着新玩家一起去，顺便锻炼下新人。

起初小镇诡怪还觉得这群玩家在他们的头领死去之后疯魔了，直到观看了他们的副本直播后，诡怪们发现了不对劲。

这些人进副本不是为了刷奖励或者补全攻略，而是进去逮着副本诡怪询问一些消息。

整个小镇的老玩家们来来回回用两三天时间刷了许多个副本，把副本里的诡怪吓坏了。还有几个脾气不好的玩家被送去了极乐城。

终于在第四天早晨，有人去找了刚刚从副本里回来没多久的殷修。

殷修刷低级副本很快，进去随便逛逛就出来了，主要的目的是打探道具的消息。这个东西只有诡怪知道，但他运气不好，去的几个副本都没有关于这个道具的信息，最后就是睡一觉出来。

殷修打开房门，看到门口站着几个小镇的老玩家，还有钟暮。

大家目光灼灼地盯着殷修，语调难掩兴奋地道："修哥！我们终于找到那个道具所在的副本了！能让我们进去慢慢聊不？还是一会儿你出来找我们？"

他们很早之前是路都不会路过一下殷修房门前的，现在倒是愿意主动进去了。

殷修沉默地点头，侧身让他们进去。

他的屋子里很简陋，甚至椅子都只有一把，大家没地方坐，就全都站着，将他们带来的资料放在了殷修的桌子上。

殷修凑过去看了一眼，是一个低级副本的攻略信息，应该也是小镇收集过的副本，所以几人直接带着攻略过来了。

"修哥，我们这两天去外面的副本刷了很久，都没有那个道具的相关信息，但最后有一个因为脾气不好进了极乐城的兄弟，用光了所有的副本资产找摊主换到了这条信息，他说那个道具就在这个副本里。"带头的人说完点了点桌面上的纸张。

上面写着副本的主题——狩猎场。

看上去是一个为新玩家设计的生存副本，等级不算太高，那样强大的道具居然藏在这样一个不是很高级的副本里？

不过，新手副本都能出雅雅这样的道具，别的副本也很难说。

"我以前去过这个副本，内容跟副本主题一样，就是将一群玩家投放在有诡怪追捕的孤岛上，让玩家生存到一定天数离开就好，算是比较新的适应类副本。"

"有点防备能力的新人都能过，通关过程中完全不会碰到任何高级道具，所以我们怀疑，这个副本可能不止看上去那么简单。"为首的人搓搓手，"我怕我们没修哥那么谨慎，所以这次修哥要不要跟我们一起去啊？多个人多一份力嘛。"

众人很是期待地看着殷修，想着叶老大也算是对修哥很重要的人，这次他应该会去的。

但殷修沉默地摇了摇头，让众人一愣。

"修哥不想去吗？"

"不，我一个人去。"

众人迷茫："修哥，这个副本并不危险，是小镇上好多新人都能过的副本，不需要你一个人去吧？"

"难说。"殷修直勾勾地盯着桌子上记录的那张攻略，"通关可能并不难，但要找那么高级的道具，一定有别的困难。"

大家明白殷修的意思了。

一般的玩家进入这个副本按流程通关的话，是不会接触到隐藏道具的，所以难度并不高，可一旦触及隐藏道具，难度则未可知。

深海副本内老师提及的那个道具极其厉害，对应的难度恐怕也会很高。

"修哥难道是怕我们出事，所以才想一个人进去的吗？"小镇玩家们的心情有些说不出来的复杂，从前被叶老大保护，有新副本他会第一个上，现在叶老大不在了，修哥就主动顶替了这个位置。

"修哥，我们好歹也是通关过很多副本的玩家，倒不至于这么担心我们，我们也是能够做事的。"

面对玩家们热情的注视，殷修冷淡地摇摇头："不是，我怕你们碍手碍脚。"

"……哦。"

似乎叶老大以前也这么跟他们说过呢。

好扎心。

"不过修哥，你已经通关了全副本，进的话也只能再进高级副本，这种低级副本你一个人可能进不去，所以把他带上吧。"有玩家指了指站在人群外的钟暮。

殷修第一次就是因为带着黎默这个"新人"才进入了新手副本，只有他自己的话只能去往高级副本，除非带着一个新人。

殷修和钟暮对视了一眼，两人一同通关过副本，应该比临时找的新人要有默契，他们也是考虑到这点，所以选择了钟暮。

"他的话……倒是可以。"殷修点头，钟暮也算是新人之中少见的好苗子，有自己的主见，该淡定的时候淡定，该勇敢的时候一点都不会犹豫，他的随机应变能力在第一个副本大家都看过，所以格外放心。

得到大佬的肯定，钟暮立即振奋了起来。

他很感谢殷修在所有新人最容易失败的新手副本里随手带了他，也很感谢叶天玄在这个小镇照顾他。

如今，他要跟着殷修去救叶天玄，为两个帮助过他的大佬努力，再也没什么比这更让他觉得有使命感的事了！

　　确定好副本，再确定好进副本的人，下一步就是做好准备进入副本了。

　　钟暮先一步回去拿上了自己从小镇玩家手里得到的副本道具，然后认认真真地抄写了一遍副本攻略带在身上，接着拿上大家为他准备的装有食物和水的存储道具，在一众小镇玩家期待的目光中挥挥手，去往殷修的家。

　　之后，一道副本通知响彻了整个小镇——

　　恭喜玩家进入副本：狩猎场。

　　本次玩家姓名：殷修。

　　性别：男。

　　居所：35 位面小镇 A 胡同 401。

　　所持副本资产：500030。

　　副本推进进度：已全部通关。

　　本次玩家姓名：钟暮。

　　性别：男。

　　居所：35 位面小镇 A 胡同 1337。

　　所持副本资产：980。

　　副本推进进度：百分之五。

平行时空（二） 番 外

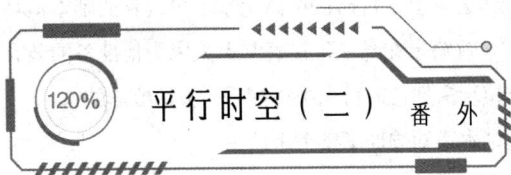

"哥哥快回家！饭菜都快凉了！"

手机听筒里传出小女孩带着撒娇味道的催促声，甜甜的声音在这个阴雨天，给人的心上平添了一丝明媚。

"嗯，我知道了。"殷修回复了语音消息，嘴角勾出一丝安心又温暖的笑意，跟平时在学校里疏离淡漠的模样完全不同。

他收起手机，回头再看向刚刚那个奇怪的男人出现的巷口，此刻只有绵绵细雨洒落在地面，丝毫不见那人的踪迹。

那人只是问了他的名字就跑掉了，真是奇怪。

殷修一边想一边转身，撑着小红伞朝住宅区走去。

一路上，手机里断断续续地收到新消息，内容是语音或照片，隔着屏幕都能感受到来自家庭的温暖。

殷修的手机壁纸是一张他被两个小女孩一左一右夹在中间的照片，两张大大的笑脸贴在他的面颊两侧，雀跃的情绪仿佛能感染所有人。平时那两个小女孩就像行走的小太阳，总是开心地跟在殷修身后喊着"哥哥"。

这么可爱的妹妹，他有两个，怎么能不向周围的人炫耀呢？

而大家对殷修这些炫耀行为的评价只有两个字——妹控（对妹妹很好的哥哥或姐姐）。

"哥哥快看，这是雅雅做的菜哦！我教她的！味道超级好！"

手机上，晓晓发来一条消息，并附上了一张菜的照片。

殷修手速极快地打出夸奖的话作为回应，并顺手转发给头像是小白狗的叶姓好友。

对方也迅速回复了一张小狗的照片。

顺着两人的对话往上翻，聊天记录几乎就是晒菜和晒狗，你来我往，单纯为了炫耀。

在殷修又发上来两张菜的照片后，叶天玄发了一个揍人的表情包，并说道："别跟我炫妹了，发你朋友圈去！"

殷修慢条斯理地回复："来我家吃饭？"

"……行。"

发完消息回到聊天列表，殷修才注意到妹妹又发来了新的消息，语气似乎格外急切。

"哥哥！哥哥！有一个你的同学敲门，说是来找你的！"

"他身上都淋湿了，看着好可怜！"

"哥哥，他说要在门口等你，好奇怪的同学啊！"

殷修愣了一下，正在思考怎么回复，手机上又有消息发来。

"哥哥，我给他拿个毛巾的工夫，他就不见了！"

殷修眉头一皱，回复道："对方长什么样子？还记得什么特征吗？"

"他和哥哥穿的是同一个学校的校服，我拍了照片。"

安静几秒后，手机里收到了一张图片，是一个仰拍视角的照片。

照片里能清晰地看到，他家门外的走廊上站着一个穿黑色校服的人，浑身上下湿漉漉的，正往下滴答着水，这些水在他脚边汇聚成一个水洼。那人身上散发着阴森的潮气，仿佛就是从这水洼里爬出来的鬼一般，在阴雨天里显得分外瘆人。

殷修急忙发语音过去："晓晓，带着雅雅把门锁好，别让陌生人进入，我马上到家。"

"收到！"

殷修握紧手机，加快脚步。

照片里那人就是刚刚出现在他眼前，自称是他同学的男人，竟然在消失后转眼间就找去了他家，一定不是个善茬。

回家的路上，殷修将照片转给了叶天玄。如果那人真是学校里的人，叶天玄怎么都能找到关于他的信息。

对方莫名其妙缠上自己的原因应该也能调查出来。

殷修一路小跑，迅速回到家，然而门口没有他在手机照片里看到的奇怪身影。家门口没有任何人，只是门前那一滩小小的水洼，证明那奇怪的男人确实来过这里。

殷修没有立刻回家，他将这条走廊从头到尾检查了一遍，又在楼梯间里仔仔细细地搜寻男人的身影，还询问了保安和邻居，只是没有任何人看到过照片里的人。

这个人就像是凭空出现，又凭空消失了一般。

"被……怪物缠上了？"殷修站在家门口发了一会儿呆，接着目光缓缓落到门口的那个水洼上。

这是那个男人来时留下的痕迹，从照片上看，那个男人全身都湿漉漉的，然而整个走廊只有他家门口这一块地方有水，其他地方都没有见到相似的痕迹。

殷修似乎想到了什么，他缓缓地弯下腰，看向了那如同一面小小的镜子、倒映出阴沉天空的水洼。

水洼反射出的画面里有走廊的天花板、灰暗的天空，还有殷修的倒影，除此之外，似乎没什么特别的。

殷修松了一口气，怪物出现在水里，怎么想都不可能吧。

他稍稍放松了些，想要起身回家。

然而稍稍恍神的瞬间，他看到水面的倒影里，自己身侧不知何时竟多出来了一个人影，同他一样蹲在这片水洼前，正看向水洼前蹲着的自己。

目光相接，气氛一瞬间凝固了。

男人无声无息地勾起嘴角，诡异的笑容缓缓绽开，他轻声吐出一句："我又来找你了。"

殷修心中瞬间警铃大作，猛地后退，想要远离这危险的男人，但倒影中的人更快一步，手指迅速露出水面，一把抓住了殷修的脚踝。

脚踝上冰凉湿润的触感传来，殷修一颤，用力往回缩，反倒将水里的人带了出来。

他的半颗脑袋透过水洼露出来，湿漉漉的，那阴沉的声音还有紧紧注视着殷修的眼，都像极了怪物，可他嘴里却在叨念着："别怕，我不会伤害你，我只是来找你玩的。"

察觉到抓住自己脚踝的手并没有用力，殷修稍稍放松了些，抿着唇打量着眼前的男人，此刻他不得不相信，眼前的男人不是一般人。

"水鬼？"殷修语气不确定地询问了一声。他认知里会从水里爬出来的怪物就是"水鬼"。

男人摇头，将另一只手也搭在了殷修的小腿上，随即借力缓慢地从水里爬了出来。

那人带着满身潮气爬到了殷修面前，殷修仿佛能听到从他身上传来的声音。

那不是人类心脏的跳动声，而是……这具皮肉之下有什么东西，在叫嚣不止。

殷修微微偏头，远离了男人几分。

男人眨了眨湿漉漉的眼，水滴从睫毛上滚落下来，眼神里带着一丝无辜："别害怕我……"

他的声音低沉又缓和，说道："我想和你重新认识一下，我想和你做朋友，我不会伤害你的，我会很乖的。"

他轻声细语地把话说完，趁殷修放松的一瞬，抓着殷修脚踝的手微微用力，猛地将殷修一把拽入了水中。

大片的水将殷修淹没，根本找不到水面在哪。

似乎那片水洼并非只看起来那么大，而是一片极其辽阔的水域，像是海。

迷迷糊糊的，殷修感觉到水中有什么东西碰了他的胳膊一下，还有密集的视线从四面八方投来。

他的手臂被什么冰凉的东西缠住，拽着他游动。

几秒之后，殷修猛地将脑袋探出了水面，大口地呼吸着空气。

将他拖入水中的奇怪男人，刚刚在水里感受到的奇怪视线，一切莫名其妙的事物都远不及此刻殷修看到的画面奇特。

他应该是从海里浮出来的，周遭的场景显然不是他所在的居民楼，而是来到了一片海边。此刻海边浪花翻涌，不远处有许多扭曲的身影在破败的村子里走动，那些身影像是怪物，却又隐隐显出人形。

在那些怪物之中，还真有几个人类，他们气愤地朝着那些怪物叫喊："我过副本呢，你们能不能认真一点儿啊！"

"别偷懒啊！按照剧情来抓我啊！"

相比起叫喊着的人类，怪物们显得平静很多，语气懒散地回应道："反正你也知道攻略，自己过去呗，我要带薪休假了。"

"累了，想死去找其他诡怪，我今天要做个精致诡怪，不动手不动口。"

吵闹的人类和懒散的怪物，让殷修一时间不知道该说些什么好。

他似乎……被带到了一个奇怪的地方。

就在他恍神之际，有人从身后无声无息地靠近，在他的耳侧轻声呢喃："欢迎，来到我家。"

图书在版编目（CIP）数据

"神"之陨落 . 2 / 白桃呜呜龙著. -- 武汉：长江
出版社，2025.8. -- ISBN 978-7-5804-0160-1

Ⅰ . I247.5

中国国家版本馆 CIP 数据核字第 2025UU3159 号

"神"之陨落 2
SHEN ZHI YUNLUO 2
白桃呜呜龙著

出　　版	长江出版社	
	（武汉市解放大道 1863 号）	
选题策划	林　璧	
市场发行	长江出版社发行部	
网　　址	http://www.cjpress.cn	
责任编辑	李诗琦	
特约编辑	林　璧　澜　亭	
印　　刷	北京盛通印刷股份有限公司	
版　　次	2025 年 8 月第 1 版	
印　　次	2025 年 8 月第 1 次印刷	
开　　本	700mm × 1000mm 1/16	
印　　张	20.5	
字　　数	365 千字	
书　　号	ISBN 978-7-5804-0160-1	
定　　价	49.80 元	